CATHERINE TOWNSEND

Das erotische Tagebuch der Catherine T.

Buch

In ihrem bisher relativ kurzen Sexleben (die Autorin ist 30) praktizierte Catherine Townsend lauten Sex und leisen Sex, Sex mit Männern und Sex mit Frauen, Sex mit Freunden und Sex mit völlig Fremden, Gruppensex und viele weitere Spielarten der Erotik. Enttäuscht wurde sie noch nie, sagt sie doch selbst: »Ich genieße jede Sekunde meiner sexuellen Begegnungen, die guten, die schlechten und die absonderlichen.« Wie ihre berühmte französische Kollegin Catherine Millet, so schreibt auch Catherine Townsend offen, tabulos und ohne sich hinter einem Pseudonym zu verstecken über ihr erotisches Leben.
Einmal wöchentlich erscheint im Independent eine Sexkolumne der in London lebenden amerikanischen Journalistin. In ihrem Buch schildert Catherine Townsend noch expliziter und eindeutiger als in ihren Zeitungsbeiträgen, was sie in diversen (und außerhalb diverser) Betten erlebt.
Aber ist nicht auch sie letztendlich auf der Suche nach Mr. Right? In jedem Fall hat Catherine Townsend sehr viel Spaß an ihren sexuellen Begegnungen, wie ihr Buch eindrucksvoll beweist.

Autorin

Catherine Townsend veröffentlicht unter dem Titel »Sleeping Around« eine wöchentliche Kolumne über ihr Sexleben im Independent. Außerdem schreibt sie regelmäßig für Glamour, Cosmopolitan und Marie Claire. Die Autorin, die Journalismus studiert hat, wurde in Georgia geboren, arbeitete sieben Jahre für das New York Magazine und lebt seit geraumer Zeit in London.

Catherine Townsend

Das erotische Tagebuch der Catherine T.

Aus dem Englischen
von Andrea Fischer

GOLDMANN
MANHATTAN

Die Originalausgabe erschien 2007 unter dem Titel
»Sleeping Around. Secrets of a Sexual Adventuress«
bei John Murray (Publishers),
a division of Hodder Headline, London.

FSC
Mix
Produktgruppe aus vorbildlich
bewirtschafteten Wäldern und
anderen kontrollierten Herkünften

Zert.-Nr. SGS-COC-1940
www.fsc.org
© 1996 Forest Stewardship Council

Verlagsgruppe Random House FSC-DEU-0100
Das für dieses Buch verwendete FSC-zertifizierte Papier
München Super liefert Mochenwangen.

1. Auflage
Deutsche Erstveröffentlichung November 2008

Umschlaggestaltung: Design Team München
Umschlagfoto: Mauritius/age
Redaktion: Ilse Wagner
BH · Herstellung: Str.
Satz: Uhl + Massopust, Aalen
Druck und Bindung: GGP Media GmbH, Pößneck
Printed in Germany
ISBN: 978-3-442-54261-1

www.goldmann-verlag.de

Für Mum

Dies ist eine wahre Geschichte.
Einige Namen und verräterische Eigenschaften wurden geändert, um Anonymität zu gewährleisten.

Einleitung

Zweierlei Mass
oder:
Warum ich beim ersten Treffen vögele

So, das waren vier Stunden meines Lebens, die mir niemand zurückgeben würde.

Am Abend hatte ich mich mit einem sehr süßen sechsunddreißigjährigen englischen Drehbuchautor verabredet. Ich war todschick angezogen: enges schwarzes Kleid und zehn Zentimeter hohe High Heels, die sich besser in horizontaler als in vertikaler Lage trugen.

Nachdem wir im Les Trois Garçons in East London bei zwei Flaschen Wein über dies und das geredet hatten, von *South Park* bis zur Stringtheorie, ließ mein Gegenüber die Bombe platzen mit den Worten: »Und, mit wie vielen Personen hast du schon geschlafen?« Ich machte Ausflüchte, aber er betonte, wie unglaublich wichtig ihm Ehrlichkeit sei.

»Nein, wirklich, sag es mir bitte«, flehte er mich an, die Hand auf meinem Knie. »Ich rate mal: sechs?« In einem flüchtigen Anfall von Wahnsinn vergaß ich, dass die einzige »ehrliche« Antwort auf die Frage zur sexuellen Vergangenheit gegenüber einem Mann den Satz enthalten muss: »Ja, aber du bist der Größte und Beste, den ich je hatte!«

»Häng eine Null hinten dran, Süßer, dann können wir noch mal drüber reden.« Ich lächelte verführerisch und zog unbewusst die linke Augenbraue hoch.

»Ist das dein Ernst?« Er wurde merklich blasser. Nach so viel Rotwein bekam der ausgestopfte Elch an der Wand langsam einen unheimlichen Gesichtsausdruck. Er kam mir äußerst empört vor.

»Ich weiß gar nicht, warum du so erstaunt bist. Ich meine, du unterhältst dich gerade schließlich mit einem Mädchen, das den ganzen Nachmittag Fellatio an einer Aubergine geübt hat.« Ich erklärte, dass ich im Rahmen einer Recherche für einen bevorstehenden Zeitungsartikel an einem Kurs für Oralsex teilgenommen hatte, und flocht ein paar, wie ich fand, amüsante Anekdoten ein.

Doch er fand das nicht mal ansatzweise komisch, sondern bezahlte und floh in die Nacht.

Zu Hause zog ich meine Arbeitskleidung an: den verschlissenen Jogginganzug mit der Aufschrift »Rock Star« in winzigen Strasssteinen auf dem Rücken, schon ein ganzes Jahrzehnt in meinem Besitz, die fusseligen Hauspuschen mit Leopardendruck, deren Sohlen sich langsam ablösten, und ein fadenscheiniges Baumwollunterhemd für Herren von Hanes.

Nach den mir zugeschickten E-Mails zu urteilen, glauben die meisten Leser, dass eine Sexkolumnistin sich in einem roten Seidenneglig é und samtigen hochhackigen Pantoffeln auf der Couch rekelt. Stimmt nicht. Mein gewagtes Outfit bewahre ich mir für meine Dates auf. Nicht dass meine Unterwäsche an diesem Abend sonderlich strapaziert worden wäre. Manche Leser bezeichnen mich als »Edelnutte«, was ich lustig finde, denn als Amerikanerin in London bin ich eigentlich eine Außenseiterin. Ich komme aus dem tiefen Süden und habe meine Jugend in der Nähe von Campingplätzen verbracht, nicht auf Polofeldern.

Auf der Suche nach einer Diätcola ging ich zum Kühlschrank. Wie immer waren nur bescheidene Restbestände in unserer Kochnische zu finden: zwei ungeöffnete Flaschen Champagner von der jüngsten After-Film-Party, ein halbleeres Glas Nutella und ein glutenfreies Brot, das aussah, als bekäme es ein Winterfell.

Unsere Küche ist eine kulinarische Wüste. Letzte Woche beschloss ich in einem unbedachten Moment, eine Fertigsuppe zu erhitzen. Die Herdflamme ging nicht an, ich musste den Gasmann rufen. Er fand es ziemlich komisch, dass ich hier seit sechs Monaten wohnte, ohne zu merken, dass der Herd gar nicht ans Gas angeschlossen war.

»Hey, Süße! Wie ist es gelaufen?« Meine Mitbewohnerin Victoria, gleichzeitig meine beste Freundin, lag auf der Couch und schaute *Gefährliche Liebschaften* im Fernsehen. Im butterweichen Licht unserer Wohnzimmerlampe konnte ich sehen, warum Victoria oft für meine Schwester gehalten wird: Sie ist fünf Jahre älter und hat die gleichen vollen Lippen, grünbraunen Augen und dunkles Haar wie ich, nur ist sie eins fünfundfünfzig und kurvenreich, während ich eins fünfundsiebzig bin und mir den BH ausstopfe.

Ich setzte mich zu ihr und erzählte ihr von dem Typ, der die Kurve gekratzt hatte. Ich wusste, dass Victoria mir sagen würde, wenn es meine Schuld gewesen wäre. Sie ist die Art von Freundin, die ich nach ihrer Meinung frage, bevor ich mich festlege, sowohl bei Klamotten wie bei Männern, denn sie ist schonungslos ehrlich. Ich mag sie, weil sie keine Angst hat, mir die Wahrheit zu sagen.

»Mann, ist das bescheuert«, sagte sie kopfschüttelnd. »Es ist echt nicht zu glauben, dass es immer noch Typen gibt, die Schiss vor einer Frau mit Erfahrung haben.« Sie überlegte. »Andererseits: Vielleicht ist das auch die Schuld der Frauen. Ich kenne Mädels, die nur deshalb mit einem Kerl in die Kiste gehen, mit dem sie längst geschlafen haben, weil ihre Liste dann nicht länger wird. Was ist das bitte für eine verdrehte moralische Logik?«

»Ich weiß! Ich habe im *New Scientist* gelesen, der nationale Durchschnitt liege bei neun Partnern. Interessant war aber: Sobald die Frauen an einen Lügendetektor angeschlossen waren, verdoppelten sie die Zahlen.«

»Tja, Cat, es gibt doch diesen alten Spruch: Frauen halbieren ihre Zahl, Männer verdoppeln sie. Und du musst zugeben, dass wirklich mit zweierlei Maß gemessen wird. Eine Frau, die viele Partner hatte, gilt bis heute als Schlampe, während man Typen, die ständig Weiber abschleppen, für tolle Hechte hält.«

»Ich finde das verrückt. Die sexuelle Revolution hat doch längst stattgefunden – Frauen sollten die Freiheit haben, sich zu verabreden und Sex zu haben wie Männer. Für Kerle war es schon immer in Ordnung, herumzubumsen, bis sie ›die Richtige‹ finden, warum sollten sich Frauen dann bitte wegen einer langen Liste Sorgen machen?«

»Du hast recht«, sagte Victoria. Doch dann grinste sie verschlagen. »Aber wenn ich ehrlich bin, überlege ich manchmal schon, den einen oder anderen auszulassen. Zum Beispiel rechne ich normalerweise eine Nummer, die unter dreißig Sekunden gedauert hat, nicht dazu.«

Ich musste lachen, dann fingen wir an zu beraten, was sonst noch »nicht wirklich zählt«. Gegenseitiges Masturbieren auf dem Rücksitz eines Taxis? Einseitiger Oralsex? Frauen?

Hinzu kommt noch, dass meine Erinnerung mit der Zeit immer stärker verblasst. Inzwischen ist es fast so, dass ich mich nur noch an die wirklich Guten, die wirklich Schlechten und die wirklich Absonderlichen erinnern kann.

Victoria sprach meine Gedanken laut aus: »Je älter ich werde, desto schwieriger wird es, die Übersicht zu behalten. Hast du schon mal versucht, alle aufzuschreiben, mit denen du es mal gemacht hast, so im Rahmen deiner Recherche oder so?«

Ich kicherte. »Das mache ich immer statt Schafe zu zählen.«

»Kannst du immer noch nicht richtig schlafen? Cat, dafür habe ich doch Medikamente. Ich weiß genau, dass irgendwo in meiner Handtasche welche herumfliegen.« Victoria ist eine wandelnde Apotheke, aber sie weiß, dass ich nicht mal Paracetamol nehme. Meine bevorzugte Droge ist Koffein.

»Nein, danke«, sagte ich. »Da muss ich durch. Wenn mein Körper Schlaf braucht, wird er ihn sich holen. Andererseits – das behaupte ich auch in Bezug auf Sex.«

»Wie du willst, Süße. Schlaf gut, ja?«

Ich blies ihr einen Kuss zu und begab mich in mein Zimmer, das die Größe einer Abstellkammer hat. Dort ließ ich meinen Gedanken freien Lauf. Der Abend war enttäuschend gewesen. Aber es war nicht das erste Mal, dass meine Offenheit in Sachen Sex mir Ärger eingebracht hatte.

Ich erinnere mich noch gut an meine erste sexuelle Phantasie. Damals war ich fünf Jahre, und unsere Lehrerin las der Klasse das Märchen von Aschenputtel vor.

Immer schon ein altkluges Kind, wartete ich, bis sie zu den Worten »und sie lebten glücklich bis an ihr Lebensende« gekommen war, meldete mich dann und fragte: »Heißt das, dass sie sich die Sachen ausziehen, ins Bett gehen und sich küssen?« Ich musste mich in die Ecke setzen und wurde als böses Mädchen beschimpft, was ich ebenfalls genoss.

Einige Tage später gerieten meine beste Freundin Whitney und ich in Streit wegen unserer Barbiepuppen. »Ich will das Traumhaus«, sagte Whitney. »Meine Barbie ist nämlich verheiratet und hat drei Kinder.«

»Gut«, gab ich zurück. »Meine Barbie ist reich und berühmt und hat zwei Kens, deshalb will ich nur die Corvette.« Ich muss zugeben, dass sich seitdem ebenso wenig für mein kleines Pendant aus Plastik wie für mich geändert hat. Whitneys Barbies backten Plätzchen und sangen Lieder. Meine Barbiepuppen verbrachten trotz fehlender erkennbarer Genitalien ihre Nächte als Darsteller pornographischer Szenen. Was Rockstar Ken angeht, hatte ich immer den Verdacht, dass seine engen, glänzenden rosa Hemden und sein Ohrstecker eine homoerotische Botschaft aussandten.

Ich fischte eine zerdrückte Marlboro Light vom Grund meiner Handtasche und wollte mit der Kolumne der aktuellen Woche beginnen. Vorher jedoch öffnete ich das Fenster einen Spalt und versuchte, einen kurzen Blick auf meinen scharfen Nachbarn mit den unglaublichen Brustmuskeln zu erhaschen. Zu meinem Glück läuft er gerne ohne Hemd herum. Zu meinem Pech war er so unhöflich, Gardinen aufzuhängen. Spielverderber. Ich machte es mir mit meinem Laptop im Bett bequem und begann zu tippen.

Irgendwo habe ich gelesen, dass Männer alle sieben Sekunden an Sex denken. Das glaube ich gerne, denn auch ich bin oft so heiß, dass ich schon bei der ersten Verabredung mit einem Typen ins Bett gehe. Auch viele meiner Freundinnen halten das so.

Manche Menschen sind entsetzt, wenn Frauen sich zum hedonistischen Streben nach Lust um ihrer selbst willen bekennen. Die meisten meiner männlichen Freunde scheinen jedoch davon auszugehen, dass sie so lange durch die Gegend bumsen, bis ihnen die Richtige über den Weg läuft. Warum sollte das bei Frauen irgendwie anders sein?

Deshalb war ich auch nicht sonderlich erstaunt, als ich die Ergebnisse einer neuen Studie der Universität Sheffield las. Da stand, neun von zehn Frauen glaubten, unverbindlicher Sex sei unmoralisch. Offenbar poppen alleinstehende Frauen selten nur so zum Spaß, es ist eher eine Station auf der Suche nach einem langfristigen Partner.

Im Übrigen: Warum muss sich beides unbedingt ausschließen? Abgesehen von wenigen Ausnahmen, begannen die meisten ernsthaften Beziehungen von mir als One-Night-Stand, weil es zwischen uns einfach zu stark knisterte.

Ich habe noch nie verstanden, wie Leute über die Suche nach einem Seelenverwandten sagen können: »Letztendlich geht es doch darum, dass man gut miteinander auskommt und sich unterhalten kann.« Darauf will ich natürlich nicht verzichten, aber ich brauche ebenso Leidenschaft, Liebe und umwerfende Orgasmen, die unter die Haut gehen. Wenn ich mich in jemanden vergucke, finde ich lieber beim zweiten Treffen als beim zwanzigsten heraus, dass wir sexuell nicht kompatibel sind. Wenn ich einfach nur jemanden zum Reden brauche, rufe ich meine Mutter an.

Da ich trotz allem nicht schlafen konnte, telefonierte ich mit meinem Freund Michael, eine Nachteule wie ich, um ein paar erhellende Antworten von ihm zu bekommen. Michael und ich landeten zu Beginn unserer Freundschaft mehrmals in der Kiste, was uns meiner Meinung nach zu deutlich besseren Kameraden machte, weil wir so die sexuelle Anspannung schnell aus dem Weg geräumt hatten. Seinem Urteil über Männer vertraue ich uneingeschränkt, denn als Polit-Journalist muss er unablässig die versteckte Bedeutung hinter Politikeraussagen ergründen. Er ist seriell monogam und hat in letzter Zeit immer größere Pausen zwischen seinen Freundinnen eingelegt, weil er so hohe Ansprüche hat.

»Das Problem ist doch eher verfrühte Intimität als verfrühte Nacktheit«, sagte er. »Wenn ich was von einer will, melde ich mich bei ihr, Punkt. Ich kann es nicht leiden, wenn künstliche Bedingungen gestellt werden, und ich glaube, dieser ganze Kram mit ›Oh, das kann ich nicht beim zweiten Treffen machen, erst beim dritten‹, ist totaler Schwachsinn. Das bedeutet doch nur, dass die Frau nicht genug Selbstbewusstsein hat, und das törnt mich ab. Aber, hör mal, Cat, es ist fast zwei Uhr – geht's wirklich nur um deine Kolumne?«

Ich musste lachen. Ich hatte zwar von dem Artikel gesprochen, doch Michael kannte mich gut genug, um zu spüren, dass mehr dahintersteckte.

Langsam atmete ich aus und drückte den Zigarettenstummel in die Pfütze der Coladose. »Na, gut. Ich hatte heute wieder mal ein übles Date.«

»Was ist diesmal passiert?«

»Der Typ hat mich gefragt, mit wie vielen Leuten ich geschlafen hätte, und ich habe ehrlich geantwortet. Findest du, das ist ein Rücktrittsgrund?«

»Ganz im Ernst, Cat, ich weiß nicht, was ihn das überhaupt angeht.«

»Das habe ich auch gedacht! Wahrscheinlich mache ich mir nur Sorgen, ob ich jemals einen Mann finden werde, der kein Problem mit mir hat. Ich meine, ich bin klug, lustig und einigermaßen vorzeigbar, wieso ist es dann ein Rücktrittsgrund, dass ich mir eine Aubergine bis an den Kehlkopf schieben kann?«

»Also, ich kann dir sagen, der männliche Teil der Bevölkerung wird richtig scharf, wenn er sich vorstellt, wie du ein Gemüse sexuell belästigst. Wahrscheinlich liegt es eher an ihm als an dir; du weißt schon, die Angst, dass ein anderer Typ besser sein könnte als er.«

»Da könntest du recht haben«, gab ich zu und dachte an einen Exfreund, der herausfand, dass ich mal etwas mit einem halbwegs berühmten Fotografen aus Manhattan gehabt hatte, den man auch »den Hengst« nannte, und zwar nicht wegen seiner Reitkünste. Ich hörte nie wieder von dem Typen.

»Andererseits ist es aber auch etwas einschüchternd, mit einer Sex-Kolumnistin zu schlafen, in etwa so, als müsste man bei einem Kardiologen eine Operation am offenen Herzen durchführen«, warf Michael ein. »Vielleicht haben die Männer wirklich Angst vor deiner Erfahrung. Oder vor der forschen, freimütigen Amerikanerin, die mit hohen Absätzen auch noch sehr groß ist. Diese Kombination ist wirklich furchterregend.«

»Das gilt aber auch andersherum, weißt du? Manchmal

habe ich Angst, dass die Männer von mir erwarten, dass ich mich in eine Art sexuelle Überfrau verwandele.«

Michael lachte. »Tja, meine Süße, das bist du wohl auch. Auf jeden Fall bist du, sagen wir mal, sehr einfallsreich.«

Ich unterdrückte ein Kichern und schaute auf mein verwaschenes graues Tanktop und den ausgeleierten Jogginganzug.

»Oh, ja, gerade im Moment sehe ich total heiß aus.« Lachend schnitt ich mir eine Grimasse im Spiegel. Mein Haar hatte ich mit einem Jeans-Haargummi, das seit Mitte der Achtziger niemand mehr trug, provisorisch auf dem Hinterkopf zusammengebunden.

»Egal, wenn ich jetzt wirklich heiß bin, dann habe ich mir das redlich verdient nach all dem, was ich mir in der Grundschule so alles anhören durfte. Die Cheerleader waren alle so niedlich, und ich sah aus wie ein Freak.«

Das war noch zurückhaltend formuliert: In einer Schule, wo es als letzter Schrei unter den Jugendlichen galt, ein Hemd mit Knöpfen zu tragen, lief ich in Netzshirt und silbernen Ballettschuhen herum. Ich wurde erbarmungslos gehänselt und bekam wegen meiner Größe und den weit auseinanderstehenden Augen den Spitznamen »Alien«.

»Du hattest Glück, Kleine, du hast die niedliche Phase übersprungen und wurdest vom hässlichen Entlein direkt zum Sexmonster«, sagte Michael. »Mit Sicherheit bringen die Cheerleader inzwischen hundertdreißig Kilo auf die Waage, haben fünf Kinder und leben in Wohnwagensiedlungen.«

Ich lachte. »Danke, Michael. Wir sprechen uns morgen, ja?«

»Klar. Träum was Schönes.«

Und ob! In den seltenen Momenten, wenn ich tatsächlich einmal schlafe, habe ich unglaublich intensive Träume. Was nicht so schlimm wäre, wenn ich nicht in letzter Zeit erotische Träume von und mit Gordon Brown hätte. Es läuft mir kalt den Rücken herunter, wenn ich mir vorstelle, was in meinem Unterbewusstsein alles falsch funktionieren muss, dass es auf so jemanden verfällt.

Und so holte ich mir einen Block und versuchte aufzulisten, mit wem ich alles schon geschlafen hatte. Die ersten Einträge waren noch sehr detailliert, dann wurden sie immer löchriger (Nr. 24: Jon oder Joe?? Fotograf mit schönen weißen Zähnen). Schnell verschwamm mir die Schrift vor den Augen, und ich überlegte, mir Pornos aus dem Internet herunterzuladen, hatte aber zu große Angst davor, meine Kreditkartennummer online einzugeben und mir tonnenweise Spam einzuhandeln.

Außerdem laufen die Media Player mit der Gratisvorschau nicht besonders gut auf meinem Mac, und ich hatte Angst, am Ende eine Handvoll wackliger Kurzfilme von fünfunddreißigjährigen »Mädchen« beim »ersten Mal« mit einer Lesbe heruntergeladen zu haben. Und das zu dieser Uhrzeit. Eigentlich bevorzugte ich erotische Geschichten aus dem Netz, die ich auf meinem Laptop säuberlich in verschiedenen Ordnern ablegte: »Normal«, »Gay«, »Gruppe« usw. Aber heute nicht – ich war zu müde für aufwendige Phantasien.

Und so leckte ich mir die Finger und schob mir die Hand zwischen die Beine, um mit kontrollierten, schnellen Bewegungen meine Klitoris zu massieren. Die Vorstellung, dass mein Nachbar durch die Vorhänge spähte und mir zusah, einen Ständer bekam und mit den Händen über seine Bauchmuskeln nach unten tastete, seinen Schwanz streichelte und mir dabei in die Augen sah, gab mir den Kick. Es dauerte ungefähr neunzig Sekunden.

Anschließend überlegte ich, wie viel ich seit meiner Ankunft in England und dem Beginn der Sex-Kolumne gelernt hatte. Jede Begegnung mit einem Mann – den guten, den schlechten, den absonderlichen – hatte mir mehr darüber verraten, was für einen Partner ich suchte.

Es war eine emotionale und körperliche Achterbahnfahrt gewesen, doch was mich nicht umbrachte, machte mich letztendlich nur stärker. Und da musste schon ein anderer kommen als der Schwachkopf von heute Abend, um mich fertigzumachen.

Es wäre super, wenn eine meiner Zufallsbekanntschaften sich als die Liebe meines Lebens entpuppte. Doch wenn nicht, hätte ich am nächsten Morgen trotzdem Respekt vor meinem Gegenüber.

Während ich in den Schlaf hinüberglitt, verzichtete ich auf Gordons Starauftritt in meinem REM-Schlaf, sondern dachte stattdessen darüber nach, wie meine Laufbahn als Sex-Kolumnistin begonnen hatte.

1

Wie so vieles im Leben nahm meine Sex-Kolumne im *Independent* ihren Anfang, als etwas anderes endete. Und wenn die meisten Menschen diese Sprüche bei der Trennung nicht mehr hören können, muss es doch einen Grund geben, warum »Es liegt nicht an dir, sondern an mir« eine ebenso weit verbreitete Beziehungsphrase geworden ist wie »Ich liebe dich«. Das musste ich auf die harte Tour lernen, als mich mein Exfreund Patrick vor die Tür setzte.

Ich habe noch nie groß geglaubt, dass es eine rein weibliche Herangehensweise an das Schlussmachen gibt. Doch der Trick, das von mir so bezeichnete »Beziehungsabschlussgespräch« zu überstehen, liegt darin, sich nicht auf das zu konzentrieren, was das Gegenüber sagt, sondern auf das, was es verschweigt.

Leider lässt sich der Satz »Ich brauche mehr Freiheit« allzu oft ergänzen mit »um mit anderen zu schlafen«. Ebenso fehlt dem Vorschlag »Wir sollten es langsamer angehen lassen« häufig die Erklärung »damit ich mir alle Möglichkeiten offenhalten kann, falls ich jemanden treffe, der interessanter/schärfer/reicher ist als du«. Das ist nicht unbedingt gemein: Eine Notlüge zu ersinnen, um die Trennung in die Wege zu leiten, kann dem Geschassten oft viel Zeit und Herzschmerz ersparen.

Aber Patrick war anders, dachte ich wenigstens. Unsere Beziehung beruhte auf »absoluter Ehrlichkeit«, weshalb ich mich einverstanden erklärte, nach fünf stürmischen Monaten des Werbens bei ihm einzuziehen, obwohl ich zu dem Zeitpunkt noch in Manhattan wohnte und er in der City of London als Banker arbeitete.

Kurz zuvor hatte ich meine Stelle als New Yorker Klatschkolumnistin an den Nagel gehängt. Schon seit Jahren spielte ich mit dem Gedanken, mich langfristig in London niederzulassen. Ich war der Meinung, dass es für mich mit meiner jahrelangen journalistischen Erfahrung nicht allzu schwierig sein dürfte, einen Auftrag oder zumindest einen Praktikumsplatz zu bekommen. In den letzten Monaten war ich auf der Suche nach Arbeit regelmäßig hin und her geflogen.

Rückblickend betrachtet war mein Urteilsvermögen in Bezug auf meine Karriere fast so schlecht wie in Bezug auf Männer. Meine Bemühungen in London waren nicht gerade von Erfolg gekrönt: Der *Independent* hatte Interesse an den von mir eingeschickten Storys bekundet, aber bisher nur einen Artikel gekauft, und mein letztes Praktikum (Codewort für »Sklavenarbeit«, wie ich schnell herausfand) bei der *Times* fand ein abruptes Ende, als ich einen Veranstaltungshinweis vermasselte, indem ich ein Theaterstück von Kevin Spacey ein Jahr zu spät ansetzte. »Nur sechzehn Wörter, und selbst die hab ich verbockt«, fluchte ich, als ich entlassen wurde.

Deshalb stockte ich mein Einkommen auf, indem ich in New York als freie Mitarbeiterin Aufträge annahm, wie beispielsweise Beiträge für einen Fashion Guide zu verfassen. Tagsüber zog ich durch Manhattan, spätnachts trieb ich durch Gespräche mit Patrick über unsere gemeinsame Zukunft meine Telefonrechnung in astronomische Höhen.

Irgendwann war ich bereit, auf sein Angebot einzugehen. Ich packte meine Siebensachen und wappnete mich für das größte Abenteuer meines Lebens.

Zwei Tage vor meinem geplanten endgültigen Abflug nach London schickte er mir eine E-Mail, in der stand, er habe das Gefühl, wir gingen »nicht denselben Weg«, er wolle mich nicht mehr sehen. Offenbar fehlte Patrick jedes Gespür für Ironie, denn er bestand darauf, uns ein letztes Mal im Bleeding Heart Pub in Farringdon zu treffen, wo er erklären würde, warum er sich von mir trennen wollte.

Ich stand unter Schock, aber trotzdem könnte ich mich heute ohrfeigen, wenn ich an meine lächerliche Aufmachung von damals denke. Für Frauen gibt es nur ein Outfit, das im Verlauf einer Beziehung noch wegweisender ist als das bei der ersten Verabredung: die Trennungskleidung.

Mit rasierten Beinen, gewachster Bikinizone und perfekt gezupften Augenbrauen quetschte ich mich in den schwarzen Bleistiftrock in Größe 36, den Patrick so toll fand, dazu ein über die Schulter fallendes T-Shirt mit einer Siebdruck-Blondie, die Bikerjacke aus Antikleder und zehn Zentimeter hohe Stilettos von Christian Louboutin. Drunter trug ich in Erwartung des bestmöglichen Ausgangs mein Spitzenkorsett von La Perla.

»Meine Einstellung zu unserer Beziehung hat sich verändert. Ich halte es für das Beste, wenn wir einen Schlussstrich ziehen«, hatte Patrick geschrieben. Das war alles andere als zweideutig, aber irgendwie hoffte ich wohl, er würde hereingestürzt kommen, seine E-Mail auf einen vorübergehenden

Anfall von Wahnsinn schieben, mich in die Arme nehmen und rufen: »Was habe ich mir nur dabei gedacht?«

Doch schon der erste Blick auf die grelle Beleuchtung und die angespannten Gesichter der Paare im Pub sagte mir, dass es keine Versöhnung geben würde: Das Bleeding Heart war ein Ort, wo Beziehungen zu Grabe getragen wurden. Der Raum war behaglich genug, um zu gewährleisten, dass ich nicht laut werden und eine Szene machen würde, gleichzeitig waren die Tische so groß, dass ich Patrick nicht die Augen auskratzen konnte – oder was auch immer Männer von Frauen angesichts einer Trennung erwarten.

Ich war eine Viertelstunde zu früh, wollte noch schnell einen halben Dirty Martini hinunterkippen und eine heimliche Zigarette zur Beruhigung meiner Nerven rauchen, bevor Patrick eintraf. Doch der saß bereits an einem Ecktisch, die Krawatte gelockert, leicht unordentlich, aber niedlich. Er schien eine SMS zu schreiben.

Als wir uns in die Augen sahen, wollte er aufstehen, aber sein Knie schlug von unten gegen den Tisch, und er biss sich auf die Lippen und gab mir nur einen flüchtigen Kuss auf die Wange. »Hi, Cat! Ähm, möchtest du etwas trinken?«, fragte er und ließ sein Handy in die Tasche gleiten.

»Was trinkst du denn?«, fragte ich bemüht locker zurück, obwohl meine Stimme zitterte. Vielleicht sah ich aus wie ein Rockstar, aber innerlich war ich ein Nervenbündel.

»Tomatensaft«, sagte er ausdruckslos. Das war kein gutes Zeichen für einen Halb-Iren, der normalerweise Guinness trinkt wie Wasser.

»Ich nehme einen Wodka Tonic. Besser einen doppelten.« Ich setzte mich, nahm die Wraparound-Sonnenbrille ab und versuchte, meine zitternden Hände ruhig zu halten. Anders als die meisten meiner Freundinnen bevorzuge ich angesichts eines Unglücks Trosttrinken statt Trostessen. Ich neige zum Grübeln und benutze daher in harten Zeiten Schnaps, um meinen Kopf zu betäuben.

Für einen leichten Schwips sollte man exakt den Level von Trunkenheit halten, der einen fröhlich statt verdrießlich macht. Bei mir sind das meistens drei Drinks. Nur ein wenig mehr, und ich heule auf dem Klo oder hocke auf irgendeinem Kerl. Es ist ein ganz schmaler Grat.

Kaum war Patrick mit meinem Cocktail zurück und hatte sich gesetzt, verlor ich keine Zeit: »Hast du eine andere?«, fragte ich, gegen die Tränen kämpfend. Ich würde hier nicht weinen. Diese Genugtuung würde ich ihm nicht gönnen. »Das könnte ich verstehen. Es würde mir vielleicht sogar helfen, zu begreifen, warum es so gelaufen ist.«

Patrick seufzte und lockerte seine Krawatte noch weiter. »Ach, wenn es nur so einfach wäre«, sagte er und senkte ausweichend den Blick. Seine Hände umfassten das Glas mit der zähen roten Flüssigkeit. Ich hatte Patricks Hände immer geliebt. Meine Freundinnen schwören auf die Größe von Männerfüßen, ich hingegen konnte seine langen dicken Finger nie ansehen, ohne mir vorzustellen, wie sie sich in mich schoben und mich dehnten. »Du hast keine Ahnung, wie schwer das für mich ist.«

»Das ist schwer für dich? Du hast mir monatelang in den Ohren gelegen, dass ich bei dir einziehen soll, und jetzt kündige ich meine Stelle in New York, ziehe aus meiner Wohnung aus, weil ich zwei Tage später rüberfliegen will, und da sagst du mir, dass ich hier nicht wohnen kann? Was hast du dir dabei gedacht? Interessiert dich das überhaupt?«

Mein Herz klopfte zum Zerspringen. Trotz der ernsten

Angelegenheit spürte ich ein Prickeln in mir. *Selbst wenn es nichts mehr zu flicken gibt*, dachte ich, *der Versöhnungssex wäre umwerfend.* Es musste an meinem rasenden Puls und am Alkohol liegen, dass ich mir Hoffnung auf einen zeitweiligen Aufschub machte. Wie besessen plauderte ich über meine Arbeit, da ich wusste, dass bei der ersten kurzen Gesprächspause das Ende kommen und der Schmerz mich überwältigen würde. Außerdem hatte Victoria keinen Zweitschlüssel und stand erst um halb acht auf. Obwohl wir uns erst vor drei Wochen beim Frisör kennengelernt hatten, half sie mir in meiner Notlage und ließ mich in ihrer Wohnung übernachten.

Entweder also hier sitzen und reden oder heulend in einem Starbucks hocken, eingeklemmt zwischen Touristen mit Rollkoffern. Obdachlos sein war scheiße.

Dann ging mir durch den Kopf, dass ich nie wieder mit Patrick vögeln würde und nicht wusste, wann die Chemie mit einem anderen Mann jemals wieder so gut sein würde. Einer der Haken einer Trennung ist, dass man in der Partnerschaft so faul wird. Man kennt die sexuellen Vorlieben des anderen und ist perfekt aufeinander eingespielt. Die Vorstellung, nach einem Tritt in den Hintern wieder so viel Energie und Zeit in jemand anders investieren zu müssen, war entmutigend. Mir wurde übel.

Patrick seufzte. »Ehrlich gesagt, habe ich es getan, weil ich hoffte, du würdest nach der E-Mail in New York bleiben.«

Das machte mich wütender als alles, was er bisher gesagt hatte. Er wusste, dass ich nach London ziehen wollte, seitdem ich mit vierzehn Jahren mit dem Schulchor hier gewesen war, die Aufpasser hatte abschütteln können und zum ersten Mal in einem Pub gewesen war. In England war ich erstmals verliebt: nicht in einen Mann, sondern in die Trinkkultur. Und auch wenn es Spaß gemacht hatte, über die Oscarverleihung zu berichten, langweilte es mich doch gewaltig, über Prominente und ihre eher überflüssigen Sorgen zu schreiben. Ich hatte selbst überflüssige Sorgen genug.

Mir wurde klar, dass ich, wenn ich in den Staaten bliebe, irgendwann mit fünfundvierzig Jahren immer noch den Popkulturscheiß wiederkäuen und die gescheiterten Ehen viertklassiger Promis analysieren würde. Ich wusste, dass ich New York verlassen musste, um all dem zu entkommen. In London kannte ich keine Menschenseele, aber das hatte mich noch nie von etwas abgehalten. Ich liebe Herausforderungen.

»Patrick, ich rede jetzt seit einem Jahr davon, nach London zu ziehen. Lange, bevor ich dich kennenlernte. Wie kommst du auf die Idee, dass ich es mir anders überlegen würde?«

»Weil, hm… was willst du hier denn überhaupt machen?«

Ich merkte, dass er einen verstohlenen Blick auf sein Handy warf. Hatte er eine andere? Vielleicht die zierliche Blondine, die neben ihm arbeitete, die »nur eine Freundin« sei, wie er immer betont hatte? Wahrscheinlich hatte ich Wahnvorstellungen. Andererseits, was änderte das schon? »Ich hatte irgendwie den Eindruck, du würdest wegen mir herziehen wollen. Ich meine, es ist ja nicht so, als wäre dein unbezahltes Praktikum der große Bringer.«

Es kam mir vor, als hätte er mich geohrfeigt. Mit meinen siebenundzwanzig Jahren war es mir nicht gerade leichtgefallen, mich von einer unter Prominenten bekannten Co-

Autorin einer trendigen New Yorker Klatschkolumne zum Teekochen degradieren zu lassen. Oder mir ständig von dem mürrischen *Times*-Redakteur anhören zu müssen, er sei nicht sicher, ob ich das »Feeling« für Features hätte, bis er mich dann wegen des Kevin-Spacey-Debakels abservierte.

Ich holte tief Luft. »Ich will auf jeden Fall eine Sex-Kolumne für eine landesweite Zeitung schreiben. Der *Independent* war den Ideen gegenüber, die ich eingeschickt habe, sehr aufgeschlossen. Ein Artikel wurde schon gedruckt. Ich hoffe, dass es irgendwann eine freie Stelle als Mitarbeiterin gibt. Ich muss einfach nur hartnäckig sein und dafür sorgen, dass ich zur richtigen Zeit am richtigen Ort bin. Wann auch immer es so weit ist.«

»Siehst du, Cat, das meine ich ja«, sagte Patrick gereizt. »Ich kann nicht mit jemandem zusammen sein, der total die Bodenhaftung verloren hat. Eine Kolumne in einer landesweiten Zeitung? Hauptsache, einer von uns bleibt realistisch!«

Du Arschloch, dachte ich.

Natürlich konnte er mit mir Schluss machen, doch an meiner Professionalität zweifeln? Auf keinen Fall. Wie konnte er es wagen? »Ich muss mal zur Toilette«, stieß ich hervor, denn ich wusste, dass ich die Tränen nicht viel länger würde zurückhalten können. Ich drückte die Tür auf, ging ans Waschbecken und wandte den alten Trick aus der Grundschule an, mein Gegenüber im Spiegel aufzumuntern. »Du bist ein Rockstar!«, sagte ich immer wieder, während ich mich an der Backsteinwand festhielt und meine verschmierte Wimperntusche abtupfte. Ich versuchte, gleichmäßig zu atmen. »Du bist ein Rockstar, und er ist ein Schwachkopf.«

»Alles in Ordnung, Süße?«

Ich drehte mich um und erblickte einen großen, athletischen Rocker mit wildem Haar, der an einem Urinal stand. In meiner Eile war ich auf der Flucht offenbar in die Herrentoilette gestolpert. Na, super. Dieser Abend wurde immer besser.

»Ja, alles klar. Ich bin nur eben draußen abserviert worden und versuche jetzt, mich wieder aufzumuntern. Kein Grund zur Sorge.«

»Du wurdest geschasst?«, fragte er teilnahmsvoll mit einem Lächeln im freundlichen, offenen Gesicht. »Der Kerl muss ja verrückt sein.« Der Rocker trug ein T-Shirt der Sex Pistols und eine kunstvoll zerrissene Jeans. Ich zwang mich zu einem Lächeln. Sein scheinbar aufrichtiges Staunen, wie jemand mit mir Schluss machen könne, tat mir gut.

»Ist es denn wirklich aus und vorbei?«, fragte er und reichte mir Toilettenpapier aus einer Kabine. »Ich meine, könnt ihr das nicht wieder einrenken?«

Ich putzte mir geräuschvoll die Nase und warf das Papier in den Mülleimer. »Nein, ich glaube, die Sache ist gelaufen. Aber trotzdem danke, ähm, wie heißt du? Ich bin Cat.«

»Nick«, sagte er und gab mir die Hand. Dann steuerten wir auf die Tür zu. Er zögerte.

»Hör mal, vielleicht kommt dir das komisch vor, aber soll ich dir vielleicht meine Nummer geben, falls du mal was brauchst?«

In meinem Kopf wurde eine Vielzahl von Gründen abgespult, warum das keine gute Idee war. *Es ist noch zu früh. Ich kenne dich nicht. Du hast eine unansehnliche Gesichtsbehaarung.*

Doch unwillkürlich fischte ich in meiner Handtasche herum; dass es ewig lange dauerte, bis ich etwas zum Schreiben fand, sagte mir, dass ich auf dem besten Weg zum Vollrausch war. »Ähm, ich habe einen Stift, aber kein Papier«, sagte ich und hielt ihm die Hand hin. »Schreib die Nummer hinten auf die Hand, falls ich sie noch mal wasche.« Ich lächelte schwach. Der Rocker notierte eine Handynummer und hielt meine Hand etwas länger fest als absolut notwendig. »Meine Kumpel und ich gehen heute Abend übrigens noch in einen Rockclub, du kannst mich gerne anrufen. Viel Glück, Cat.«

Ich folgte ihm aus dem Klo. Als ich an den Tisch zurückkehrte, sackte mir das Herz in die Hose. Die Situation war so surreal; bei meiner letzten Begegnung mit Patrick hatte er mir Frühstück gemacht und einen Abschiedskuss gegeben, bevor ich zum Flughafen fuhr, um meinen letzten Auftrag als Freie in New York zu erledigen. Damals trug er meinen Lieblingsanzug. Er strahlte diese vermeintlich mannhafte Kontrolle aus, die mich anfangs so fasziniert hatte.

Patrick und ich lernten uns kennen, als ich zu Besuch in London war. Damals war ich mir noch nicht sicher, ob ich den Sprung ins kalte Wasser wagen und wirklich umziehen sollte. Da ich so gut wie niemanden in der Stadt kannte, war ich allein zu der Party einer gewissen Amy gegangen, der Freundin einer Freundin, und unterhielt mich dort den größten Teil des Abends mit dem italienischen Vater des Geburtstagskindes, der wiederum mit meinem Dekolleté sprach. Mein Italienisch beschränkt sich im Großen und Ganzen auf Lieder von Frank Sinatra, deshalb musste ich mit einem Glas Wein in der Hand wild gestikulieren. Normalerweise habe ich keine Probleme, mit Fremden ins Gespräch zu kommen, doch die Grüppchen auf dieser Party waren schwer zu unterwandern.

In New York eröffnet man ein Gespräch mit der Frage »Was machst du beruflich?«, doch den Frauen hier schien nur wichtig zu sein, wer wo zur Schule gegangen war. Wahrscheinlich trugen sie auch ausgefallene Hüte zu sommerlichen Sportveranstaltungen. Ich war leicht fehl am Platz.

»Die Party ist langweilig«, flüsterte ein tiefer Bariton hinter mir. »Sollen wir nicht nach draußen auf die Terrasse gehen und eine Flasche Wein trinken?«

Ich drehte mich um und erblickte einen großen, kräftig gebauten, dunkelhaarigen Typ mit durchdringenden grünen Augen und einem piekfeinen Akzent. Er schwenkte eine Flasche und zwei Gläser. Ich war nicht gerade von Leidenschaft überwältigt, doch hatte ich bereits auf die harte Tour lernen müssen, dass für die meisten Briten ein Annäherungsversuch damit beginnt, verstohlene Blicke quer durch den Pub zu werfen, um nach dem zwölften Glas angetrunkenen Mutes so eine charmante Bemerkung wie »Geile Titten!« fallen zu lassen und dann nach draußen zu wanken.

Ich prüfte den Flaschenhals. »Ich will nur sichergehen, dass der Wein noch verkorkt ist und du nicht so ein Vergewaltiger oder Serienmörder bist, der abgehackte Köpfe in seinem Kühlschrank aufbewahrt. Gegen Zerstückelung als solche habe ich ja nichts einzuwenden, aber es ist mir lieber, wenn mein Partner die Körperteile im Keller lagert. Im Kühlschrank ist es nämlich total unhygienisch«, sagte ich mit künstlichem Akzent und verdrehte die Augen.

Er lachte. »Du kommst wohl aus Amerika, was? Tja, dann gebe ich besser zu, dass ich nie ohne Rohypnol aus dem Haus gehe. Wie käme ich sonst auf meine Erfolgsquote? Bis zum Mord habe ich es aber noch nicht gebracht.«

Hm – niedlich und ein Gefühl für Ironie. Es wurde langsam interessant. In der folgenden Stunde erfuhr ich, dass er Patrick hieß, im Hochrisiko-Finanzbereich arbeitete und Anfang dreißig war.

Amy warnte mich, er habe den Ruf, ein kleiner Casanova zu sein, was aber natürlich nur bewirkte, dass ich noch heißer auf ihn wurde.

In New York hatte ich mich, bedingt durch meinen verrückten Job, immer zu bösen, tätowierten Bikertypen hingezogen gefühlt, die niemals die aufgeräumte Realität meines Alltags stören würden. Dies hingegen war ein erwachsener Mann mit einem richtigen Job. Ich liebe Männer in Anzügen, denn ich stelle mir gerne vor, wie ich die nüchternen Kerle ausziehe und ihre perverse Seite entdecke.

Zwei Tage später hatten wir unsere erste Verabredung. Bei einem viergängigen Menü im Hakkasan teilten wir uns zwei Flaschen Champagner. »Cat«, sagte er im Taxi und streichelte mein Gesicht. »Warum muss ich bloß ständig an dich denken?«

Das ist die übliche Masche durchschnittlich aussehender Männer. Sie geben Sätze von sich wie »Brich mir bitte nicht das Herz!« und machen dazu ein verletzliches Welpengesicht, bis sie es sich in der Beziehung schön gemütlich eingerichtet haben. Dieser Gesichtsausdruck ist so, als würde ein gutmütig wirkender Chihuahua einem den Finger abbeißen.

Trotzdem wurde ich schwach. Wir gingen in einen Hip-Hop-Club in der Nähe von King's Cross, in dem das Verhältnis von Metalldetektoren zu Stammgästen erschreckend hoch war, und kämpften uns durch die verschwitzten Massen zur Bar, wo ich wartete, bis wir beim letzten Drittel des zweiten Biers angekommen waren. Dann tat ich den ersten Schritt – und zwar auf meine übliche Tour: »Ist schön mit dir«, sagte ich, nahm seine Hand und verschränkte meine Finger mit seinen. »Angenehmes Schweigen.«

»Das ist super«, sagte er. »Ich kann mich echt nicht erinnern, wann ich mich besser unterhalten hätte. Wirklich. Ich habe das Gefühl, ich könnte die ganze Nacht mit dir reden.«

»Na, wo du davon sprichst …« Ich legte meine Hand auf Patricks Knie und beugte mich verschwörerisch vor. »Wenn du vorhattest, mich zu fragen, ob ich mit zu dir nach Hause komme, dann ist jetzt die perfekte Gelegenheit dazu.«

Er machte ein schockiertes und gleichzeitig erfreutes Gesicht. »Ähm, na klar, wenn du mitkommen willst, das fände ich absolut klasse«, sagte er und bestellte mit der internationalen Unterschriftsgeste die Rechnung.

Zu dem Zeitpunkt hatten wir uns noch nicht einmal geküsst. Aber ich gehöre zu den Menschen, die peinlichen Situationen aus dem Weg gehen: Ich zahle lieber die gesamte Restaurantrechnung, als mich darüber zu streiten, wer nur Wasser und Salat hatte und wer die Gänseleber. Ich fürchtete, wenn ich Patrick die Initiative überließ, würden wir beim Abschied vor dem Taxi vor dem unangenehmen Dilemma stehen, ob wir uns mit einem Kuss auf die Wange oder auf die Lippen verabschieden sollten. Aus Höflichkeit wäre Patrick zum Schluss wahrscheinlich gegangen, um mich nicht zu kompromittieren. Aber dafür war ich viel zu scharf.

Zehn Minuten später saßen wir in einem Taxi gen Osten, und seine Hände tasteten sich gen Süden vor. Ich hockte mich auf ihn und legte den Kopf an seine Schulter. Dann küssten wir uns, und ich nahm Patricks Hand von meiner Wange und begann, an seinen Fingern zu lutschen. Er stöhnte, und ich spürte ihn unter mir hart werden. Sofort war ich total durchnässt. Es war mir immer schon peinlich, wie schnell ich feucht werde; nicht mehr lange, und sein Schoß und der Rücksitz wären klatschnass. Ich verbot ihm, mich zu berühren, weil ich so geil war, dass ich befürchtete, an Ort und Stelle zu kommen. Und das wollte ich noch nicht. Meine Hand wanderte seinen Oberschenkel hinauf, quälend nah und näher, neckte ihn aber nur.

Das Taxi hielt vor einem Hochhaus im Osten von London, und Patricks Zunge wurde immer drängender. Ich führte seine Hand von außen an meinen Slip. »Merkst du, wie nass du mich machst?«, flüsterte ich ihm ins Ohr.

»Ich will dich richtig fühlen«, sagte er und bewegte seine Finger sanft kreisend von außen über meine Unterwäsche. Er machte mich verrückt.

Kaum hatten wir seine Wohnungstür hinter uns geschlossen, flogen die Klamotten in alle Richtungen. Als wir die Oberteile ausgezogen hatten, bat ich ihn um ein Glas Wasser. Während er in der Küche war, bestaunte ich sein geordnetes Leben: Anzüge von Zegna und Armani, die in Reih und Glied auf einer Stange vor seinem begehbaren Kleiderschrank hingen, wahrscheinlich von der Putzfrau gebügelt. Schon damals fragte ich mich, ob mein chaotisches Leben je zu seiner Einstellung à la »Dienstags ist das rosa Hemd dran« passen würde. Ich beneidete ihn.

Ich erinnere mich noch, wie ich die Beine um ihn schlang und staunte, wie sicher und solide er sich anfühlte; nach einigen Minuten Trockenübungen fasste er in die Nachttischschublade und holte ein Kondom hervor.

Das wirft ein Schlaglicht auf ein anderes Dilemma: Schon

vor langer Zeit hatte ich die Kunst perfektioniert, ohne Hilfe der Hände ein Kondom abzurollen. Diese Schutzmaßnahme anzuwenden ist ein kritischer Moment; manche Männer erstarren wie von Scheinwerfern geblendete Rehe und erschlaffen bei der kleinsten Unterbrechung. Ich wollte diesen Typ wiedersehen, wollte ihn also nicht mit meiner Erfahrung einschüchtern. In unserer ersten gemeinsamen Nacht holte ich besser keine Peitschen und Ketten hervor.

Ich beschloss, Patrick die Sache zu überlassen, und schob die Hand zwischen seine Beine, um seine Eier zu streicheln, während er sich das Kondom überzog. »Wow, bist du hart«, murmelte ich.

Ich hatte eigentlich noch nie ein Problem mit Dirty Talk. Oft geht es nur darum, das Offensichtliche zu beschreiben und ein wenig Erzählung drumzuzuweben, so wie man manchmal sagt: »Wow! Bist du groß!« oder »Es regnet wirklich heftig, nicht?«

Patrick drückte mich zurück aufs Bett, spreizte meine Oberschenkel und schob die Zunge in mich hinein. Selbst in meinem betrunkenen Zustand merkte ich, dass er das, was ihm an Technik fehlte, mit Einsatzwillen wettmachte. Aber drei Drinks sind normalerweise mein Maximum, um beim Oralsex kommen zu können, und selbst dann kann es zwanzig Minuten dauern.

Die meisten Männer wissen nicht, dass man Frauen am besten nach ein paar Minuten vögeln und ein wenig G-Punkt-Reizung oral stimuliert, um sie an den Punkt ohne Wiederkehr zu bringen. Für Kerle ist Sex eine Geschichte mit Einleitung, Mitte und Schluss. Aber jetzt war nicht der richtige Moment, um literarische Parallelen zu ziehen.

Ich setzte mich hin. »Ich will dich in mir spüren«, flüsterte ich, und Patrick brauchte keine weitere Aufforderung. So gerne ich mich auch wie eine Brezel verbiege, die Missionarsstellung gehört zu meinen bevorzugten Positionen. Wahrscheinlich weil ich mir dabei keine Sorgen um das Kamasutra machen muss, sondern einfach nur daliegen und mich gehen lassen kann.

Ich schlang meine Beine um seinen Körper und verschränkte die Knöchel auf seinem Rücken (noch ein Vorteil, wenn man eins fünfundsiebzig groß ist). Patrick lehnte sich zurück, sodass er vor mir hockte und zusehen konnte, wie er in mir verschwand. Ich war schon immer furchtbar neidisch darauf, dass Männer alles beobachten können. Eine Frau könnte eine Yoga-Meisterin in einem Spiegelsaal sein, sie würde trotzdem nicht alles sehen.

»Oh, Mann, das ist unglaublich«, sagte er, auf mich herabschauend. »Du bist einfach wunderbar.«

Egal, wie oft ich diesen Satz höre, er wird niemals alt. Das Einzige, was bei mir ähnliche Glücksgefühle hervorruft, ist ein besorgtes: »Siehst du dünn aus! Isst du auch wirklich genug?«

Dann legte ich meine Beine rechts und links auf seine Schultern. Als er noch tiefer in mich eindrang, bis zum Anschlag, und stöhnte, er würde gleich kommen, zerknüllte ich die Laken in meinen Fäusten. »Stört es dich, wenn ich mich berühre?«, fragte ich und hatte die Finger schon an der Klitoris, bevor er mir antworten konnte. Er nahm wohl an, es sei eine rhetorische Frage gewesen.

»Das macht mich so geil«, stöhnte er und steigerte die Geschwindigkeit seiner Stöße.

Es verblüfft mich, dass Frauen Probleme haben, vor Männern zu masturbieren, denn denen scheint es zu gefallen. Genauso gern sehe ich selbst zu, wenn ein Mann sich berührt. Ich massierte meine Klitoris im Rhythmus seiner Bewegungen und spürte, wie ich seinen Schwanz umspannte und immer enger wurde, bis die Zuckungen begannen und ich kam.

Kaum war mein Orgasmus verklungen, spritzte Patrick in mir ab. Anschließend lagen wir beide schwer atmend nebeneinander im Dunkeln. »Weißt du noch, dass du eben gesagt hast, in Manhattan müsste man erst mal darüber reden, ehe man beschließt, dass man jetzt ein Paar ist?«, fragte er.

»Hm-m«, machte ich, drehte mich auf den Bauch und begann, ohne es zu wollen, kreisende Bewegungen auf dem Bett zu vollführen. Ich war bereits startklar für die zweite Runde.

»Also, nur damit das klar ist: Ich möchte, dass du meine Freundin bist«, sagte er. Seine Stimme war weich, aber eindringlich. »Ich möchte, dass wir ein Paar sind.«

Schon damals merkte ich, dass Patrick zu den Menschen gehörte, die es nicht gewohnt waren, ein Nein als Antwort zu bekommen.

Im Bleeding Heart ging das Gesülze unterdessen weiter. Als Patrick zu dem Satz kam »Es liegt nicht an dir, sondern an mir«, bekam ich Sehnsucht nach meinem Freund aus Kindertagen, der mich auf dem Spielplatz abserviert hatte, indem er schrie: »Ich mache Schluss mit dir! Du stinkst!« Der war wenigstens ehrlich.

»Hör jetzt bitte auf. Eine Trennung kann nicht unpersönlich sein. Wenn du nicht mehr mit mir zusammen sein willst, okay, ich bin ein großes Mädchen und kann damit umgehen. Aber ich wäre dir wirklich dankbar, wenn du mich nicht so bevormunden würdest.«

Ich nahm eine Serviette und betupfte meine Augenwinkel, wo sich der schwarze Kajal wie Tinte sammelte.

»Tja, dann gibt es wohl nicht mehr viel zu sagen. Moment mal! Was ist das denn da?« Patrick hatte die Filzstiftnummer auf meinem Handrücken entdeckt.

»Ach, ich hab eben auf der Toilette einen Typ kennengelernt, der heute Abend noch was mit mir unternehmen will. Er meinte, er würde sich Sorgen um mich machen.« Zwar hielt ich den Atem an, trotzdem stahl sich eine verräterische Träne meine Wange hinunter. »Wenigstens einer.«

»Na, du hast ja wirklich nicht lange gebraucht«, sagte Patrick verächtlich.

»Findest du das jetzt angebracht?«

Patrick kniff die Augen zusammen, und ich sah etwas Unangenehmes darin blitzen. Diesen Blick hatte ich schon einmal gesehen, und es war nicht schön gewesen.

Nach fünf Wochen reiner Glückseligkeit stritten wir uns zum ersten Mal. Wir gingen mit einigen Freunden von Patrick zu einer Party, und ich unterhielt mich mit seiner Cousine Celia. Sie erzählte mir, dass sie einen heißen Typen mit Dreadlocks ganz toll finde, der an der Theke stand. Patricks Hand in meiner, riet ich ihr, sie solle ihn einfach ansprechen. »Er ist echt süß«, sagte ich, »und das hier ist doch eine Geburtstagsfeier, also muss er jemanden kennen. Na, los! Du siehst toll aus! Er wird sich bestimmt riesig freuen.«

»Ich hab Angst«, flüsterte Celia. »Du kannst so was gut, Cat. Amerikaner sind wohl einfach direkter. Würdest du ihn für mich ansprechen?«

»Na, klar!«, sagte ich und ging kichernd auf den Mann zu. Ich stellte mich vor als die Freundin einer Frau, die er kennenlernen sollte. Zehn Minuten später führte ich ihn triumphierend herüber und stellte ihm Celia vor. Die beiden begannen sich zu unterhalten, und ich freute mich darüber, wie gut es gelaufen war, als Patrick mich am Arm packte und in eine Ecke zog.

»Was denkst du dir eigentlich dabei, mich so bloßzustellen?«, zischte er.

Ich war wie vor den Kopf gestoßen. Krampfhaft rotierte mein Hirn und suchte den Grund, der ihn so aufgebracht haben könnte. »Ich hab nur versucht, sie zu verkuppeln«, brachte ich kleinlaut hervor. Patrick presste die Zähne aufeinander und begann zu schimpfen: »Du bist meine Freundin«, fauchte er, »und du hast mit dem Typen da gequatscht, der dich vor all meinen Freunden abschleppen wollte …«

»Moment mal«, unterbrach ich ihn. »Du bist ja verrückt. Ich bin mit dir hergekommen, und das wissen deine Freunde genau. Ich habe mich nur mit dem Typ unterhalten.«

Patricks Jekyll-und-Hyde-Nummer war so überzeugend, dass ich tatsächlich unsicher wurde. Ich war ziemlich betrunken, hatte ich vielleicht doch ein wenig geflirtet? Im Rückblick kann ich besser verstehen, wie Frauen in den Sog emotionalen Missbrauchs geraten. Es fängt unauffällig an.

Obwohl ich unglaublich verliebt in Patrick war, hätte ich im Nachhinein wissen sollen, dass unsere Beziehung einige Monate nach dem Vorfall auf der Party zum Scheitern verurteilt war. Wir verbrachten ein romantisches Wochenende in Rom. »Ist das schön, mit meinem Freund zusammen zu sein und an einem schönen Nachmittag Händchen zu halten.« Ich kuschelte mich an ihn. »Irgendwie habe ich immer gedacht, ich würde so was nie erleben.«

Er schaute auf mich herab und umfasste meine Hand fester. »Was meinst du damit? Hast du mit deinen Exfreunden nicht Händchen gehalten?«

Ich überlegte, ging langsamer. »Ähm, nicht so richtig. Ich hatte es nie so mit Berührungen in der Öffentlichkeit. Aber es ist schön, mit dir Händchen zu halten.«

»Was ist mit deinem Exfreund, diesem Barkeeper? Mit dem hast du das auch nicht gemacht?«

Ich merkte, dass sich etwas verschob, Patricks fröhliche Stimme bekam einen drohenden Unterton. Ich antwortete zögernd, verstand immer noch nicht, wie unser herrlicher Kurztrip so eine Schieflage bekommen konnte. Heute ist mir klar, dass ich nach der Antwort suchte, die er hören wollte. Kein gutes Zeichen.

»Ähm, nein, weil er nicht mein richtiger Freund war«, sagte ich und merkte, dass ich rot wurde. Ich redete mir ein, mich für nichts schämen zu müssen. Das gehörte zu meiner Vergangenheit und war lange vor der Begegnung mit Patrick passiert.

»Was soll das heißen, er war nicht dein Freund? Du hast doch mit ihm geschlafen, oder?« Sein Ton war immer noch beiläufig. Patricks verbale Attacken waren manchmal sehr subtil. Ich spürte, wie sich meine Nackenhaare aufrichteten.

»Also, was ich eigentlich meinte ... ja, ich habe mit ihm geschlafen, und er war mehrere Monate der Einzige, aber das fiel eher in die Kategorie ›Freundschaft mit Extras‹. Ich war nicht verliebt in ihn. Deshalb würde ich ihn nicht als meinen Freund bezeichnen.«

»Wenn er nicht dein Freund war, Catherine, warum hast du dann erwartet, dass er im Krankenhaus auftaucht? Und dir Geld gibt? Mich wundert es nicht, dass er Reißaus genommen hat. Wahrscheinlich hatte er keine Ahnung, wer der Vater war. Ich meine, du hast dich damals echt wie die letzte Schlampe verhalten.«

Was die Gesetze der Physik betraf, hatte sich nichts geändert. Wir waren noch immer in Rom, unterhielten uns vor dem Kolosseum, die Sonne wanderte in westlicher Richtung über den Himmel. Jeder Außenstehende hätte uns für ein leicht angetrunkenes Liebespaar gehalten. Und doch hatten sich die tektonischen Platten unserer Beziehung unwiderruflich verschoben. In dem Moment bekam ich erstmals leise Zweifel, ob Patrick tatsächlich der war, für den ich ihn hielt. Ich musste weinen, steigerte mich ein bisschen hinein, und er entschuldigte sich.

Als wir uns nachts liebten, sehr mechanisch, grub ich die Fingernägel in seinen Rücken, nicht vor Lust, sondern weil ich ihn verletzen wollte. Wir waren nicht seelenverwandt, ich hatte Patrick auf die Rolle eines menschlichen Dildos reduziert. Ich zog mich immer mehr in mich selbst zurück, damit er mir nicht wehtun konnte.

Ich war ein Risiko eingegangen und hatte ihm mein tiefstes, dunkelstes Geheimnis anvertraut, und er hatte gewartet, bis der perfekte Moment gekommen war, um mich damit zu brüskieren. In mir wuchs der Verdacht, dass er, auch wenn er bisher das Gegenteil behauptet hatte, alles andere als stolz auf meine Erfahrung war, ja, sie regelrecht hasste. Ich glaube, dass er auf verdrehte Weise eifersüchtig war.

Männer sagen immer, sie wollen eine gleichwertige Partnerin. Doch in den meisten meiner Beziehungen gab es einen entscheidenden Augenblick, in dem ich mich fühlte wie Jack Nicholson in »Eine Frage der Ehre« im Zeugenstand, wo er schreit: »Die Wahrheit? Sie können die Wahrheit doch gar nicht vertragen, Junge!«

Heute weiß ich, dass ich Patrick gegenüber so verletzlich war, weil er meine Schwächen ausnutzte – das einzige Mal in meinem Leben, dass ich mich jemandem völlig ausgeliefert fühlte und mir Vorwürfe machte. Ich verdrängte meine Zweifel, weil ich dachte, ich sei verliebt. Ich wollte mich nicht der Ungeheuerlichkeit meines Fehlers stellen.

Im Pub kehrte ich in die Gegenwart zurück. »Und? Was geht dich das an? Du hast gerade sehr deutlich gemacht, dass es dir scheißegal ist, was mit mir passiert.«

»Schon gut. Wie kommst du nach Hause? Kann ich dich zur U-Bahn bringen? Oder nimmst du ein Taxi?«

Ich hörte Patricks Tonfall an, dass er lieber woanders wäre, wahrscheinlich bei dem Mädchen, dem er SMS schrieb. Sein Angebot war reine Höflichkeit, so als würde man Weihnachten die ungeliebte, leicht angetrunkene Tante aus dem Haus bugsieren, die einfach nicht von selbst gehen will. Weshalb meine nächste Bitte nur noch jämmerlicher klang. »Ich will mit meinem Freund nach Hause gehen«, sagte ich, und meine Stimme brach. »Ich liebe dich immer noch, ich verstehe einfach nicht, was mit uns passiert ist.«

Patrick seufzte. »Cat, daraus wird nichts«, entgegnete er. »Kurz gesagt, sehe ich keine Zukunft für eine Beziehung mit jemandem, der keine richtige Arbeit und keinen Plan für sein Leben hat.«

Ich atmete tief durch. Gerne hätte ich gesagt, dass ich in dem Moment meine Würde behielt, doch in Wahrheit heulte ich los wie ein kleines Mädchen. »Es ist schade, Patrick, dass du das mit uns so siehst, denn ich habe dich wirklich geliebt – ich liebe dich immer noch –, und mir war nicht klar, dass unsere gemeinsame Zukunft von einem perfekten Lebenslauf abhängt. Aber ich werde es schaffen in dieser Stadt, mit oder ohne dich.«

»Ganz bestimmt«, sagte er mit einem affektierten Lächeln. Die Unehrlichkeit seiner Antwort ärgerte mich. Doch hinter dem Schmerz spürte ich etwas Stärkeres, hatte aber zu viel Angst, mich diesem neuen Gefühl zu stellen. Es war Wut. Oder vielleicht rechtschaffene Empörung. Vom Kopf her wusste ich, dass die Trennung zu unser beider Besten war, aber ich war zugleich erschüttert, dass ich alles so verbockt hatte. Wahrscheinlich hatte ich Patrick immer als sicheren Ankerplatz gesehen, schließlich wollte ich in ein fremdes Land ziehen, wo ich kaum jemanden kannte. Ich konnte die Frage im Hinterkopf einfach nicht unterdrücken: *Was ist, wenn er recht hat, was meine berufliche Zukunft angeht? Was ist, wenn ich wirklich eine Träumerin und Verliererin bin, die für den Rest ihres Lebens Tee kochen darf?* Patricks Trennung von mir erschien mir wie ein Omen für Schlimmeres, das mir noch bevorstand.

Ich hasste ihn, weil er so gefühllos war, und mich selbst für meine Heulerei. Wir gingen nach draußen, wo der scheinbar allgegenwärtige schmutzige Regen auf meinen lausigen New Yorker Deli-Regenschirm prasselte. »Na, dann«, sagte ich, »auf Wiedersehen!« Der Mann, der mir noch vor drei Wochen gesagt hatte, er könne nicht ohne mich leben, konnte sich lediglich zu einer lahmen, halbherzigen Umarmung überwinden – so wie man es mit einem lüsternen Onkel macht, um jeden Kontakt unterhalb der Gürtellinie zu vermeiden. Mit tränenverschleierten Augen sah ich Patrick nach, wie er die Seitenstraße entlangging und in Richtung U-Bahn verschwand.

Ich fühlte mich zu angeschlagen für öffentliche Verkehrsmittel und machte mich deshalb auf die Suche nach einem Taxi. Zwei Wagen fuhren an mir vorbei, spritzten mir eiskaltes Wasser aus dem Rinnstein gegen das Schienbein, doch es war mir egal. Ich stand einfach da und zitterte, bis ein gelbes Licht sich näherte und neben mir am Bordstein hielt. Als ich auf das Taxi zusteuerte, gab das dürftige Metallskelett meines Regenschirms endgültig nach und brach zusammen. Ich warf ihn auf den Bürgersteig, öffnete die Tür und setzte mich in den Wagen. Der Abend konnte nicht noch schlimmer werden.

Einsam, verheult und erschüttert, beschloss ich, den Kerl aus der Toilette anzurufen. Doch als ich auf meine nasse Hand schaute, war die Tinte verlaufen und hatte sich auf meinem weißen T-Shirt verteilt. Ja, ich war am Ende, definitiv. Ich zog mein Handy hervor und fand drei SMS von Victoria, die wissen wollte, was los sei. Ich wählte ihre Nummer und begann hemmungslos zu schluchzen, als sie sich meldete. »Schatz, das tut mir so leid«, sagte sie. »Ich bin auf dem Heimweg, wir sehen uns in zwanzig Minuten.« Ich wies den Fahrer an, mich nach Hoxton zu bringen.

»Vielleicht hat Patrick ja recht, und ich gehe besser zurück nach Hause«, lallte ich und trank noch einen Absolut Mandarin. Kaum hatten Victoria und ich die Wohnung betreten, hatten wir die mumifizierte Flasche aus dem Kühlfach geholt. Der Wodka brannte in meiner Kehle, und ich hoffte, dass die sich langsam in meinem Magen entfaltende Wärme den Schmerz betäuben würde.

»Wie? Weil sich dieser Typ von dir getrennt hat, willst du dich sofort aus der Stadt vertreiben lassen? Du bist doch wohl stärker! Und dem *Independent* gefallen deine Ideen! Der Redakteur hat doch gesagt, er will was mit dir trinken gehen, oder?« Victoria löffelte Eis aus einer Packung Strawberry Cheesecake von Häagen Dazs, meiner Lieblingssorte, in einen Becher und reichte ihn mir. Eis in sich reinschaufeln und ins Glas weinen? Mein Gott, ich war ein wandelndes Klischee.

»Schon, aber es ist immer noch kein Vertrag in Sicht; es wäre schlicht freie Mitarbeit, Auftragsarbeit«, wandte ich ein. »Ich hätte trotzdem keine Arbeitsplatzsicherheit, keine Freunde, keine Wohnung und kein Geld«, sagte ich. Ich verrührte das Eis in meinem Becher und sah zu, wie es schmolz. »Außerdem, wie kann ich mir einbilden, einen Auftrag zu bekommen und jede Woche etwas über Beziehungen zu schreiben, wenn mein eigenes Liebesleben total im Arsch ist?«

»Zuerst mal hast du mich, das Thema Freunde ist also erledigt«, sagte Victoria, goss mir noch ein Glas ein und reichte mir ein Taschentuch. »Du hast schriftstellerisches Talent, ich habe deine Sachen gelesen. Außerdem bist du keine Beziehungsexpertin, sondern eine Sexpertin, oder? Du musst einfach nur raus und dir mehr Material besorgen!«

»Das ist das Letzte, worauf ich Bock habe«, sagte ich und putzte mir die Nase. »So einen wie Patrick finde ich nie wieder. Er war so charmant und galant.«

»Er hat dir die Tür aufgehalten, Cat, aber jetzt mal ehrlich, die paar Male, als ich ihn getroffen habe, kam er mir ziemlich unreif und arrogant vor. Außerdem hat er offenbar die emotionale Tiefe einer Pfütze.« Victoria überlegte und hockte sich auf die Armlehne ihres ramponierten Wohnzimmersessels. Dann legte sie den Arm um mich. »Im Übrigen hat er per E-Mail mit dir Schluss gemacht, Süße. Wie galant ist das denn bitte?«

»Aber ich weiß trotzdem nicht, wo ich wohnen soll, ich kann schließlich nicht immer auf deinem Sofa übernachten. Du bist schon viel zu nett gewesen. Mir wird dieses Zimmer fehlen, ob du's glaubst oder nicht.« Victoria hat das kleinste Wohnzimmer der Welt, aber es ist sehr süß und gemütlich. An den Wänden stehen Regale, die hauptsächlich Reiseführer über jede Gegend auf dem Globus enthalten, von Kuba über die Malediven bis Vietnam. Trotzdem ist es eine tolle Sache, weil die Wohnung eigentlich illegal vermietet ist. Dass der Vermieter bei Victoria im Schlafzimmer zwei Feuerlöscher angebracht hat, sagt mir, dass die Wohnung wohl nicht dem Standard entspricht.

»Hör mal, Jennifer zieht in fünf Tagen zu ihrem Freund. Dann könntest du doch hier einziehen! Es kostet wirklich nicht viel, auch wenn Jens Zimmer nicht viel größer ist als eine Abstellkammer.«

Nach Manhattan zurückzukehren und um meinen alten Job zu betteln war nicht mein Stil. Ich würde London nicht eher verlassen, als bis ich diese Stadt erobert hätte, so wie ich es mir ausmalte. »Wow, das wäre super! Meinst du das ernst?«

»Na, klar! Ich wollte das Zimmer im Internet anbieten, aber vielleicht ist das ja Schicksal oder Kismet oder was auch immer. Vor ein paar Sachen muss ich dich allerdings warnen: Wir haben keinen Wasserdruck und nur in begrenzter Menge warmes Wasser.«

»Ja, ich habe schon gemerkt, dass dein Boiler das Einzige ist, was in dieser Stadt noch unzuverlässiger ist als die Männer.« Als ich geduscht hatte, gab der Brausenkopf an der Wand nur Wasser in zwei Temperaturen ab: eiskalt oder glühend heiß.

Victoria zählte die weiteren Einschränkungen an den Fingern ab: »Man kann nicht gleichzeitig abwaschen und die Waschmaschine einschalten, weil das Abwasser in die Spüle geleitet wird. Die Fenster schließen nicht richtig. Die Heizung in deinem Zimmer lässt sich nicht ganz abstellen. Ach, und wir haben ein klitzekleines Nagetierproblem.«

»Hör auf!«, sagte ich lachend und hob die Hand. »Ich will es gar nicht wissen. Ich nehme das Zimmer.« Ich stand auf. »Und in zwei Tagen gehe ich mit dem Redakteur einen trinken. Wenn ich ihn mit der ersten Lieferung für die Sex-Kolumne beeindrucken will, überlege ich mir jetzt besser ein Thema.«

Victoria schaute zu mir hoch. »Wie wäre es mit was Aktuellem, keine Ahnung, zum Beispiel männliche und weibliche Herangehensweisen an eine Trennung?«

2

Ich lag im Bett und hörte mir das Album *Head Like A Hole* von den Nine Inch Nails an, um nicht mehr weinen zu müssen. Dabei dachte ich darüber nach, auf welche Weise meine Freundinnen mich nach einer Trennung unterstützten. Sie zerlegen die Persönlichkeit des Verflossenen in ihre Einzelteile und ermutigen mich gleichzeitig, über meine Gefühle zu sprechen, während sie mir versichern, dass ich sowieso zu gut für ihn war. Meistens versuchen wir, aus der Erfahrung eine Art Lektion fürs Leben abzuleiten, zu der kommen wir aber nur, wenn wir zuvor das Ende der Beziehung bis ins kleinste Detail analysiert haben. In der ersten Phase nach dem Bruch höre ich mir düstere, traurige Liebeslieder von Joy Division und den Smiths an. Die nihilistischen Texte der Nine Inch Nails passen perfekt, wenn ich bereit bin für die nächste Phase, die Wut. Trent Reznor hat das gesamte Album anscheinend über eine Frau geschrieben, die ihn wirklich fertiggemacht haben muss.

Meine männlichen Freunde hingegen halten nichts davon, die Gefühle zu sezieren. Sie ermutigen mich schlicht und einfach, viel zu poppen.

»Er hat Schluss gemacht?«, fragte Michael am nächsten Tag am Telefon. »Suhl dich nicht in Selbstmitleid, sondern steig so schnell es geht wieder aufs Pferd. Wir treffen uns um halb zehn im Westbourne.«

Doch Michael wurde bei der Arbeit aufgehalten. Er schickte eine SMS an seinen Bankerfreund Rick, mit der Frage, ob der sich um mich kümmern könne. So standen wir dann mit Freunden von Rick zusammen, Jungs aus Neuseeland, die mit einer riesengroßen Gruppe den Geburtstag einer wirklich süßen Freundin feierten. Bisher wurde der Pub seinem Ruf als Ort der Fleischbeschau nur allzu gerecht. Als ich quer durch den Raum zum Klo ging, kam ich mir vor, als balancierte ich mit einem um die Taille gebundenen toten Huhn auf einem wackligen Brett über einem Teich voller Krokodile.

Die anderen fragten, ob ich mit ihnen in einen Club im West End gehen wolle, nur auf einen Drink. Irgendwie wurden daraus zehn Drinks, und ich war inmitten der Kiwis und tanzte mit dem Geburtstagskind zu Kanye West ab. Das Mädchen war zierlich und gebräunt, hatte aschblondes Haar und eine entsprechende Einstellung. Sie trug ein blaugrünes Kleid mit einem Ausschnitt, der ihr fast bis zum Bauch reichte. Als wir zusammen zur Toilette gingen, warf ich ihr mehr als einen tiefen Blick zu. Es war nur ein unschuldiger Flirt, dachte ich jedenfalls.

»Hast du Lust, mit uns zu Hause weiterzufeiern?«, fragte sie und legte mehrere Schichten knallrotes Lipgloss nach.

Warum eigentlich nicht?, dachte ich.

Zu viert saßen wir im Taxi: Rick, das Geburtstagskind, ich und ein Typ, dessen Name mir entfallen ist. Nennen wir ihn Mr X.

Während der Fahrt auf die Südseite des Flusses streichelte mir das Geburtstagskind über die Beine. Wir machten es uns im Wohnzimmer gemütlich, öffneten eine Flasche Tequila und spielten Wahrheit oder Pflicht mit ganz besonders viel Pflicht. Als Rick an der Reihe war, sagte er – wie nicht anders zu erwarten: »Also, die beiden Mädels sollen sich küssen. Zwanzig Sekunden lang.«

Schüchtern legte das Geburtstagskind die Hand auf meine Wange, zog mich an sich und küsste mich zärtlich. Ihre Zunge drängte sich zwischen meine Lippen, und ich spürte, wie es durch meinen Unterleib zuckte. Sie war nicht die erste Frau, die ich küsste, diese Ehre kam meiner Kommilitonin Irina zu. Eines Abends waren wir beide auf der Damentoilette eines Nachtclubs ein wenig experimentierfreudig geworden, doch das Klopfen an der Tür machte unseren Erkundungen ein Ende. Ich hatte die Unterbrechung immer bereut. Auch wenn ich niemals lesbisch sein könnte – ich liebe Schwänze einfach zu sehr –, habe ich mich schon immer gefragt, wie es wohl wäre, es so richtig mit einer Frau zu treiben.

»Okay, aber dann müsst ihr Jungs euch auch küssen«, sagte ich. Ich kenne mich nicht besonders gut aus mit Schwulenpornos, allerdings habe ich immer gerne die Lautstärke einer gestohlenen DVD namens *Ass Masters VI* richtig aufgedreht, um Patrick zu ärgern. Der versuchte dann panisch, mir die Fernbedienung zu entreißen, um das Stöhnen verstummen zu lassen. Aber ich muss zugeben, dass es mich anmachte, zwei muskulösen Holzfällertypen mit nacktem Oberkörper zuzusehen. Jedoch nahmen sie die Sache nicht ernst, küssten sich unbeholfen und lachten dabei.

»Gut. Und jetzt«, sagte Mr X und trank einen Schluck Tequila, »könntest du mal an ihren Nippeln saugen, Cat?«

»Darf ich?«, fragte ich das Geburtstagskind und beugte

mich vor, um ihre runde rosa-bräunliche Brustwarze in den Mund zu nehmen. Ich fuhr leicht mit der Zunge über den einen, dann über den anderen Nippel und saugte vorsichtig. Ich weiß nicht, ob es gespielt war, aber ihre Nippel wurden hart. Meine Aufmerksamkeiten schienen ihr zu gefallen.

Während Rick ein Holzscheit in das knisternde Feuer schob, legte Mr X mehrere Linien Koks. »Wollt ihr auch was, Mädels?«, fragte er.

»Sollen wir? Ich hab gehört, es wird total intensiv, wenn man es sich auf die Klit tut«, flüsterte sie mir ins Ohr und schob meine Hand zwischen ihre Beine.

»Ähm, nee, ich nicht, danke«, sagte ich. »Du musst aufpassen, wie viel du nimmst«, warnte ich sie. »Das ist eine Schleimhaut, genau wie in der Nase, das darf man nicht überdosieren.« Meine Mutter war Biologielehrerin, ich hatte deutlich zu viele naturwissenschaftliche Bücher gelesen. Außerdem ist es bei mir mit illegalen Drogen wie mit Analsex: In Ordnung bei außerordentlichen Gelegenheiten wie Geburtstag oder Weihnachten, aber wenn man es jeden Tag macht, fühlt man sich irgendwann ausgelaugt.

Wir küssten uns erneut, und sie biss mir zärtlich in die Unterlippe. Mir war bewusst, dass wir Zuschauer hatten, doch der Alkohol ließ mich meine Hemmungen vergessen.

»Und, seid ihr bereit, den Einsatz zu erhöhen, Mädels?«, fragte Mr X.

»Ich glaube nicht, dass ich noch mehr brauche, um heiß zu werden.« Sie kicherte.

Ich war wirklich nervös wie beim ersten Mal, als ich mit dreizehn in den Osterferien am Strand einem Jungen einen blies. Gleichzeitig war ich total angetörnt. Ich schob einen Finger in sie und bewegte ihn in meine Richtung, um ihren G-Punkt zu stimulieren, während ich mit dem Daumen ihre Klitoris umkreiste und versuchte, einen gleichmäßigen Rhythmus zu finden.

Das Geburtstagskind schaute zu Rick hinüber, der uns zusah und sich dabei einen runterholte. Sie machte ihm ein Zeichen, zu uns zu kommen. Mr X legte weiter Linien; das ist die Schande bei guten Drogen – sie machen die Jungs geil, aber nicht hart. Ich küsste den superflachen Bauch des Mädchens, glitt immer weiter nach unten, bis ich an ihrer superglatt rasierten Muschi ankam. Selbst in meinem hypererregten Zustand machte ich mir ungewollt Gedanken darüber, ob sie eine Atkins-Diät oder einfach Tausende von Situps machte, um einen so flachen Bauch zu haben, fast konkav gewölbt. Offensichtlich kann ich einfach nicht aufhören, wie eine Frau zu denken, selbst wenn ich gerade mit einer bumse!

Sie roch nach Babypuder und Jasminparfüm und schmeckte sonderbar, aber entfernt bekannt, fast metallisch. Ich leckte um ihren Kitzler herum, dann schob ich meine Zunge zwischen die Hautfalten. Gleichzeitig bewegte ich Zeige- und Mittelfinger mit rhythmischem Druck vor und zurück. Ich hörte, wie sie keuchte, dann zog sich ihre Scheide so stark zusammen, dass ich fürchtete, der Blutkreislauf in meinen Fingern würde unterbrochen. Ich fühlte die kleinen, aber unverkennbaren Zuckungen – sie war gekommen! Ich empfand einen ungeheuren Stolz.

Während Rick mit mir tauschte und seinen Schwanz in sie rutschen ließ, beugte sie sich vor, um sich bei mir zu revanchieren. Wir formten eine halbherzige 69. Man sagt zwar, eine Frau wisse genau, was eine Frau wolle, das muss aber nicht in jedem Fall stimmen, denn als sie mich mit ihrer

Zunge berührte, spürte ich – nichts. Vielleicht lag es daran, dass der Alkohol mich abgestumpft hatte oder dass ich mich noch nie gut konzentrieren konnte, wenn ich gleichzeitig zu geben und zu nehmen versuche. Jedenfalls tat ich etwas, das ich sonst unter keinen Umständen befürworten würde: Ich spielte es vor. Wahrscheinlich lag es an der zusätzlichen dritten Partei, dass ich nicht richtig konnte.

Obwohl der Anblick von Rick, der sie bumste, weitaus erotischer war als jeder Porno, den ich je gesehen habe, ist körperliche Koordination noch nie meine starke Seite gewesen. Als Kind verglich mich meine Ballettlehrerin mit einem Elefant im Porzellanladen. Wenn bei einer mehrköpfigen Begegnung das Lampenfieber einsetzt, ist es also kein Wunder, dass sich ein Teil von mir wie der Direktor auf einem Kreuzfahrtschiff fühlt, der mit einem Klemmbrett herumläuft und jeden fragt: »Bekommen Sie auch genug vom Schwanz? Braucht jemand noch etwas mehr oral?«

Mr X sah uns zu und machte es sich selbst. Dann ließen wir drei uns erschöpft in die Kissen sinken.

Anschließend gingen alle in die Küche und aßen getoastete Käse-Sandwiches, die ich dankbar verschlang, denn ich hatte plötzlich Heißhunger. Da ich kein Nachthemd dabei hatte, zog ich mich wieder an und schlief auf einem prall gepolsterten blauen Sofa ein. Irgendwann in der Nacht nahm ich einen Hauch von Jasmin wahr, als das Geburtstagskind eine Decke über mich breitete.

Beim Aufwachen am nächsten Morgen hatte ich einen höllischen Kater, schmerzende Oberschenkel, ein unerklärlicherweise verstauchtes Handgelenk und keine Vorstellung davon, wo ich mich befand. Durch ein halb geöffnetes Auge erkannte ich den Umriss eines Mannes, der in Spiderman-

Bettwäsche schlief, mehrere überquellende Aschenbecher und überall herumliegende Kleidungsstücke. Vorsichtig stieg ich über die umgekippten Weinflaschen und stolperte, ohne mich zu verabschieden, nach draußen auf eine unauffällige Straße unter grauem Himmel. Nebenan war ein Park. Dann winkte ich ein Taxi heran.

Auf dem Heimweg schickte ich Victoria eine SMS, damit sie wusste, dass ich noch lebte, und fügte hinzu: »Hatte einen flotten Dreier. Näheres später. Bist du schockiert? Muss ich mich schlecht fühlen?«

»Ménage-à-trois ist für unser Jahrzehnt das, was Analsex für die Neunziger war«, simste sie zurück. »Du musst dich nicht schämen. In deinem Fall war es wohl eher eine Therapie.«

Natürlich fehlte Patrick mir immer noch. Doch aus irgendeinem Grund konnte ich einfach nicht aufhören zu lachen, und es kribbelte mir am ganzen Körper. Auf verquere Weise hatte ich mich noch nie lebendiger gefühlt.

Im Kopf formulierte ich bereits meine nächste Kolumne:

Ich habe mich immer an meine oberste Regel bei Dreiern gehalten: Ich selbst habe nur den Gastauftritt, nie die Hauptrolle. Denn trotz meiner liberalen Ansichten, was das Sexleben anderer betrifft, bin ich viel zu eifersüchtig, um einen richtigen Freund mit jemand anderem zu teilen.

Aber manchmal ist eine Nacht mit ein bisschen Dramatik und viel nackter Haut genau das, was der Arzt verschrieben hat …

3

Am Nachmittag war ich in Therapie, will sagen, bei Selfridges, mit Amy im Schlepptau. Ich hatte sie am selben schicksalsträchtigen Abend kennengelernt wie Patrick, und wir waren gute Freundinnen geworden. Sie arbeitet in der Nähe von St Christopher's Place, sodass wir nach einem späten Mittagessen kurz ins Kaufhaus hinüberflitzten.

»Wie geht's dir, Süße?«, fragte sie besorgt. »Victoria hat mir von deiner kleinen ›Gruppensextherapie‹ letzte Woche erzählt. Meinst du nicht, dass du vielleicht mal zu einer richtigen Therapie gehen solltest?« Sie nahm ein paillettenbesticktes Strandkleid von Matthew Williamson mit Einsätzen aus weißem Leder in die Hand. Amy ist, glaube ich, die Einzige, die es sich leisten kann, in weißem Leder aufzutreten: Sie hat einen geschmeidigen, wohlgeformten Körper, naturblondes Haar und trägt kein Make-up.

Während es bei Victoria immer ums Aussehen geht, hat sich Amy vollkommen dem gesunden Geist verschrieben. Wenn ich eine Krise oder Liebeskummer habe, bietet Amy mir eines ihrer Selbsthilfebücher an oder schlägt vor, mit Yoga anzufangen oder den Weg zu meinem inneren Frieden zu finden. Victoria konzentriert sich darauf, mit mir Rachepläne zu schmieden.

»Ich glaube, ich analysiere mich selbst jetzt schon zu viel«, sagte ich zu Amy.

»Kann sein«, erwiderte sie, als wir uns den Designerschuhen näherten. »Aber ich finde trotzdem, dass ein Therapeut als neutraler Dritter einem helfen kann, den Frust herauszulassen. Wäre auf jeden Fall eine nette Abwechslung zu Sex und Verabredungen.«

»Tja, daran liegt es wohl«, sagte ich und zog ein Paar schwarzer Overknee-Stiefel von Stella McCartney aus dem Regal. »Sex ist für mich immer eine nette Abwechslung gewesen. Findest du, die sehen zu nuttig aus?«

»Auf keinen Fall, wenn du dein Geld stundenweise verdienst.« Amy lachte. »Nein, war ein Witz. Die sind sexy. Zieh mal an!«

Wir setzten uns, und ich berichtete Amy von meinen abgefahrenen Sexträumen und von meinem Helden Carl G. Jung, der an die Macht des Unbewussten glaubte. »Von diesem ganzen freudianischen Blödsinn, alles darauf zurückzuführen, was in der Kindheit passiert ist, halte ich nichts. Jung ist cool, bei dem geht's in erster Linie ums innere Gleichgewicht. Er meint, wir sollten eine gesunde Beziehung zu unserem unbewussten Selbst entwickeln. Wenn wir zu viel darüber nachdenken, werden wir psychotisch. Und uns von uns selbst abzukapseln führt zu leerem Konsumdenken und einem Leben ohne tieferen Sinn.«

Amy grinste. »Das heißt, eine Jungianerin leistet sich Stiefel für 375 Pfund?«

»Ja, genau! Ich habe noch genau acht Pfund und zwanzig Cent auf dem Konto«, sagte ich. »Habe gerade eine Caffe-Latte auf Kreditkarte gekauft. Ich bin sowieso nicht mehr ganz auf Jungs Schiene. Letztens habe ich gelesen, dass er

Monogamie für völlig unnatürlich hielt. Wörtlich muss er so was gesagt haben wie ›Die Voraussetzung für eine gute Ehe ist die Erlaubnis zur Untreue.‹«

»Die stehen dir super«, sagte Amy mit Blick auf meine Beine. »Er meint also im Grunde genommen, dass wir uns ein Ende wie im Märchen wünschen, das aber wissenschaftlich gar nicht möglich ist. Und er war der Meinung, das sei der Grund für unser Unbehagen in der Kultur?«

Ich öffnete den Reißverschluss der Stiefel und bemühte mich, sie auszuziehen. »Im Großen und Ganzen.«

Geistesabwesend streichelte Amy über einen Wildlederstiefel von Sigerson Morrison. »Aber du glaubst noch an Märchen, oder?«

Ich lächelte. »Ja, ich weiß schon etwas länger, dass ich größtenteils in einer von mir selbst geschaffenen Phantasiewelt lebe. Zum Glück geht's mir gut darin.«

Als ich am späten Nachmittag nach meiner Therapie mit Amy im Taxi heimfuhr, bekam ich eine SMS mit der Frage: »Lust auf einen Abend zu Hause?« Meine Antwort fiel kurz und sachlich aus: »Nur mit einer Kiste Pornos, einer Flasche Wasser und einigen ausgewählten Hilfsmitteln bei dir.«

Mit Mark, einem tollen australischen Exfreund, hatte ich die ideale Regelung getroffen. Mark ist groß, muskulös, sieht super aus und ist unglaublich zärtlich, es sei denn, ich befehle ihm ausdrücklich, brutal zu sein. Wir kamen prächtig miteinander aus, merkten jedoch schnell, dass wir so ähnlich waren, dass unsere Persönlichkeiten sich nicht ergänzten, sondern aufeinanderprallten, weshalb wir uns vor zwei Jahren einvernehmlich trennten. Glücklicherweise blieben wir gute Freunde.

Er zog nach Hongkong, arbeitet auf drei Kontinenten. Wir hatten uns folgendermaßen geeinigt: Wir würden uns treffen, wenn wir beide in derselben Stadt waren und keinen festen Partner hatten, aber nicht so oft, dass wir uns langweilen oder zu sehr aneinander gewöhnen würden. Mark ist einfach super im Bett.

Sonderbarerweise war das einer der Gründe, warum wir keine langfristige Beziehung miteinander eingehen konnten: Jede Nacht mit Mark ist eine Zirkusvorstellung, und manchmal will ich einfach nur kuscheln.

Ich fragte mich, ob ich mich so kurz nach Patrick nicht auf eine Enttäuschung gefasst machen sollte. Letztendlich wünschte ich mir eine engagierte Beziehung, doch bis es so weit war, hielt ich Ausschau nach dem sexuellen Äquivalent der Schweiz: Jemand, der mir Sicherheit und Spaß bietet, aber mich emotional nicht erschöpft. Im Großen und Ganzen nehme ich Abstand von Sex mit dem Ex, weil das Risiko einer einseitigen Beziehung oder von einer Überdosis Nostalgie zu groß ist. Mark ist die Ausnahme von der Regel.

Fünf Minuten später rief er an. »Was stellst du dir so vor?«, fragte er mit einer vom Jetlag müden, aber nichtsdestotrotz erotischen Stimme. »Du hast mir gefehlt, Süße.«

Er hatte mir auch gefehlt. Ich war immer schon der Ansicht, dass regelmäßige sexuelle Betätigung dem Kennenlernen von Männern den Druck nehmen und verhindern kann, dass ich mit dem Falschen ins Bett hüpfe, oder, wie Victoria sich ausdrückt: »Das ist wie ein vorübergehender Job: Man bekommt sein Geld, bis man etwas Besseres findet.« Außerdem habe ich unbedingtes Vertrauen zu Mark; er ist der Typ Mann, in dessen Nähe ich ganz ich selbst sein kann. Unsere lockere Absprache hat fast alle meine Liebesbeziehungen überdauert.

Seit der Trennung von Patrick hatten meine promiskuitiveren Freunde mir geraten, es mal mit dem Internet zu versuchen, wo man auf Seiten wie den »Zwanglosen Treffen« bei Craigslist schneller ein Date bekommt als eine Pizza. Doch als ich die Sites durchscrollte, las ich Beschreibungen wie »zuverlässiger Motor, der mal dringend ausgefahren werden muss« oder »behaarter, stinkender, fetter Frauenhasser sucht sexy, intelligentes Heimchen am Herd«, und mir wurde schnell klar, dass ich jemanden suchte, der ein Nümmerchen mit mir schob, und nicht in einem heruntergekommenen Motel mit einem Typ enden wollte, der wie der Schurke aus dem *Texas-Kettensägenmassaker* aussah. Der Spontanfick von Erica Jong mag das anonyme Ideal sein, aber ich brauche eine gewisse Chemie (oder zumindest ein ordentliches Digitalfoto), sonst bleibe ich lieber mit meinem Vibrator zu Hause. Außerdem ist Spontaneität meiner Meinung nach der Schlüssel zur Leidenschaft. Vorher unzählige E-Mails darüber auszutauschen, was man miteinander zu tun gedenkt, ist genauso, als würde man immer wieder denselben Trailer für einen Film sehen: Die Erwartungen werden fast nie erfüllt.

Und so eilte ich nach Hause, um meine streng funktionelle Alltagsunterwäsche gegen ein Set von Agent Provocateur zu tauschen: ein Balkonette-BH aus rosa und weißer Spitze und ein seitlich gebundenes Höschen. Um kurz nach sechs parkte ich mit meiner professionell wirkenden schwarzen Laptoptasche voller Accessoires für unser abendliches Stelldichein vor Marks Wohnung in Kensington.

Gehüllt in einen aus dem Hilton stibitzten weißen Frotteebademantel, öffnete er mir die Tür und nahm mich in die Arme. Mit seinen ein Meter fünfundachtzig und den kräftigen, fein definierten Brustmuskeln gehört Mark zu den wenigen Männern, neben denen ich mir zierlich vorkomme.

»Musst du heute Abend noch was schreiben?«, fragte er, als er mir die Tasche abnahm.

»Quasi. Ich habe den Auftrag bekommen, einen Artikel über umweltfreundliches Sexspielzeug zu verfassen«, sagte ich und schenkte mir an seiner Bar im Wohnzimmer einen Grey Goose auf Eis ein. Ich ging ins Schlafzimmer und öffnete die Bluse. »Das heißt, dass ich … ähm … eine Probefahrt machen muss.«

Während Mark ins Bad ging, zwängte ich mich aus meiner Hose (enge Jeans eignen sich definitiv nicht für einen erotischen Striptease!) und zog die High Heels wieder an.

Als Mark zurückkam, schaute ich mich über die Schulter zu ihm um und ließ die Seidenbluse zu Boden gleiten. Ich machte ein Hohlkreuz, um meine langen Beine zu betonen, und hielt die Brust fürs Erste versteckt.

»Umweltfreundlich? Was soll das denn heißen?« Sein schwarzes Haar war noch nass vom Duschen, er roch schwach nach Zimt und Aftershave von Hugo Boss. Ich weiß nicht, ob es daran lag, dass meine Pheromone auf den herüberwehenden Duft reagierten, doch ich war sofort feucht.

»Also, ich habe einen solarbetriebenen Vibrator, aber heute war nicht genug Sonne, um ihn aufladen zu können. Wir haben die Wahl zwischen Glasdildos mit goldener Spitze, organischem Gleitmittel und einem phthalate-freien Silikonvibrator – oder irgendeiner Kombination davon.«

»Tja, kommt ganz darauf an, was du vorhast«, sagte Mark und hob mich hoch, damit ich merkte, wie erregt er unter dem Bademantel war. »Was sind denn Phthalate?«, fragte er.

Er drückte mich gegen die Wand, ich schlang die Beine um ihn, er schob mir die Hand zwischen die Beine und in den Slip.

»Nach dem, was ich hier gerade fühle, brauchen wir heute wohl kein Gleitmittel, oder?«

»Dafür nicht, Süßer«, flüsterte ich ihm ins Ohr und biss ihn ins Ohrläppchen. »Es gibt etwas, das ich gerne mal ausprobieren würde, aber vielleicht ist es dir zu viel.« Ich hatte meinen besonders weichen Südstaatenakzent hervorgeholt und zog jedes Wort mit einer zusätzlichen Silbe in die Länge.

»Seit wann ist mir irgendwas zu viel? Sag schon, Süße!«, forderte Mark mich auf, während er mich zum Bett hinübertrug und auf der Bettdecke absetzte.

Ich hatte mir immer schon ausgemalt, es einmal mit doppelter Penetration zu versuchen, fand die Vorstellung von zwei Männern gleichzeitig allerdings eher einschüchternd. In einem Tonfall, in dem man eher um Milch für den nachmittäglichen Tee bitten würde, flüsterte ich: »Ich möchte, dass du mich in den Arsch fickst und mir gleichzeitig den Vibrator reinschiebst.«

»Was auch immer du willst«, sagte er, öffnete seinen Bademantel und legte meine rechte Hand um seinen Schwanz. Die Vorstellung machte ihn offensichtlich an. »Ist das pervers!«

Das richtige Instrument zu finden war gar nicht so einfach; die Glasdildos waren sehr groß. »Du lieber Himmel, der sieht ja gruselig aus«, sagte Mark lachend. »Die Teile sind echt riesig.«

»Such dir einen aus und dann pass auf, dass ich am Leben bleibe«, sagte ich und rutschte zum Kopfende hoch. Ich spreizte die Beine, damit er meinen Anblick in Stilettos und Höschen genießen konnte. »Und warte bitte so lange, bis ich dich anflehe.«

Ich schob die Hand in meine durchweichte Unterhose, um meine pochende Klitoris zu streicheln.

»Nein, das lässt du jetzt erst mal«, sagte Mark und drückte meine Hand mit gespieltem Ernst zur Seite. Er band meine Handgelenke an den Bettpfosten mit Seidentüchern fest, die er, meinen Geschmack kennend, dort schon angebracht hatte. Ich habe schmale Gelenke, er zog die Knoten nicht fest genug zu, aber ich sagte nichts, um seine Phantasie nicht zu zerstören.

Mark mochte es, wenn ich das hilflose Mädchen spielte, doch etwas so Ausgefeiltes hatten wir noch nie probiert. Da ich auf jedem anderen Gebiet im Leben durchsetzungsstark sein muss, vom Beruf bis zum Taxifahren, ist es wohl kein Wunder, dass ich im Bett gerne unterwürfig bin. Zärtlich leckte mich Mark durch den dünnen Satin meines Höschens, was mich verrückt machte, das wusste er genau.

»Bitte!«, flehte ich mit verschleiertem Blick.

»Bitte was?«, fragte er, schaute mich mit seinen grünbraunen Augen durchdringend an und streichelte meine Wange. »Willst du, dass ich dich ficke? Dann sag es!«

»Bitte, fick mich, Süßer«, sagte ich und drückte meinen Rücken durch, um meine Scham gegen seine Zunge zu pressen.

»Noch nicht«, sagte er und hockte sich auf meine Brust. Dann massierte er seinen Schwanz. Der Anblick seiner behaarten, muskulösen Brust vor mir war überwältigend. Männliche Kerle waren mir immer schon lieber als nichtssagende, glattrasierte Metrosexuelle. Schließlich will ich in der Beziehung die Schönere sein.

»Zuerst stecke ich dir meinen Schwanz ganz tief in den Hals, bis hinten in den Rachen. Dann will ich dich schmecken. Und wenn du ein braves Mädchen bist, dann ficke ich dich so heftig, dass du nicht mehr weißt, wie du heißt.« Er gab mir einen flüchtigen Kuss und zwickte mich in die Unterlippe. »Und, willst du ein braves Mädchen sein?«

Ich nickte, und er beugte sich vor und schob mir seinen langen Schaft in den Mund (es machte mir nichts aus, die Kontrolle abzugeben, denn Mark kannte meine Grenzen). Er drückte sich bis ganz hinten in meinen Hals, und ich hörte sein wohliges Stöhnen, während ich mich auf meine Atmung konzentrierte. In der Highschool konnte ich zweieinhalb Minuten lang die Luft anhalten, eine Fähigkeit, die mir im Bett gute Dienste leistete. Ich spürte, wie Mark noch härter wurde, und wusste, dass er kurz vorm Abspritzen war. Er zog seinen Schwanz heraus und küsste sich mit leichten Berührungen meinen Bauch entlang nach unten. Mit den Zähnen zog er mir das Höschen aus.

Es war herrlich, denn Mark besitzt erstaunliche orale Fähigkeiten. Er ist nie in die relativ weit verbreitete Falle getappt, wie die Typen im Porno eidechsenhaft zu züngeln, wenn er es einer Frau macht. Abwechselnd saugte er an meiner Klitoris und bearbeitete sie mit kleinen kreisenden Zungenbewegungen. Als er seine Finger in mich schob, um meinen G-Punkt zu massieren, ohne dass seine Zunge in ihrem Eifer nachließ, sagte ich ihm, ich würde jeden Moment kommen.

»Noch nicht«, sagte er neckend. »Möchtest du mich in dir spüren?«

»Ich laufe schon aus vor Lust«, sagte ich. »Was glaubst du denn?«

In einer fließenden Bewegung verschwand er vollständig in mir und begann sich langsam zu bewegen, dann erhöhte er sein Tempo. Gleichzeitig gab er sich Gleitmittel (ich hatte keine Zeit, nachzusehen, ob es organisch war oder nicht) auf die Finger und massierte vorsichtig meinen Anus. Dann schob er einen Finger hinein. »Ist das in Ordnung?«, fragte er, als ich kurz innehielt. »Ist das zu viel?«

»Nein«, keuchte ich. »Ooh, meine Güte, das ist unglaublich! Mach weiter!«

Ich habe noch nie viel von organisierten Religionen gehalten. Meine Eltern sind vom Glauben abgefallene Presbyterianer, und ich konnte die langweiligen Predigten in der Kirche nicht mit den animalischen Gelüsten in Verbindung bringen, die ich zu Hause erlebte – allein unter der Bettdecke.

Ironischerweise sind es die Orgasmen, bei denen ich mich Gott am nächsten fühle, und oft schweifen meine Gedanken ab, wenn ich kurz davor stehe. Es ist wie eine außerkörperliche Erfahrung, und in dem losgelösten Augenblick fragte ich mich, ob Analsex in Darwins Lehre einen Zweck hat. Dann dachte ich: Warum denke ich an Charles Darwin, wenn ich gleich in den Arsch gefickt werde?

Dann war ich wieder da und sah, dass Mark einen der kleinen rosa Silikonvibratoren unter dem Bett hervorgeholt hatte – ein G-Monster, wenn ich mich nicht irre – und ihn auf langsam stellte. In der Hitze der Leidenschaft kommt das G-Monster besonders gut. Die gläsernen Dildos können bei kaltem Wetter etwas kühl sein.

Mark nahm seine Finger heraus und schob mir seinen Schwanz in den Arsch, ganz langsam, wartete jedes Mal, bis ich mich entspannte, ehe er tiefer eindrang. »Alles in Ordnung?«, fragte er erneut.

»Oh, Mann, das ist unglaublich«, sagte ich, ohne genau ausdrücken zu können, was ich damit meinte. Es fühlte sich schmutzig an und als hätte er völlige Kontrolle über mich. Es war ein Tabu. Er verharrte bewegungslos in mir und legte den Vibrator auf meine Klitoris, bewegte ihn anfangs in kleinen Kreisen und schob ihn dann in mich, während er mich sanft von hinten bumste. Als ich die Schmerzgrenze überwunden hatte, war es die pure Wonne. Mark stimulierte die Stelle, die in den Lehrbüchern »A-Punkt« genannt wird. Meine Muschi war der Erfahrungshorizont. Das Gefühl, vorn und hinten bis zum Anschlag gefüllt zu sein, war fast mehr, als mein Körper ertragen konnte. Ich wurde gedehnt, von innen nach außen gekehrt. Ich stand in Flammen.

»Aua, ja, Scheiße, ich komme!«, rief ich und konnte seinem Gesicht ansehen, dass es bei ihm auch bald so weit war. Ich spürte, wie meine Muskeln zuckten und krampften. Der in mir summende Vibrator verlängerte meinen Orgasmus.

»Wow!«, sagte Mark anschließend schwer atmend, als wir uns auf die Kissen fallen ließen und die Hände ineinander verschränkten. »Das war unglaublich!« Er küsste meine Handgelenke und band mich los.

Später gingen wir gemeinsam in die Badewanne. Mark seifte mir den Rücken mit einer Duschcreme aus Mandel-Sheabutter ein, während wir uns über die Vorzüge von albernen Horrorfilmen aus den Achtzigern und unsere Notfallfluchtpläne im Fall einer Zombieinvasion unterhielten.

»Ich würde auf jeden Fall ein Boot klauen und raus aufs Meer fahren«, sagte ich, nahm ihm den Schwamm aus den Händen und schrubbte mir den Nacken.

»Ich glaube, diese Wohnung wäre ziemlich sicher«, sagte er. »Hängt wahrscheinlich davon ab, ob es welche von der langsamen Sorte aus dem ersten *Zombie*-Film von George Romero sind oder die anderen, die richtig schnell rennen können wie in dem Remake von 2004.«

Und dann ging es einfach mit mir durch, und ich musste weinen.

»Hey, Süße, was ist? Es ist wegen Patrick, nicht?«, fragte Mark. Er stieg aus der Wanne und gab mir ein riesengroßes Badehandtuch.

»Ja, tut mir leid, es liegt nicht an dir. Es ist nur, das mit den Horrorfilmen erinnert mich an unsere gemeinsamen Wochenenden in New York und …« Meine Stimme brach. »Mark, glaubst du, dass ich noch mal jemand … jemand Festes finde?«

»Aber sicher«, sagte er, wickelte mich in das Badetuch und rubbelte mein Haar trocken. »Und beim nächsten Mal findest du jemanden, der Manns genug ist zu merken, was für ein toller Mensch du bist. Leidenschaftlich, klug und lieb. Und total fertig mit den Nerven, aber das findet er hoffentlich erst raus, wenn es zu spät ist!« Ich schleuderte ein halb geschmolzenes Stück Seife nach ihm, und wir brachen in Lachen aus.

In jener Nacht glitt ich in einen traumlosen Schlaf hinüber. Am nächsten Morgen machte Mark mir eine Tasse Kaffee, die ich in zwei Schlucken leerte. Dann öffnete ich seinen Kühlschrank auf der Suche nach Nahrung. Wie die meisten Junggesellen hatte er nichts von Bedeutung darin, nur ein wenig Basmatireis vom Inder, den ich in der Mikrowelle erwärmte und zum Frühstück aß.

»Hey, Süße, was ist mit diesen Sachen?«, fragte er, als er das Spielzeug der vergangenen Nacht aufsammelte. »Willst du sie mitnehmen zu deinem nächsten unglückseligen Opfer?«

»Nein, lass sie hier«, schnurrte ich, warf ihm einen kurzen Seitenblick und einen Luftkuss zu. »Denn beim nächsten Mal drehe ich den Spieß um und probiere sie an dir aus.«

4

Es war Valentinstag, gute fünf Wochen nach meiner Trennung von Patrick. Victoria und ich unterhielten uns über die Notwendigkeit, in einer Beziehung Freiraum zu haben – in ihrem besonderen Fall handelte es sich um ein Regal. Sie hatte schon viel Zeit im Haus ihres neuen Freundes Mike verbracht, aber er wohnte südlich vom Fluss, und das Pendeln von und nach Hoxton war ziemlich nervig.

»Ich hab keinen Bock mehr, sein Shampoo zu benutzen – natürlich ohne Spülung –, es riecht nach Old Spice, und bei der Arbeit fragen mich alle, ob es mir gut geht, weil ich so müde aussehen würde«, erklärte sie. »Aber gebranntes Kind scheut das Feuer. Als ich das letzte Mal einen Fön bei einem Mann vergessen habe, hat er ihn mir beim nächsten Treffen in einer Plastiktüte zurückgegeben. Das war echt demütigend.«

Da bin ich völlig Victorias Meinung: Ich lasse niemals irgendetwas im Reich eines Mannes zurück. Irgendwie wird die Illusion zerstört, die ich aufrechtzuerhalten suche, wenn er weiß, welchen Make-up-Entferner ich benutze. Tampons bei ihm zu deponieren kommt mir intimer vor, als sein Sperma in mir aufzunehmen, denn es deutet auf eine gemeinsame Zukunft. Außerdem könnte der Kerl denken, dass ich dies oder das absichtlich liegen lasse, damit ich einen Grund habe, ihn wiederzusehen.

»Warum fängst du nicht erst mal klein an? Nicht direkt mit elektrischen Geräten«, sagte ich. »Lass einen Regenschirm zurück oder so und warte ab, wie er darauf reagiert.« Ich schärfte Victoria ein, dass sie niemals, unter keinen Umständen, etwas zurücklassen sollte, ohne das sie nicht leben könne. Eine Freundin von mir musste einmal einen Monat warten, bis sie das teure Chanel-Armband zurückbekam, das sie »versehentlich« im Haus einen Deutschen vergessen hatte. »Ich glaube zwar nicht, dass du dir Sorgen machen musst, sieht aus, als wäre er ganz heiß darauf, dass du bei ihm übernachtest. Andererseits: Man weiß nie. Patrick hat mir meinen Kram per Post geschickt – er konnte sich nicht mal überwinden, mir die Sachen persönlich zurückzubringen.« Ich spürte einen stechenden Schmerz im Bauch.

»Willst du heute Abend mit mir ausgehen, Süße?«, fragte Victoria und drückte meine Schulter.

»Was ist denn mit deinem Geliebten?«, neckte ich sie. Victoria hasste das Wort, obwohl es mit Mike wirklich ernst zu sein schien.

»Er ist noch in Stockholm und kommt erst spät heute Nacht zurück. Wir wollen morgen zusammen ausgehen; er hat sich irgendeine ›Überraschung‹ ausgedacht, und ich hab mal wieder keine Ahnung, was es sein könnte. Wir können doch eine kleine Kneipentour machen, was meinst du? Ist bestimmt superromantisch.«

Wir verabredeten uns für später im Bricklayer's Arms, die Straße hinunter. Ich versuchte, in der mir verbleibenden Zeit an meiner nächsten Kolumne zu arbeiten. Mein Treffen mit dem Redakteur vom *Independent* war gut gelaufen. Er war recht angetan von meiner Idee einer Sex-Kolumne, und als er einige Artikel von mir las, hatte er sich an Ort und Stelle bereit erklärt, es einmal auszuprobieren.

Anlässlich des Valentinstags war ich gezwungen, mir etwas Romantisches auszudenken, doch ich finde, ehrlich gesagt, Blutorgien weniger anstößig als einen künstlich festgesetzten Tag, der erwachsene Männer dazu bringt, Teddybären zu verschenken und bei einer Flasche billigen rosa Champagners ihrer Geliebten tief in die Augen zu schauen. Als Single hasse ich den Valentinstag. Ich verachte ihn dermaßen, dass ich beschloss, meine Verzweiflung in der Kolumne zu verewigen.

Als ich letzte Woche wieder einmal an einem Schaufenster voll billiger Kuscheltiere vorbeiging, sehnte ich mich unwillkürlich nach dem Valentinstag zurück, so wie er früher begangen wurde. Also damals, als Heilige noch geköpft wurden. Ich meine das heidnische Fruchtbarkeitsfest »Lupercalia«, bei dem die Römer Ziegenböcke und Hunde opferten und mit den abgezogenen Fellen auf der Straße nach Frauen schlugen.

Bei diesem heiligen Ritual zogen die jungen Männer Zettel mit den Namen von ortsansässigen Mädchen, denen sie daraufhin den Hof machen mussten. Fand ein Mann keinen Gefallen an seiner Gefährtin, verließ er sie. Das Mädchen wurde schmachvoll ausgegrenzt. Dann verbrannten die Römer ein Bildnis des jungen Mannes, und die Zuschauer verhöhnten ihn. Demütigung, öffentliche Strafe und eine schöne Tracht Prügel – klingt ganz nach meiner letzten Beziehung.

Aber Paare können dem zornigen Pfeil Cupidos ebenso wenig entfliehen. Kürzlich schätzten Experten, dass die Hälfte aller Freundschaften um den Valentinstag herum in die Brüche geht, weil der Druck und die Erwartungen an den »romantischsten Tag des Jahres« Paare zwingt, den Zustand ihrer Beziehung unter die Lupe zu nehmen. Das kann ich gut verstehen, denn die Musik zu meinem Leben stammt eher von Depeche Mode als von Céline Dion.

Seit meiner schmachvollen Zeit an der weiterführenden Schule hatte ich Angst vor dem mörderischen Geschenkwettbewerb des Valentinstags und der abgrundtiefen Enttäuschung, wenn ich feststellen musste, dass wieder nichts für mich im Briefkasten war, höchstens eine Karte mit kleinen grünen Männchen, auf der stand: »Bringen Sie mich zu Ihrem Anführer« (eine Anspielung auf meinen Spitznamen »Alien«).

Als Erwachsene lief es nicht viel besser für mich; ich habe erfolgreiche, wunderschöne, liierte Frauen erlebt, die sich selbst Blumen schickten. Aber einige von uns wehren sich gegen den Terror; Anti-Valentin-Partys scheinen der neueste Trend zu sein. In New York gibt es die Black Hearts Party, eine jährliche Veranstaltung, auf der sich Hunderte schwarz gekleideter Skeptiker treffen und schwarzen Hochzeitskuchen essen, anrüchige Spielchen treiben und ihre verächtlichen Sprüche auf eine riesengroße Tafel schreiben.

Dennoch hat Valentin auch etwas Gutes für Singles. Michael vertritt die Theorie, dass die Chancen eines Ungebundenen auf eine Zufallsbekanntschaft an jenem schicksalsträchtigen Februarabend exponentiell steigen. »Leuchtet doch ein: Die ganzen Alleinstehenden bekommen Panik, fühlen sich einsam und besaufen sich. Das kann einer der lustigsten Abende des Jahres sein!«

Ich drückte die Zigarette aus, speicherte ab, was ich geschrieben hatte, und rief Victoria an.

»Was meinst du, Valentinstag?«, fragte ich sie. »Sollen wir zu Hause bleiben und *Thelma und Louise* gucken oder besser in ein überteuertes Restaurant gehen und turtelnde Pärchen mit Brötchen bewerfen?«

Sie lachte. »Ich finde, wir sollten Karaoke im Pub machen. Und auf jeden Fall tauschen wir unsere Handys, damit keiner auf die Idee kommt, betrunken irgendwo anzurufen.«

»Mit ›keiner‹ meinst du ja wohl mich. Keine Sorge, Süße, ich bin heute Abend schon mit zwei heißen Männern verabredet: Sie heißen Jack Daniels und Johnnie Walker.«

Victoria war bereits im Pub, als ich eintraf. Sie sah super aus: der üppige Busen in einem roten Korsett, darüber ein schwarzer Blazer. Ihre Arbeit in der Mode-PR hat ihr Stilgefühl und ihren Sinn fürs Detail verfeinert. Sie sieht immer tadellos aus, was ihr nach eigener Aussage das Gefühl gibt, ihr Leben im Griff zu haben. Kontrolle ist sehr wichtig für Victoria. Ihre Mutter, ein früher hinreißendes französisches Model, trichterte Victoria von klein auf ein, in Bezug auf Männer gnadenlos zu sein. Ihr Motto war: »Such dir immer jemanden, der dich mehr liebt als du ihn, mein Spatz.« Kein Wunder, dass Victoria sich die Sprüche aus *Gefährliche Liebschaften* zu Herzen nimmt.

Sie umarmte mich überschwänglich, und als sie lachte, schlug mir ein Hauch von Scotch entgegen. »Er ist jetzt endlich damit rausgerückt. Er will morgen Abend mit mir so eine affige Bootstour machen«, sagte sie kichernd. »Ich liebe

Mike wirklich über alles, aber ich habe Angst, dass ich auf so einer geriatrischen Butterfahrt lande und nicht mehr weg kann. Und du weißt doch, dass ich allergisch auf Meeresfrüchte bin!«

»Ach, komm!«, munterte ich sie auf. »Das hört sich doch wirklich süß an; sei froh, wenigstens hast du einen, der dich einlädt.« Ich schob die Unterlippe zu einem übertriebenen Schmollen vor. »Mich liebt keiner.«

»Kopf hoch, Süße! Ich liebe dich, und so, wie diese Typen da hinten gucken« – sie zeigte auf zwei schlaksige, lockenköpfige Schüler am Ende der Theke, die nicht älter als achtzehn sein konnten –, »hast du noch ein paar mehr Bewunderer.«

Wie Victoria mir erzählt hatte, war sie in der Vergangenheit immer auf völlig unpassende Kerle geflogen, weshalb ich mich diesmal ganz ehrlich für sie freute.

»Weißt du, was? Es macht mich total nervös, dass Mike so normal ist«, sagte sie nach unserem ersten Glas. »Ich finde das echt ein bisschen beängstigend.«

»Es ist gut, jemanden zu haben, der normal und zuverlässig ist«, versicherte ich ihr. »In unseren Köpfen ist auch so genug los. Man braucht nicht noch einen Verrückten, der da mitmacht.«

Victoria lachte. »Vielleicht solltest du mal auf deinen eigenen Rat hören.«

»Wenn es so weit ist, meine Süße. Jetzt wird erst mal gesungen! Aber wir müssen uns was total Abgeschmacktes aussuchen.«

Zwei Stunden, drei Whisky-Cola und einen Tequila später stand ich, die keinen Ton richtig trifft, am Karaoke-Apparat und heulte »Don't Stop Believin'« von Journey. Es war einfach nur super.

Zu Hause wankten Victoria und ich in die Wohnung und stolperten sofort über einen Stapel alter *Vogue-Ausgaben*. Victoria zündete eine Vanillekerze von Diptyque an, und ich versuchte, mir daran Feuer für meine Zigarette zu holen. Ich schwankte vor und zurück und verbrannte mir fast die Augenbrauen.

»Glaubst du, Mike mag mich?«, lallte Victoria. »Meine Mutter sagt immer: ›Mach dich mit dem interessant, was er nicht weiß‹ und erinnert mich, dass ich mich an die Regeln von Ellen Fein halten soll.«

»Ach, die Scheißregeln!«, rief ich, zog das anstößige Buch aus Victorias Bücherregal und riss den Umschlag ab. »Ich hab diese Autorinnen dermaßen satt, die das schnelle Geld machen wollen, indem sie anderen Frauen einreden, sie wären an allem selbst schuld. Das ist so selbst-konstruktiv …«

»Ähm, ich glaube, du meinst ›destruktiv‹, Cat.«

»Egal … ups«, machte ich und kicherte, als ich versehentlich auf meine schwarzen Ankle-Boots aschte. »Ich sag dir, was wir machen: Wir werden dieses Buch, *Die Kunst, den Mann fürs Leben* zu finden, jetzt feierlich verbrennen!«

Ich nahm Victorias Feuerzeug und steuerte auf unsere kleine Terrasse zu. Das Konterfei von Ellen Fein auf dem Cover flehte mich an, ihr das selbstgefällige Grinsen aus dem Gesicht zu brennen.

»Die Alte ist längst geschieden. Eigentlich müsste ich das Geld zurückbekommen«, sagte Victoria lachend. »Ich weiß ja nicht, ob ein rituelles Feuer das richtige ist – schließlich ist heute Valentinstag, nicht Halloween!«

»Scheißegal, es ist ein heidnischer Feiertag, und es ist Zeit für ein Opfer!« Ich setzte das Buch in Flammen und warf es in einen Blumentopf, um zuzusehen, wie es aufloderte. »Burn, baby, burn!«

Wir kicherten, dann gossen wir eine Flasche Leitungswasser in den Blumentopf. Der Bestseller löste sich zu einer feuchten, breiigen grauen Masse auf. Irgendwie fühlten wir uns gereinigt.

»Die Regel ist, dass es keine Regeln gibt«, deklarierte Victoria und wankte zu ihrem Zimmer. Mit verschmiertem Make-up, zeigte sie auf mein Gesicht. »Wow! Wahnsinn! Echt tiefschürfend. Schreib dir das auf für nächste Woche!«

5

Ich staunte, wie gut meine Kolumne ankam. Es machte den Eindruck, als fänden die Leser es schön, durch meine Berichte mein Elend aus zweiter Hand zu erleben. Nach nur wenigen Folgen war ich das literarische Gegenstück zur Jerry-Springer-Show geworden: Meine Missgeschicke halfen anderen, ihr Liebesleben nicht so ernst zu nehmen.

Es gab unzählige Themen, über die ich schreiben konnte. Die Monate seit meiner Trennung waren verrückt gewesen, langsam bekam ich das Gefühl, dass meine unersättlichen sexuellen Erwartungen sich wieder ihrem unrealistischen Maximum näherten.

Ich hatte post-Patrick immer noch nicht das Gefühl, wieder reif für eine »erwachsene« Beziehung zu sein. So blieb ich emotional zwar auf Distanz, verspürte jedoch ein immer dringlicheres Gefühl, mich mit jemandem körperlich zu vereinigen. Ich war unglaublich geil. Außerdem war ich jetzt eine Sexpertin, eine Rolle, in die ich mich immer besser einfühlte. Ich musste meine Recherchequote steigern!

Als ich mich zum ersten Mal mit Tom traf, einem ein Meter neunzig großen blonden Surfertypen, bestritten wir eine leicht verdauliche Unterhaltung – langweiliger Einheitsbrei, nichtssagender Smalltalk, das verbale Äquivalent zu Babynahrung.

Die große Überraschung kam am Ende des Abends.

Tom nahm mich in die Arme und küsste mich geschlagene fünf Minuten lang. Als unsere Küsse drängender wurden, konnte ich nicht umhin, mich zu wundern, dass ich kein Zeichen von Leben unterhalb seiner Gürtellinie spürte. Normalerweise bin ich ein großer Fan der Technik, die ich »Touch as touch can« nenne. Das heißt, ich streife »versehentlich« gewisse Stellen, um eine genauere Vorstellung vom Hauptdarsteller zu bekommen, noch bevor irgendwelche Kleidungsstücke abgelegt werden.

Lustigerweise hatten wir uns vorher über Penisgrößen unterhalten. Im Electric hatten wir Tommy Lee gesehen, den Rocker von Mötley Crüe, und das Gespräch kam unweigerlich auf das berüchtigte Sexvideo mit Pamela Anderson, damals noch Tommys Frau, ihm selbst und seinem gewaltigen Penis.

»Aber Größe ist doch gar nicht so wichtig«, platzte es aus Tom heraus. »Wenn das Ding zu groß ist, törnt es Frauen ab und tut ihnen weh, oder nicht, Cat?«

Zurückhaltend nippte ich an meinem Wodka Tonic und lächelte. Da die Scheide ein elastisches Organ ist, das sich dehnen und auch zusammenziehen kann, ist das keine Frage, über die sich ein Mann den Kopf zerbrechen braucht, es sei denn, er ist buchstäblich ausgestattet wie ein Hengst. Andererseits: Wenn ein Mann fragt, ob er groß genug ist, müssen wir das bejahen, auch wenn die meisten Frauen im Augenblick größter Leidenschaft irgendwann schon mal gefleht haben: »Steck ihn rein!«, nur um zu erfahren, dass er schon drin war.

In seiner Wohnung führte mich Tom durch ein vollgestelltes Zimmer, das keine erkennbare Inneneinrichtung besaß. Ganz offensichtlich eine Junggesellenbude: ein einsamer Loafer auf dem Boden, Kameraausrüstung und stapelweise DVDs an den Wänden. Das Schlafzimmer war ebenso schlicht. Tom setzte sich auf die zurückgeschlagene Decke, ich hockte mich auf ihn. In der Highschool nannten wir das Trockenübung, es war erfrischend altmodisch.

Er begann, meinen asymmetrischen Rock hochzuschieben, ich knöpfte sein Hemd auf, küsste ihn mit nervösem Lachen. »Ich will dich«, sagte ich, schob meine Hand über seinen Oberschenkel und fingerte an den Knöpfen seiner Jeans.

»Komm, ich helfe dir«, flüsterte Tom – und legte einen Penis von der Größe einer Gewürzgurke frei.

Ich küsste mich über seine Brust nach unten, überzeugt, dass es eine optische Täuschung sein müsse. Ich meine, schließlich war der Typ eins neunzig! Zuerst neckte ich ihn mit der Zunge, dann blies ich ihm halbherzig einen, aber das löste nicht mal einen Würgereflex aus.

Die Vorfreude darauf, ihn in mir zu spüren, wich einer grenzenlosen Enttäuschung. Ja, es ist gemein von mir, aber ich gähnte laut und vernehmlich und sagte, dass ich unglaublich müde sei.

»Das ist nur, weil ich so einen Kleinen habe, oder?«, fragte Tom und setzte sich auf.

Mit großem Schuldgefühl versicherte ich ihm in vergnügtem Tonfall, so wie ich die grässliche neue Frisur einer Freundin kommentieren würde: »Nein, natürlich nicht, er ist völlig in Ordnung!« O Mann, ich fühlte mich furchtbar. Deshalb tat ich das Einzige, was mir einfiel: Ich simulierte Magenkrämpfe, murmelte etwas von »Frauenleiden« und lief zum Klo, um Mark eine SMS zu schicken. Ich verwendete unseren SOS-Text: »Au sécours!«

Mark meldete sich umgehend, und ich rief Tom im Schlafzimmer zu, dass ich den Anruf entgegennehmen müsse. Nachdem ich Mark im Flüsterton die Lage geschildert hatte, fragte ich ihn, ob ihm so etwas Ähnliches auch schon passiert sei. »Einmal«, sagte er. »Das Mädchen war echt hübsch, aber im Bett passten wir einfach nicht zusammen.«

»Warum nicht?«, wollte ich wissen. Ich hörte, dass Tom im Nebenzimmer das Bett verließ. »Ich leg besser auf«, sagte ich. »Es wäre übel, wenn er etwas mitbekommen würde.«

»Sagen wir mal so«, bemerkte Mark noch schnell, bevor ich das Gespräch beendete. »Nettes Mädel, echt stark, aber untenrum kam ich mir vor wie in einem Eisenbahntunnel.«

Ich setzte eine traurige Miene auf und ging zurück ins Schlafzimmer, wo ich Tom mitteilte, dass meine Mitbewohnerin gerade sitzengelassen worden und total am Ende sei. Das ist die perfekte Notlüge, denn selbst wenn er mir das nicht glaubte, musste er höflich sein und Verständnis heucheln.

Auf dem Heimweg im Taxi fragte ich mich, ob ich Schuldgefühle haben müsse.

Ich behaupte nicht, dass Pornostarproportionen eine Garantie für eine Superleistung im Bett sind. Nie werde ich den Fotografen vergessen, der von Natur aus äußerst verschwenderisch ausgestattet war, aber einfach nur seine Hose öffnete und grinste – der Abend mit der am stärksten abfallenden Spannungskurve meines Lebens. Außerdem glaube ich, dass emotionale Nähe, orale Fertigkeiten und Phantasie eine ganze Menge ausgleichen können, wenn jemand nicht so reich bedacht wurde.

Dennoch geben die meisten Frauen hinter vorgehaltener Hand zu, dass bei völlig identischen Voraussetzungen größer auf jeden Fall besser ist. Das heißt, würde Tom sich noch einmal mit mir treffen wollen, würde ich ihm ganz freundlich einen Korb geben. Ein großer Penis mag für mich nicht ausschlaggebend sein, aber ein kleiner fällt, muss ich doch sagen, unter die Ausstiegsklausel. Da Männer keine Skrupel haben, ihre Vorlieben in Bezug auf rein ästhetische Gesichtspunkte zu verkünden, beispielsweise große Brüste oder eine schlanke Figur, sollten Frauen meiner Meinung nach keine Schuldgefühle haben, wenn sie ihre Bedürfnisse in Worte fassen. Einige meiner Freundinnen würden mit keinem Mann ausgehen, der unter eins achtzig groß ist, wieso also sollte ich ein schlechtes Gewissen haben, nur weil bei mir fünfzehn Zentimeter Minimum sind?

Zurück in unserer Wohnung, recherchierte ich bei Google. Vor fünfundsechzig Jahren stellte Alfred Kinsey fest, eine Phalluslänge zwischen 12,7 und 17,78 Zentimetern liege im Bereich des Durchschnitts. Seitdem bestimmen diese Maße das Leben der Männer.

Und während sie heutzutage ihre Brustmuskeln aufpumpen, ihre Bauchmuskulatur definieren, sich Haare einpflanzen lassen und Viagra einwerfen können, gibt es an der Größe des männlichen Genitals nicht viel zu ändern. Offensichtlich sind Männer immer noch besessen davon, sonst würde ich auf meinem Hotmail-Konto keine Mails von Typen mit Namen wie »Erectus Maximus 001« bekommen.

Zehn Minuten später hörte ich den Schlüssel in der Tür. Sofort wollte ich über die Ereignisse des Abends herziehen, doch dann merkte ich, dass Victoria geweint hatte. »Was ist, Süße?«, fragte ich und wischte mehrere ungewaschene Socken und einen einsamen schwarzen Ankle-Boot vom Sofa.

Victoria gehört zu den Menschen, die Unordnung einfach nicht wahrnehmen. Unser Wohnzimmer ist das perfekte Beispiel für die Entropietheorie, wonach Moleküle einen immer ungeordneteren Zustand annehmen. Victorias Auffassung von Hygiene macht mir ein bisschen Angst, weshalb ich meistens Fertigmahlzeiten direkt aus der Plastikschale esse. (Aber trotzdem liebe ich die süße Maus.)

»Es ist wegen Mike. Er hat gesagt, er hätte so einen komischen Ausfluss. Wir haben uns in einem Pub am Ende der Welt getroffen, und er sagte zu mir: ›Ich habe eine Geschlechtskrankheit, die kann nur von dir kommen.‹ Ich habe ihn gefragt, ob er einen Test gemacht hätte, und da ist er nur ausgeflippt. Er hat mir praktisch vorgeworfen, die letzte Hure zu sein.« Victorias Stimme brach. Ich nahm sie in den Arm.

Ich konnte nicht behaupten, völlig überrascht zu sein. Nach unserem ersten Treffen benutzten Patrick und ich kein Kondom mehr – sprachen auch nie darüber. Ich habe acht Jahre in Manhattan gelebt. Dort ist das Gespräch über den Arztbesuch ein ebenso großer Meilenstein in einer Beziehung wie das Deponieren der Zahnbürste in der Wohnung des neuen Kavaliers. Noch zwei Wochen später brannte mir das Thema unter den Nägeln, sodass es eines Sonntagmorgens beim Kaffee aus mir herausplatzte: »Hast du dich eigentlich mal auf Geschlechtskrankheiten untersuchen lassen?«

Patrick sah mich an, als hätte ich gerade vorgeschlagen, die gesamte Mannschaft von Arsenal London in unser Bett einzuladen. »Warum sollte ich? Damit hatte ich noch nie etwas zu tun«, sagte er und suchte nach einer Zigarette.

Vorsichtig legte ich ihm dar, dass viele Krankheiten, zum Beispiel Chlamydien, stark verbreitet und sehr einfach zu übertragen seien und monate- oder jahrelang unauffällig bleiben können.

Patrick hatte nicht nur nicht die geringste Ahnung von den Symptomen einer Chlamydieninfektion oder eines Trippers, sondern schien diese Krankheiten für eine Art Tropensturm zu halten. »Also, ich weiß ja nicht, mit was für Leuten du dich rumgetrieben hast, Catherine«, erklärte er, »aber glaub mir, ich kenne die Mädchen, mit denen ich gegangen bin, und da hat es nie ein Problem gegeben.«

Ich habe festgestellt, dass die Paarungsrituale in London von derselben Sehnsucht nach den fünfziger Jahren durchdrungen sind wie die Retromode in den Einkaufsstraßen. Das ist in Amerika anders, wo die Safer-Sex-Botschaft vollständig vom kulturellen Zeitgeist aufgesogen wurde.

Als Studentin an der New Yorker Uni hatte ich immer eine schicke, unauffällige, altmodische Gucci-Handtasche mit Kondomen dabei und fühlte mich eher umsorgt als beschämt, wenn mein Liebhaber für den Pariser sorgte. Aber englische Männer meiden es, über Safer Sex zu sprechen oder Kondome zu benutzen, zumindest nicht ohne meine Aufforderung.

Das wirft die Frage auf: Was ist in einer Stadt, in der zügelloser Hedonismus die Regel ist und Gruppensex Material für Schlagzeilen darstellt, aus dem gegenseitigen Aids-Test geworden?

Michael erzählte mir einmal, anstelle von Latex würde er sich lieber auf sein »System sozialer Kontrolle« verlassen, um potenzielle Gefahren zu vermeiden. »Ich gehe in Privatclubs wie das Soho House, da kann man sich auf zwei Dinge verlassen, wenn man jemanden kennenlernt: Zum einen ist jedes Mitglied vom Aufnahmekomitee abgesegnet, das heißt, alle Gäste dort arbeiten höchstwahrscheinlich in der Kunstbranche oder in den Medien; zum anderen können sie sich die sechshundert Pfund Mitgliedsbeitrag pro Jahr leisten. Ansonsten lerne ich nur auf den Partys von Freunden Leute kennen, ich gabel also nicht irgendwelche Frauen in komischen Bars auf.«

Englische Männer scheinen Kondome mit verbotenem Sex zu assoziieren, die eher bei einem One-Night-Stand als bei einer festen Freundin angebracht sind. Nach dieser verqueren Logik zeugt der Verzicht auf das Gespräch über Geschlechtskrankheiten von Vertrauen – und folglich größerer Intimität.

Wie Victoria am eigenen Leib erfahren musste, ist die Illusion von Romantik leider in dem Moment zu Ende, wenn die Schmerzen beim Wasserlassen einsetzen. »Keine Sorge, Süße«, sagte ich zu ihr. »Wir lassen uns gemeinsam untersuchen. Vielleicht ist es gar keine Geschlechtskrankheit, und wenn doch, kann er sie schon vor deiner Zeit gehabt haben. Du brauchst keine Schuldgefühle zu haben. Eigentlich müsste er sich bei dir entschuldigen.«

»Danke, Cat«, sagte sie. »Willst du wirklich mit mir da hin?«

Ich versprach es ihr und holte meinen Mac heraus; in der nächsten halben Stunde hockten wir rotweinschlürfend vor dem Bildschirm, um Mikes Symptome einer Krankheit zuzuordnen.

»Ach«, sagte Victoria etwas später und trocknete ihre Augen, »wie war eigentlich dein Abend mit dem Muskelmann? Ich könnte ein bisschen Ablenkung gebrauchen.«

Ich informierte sie über alles.

»Das hast du richtig gemacht«, sagte sie und schenkte mir

eine Tasse Tee ein. »Es gibt nichts Schlimmeres, als wenn ein Typ sich da einen abbricht, ohne dass man was spürt. Der Letzte, der das bei mir gemacht hat, hat mir fast den Beckenknochen gebrochen. Dann sagte er dauernd Sachen wie: ›Ja, genau, nimm das!‹, und ich musste mich zusammenreißen, um nicht zu fragen: ›Was denn?‹« Victoria lachte.

Ich fröstelte. »Mensch, Vic, es ist eiskalt hier drin!«

»Ja, das wollte ich dir längst sagen: Am Dienstag kommt der Handwerker wegen dem Boiler. Könntest du ihn vielleicht reinlassen? Aber ich muss dich warnen, er ist irgendwie komisch. Er ist Zen-Buddhist und ehemaliger Alkoholiker, wahrscheinlich erzählt er die ganze Zeit von seiner spirituellen Bekehrung.«

Ich lachte. »Damit komme ich klar. Nach dieser Woche glaube ich, dass ich mit allem klarkomme.«

»Ach, übrigens, Cat?«, sagte Victoria, als sie zur Küchenzeile ging.

»Ja?«

»In der Spülmaschine ist ein Dildo. Ich nehme an, der gehört dir, oder?«

6

Ich war unheimlich aufgeregt, weil ich mich mit einem Amerikaner verabredet hatte, der ebenfalls in London lebte, einem Anwalt aus Los Angeles. Meine Begeisterung war jedoch nur von kurzer Dauer.

Ich wusste, dass es nichts werden würde, als er nach zwanzig Minuten bereits drei äußerst engagierte Handygespräche geführt hatte, garniert mit unablässigen Beschwerden über London.

Er trug Birkenstock – in einem schicken Restaurant – und setzte sich so, dass ich mit dem Rücken zur Wand saß. Sei nicht so oberflächlich, schimpfte ich mit mir und rief mir in Erinnerung, dass meine Erziehung mich gelehrt hatte, jedem eine Chance zu geben.

»Ja, gut, sagen Sie dem Studio, dass es ohne eine halbe Million zusätzlich kein grünes Licht von hier gibt«, blaffte er, während ich höflich die Muscheln auf dem Teller herumschob.

Als er sich beim vierten Gespräch einen Stecker ins Ohr klemmte und die Hand hob, als sollte ich mich mit dieser unterhalten, reichte es mir. Ich ging nach draußen.

Vor dem Restaurant holte er mich ein. Das silberne Teil klebte an seinem Kopf wie bei einem Außerirdischen. »Warum bist du aufgestanden? Was habe ich gemacht?«

»Tut mir leid«, sagte ich, »du bist bestimmt ein netter Kerl. Aber diese Sache mit dem Handy, das läuft bei mir nicht.« Am meisten erschreckte mich, dass er nicht einsah, warum ich etwas dagegen hatte.

Jeder hat eine mehr oder weniger bewusste Grenze, was inakzeptables Verhalten angeht. Es ist die einfachste und schnellste Methode, Menschen einer Kategorie zuzuordnen. Victorias innerer Alarm sprang einmal an, als ihr Begleiter gemein zum Kellner wurde. »Es war mir total peinlich, und ich dachte unwillkürlich, wenn er so unhöflich zu Fremden ist, ist er es in ein paar Monaten auch zu mir.«

Manche Männer missbrauchen das erste Treffen als Beichtgespräch. Ich traf mich einmal mit einem anscheinend netten, normalen Banker, der jedoch bei unserem ersten Drink begann, von seiner schlimmen Scheidung zu erzählen, und mich immer wieder fragte, warum seine Frau meiner Meinung nach eine Affäre gehabt und ihn verlassen habe. Als er beim dritten Bier in Tränen ausbrach, konnte ich mir den Grund ziemlich gut vorstellen. Ich zog tatsächlich in Erwägung, mich zu übergeben, nur damit ich den Tisch verlassen konnte.

Doch allen, die beim ersten Treffen je einen Faux pas begangen haben, sei versichert: Wenn der andere wirklich etwas von einem will, wird es ihn oder sie nicht aufhalten. Bei einer meiner ersten Begegnungen mit meinem allerersten Freund war ich so nervös, dass ich bei einer Varietévorstellung auf die Bühne stiefelte, einen Handstandüberschlag auf seinem Auto versuchte und anschließend auf den Parkplatz kotzte.

Am nächsten Morgen rief ich ihn an und entschuldigte mich für mein unzurechnungsfähiges Verhalten. Er besuchte mich mit einem Eisbeutel, und wir gingen drei Monate miteinander.

Gemessen an der Menge von E-Mails, die ich bekam, schien die Kolumne die Leser wirklich anzusprechen. Ich fand es spannend, dass die Leute keine Probleme hatten, mir ihre Probleme anzuvertrauen, auch wenn einige davon durchaus bizarr waren. Ich hatte E-Mails mit einem Mann ausgetauscht, der behauptete, bei ihm tue sich nur dann etwas, wenn er »mindestens eine halbe Stunde lang einer Frau beim Pflegen der Zähne mit Zahnbürste und Zahnseide« zusähe, »vorzugsweise vor dem Zubettgehen«.

Zuerst dachte ich, die Mail sei ein Witz, aber der Absender wirkte ernsthaft unglücklich, deshalb versuchte ich ihn zu beruhigen, es sei nicht aller Tage Abend: Zumindest sei ihm die Zahnhygiene ein Anliegen, und mit ein wenig Glück würde er über kurz oder lang ein zahnbürstenschwingendes Weibsbild finden. Ich versuche, für alles offen zu sein und keine vorschnellen Urteile zu fällen.

Ich bin immer erstaunt, wenn gewisse sexuelle Praktiken als frauenfeindlich bezeichnet werden, weil das, was am erotischsten ist, nicht notwendigerweise auch politisch korrekt sein muss. Sonst wäre das S/M-Fesselpaket »Knecht Ruprecht« mit Paddel kein Verkaufsschlager zu Weihnachten.

Dennoch, ich hatte massenweise E-Mails bekommen, in denen ich gefragt wurde, wann mein Interesse an ausgefallenen sexuellen Praktiken begonnen habe.

Wenn ich ehrlich bin, entwickelte sich meine Faszination an der Verführung kurz nach der Scheidung meiner Eltern, als ich mein eigenes Leben unter Kontrolle bekommen wollte. In jenem magischen Sommer sollte ich vierzehn werden, meine Brüste erreichten eine BH-fähige Größe, und meine Mutter und ich zogen in eine verschlafene Kleinstadt in Georgia im tiefen Süden Amerikas, deren größte Attraktion das jährliche Erdnussfest ist (tatsächlich ein bundesstaatlicher Feiertag!).

Ich wollte den schüchternen Bauerntrampel meiner Grundschuljahre hinter mir lassen und mich neu erfinden. Ich wollte beliebt sein.

Zuerst versuchte ich es mit dem Gruftie-Stil, kleidete mich vom Scheitel bis zur Sohle in Schwarz und hörte mittags The Cure, während alle anderen über den Parkplatz des Supermarkts fuhren und den Hip-Hop bis zum Anschlag aufdrehten. Die Jungen legten Vierteldollarstücke auf die Motorhaube ihrer Pick-ups, um zu sehen, wessen Anlage die Münzen am höchsten hüpfen ließ.

Diese Phase dauerte ungefähr eine Woche. Obwohl ich weiterhin Indie-Musik bevorzugte, musste ich zugeben, dass Doc Martens und fetter Eyeliner einfach nicht der Bringer waren, wenn die Temperatur auf 43 Grad stieg. Ich hatte es satt, der Loser und Außenseiter zu sein.

Und so kratzte ich den schwarzen Nagellack ab und beschloss, so zu tun, als sei ich eine Schauspielerin, die sich völlig in ihre Rolle versenkt. Ich ersann eine Figur, die auf Madonna in *Susan: Verzweifelt gesucht* basierte, ein weiblicher Rockstar, der seine Sexualität selbstbewusst auslebt. Ich trug total coole fingerlose schwarze Spitzenhandschuhe. Wenn man sich etwas lange genug einbildet, kann man es irgendwann nicht mehr von sich selbst trennen; jeder Mensch verschmilzt mit der von ihm gespielten Rolle. Und so wurde nach einer Weile aus meiner Bühnenfigur ich selbst.

Außerdem erarbeitete ich mir den Ruf, unmöglich zu sein.

Wenn ich Besuch von meinen Freundinnen hatte, unterdrückte ich das Wilde – ich war diejenige, die immer einen Flachmann mit Southern Comfort bei sich hatte und um zwei Uhr nachts nackt mit Mädchen und Jungs in einen Pool sprang. Doch dann geschah etwas: Mein Alter Ego wurde zu einem der beliebtesten Mädchen der Schule und existierte nicht länger nur vor dem Spiegel. Die Jungs wollten mit mir ausgehen, die Mädchen sich mit mir treffen.

Meine neuen Freundinnen kannten bereits die Vorzüge von Jack Daniels und dem Marlboro-Mann, deshalb ersann ich eine andere Möglichkeit, die Rebellin zu spielen: Da wir in einer Stadt im Bibelgürtel lebten, wo (größtenteils geheuchelte) Jungfräulichkeitsschwüre so allgegenwärtig waren wie riesige fliegende Insekten, beschloss ich, mein aufkeimendes Interesse an Sex zu einer fixen Idee auszubauen.

Vom Verstand her hatte ich eine eindeutige Trennung zwischen Sex und Liebe ausgearbeitet. Das half mir dabei, einen klaren Kopf zu behalten, denn ich wusste bereits, dass ich viel zu heiß war, um noch lange warten zu können. Außerdem war mir klar, dass die Jungs an meiner Schule nichts Schlimmes daran fanden, jedes Wochenende ein anderes Mädchen »abzuschleppen«. Ich machte es genauso und wurde als »wildes Mädchen« abgestempelt – im Klartext: eine Schlampe mit guten Noten.

Mein erstes Mal war eher die Folge von Neugier und Vorfreude denn von brennender Begierde. Ich war fünfzehn Jahre alt, und mein damaliger Freund war ein einundzwanzigjähriger College-Student mit einem schlanken, muskulösen Körper und eigenem Auto. Ich plante meine Entjungferung mit militärischer Präzision, und nach neun Monaten

Gefummel gewann meine Libido in einer Spätsommernacht im Jagdhaus seiner Eltern endlich die Oberhand.

Ich weiß noch, dass meine Unterwäsche sich verabschiedete, als die ersten Takte von »Stairway to Heaven« erklangen – und die ganze Angelegenheit war noch vor dem Gitarrensolo vorbei. Es war in mehr als einer Hinsicht eine fallende Spannungskurve. Während der Student auf mir lag und pumpte, legte ich die Beine über seine Schultern, um die Farbe meines Nagellacks zu prüfen, und fragte mich, ob ich mit so einem Orange herumlaufen könne. Nein, dafür war meine Haut einfach zu blass. Besser bei neutralen Farben bleiben.

Danach war ich kühl wie ein Eisblock. Mein Freund war zärtlich und aufgeschlossen, ich holte eine Flasche Babyöl und einen Plastikkarton Erdbeeren mit Schlagsahne aus der Tasche. »So, machen wir das Ganze jetzt mal etwas interessanter?«, sagte ich. »Das kann doch nicht alles gewesen sein!« Der Junge erklärte mir, wie wichtig es sei, gut blasen zu können. Er begann mit dem uralten Rat: »Mehr lutschen, weniger beißen!«

Nach meiner Trennung vom Drei-Sekunden-Wunder verbrachte ich meine Freizeit größtenteils im Waffelhaus mit meinen Freundinnen Sheila und Nikki. Wir tranken tassenweise angebrannten Kaffee, versetzt mit eingeschmuggeltem Southern Comfort, und schilderten bis ins kleinste Detail unsere sexuellen Heldentaten zur Musik von Candlebox und den Smashing Pumpkins. Ich war nicht auf der Suche nach Liebe – na ja, irgendwann schon, aber damals noch nicht –, ich war einfach nur abenteuerlustig. Jede meiner Eroberungen war damals nicht mehr als eine neue Kerbe in meinem Gürtel.

Von den Lehrern hörte ich immer, dass es einfacher sei, um Erlaubnis zu fragen, denn um Verzeihung zu bitten, aber was ist daran bitte aufregend? Ich rechtfertigte meine Eskapaden vor mir selbst mit der Ausrede, dass ich lieber bedauerte, etwas getan zu haben, als es nicht getan zu haben. Deshalb ging ich zahllose Risiken im Namen der Liebe ein – oder besser, im Namen der zügellosen Lust. Solange ich mir selbst keinen Schaden zufügte (abgesehen von notwendigen kleineren Schrammen natürlich) und sonst niemandem wehtat, wollte ich meinen eigenen Weg finden, ohne der Masse zu folgen. Selbst wenn mein Weg mich hin und wieder in die Irre führen sollte.

Ich gebe zu, dass ich schon immer davon geträumt hatte, etwas mit einem älteren Mann anzufangen. Diesem Traum am nächsten gekommen war ich bei einer aufgeheizten Knutscherei mit einem fünfunddreißigjährigen Musiker aus Panama City, Florida. Er spielte schlechte Coverversionen von Liedern der Dire Straits und Soul Asylum, was damals echt cool war – obwohl sein Auftritt in einer Hähnchenbraterei mich hätte warnen sollen, dass ein Plattenvertrag nicht gerade drohend bevorstand.

Doch wie viele pubertierende Mädchen tappte ich in die klassische Falle, zu glauben, ich sei eine reife Sexgöttin, nur weil ich mit älteren Männern ausging. Erst später kam ich auf die Idee, dass es einen sehr guten Grund geben musste, wenn Frauen desselben Alters nichts mit diesen Typen zu tun haben wollten.

Und deshalb war Mr Murphy so anders: Er behandelte mich nicht nur wie alle anderen, er tat sogar alles in seiner Macht Stehende, um die Nähe zu mir zu vermeiden. Doch er stand auf verlorenem Posten, von Anfang an.

Ich glaube, ich wollte vom ersten Augenblick an mehr von ihm, als er unser Klassenzimmer betrat. Ich war sechzehn. Er war vierundzwanzig, wirkte aber trotz seiner Hornbrille und seiner Neigung, sich wie ein Nachrichtensprecher in Sweatshirtwesten zu kleiden, deutlich jünger.

Mr Murphy kam frisch von der Uni, es war sein erstes Jahr als Lehrer, und er beging den fatalen Fehler, jedermanns Freund sein zu wollen. Er war nicht anbiedernd oder verzweifelt auf der Suche nach Zuneigung, sondern nur ein wenig einsam, da die meisten seiner alten Freunde nach der Highschool fortgezogen waren.

In der ersten Woche saß ich in der vordersten Reihe und hing ihm an den Lippen. Am Donnerstag war ich bereit, den ersten Schritt zu tun. Als es zur Mittagspause klingelte, blieb ich sitzen. Ich tat so, als studierte ich gründlich das Informationsblatt aus dem Gesundheitsunterricht, auf dem die Vorzüge von Kalzium erklärt wurden. Nicht dass ich irgendetwas davon glaubte, was die krankhaft fettleibige Lehrerin zu dem Thema zu sagen hatte, schließlich brachte sie täglich Donuts und Muffins in der Größe von Baseballhandschuhen mit zum Unterricht. Ist wohl so was Ähnliches wie ein fetter Personal Trainer – es funktioniert einfach nicht.

»Stört es Sie, wenn ich sitzen bleibe und noch etwas lese?«, fragte ich Mr Murphy.

Erwartungsvoll sah er auf. »Überhaupt nicht! Ich freue mich, wenn sich jemand für Französisch interessiert. Bei den meisten hier in der Klasse habe ich nicht so viel Erfolg.«

»*Ne t'inquiètes pas.*« Verschwörerisch beugte ich mich vor und klimperte mit den Wimpern. »Sehen Sie, ich habe sehr gut aufgepasst!«

Er lachte, und ich hatte das Gefühl, das Eis gebrochen zu haben.

Eine Weile unterhielten wir uns über meine »Lieblingsfächer« und meine »Hobbys«. Wenn der gewusst hätte!

»Darf ich dich etwas fragen, Catherine?«, sagte Mr Murphy und rieb sich die gerunzelte Stirn. »Findest du den Lehrstoff zu schwierig?«

»Nein, er ist eine Herausforderung, aber ich lerne viel, und Sie bevormunden uns nicht, das finde ich gut«, sagte ich. »Warum fragen Sie?« Voller Unruhe bemerkte ich, dass er einen Dreitagebart trug, und überlegte, ob er eine frühe Midlifecrisis oder einfach nur zu wenig Kaffee getrunken hatte.

»Nun ja, ich habe mich gerade mit dem Direktor unterhalten, und der ist im Grunde genommen der Ansicht, ich sollte nicht so viele Hausaufgaben aufgeben. Aber ich will nicht, dass es langweilig wird.«

»Ach, über den müssen Sie sich keine Sorgen machen!«, sagte ich. »Wissen Sie, warum er heute ein blaues Auge hat?«

Mr Murphy schüttelte den Kopf.

Ich senkte die Stimme zu einem vertraulichen Flüstern: »Also, man erzählt sich, dass er ganz versessen ist auf seine Nachbarin und auf die Idee kam, ihr ein Video von sich selbst mit seiner Frau beim Sex zu schicken, damit sie dann irgendwie auch Lust bekäme, mit ihm zu schlafen. Also filmte er sich und seine Frau im Bett und legte das Video bei der Nachbarin auf den Grill. Leider fand es ihr Mann. Und der ist Bodybuilder.«

Mr Murphys Augen weiteten sich, er legte die Hand auf den Mund. Er hatte große Hände, was ich schon damals für ein gutes Zeichen hielt. »Das stimmt doch nicht«, murmelte er und lachte nervös. »Und ich habe ihn noch geneckt, ob er sich geschlagen hätte! So viel zum Thema Eindruck machen beim Chef.«

Wir mussten beide lachen und spürten, dass wir den ersten zögerlichen Schritt hin zu einer Freundschaft getan hatten, indem wir über ein leicht verfängliches Thema sprachen.

Danach wurden meine Ausflüge in die klassische Abteilung immer häufiger. Mr Murphy erzählte mir von seiner schrecklichen Kindheit und seinem Hobby, tote Sprachen zu lernen. Ich verriet ihm meinen großen Traum, in eine richtige Stadt zu ziehen und mich neu zu erfinden – genau wie Audrey Hepburn in *Frühstück bei Tiffany*.

Und so nahm meine Verführungsaktion ihren Lauf. Ich saß in der ersten Reihe und tauschte Sandalen und abgeschnittene Jeanshose gegen einen gewagten Internatslook, trug schwarze Minis und schwarze Strümpfe, die bis zu den Oberschenkeln reichten. Ich lächelte Mr Murphy an und neckte ihn, alles schwer ironisch. Unter meine Hausaufgaben schrieb er kleine Bemerkungen und malte Smileys.

Er war die Autoritätsperson, doch ich war diejenige, die die Zügel in der Hand hielt.

Unser Geplänkel setzte sich fort, doch ich bekam ihn außerhalb der Schule einfach nicht allein zu fassen – bis zu einem Wochenende, als das Schicksal sich einschaltete. Ich tankte gerade mein Auto, als ich Mr Murphy dreckverschmiert die Straße herunterkommen sah. »Hey!«, rief ich und winkte ihm zu. »Was ist denn mit Ihnen passiert?«

»Ich bin auf dem Weg in die Stadt, aber mein Wagen springt nicht an«, erklärte er und zog sein Handy hervor. »Ich habe schon den AAA angerufen, aber die brauchen eine Stunde, bis sie mir Starthilfe geben können. Ich will zum Antikmarkt. Ich muss noch so einiges für meine Wohnung besorgen.«

Ich grinste. »Ich bin Ihnen gerne behilflich«, sagte ich. *In mehr als einer Hinsicht …*

Nachdem wir über den Antikmarkt gebummelt waren, gab er mir zum Dank ein Mittagessen aus. Ich bestellte Penne mit sonnengetrockneten Tomaten und ein Glas Weißwein. Mr Murphy verlor kein Wort darüber, dass ich noch nicht alt genug für Alkohol sei, was ich als gutes Zeichen auffasste.

Als wir zu seinem Wagen zurückkehrten, gab er mir die Hand, doch dann schenkte er mir noch eine eselohrige Ausgabe von Ovids *Amores*. »Habe ich eben auf dem Flohmarkt gefunden, und du hast gesagt, du würdest gerne Latein lernen. Deshalb dachte ich, es würde dir gefallen«, nuschelte er und wich meinem Blick aus. »Ich ziehe übrigens morgen um, ein paar Freunde kommen zum Helfen vorbei; wenn du Lust hast, kannst du gerne mitmachen, falls du Langeweile hast. Bis dann!« Ich suchte in meinem Rucksack nach einem Stück Papier, damit er mir seine Adresse aufschreiben konnte. Ich kannte den Apartmentkomplex; eine meiner besten Freundinnen wohnte nur einige Häuser weiter.

Später lag ich mit einem Latein-Wörterbuch in der Badewanne und übersetzte.

»Was du tust, das tue, nur leugne mir, dass du es tatest; sittsam bescheidenen Worts schäme dich öffentlich nie. Auch ist ein Ort, der üppiges Tun erfordert: In jeder Wollust übe dich dort; Scham sei verbannet von ihm.« Dann legte ich das Buch zur Seite, griff zum Duschkopf und stellte mir vor, seine Hände würden mich berühren.

Als ich am nächsten Nachmittag in seiner Wohnung eintraf, öffnete er mir barfuß, in zerrissener Jeans und einem weißen Hemd mit aufgerollten Ärmeln die Tür. Er sah umwerfend aus.

Der Moment der Wahrheit kam am Ende des Tages, als ich drei Bier mutiger war. Ich wartete, bis alle anderen gegangen waren und wir, umgeben von Umzugskartons, an gegenüberliegenden Wänden in Mr Murphys leerem Schlafzimmer saßen. Die Sonne ging unter, und das rosa Licht wurde vom Staub im Zimmer reflektiert, ein Anblick wie im Kaleidoskop. Es wurde dunkler. Jetzt war mein Moment gekommen.

»Bevor ich gehe: Was sollen wir nur machen, Richard?«, platzte es aus mir heraus.

»Was meinst du damit?«, fragte er zurück.

»Es geht darum, dass ich mich unglaublich zu dir hingezogen fühle, und ich glaube, dass du dasselbe für mich empfindest. Reagieren wir darauf, oder tun wir so, als wäre nichts passiert?«

Er bekam Angst. Mehrmals öffnete und schloss er den Mund, so als bekäme er keine Luft. »Ich … ich, Scheiße, ich hätte kein einziges Wort darüber verloren. Ich kann damit nicht umgehen, das ist nicht in Ordnung, weil du meine Schülerin bist, das darf nicht sein.« Er fuhr sich mit der Hand durchs Haar und stand entschlossen auf. Dann kam er zu mir herüber. »Cat«, sagte er, »da wird nichts draus.«

Ich küsste ihn. Er küsste zurück, schmeckte nach Pfefferminz-Kaugummi. Dann löste ich mich von ihm, das alte Sprichwort im Hinterkopf, immer dann aufzuhören, wenn es am schönsten ist. »Ich muss zum Abendessen zu Hause sein«, sagte ich und fügte unerklärlicherweise hinzu: »Ich muss noch eine Parabel zeichnen.« Dann lief ich nach draußen und ließ mit zitternden Händen den Motor an. Ich schaute hoch zu seinem Fenster, da stand er, den Kopf in den Händen.

So viel zum Thema mich rar machen. Am folgenden Abend betrank ich mich mit meinen Freundinnen auf einer Feier mit Starkbier und merkte, dass ich zu blau war, um nach Hause zu fahren. Die Bullen kamen und lösten die Party auf, als wir gerade halbnackt im Swimmingpool herumplanschten, und so sprang ich über zwei Hecken und fand mich vor Mr Murphys Apartmentkomplex wieder.

Er wollte mich nicht hereinlassen. Erst als ich behauptete, ich hätte meiner Mutter gesagt, ich würde bei einer Freundin übernachten, öffnete er die Tür.

»Das ist keine gute Idee«, sagte er und fuhr sich wieder mit den Händen durch sein hellblondes Haar.

»Es ist zwei Uhr morgens, sei nicht so hart«, flehte ich ihn an und drückte mich an ihm vorbei. Wassertropfen fielen auf seinen Küchenboden. Mir war deutlich bewusst, dass mein Lehrer durch meinen nassen Spitzen-BH und den Slip so gut wie alles sehen konnte. »Außerdem ist mir eiskalt, und ich muss mich mal abtrocknen.«

»Mein Gott, du bist ja klatschnass, und du bringst den ganzen Dreck mit herein. Was hast du bloß angestellt?«

Ich war ein bisschen beleidigt, weil er es wichtiger fand, feuchtes Laub wegzuwischen, als das halbnackte Mädchen in seiner Küche zu versorgen, doch ich machte unermüdlich weiter. »Wir waren mit ein paar Leuten bei Sheila im Swimmingpool, ihre Eltern sind nicht da. Da kamen die Bullen, und ich konnte meine Klamotten nicht schnell genug einsammeln.« Ich benutzte meine Kleine-Mädchen-Stimme. »Entschuldigung. Das tut mir wirklich leid. Es war eine dumme Idee.«

»Nein, ist schon gut. Ich mache nur schnell die Couch fertig. Aber du musst morgen ganz früh gehen, damit dich keiner sieht. Meine Nachbarn würden ausflippen.«

Während ich mich im Badezimmer abtrocknete, zog er seine Klappcouch aus, und ich prüfte seinen Medizinschrank. Er hatte Prozac, wie Ende der Neunziger jedermann, aber kein Lithium, was vielversprechend war. Außerdem hatte er einen altmodischen Rasierapparat mit Pinsel und daneben – äußerst vielversprechend – eine Packung Kondome in Größe XL. Es war so weit: jetzt oder nie.

»Cat?« Er klopfte an die Badezimmertür. »Hör mal, ich nehme die Couch, ja? Ich habe dir das Bett gemacht, ich hau mich hin.«

»Super«, erwiderte ich und musterte mit zusammengekniffenen Augen mein Spiegelbild. Dann benutzte ich seine Zahnbürste und sein Mundwasser zum Frischmachen. Aus irgendeinem Grund fühlte ich mich wie Alice im Wunderland, die kurz davor war, ins Kaninchenloch zu fallen. Mir wurde bewusst, dass ich vor einem wichtigen Abschnitt meiner Jugend stand. Was eigentlich ziemlich selten ist, weil man so was meistens erst später erkennt.

Ich zog mich nackt aus, hängte meine Sachen auf den Handtuchhalter und zog seinen Frotteebademantel über. Dann ging ich ins Wohnzimmer, wo er auf dem Rücken lag und in die Dunkelheit schaute.

»Richard?«

»Ja?«

Ich biss mir auf die Lippe und zwang mich, tief Luft zu holen: einatmen, bis fünf zählen, ausatmen.

»Ich ziehe mich jetzt nackt aus und lege mich in dein Bett, denn ich bin total feucht. Ich würde mich freuen, wenn du zu mir kämst. Aber wenn nicht, kann ich es auch verstehen. Nacht.«

Schnell huschte ich ins Schlafzimmer, mein Herz klopfte mir bis zum Hals. Ich sah zu, wie der Wecker auf dem Nachttisch die Sekunden zählte. Fünf Minuten, sagte ich mir, dann lasse ich ihn für alle Zeit in Ruhe. Dies war der letzte Versuch.

Genau zwei Minuten und dreißig Sekunden später schlug er die Decke zurück.

»Oh, Richard«, stöhnte ich und küsste ihn so überschwänglich, wie ich es tagsüber in den Fernsehserien gesehen hatte.

»Verschluck dich nicht an meiner Zunge«, sagte er und schaute lachend auf mich hinunter. »Meintest du das ernst, dass du ein paar Sachen von mir lernen möchtest?«

Ich lächelte zu ihm auf und spreizte die Beine. »Absolut.«

»Na gut, dann kannst du schon mal damit anfangen, mich im Bett nur Mr Murphy zu nennen.«

In den folgenden Wochen brachte er mir schrittweise bei, mich ihm zu unterwerfen – zumindest so, wie er es verstand. Dazu gehörte das Balancieren schwerer Gegenstände, das Fesseln mit einer Zauberschnur, die Augen verbunden zu haben und seinen Schwanz in den Mund zu nehmen.

Ich genoss meinen Privatunterricht, denn im Bett empfand ich mich ihm ebenbürtig. Ich lernte, dass die Unterwerfung mir letztendlich große Macht verlieh. Und obwohl ich zu fasziniert war von seinen Phantasien, um mich auf meinen eigenen Höhepunkt zu konzentrieren – das kam später –, lernte ich unglaublich viel und bekam einfach nicht genug von ihm.

Wir experimentierten mit heißem Wachs – leider benutzten wir Duftkerzen, sodass ich anschließend wie ein Blütenmix roch. Das löste Heuschnupfen bei mir aus; den ganzen Tag musste ich in der Schule niesen. Eigentlich brauchte ich jedoch keine Requisiten, damit Richard einen Ständer bekam: Junge Mädchen haben keine Vorstellung von ihrer Macht. Einfach nur mit einem sechzehnjährigen Körper auftauchen, das reichte schon.

Und so lernte ich, dass Paraffinkerzen die geringste Temperatur haben und am wenigsten auf der Haut schmerzen. Danach kommt mikrokristallines Wachs, dann Bienenwachs. Bienenwachs hat eine um rund zehn Grad höhere Brenntemperatur als Paraffin, und wenn man die Kerze zwischendurch nicht immer wieder ausbläst, tut es sehr weh. Mit Babyöl, Seife und Wasser versuchte ich, das heiße Wachs auf meinen Unterarmen loszuwerden, doch es blieben immer Reste zurück. Aber es gefiel mir, und der Wachsgeruch erinnerte mich später an unser Schäferstündchen.

Es war nicht einfach, die immer neuen Schürfwunden vom Teppich zu verstecken, wenn es im Spätsommer in Süd-Georgia noch immer an die 32 Grad war. Ich verließ mich auf Kniestrümpfe und entdeckte die Vorzüge des gelblich getönten Abdeckstifts von Nivea. Die blauen Flecke waren schon schwerer zu kaschieren. Ich probierte alles – Schminke, Eis und homöopathische Mittel wie Arnika –, aber es half nichts. Meine blasse Haut reagiert prompt auf Druck. Mit der Zeit glich ich einer überreifen Banane.

Im Einführungskurs Politik sprachen wir darüber, wie sich die Machtverteilung zwischen souveränen, machiavellistisch miteinander verhandelnden Territorialstaaten ändert, wenn beide die Weltherrschaft für sich beanspruchen. Und so stellte ich nach einigen Wochen Liebelei fest, dass ich mich langweilte. Richard war Luxemburg, ich die Vereinigten Staaten.

»Ich liebe dich«, sagte er mir erstmals während einer zweistündigen Marathonnummer. Er versuchte, mich zu fesseln, aber ich musste noch meine Hausaufgaben in Mathe machen.

Da ich keinen Streit vom Zaun brechen wollte, sah ich schmachtend zu ihm auf und erstickte seinen Gefühlsausbruch mit einem Kuss. Ich mochte Richard und fühlte mich sexuell zu ihm hingezogen, deshalb dachte ich, was uns verband, komme dem Gefühl von Liebe nah genug.

Bald konnte ich meine wachsende Unruhe jedoch nicht mehr verbergen. Wir waren immer an seine Wohnung gebunden, die ich nur mit ausgeklügelter List erreichen konnte. Ich musste meinen Wagen fünf Häuserblocks entfernt in einer Sackgasse parken, und trotzdem flippten wir jedes Mal aus, wenn ein unbekanntes Auto vorbeifuhr. Einige Wochen später lud mich ein Freund zum Abschlussball ein, und Richard schmollte tagelang. Plötzlich kam mir mein erwachsener Liebhaber vor wie ein bockiger kleiner Junge.

»Ich weiß, dass ich kein Recht habe, eifersüchtig zu sein, aber ich finde es nun mal nicht gut, wenn du mit jemand anders zusammen bist«, sagte er.

Ich tat ihm nur ungern weh, erklärte ihm jedoch, dass es mein Abschlussball sei und ich auf jeden Fall hingehen würde. »Außerdem«, sagte ich, »ist Chris nur ein guter Freund. Wir sind mit einer großen Gruppe da.«

Doch wahrscheinlich spürte Richard, dass ich ihm entglitt.

Letztendlich konnte ich gar nicht zum Abschlussball gehen, weil unsere Affäre einige Wochen später implodierte, als Richards psychotische Exfreundin bei ihm vor der Tür stand. Er hatte sie nicht zurückgerufen und ihr nur ausgerichtet, sie könne nicht kommen, weil es gerade »unpassend« sei.

Und so tauchte sie an einem Dienstagnachmittag auf, der ganz besonders »unpassend« war, da ich nackt auf seinem Sofa auf ihm hockte. Er hatte mir Handschellen angelegt. (Wir hatten nur ein Paar, deshalb mussten wir sie mit einem Schal am Bett befestigen). Plötzlich klingelte es.

Richard lief zur Tür. Ich hörte, wie er zu der Frau draußen sagte, sie solle im Flur warten, doch sie schob ihn beiseite und drohte ihm, alles kurz und klein zu schlagen, wenn er sie nicht hineinließe. Scheiße.

Ich bekam Panik, schnappte mir meine Klamotten und steuerte auf das Schlafzimmer zu, entschied mich dann aber gegen den Wandschrank, weil er a) zu offensichtlich war und b) eine quietschende Tür hatte.

Ich hörte, wie die Frau herumschrie, wissen wollte, mit wem er schlafe. Zwischendurch die Geräusche, wenn sie etwas in der Küche zu Boden warf. »Ich will auf der Stelle wissen, mit WEM« – klirr, wahrscheinlich ein Weinglas – »DU« – nach dem Klang zu urteilen, Silberzeug – »HERUMBUMST!« Keine Ahnung, ich glaube, sie schlug ihm ins Gesicht.

Obwohl mir mein Gefühl sagte, dass sich der Mörder in Horrorfilmen immer unter dem Bett versteckte und jeder zuerst dort nachsah, fiel mir in meiner Panik nichts Besseres ein.

Richard begann seine Exfreundin ziemlich weinerlich anzuflehen – peinlich für einen so dominanten Typ. »Hör mal, du weißt genau, dass wir uns getrennt haben, weil es nicht funktionierte. Da war niemand anders im Spiel. Beruhige dich bitte.«

Sie begann zu weinen. »Aber letzte Woche hast du etwas anderes gesagt. Du hast gesagt, wenn du mehr Freiheit hättest, würde es vielleicht doch wieder gehen, wir könnten miteinander reden und einfach sehen, wie es läuft.«

Das war mir neu. Die Arme. Sie tat mir leid. Wie naiv konnte man sein? Obwohl ich erst sechzehn Jahre alt war, wusste ich doch, was es bedeutete, wenn ein Junge zu mir sagte, er bräuchte mehr »Freiheit«.

Ich hörte, wie sie ins Schlafzimmer kam.

»Bitte, schlaf mit mir«, sagte sie unter Tränen. Ich sah, wie ihr Pullover zu Boden fiel. »Nur noch ein Mal. Ich liebe dich so.«

Adrenalin schoss mir durch den Körper. Ich versuchte zu erraten, was da vor sich ging, konnte aber nur vier Füße erkennen. Richard hatte mir gesagt, dass sie ein Hippie sei, deshalb wunderte ich mich nicht über die goldenen Haare auf ihren Zehen und die total ungepflegten Nägel. Sie hätte dringend mal eine Pediküre gebraucht, stellte ich trotz meiner Panik fest.

»Hör zu, daraus wird nichts. Zieh deine Sachen bitte wieder an«, flehte er.

Plötzlich traten mir Tränen in die Augen. Konnte es sein, dass ich von meinen Gefühlen überwältigt wurde? Nein, es lag am Staub unter dem Bett. Wie die meisten Männer hatte sich Richard nie an den Dreck unter der Matratze gewagt. Da unten sammelten sich Staubflocken so groß wie Wattebäusche. Ich drückte die Nase in den Teppich und versuchte, das Kitzeln zu ignorieren, doch es nützte nichts: Jeden Moment würde ich niesen.

Als die Betteltour von Richards Ex nicht weiterhalf, griff sie auf die altbekannte Weibernummer zurück: Wut. »Wenn du angeblich keine andere bumst, du Arsch«, rief sie, und ihre Stimme stieg um eine Oktave, während sie mit einer Bürste herumfuchtelte, die sie aus dem Badezimmer geholt hatte, »warum sind dann BRAUNE HAARE in dieser Bürste?«

Meine Haare. Ich hatte sie gebürstet. Plötzlich merkte ich, was mir fehlte: mein Gummiband mit dem strassgeschmückten Totenschädel. Es lag neben ihren Füßen. Sie trat fast darauf. Ich probierte es wieder mit der Meditationsatmung und fragte mich, ob buddhistische Mönche sich nie an der Nase kratzen müssen.

Die beiden gingen ins Nebenzimmer, und als sie die Tür hinter sich zuschlugen, musste ich einmal laut niesen. Zwanzig Minuten später kam Richard zurück, um mich zu erlösen, doch der Zauber war erloschen.

So sehr er mir auch seine Liebe schwor, ich wusste, dass ich schleunigst die Stadt verlassen musste.

7

Potenzielle Partner sind oft schockiert, wenn ich ihnen erzähle, dass ich mit den meisten meiner männlichen Kumpel geschlafen habe. Einige sind ehemalige Geliebte, andere fielen nach ernsthafter Gewissensprüfung (und Komasaufen) einer vorübergehenden Stimmung à la *Harry und Sally* zum Opfer. In der Schule küsste ich sogar meinen schwulen besten Freund, weil er »sichergehen wollte«, dass seine Schwärmerei für Ricky Martin keine einmalige Angelegenheit war.

All meine Freundschaften mit Männern lassen sich in zwei Kategorien einordnen: Entweder waren die Kerle schon in meiner Hose, oder sie wollen noch rein. Nicht, weil ich eine Sexgöttin wäre; ich finde es einfach normal, dass Menschen, zwischen denen die Chemie stimmt, sich fragen, wie es wohl wäre, die gemeinsame Beziehung zu ihrem natürlichen, oft orgasmischen Abschluss zu bringen.

Einfacher läuft es mit Exfreunden, weil bei denen keine Gefahr besteht, dass jahrelang schwelende sexuelle Spannung plötzlich zum Ausbruch kommt. Haben wir hinter uns, alles schon gemacht und das T-Shirt mit dem entsprechenden Foto gekauft.

Beispielsweise mein Exfreund David Parkside, den ich am Abend in einem überteuerten Sushi-Restaurant in Knightsbridge zum Essen traf. Wie immer fielen den Leuten die Kinnladen runter, als er die Hand auf meinen Hintern legte und mich an unseren Tisch führte. David sieht gut aus und ist immer elegant gekleidet, doch die Leute glotzten aus anderen Gründen: David geht auf die sechzig zu, und ich bin Ende zwanzig.

Als David und ich uns kennenlernten, war ich dreiundzwanzig und arbeitete in Amerika in derselben Modefirma wie er: Ich auf redaktioneller Ebene, er als Leiter der Entwicklungsabteilung. David ist Brite, und die Arbeit führt ihn oft nach London. Es war das erste Mal seit meinem Umzug nach England, dass ich ihn hier traf, in seiner angestammten Umgebung. Obwohl sich David in feinen Restaurants zu Hause fühlt, werde ich nie vergessen, dass er mich bei unserer ersten Verabredung in ein hübsches französisches Bistro zu Pommes und Champagner einlud, was er »Anti-Atkins« nannte. Jede Veranstaltung, die unter dem Zeichen von Kohlenhydraten stand, war für David ein großes Fest.

Damals war ich total verknallt in ihn, hatte aber Angst, auf ihn zuzugehen, weshalb ich nur schamlos mit ihm flirtete. Er hätte mein Vater sein können, ja, er war sogar älter als mein Dad. Aber David war freundlich, charmant, sexy und unglaublich komisch – ein Mensch, mit dem die Sonne aufgeht, wenn er den Raum betritt.

Als ich schließlich allen Mut zusammennahm, ihn anzusprechen, war er überrascht und sagte, er fühle sich äußerst geehrt, sei aber der Meinung, ich sei zu jung für ihn und er wolle keine Affäre am Arbeitsplatz eingehen.

Aber ich war sehr hartnäckig. Ich suchte seine Nummer heraus und rief ihn an. Wir unterhielten uns die ganze Nacht, und eine Woche später sahen wir uns während eines

Essens bei Kerzenschein tief in die Augen und machten anschließend auf dem Weg zu seiner Wohnung im Taxi herum. Der Sex war unglaublich, nicht zuletzt weil er ein Mann war, der schon sehr viel Zeit gehabt hatte, seine orale Technik zu perfektionieren. Allerdings war die Hintergrundmusik ein wenig abtörnend: Bei Männern um die dreißig läuft oft etwas Standardmäßiges wie Maxwell oder Massive Attack, aber bei denen über fünfzig ist es unweigerlich Bryan Ferry.

Es gab noch weitere Vorzüge. Da ich mal mit einem Typ gegangen war, der glaubte, es sei feines Essen, eine Pizza aus dem Karton auf einen Teller zu schieben, hatte die Vorstellung, ein Hummerrisotto zu kosten und dazu den Ausblick von Davids Penthouse zu genießen, einen gewissen Reiz. Keine meiner Freundinnen gab uns viel Zeit. Alle machten Witze, er würde mit mir im Bett einen Herzinfarkt bekommen, und nannten mich mit Nachnamen nur noch »Zeta-Jones«.

Fremde waren noch schlimmer. Die Leute nahmen an, dass ich durch die Beziehung mit David eine Leere in meinem Leben füllen wolle, dass ich eine Vaterfigur suchte. »Ihre Eltern sind bestimmt geschieden, stimmt's?«, war eine oft gehörte Bemerkung. Natürlich war es auch nicht gerade hilfreich, wenn der Kellner David fragte, ob er einen Tisch für sich und seine Tochter wünsche.

Dennoch war David kein Mann mit geringem Selbstwertgefühl, der eine junge Frau brauchte, die ihn anbetete. Er war einfach nur ein cooler Typ. Ist er immer noch.

»Wow, Süße, du siehst so umwerfend aus wie immer«, sagte er, als er mich an unseren angestammten Platz führte. »Wie sehe ich aus?«

Ich sagte ihm ehrlich, dass sein silbergraues Haar etwas

mehr Salz als Pfeffer sei, er ansonsten aber keinen Tag älter geworden sei.

»Und, was macht die Kolumne? Und dein Liebesleben?«, erkundigte er sich, während ich die Edamame-Bohnen in mich hineinschaufelte. Unsere Getränke wurden gebracht, ein geschüttelter Dirty Martini für mich und ein Grey Goose auf Eis für David. »Ich mache gerade die Atkins-Diät«, sagte er mit Nachdruck. Als fanatischer Gourmet war Davids Auffassung von »kohlenhydratarm« recht locker. Ich bin mir nicht sicher, ob Shrimps-Tempura dazugehören, wollte ihm aber nicht den Spaß verderben.

»Die Kolumne läuft super, und mein Liebesleben ist immer noch scheiße«, sagte ich und informierte ihn über meine jüngste Katastrophe. »Aber es könnte besser werden – in ein paar Wochen gehe ich zu einem Speed-Dating für Sugardaddys.« Die ganze Schreiberei zwang mich ständig, darüber nachzudenken, was ich von einem Mann wollte, anstatt einfach nur mit irgendeinem im Bett zu landen. Obwohl ich das in letzter Zeit oft genug getan hatte. »Durch die Kolumne habe ich wenigstens das Gefühl, dass alles einen Sinn hat. Ein verkorkstes Treffen ist kein neues Desaster, sondern eine neue Erfahrung – oder zumindest eine lustige Anekdote, wenn ich Glück habe.« Ich lachte, doch mir standen die Tränen in den Augen. Schnell wischte ich sie fort. »Irgendwie vermisse ich Patrick immer noch.«

»Patrick war viel zu engstirnig, um richtig würdigen zu können, was er an dir hatte«, sagte David zärtlich. »Aber Sugardaddys? Hört sich ja ganz nach deinem Spezialgebiet an. Siehst du, vielleicht war er einfach zu jung für dich!«

Auf gewisse Weise war David der beste Freund gewesen, den ich je hatte, und auch der Einzige, der mein Bedürfnis nach Alleinsein verstand. Eine Weile schien der Altersunterschied nichts auszumachen. Bis er es eines Tages doch tat. Ich hatte gemerkt, dass David hin und wieder Pillen einwarf, war jedoch in keiner Weise darauf vorbereitet, als ich eines Tages seinen Medizinschrank öffnete und buchstäblich alle Medikamente von A wie Angina bis Z wie Zinkmangel fand. Danach bemühten wir uns, das Thema seines Alters zu meiden.

Wir bekamen uns unglaublich in die Haare wegen seiner Ernährung, beispielsweise behauptete David rundweg, er würde lieber eine vierfache Bypassoperation über sich ergehen lassen, als auf Parmaschinken zu verzichten. Ich sorgte mich zu Tode wegen seiner unzureichenden Krankenversicherung und schloss heimlich eine Police für ihn ab. Dann bekam ich Albträume, in denen ich Windeln wechselte, und zwar nicht bei meinem Kind. Und obwohl sich meine Freunde langsam für ihn erwärmten, konnte ich ihn nicht zu einem Punkkonzert mitnehmen. Nach und nach begannen mir meine Kumpel zu fehlen.

Und so klang unsere Beziehung allmählich aus, so Hals über Kopf sie begonnen hatte. Eines Abends nahm ich David mit in einen Club, in dem der Barkeeper Sicherheitsnadeln in den Ohren und ein T-Shirt mit der Aufschrift trug: »Jesus Is My Homeboy«. »Hör zu, ich war im Studio 54, als Bianca Jagger auf einem weißen Pferd reingeritten kam, und ich hab keine Lust mehr auf so was«, sagte er. »Das ist deine Szene, nicht meine.« Kurz darauf trennten sich unsere Wege.

Aber die Chemie zwischen uns stimmte trotzdem noch. Inzwischen sind wir einfach alte Freunde, die sich treffen, um die offenen Wunden in unserem Liebesleben zu sezieren – und die Kellner glotzen uns bis heute an.

»Und?«, sagte ich und senkte die Stimme. »Hast du besorgt, was ich brauche?«

»Ja, Cat, aber wenn dich jemand fragt, von wem du es hast – es ist *nicht* von mir!«, mahnte er und schob mir unter dem Tisch die kleinen blauen Tabletten zu. »Die Leute reden, und ich habe einen Ruf zu verlieren. Ich möchte nicht, dass jemand glaubt, ich bräuchte Hilfe in diesem Bereich.« Es war ein einmaliger Gefallen. Davids Erektionen waren steinhart und zuverlässig gewesen. Ganz im Gegenteil: Ich kannte Fünfundzwanzigjährige mit deutlich schwächerem Trieb.

»Keine Sorge, das bleibt unter uns«, sagte ich lächelnd und schob die Tabletten in meine Tasche. »Ich probiere sie nur ein Mal aus; aber meine Freundinnen schwören, die Dinger seien unglaublich. Hat irgendwas mit einer gesteigerten Durchblutung der Klitoris zu tun. Außerdem bekomme ich ständig E-Mails von Lesern, die wissen wollen, ob ich es mal ausprobiert hätte. Ich habe eine Verantwortung vor der Öffentlichkeit.« Ich grinste. »Und ich hab seit Wochen nicht mehr richtig gevögelt.«

David lachte. »Falls es ein echter Notfall ist, hast du ja meine Nummer«, sagte er und legte seine Hand auf meine. »Kommst du finanziell zurecht? Ich weiß, dass du zu stolz bist, um zuzugeben, wenn du Hilfe brauchst, aber wenn du dir mal Geld leihen musst …«

Tränen traten mir in die Augen. »Manchmal glaube ich, es war verrückt, nach London zu ziehen«, platzte es aus mir heraus. »Ich meine, ich war nicht begeistert von meiner damaligen Arbeit, aber wer ist das schon? Immerhin hatte ich einen festen Job, ein Monatsgehalt und konnte mir regelmäßige Mahlzeiten leisten, die ich mir nicht aus fremder Leute Kühlschrank stehlen musste. Was will ich hier überhaupt?«

David nahm meine Hand. »Weißt du, was die meisten einflussreichen Wirtschaftsmanager der Welt gemein haben?«, fragte er.

Ahnungslos sah ich ihn an. »Eine gute Reinigung?«

»Nein. Sie alle gehen Risiken ein. Guck dir Steve Jobs an, der wurde von seiner eigenen Firma gefeuert. Er sagt: ›Man kann die Punkte nicht in der Zukunft verbinden, man kann das nur im Nachhinein tun. Man muss also darauf vertrauen, dass die Punkte in der Zukunft irgendwie eine Linie bilden.‹ Und das werden sie auch bei dir tun, Cat.«

»Tja, vielleicht irgendwann mal, aber im Moment kommt mir alles eher vor wie ein riesengroßer willkürlicher Tintenklecks«, sagte ich und trank einen weiteren Schluck warmen Sake. Dann spießte ich eine würzige Thunfischrolle auf die Gabel. Das war meine einzige Mahlzeit heute, die wollte ich auskosten.

Ich wechselte das Thema. »Wusstest du eigentlich, dass ich nicht nur einen Abschluss in Journalismus, sondern auch einen in Politikwissenschaften habe? Früher habe ich mir immer ausgemalt, dass ich mal Kriegskorrespondentin würde.«

»Auf gewisse Weise bist du das ja«, erwiderte David. »Sei bitte vorsichtig mit den Pillen. Mein Freund hat mir zwei verschiedene gegeben, fünfzig Milligramm und fünfundzwanzig Milligramm, nimm also eine oder zwei, aber er meint, man solle nie mehr als fünfzig Milligramm auf einmal nehmen. Und sorg dafür, dass du mit jemandem zusammen bist, bei dem es sich lohnt, denn wenn du einmal drauf bist, dann bleibt das stundenlang so. Habe ich wenigstens gehört«, fügte er schnell hinzu.

Victorias gesundheitliche Sorgen hatten mich nachdenklich gemacht. Normalerweise bin ich dafür bekannt, total verkniffen zu sein, was den Schutz angeht (nein, nicht in der Hinsicht verkniffen). Ich gehöre zu den Frauen, die für den Fall einer glücklichen Fügung nie ohne eine Auswahl an Kondomen und einen Slip zum Wechseln aus dem Haus gehen, außerdem habe ich für den schlimmsten Fall immer Bargeld und die Nummer eines zuverlässigen Taxiunternehmens dabei. Doch Victorias Erlebnis machte mir klar, dass ich eine neue Methode brauchte, um Kondome ins Vorspiel einzubauen – weshalb ich später am Abend bei einem Online-Angebot von Verhütungsmitteln landete, das weit über normal oder gerippt hinausging. Mich faszinierten die Pariser mit Fruchtgeschmack und eine Sorte, die im Dunkeln leuchtete. Es gab sogar ein Musik-Kondom, das die Melodie wechselte, wenn der Sex heftiger wurde. Ich befürchte allerdings, dass mich ein aus meinem Unterleib tönender Soundtrack definitiv aus dem Rhythmus bringen würde.

Am nächsten Nachmittag traf ich mich mit Victoria in der Urogenital-Klinik Chelsea and Westminster. Sie gestand mir, dass Mike in den letzten Tagen keine nennenswerte Nachrichtenverbindung zur Außenwelt gepflegt habe, obwohl er sich für sein Ausflippen entschuldigt hatte. Offenbar fiel es ihm schwerer, seine unvergängliche Liebe zu erklären, als über ungewöhnlichen Ausfluss zu reden.

Zumindest behielt Victoria ihren Humor: Direkt nach der Untersuchung wollten wir zu einer Party mit dem Motto »Himmel und Hölle«, sodass wir in von Victoria ausgeliehenen Kostümen in der Klinik aufkreuzen mussten.

Ich lachte mich schief, als Victoria zu Hause mit ihnen ankam. »So kurzfristig war nichts anderes zu bekommen, sieht aus, als wäre ich ein Teufel und du eine sexy Nonne«, erklärte sie. Und so ging ich in Schwesterntracht mit einem Spitzenkorsett darunter in die Klinik und kam mir völlig albern vor. Ich hoffte, dass ich niemanden traf, der mich kannte. Victoria trug einen roten Lack-Minirock, unter dem ein langer roter Satinschwanz hervorguckte. »Das sieht eher aus wie eine Riesenhämorrhoide.« Sie lachte. »Nicht besonders sexy.«

Ich hätte mir keine Sorgen machen müssen: Das schicke, anzugtragende Publikum hätte genauso gut an einem Samstagabend vor dem Boujis Schlange stehen können. Die Untersuchung selbst war relativ schmerzlos, und der Arzt strahlte große Ruhe aus. Außerdem hatten die Krankenschwestern ihren Spaß: Nicht jeden Tag können sie beobachten, wie eine Nonne Gratis-Kondome einsteckt.

Bei den Anonymen Alkoholikern beinhaltet der neunte Schritt, alles wiedergutzumachen, was man bei anderen an Schaden angerichtet hat. Ob das Gleiche wohl auch für Sexoholiker gilt? Sollen auch sie beschissene One-Night-Stands wiedergutmachen?

Es war eine langweilige Woche gewesen, ich hatte keine Möglichkeit gehabt, mein Viagra auszuprobieren. Deshalb begann ich einen E-Mail-Wechsel mit einem Stammleser. Ich hielt mich an meine eigenen Regeln; achtete darauf, dass er mir nur von der Arbeit aus schrieb, eine Firma in der City, die ich überprüfte, und dass er mir Bilder von sich schickte. Er sah nett und locker aus, stand an einen Baum gelehnt da, trug ein blaues Hemd, das zu seinen Augen passte.

Wir trafen uns im Pelican in Notting Hill. Ich trug eines

meiner superheißen Outfits – hautenge Jeans, süßes Oberteil und Schuhe von Alexander McQueen. Es ist eine Schande, dass Frauen Ewigkeiten mit der Auswahl ihrer Kleidung verbringen, nur um andere Damen damit zu beeindrucken. Vor jedem Date benötige ich übertrieben viel Zeit dafür, meinen Look mit schrägen Accessoires zu perfektionieren, obwohl britische Herren größtenteils mit einem tiefen Ausschnitt und einem Lächeln zufrieden sind.

Und es gibt nichts Schlimmeres, als am nächsten Morgen in einem Vintage-Ballkleid und mit goldenem Handtäschchen unter dem Arm aus dem Haus eines Fremden zu stolpern. Ein Jugendlicher in Clapham gab mir tatsächlich mal Geld – wahrscheinlich hielt er mich für eine obdachlose alte Nutte.

Meine Verabredung hieß Nigel, und ich war erleichtert, als ich sah, dass er in persona noch süßer war als online. Er hatte ausdrucksstarke blaue Augen, ein offenes, freundliches Gesicht und volle Lippen, was schon mal das gefürchtete Schmallippensyndrom ausschloss.

Wir sprachen über unsere Vorliebe für Sci-Fi-Filme und welches Zeitreisemodell praktischer sei, das aus *Zurück in die Zukunft* oder aus dem *Terminator*. Ich muss ziemlich schnell ziemlich betrunken gewesen sein, denn ich weiß noch ganz genau, dass ich mein Argument für periodische Kausalität auf eine Serviette malte. Auch lauschte Nigel voller Mitgefühl, als ich das Gespräch auf die kaputte Heizung in unserer Wohnung lenkte. Wie oft wir sie auch reparieren lassen, wir frieren unentwegt.

»Na, du kannst gerne bei mir schlafen. Ich habe noch massenweise Rotwein und einen schönen großen Kamin.«

Ich erklärte mich einverstanden und hoffte inständig,

dass es sich um eine sexuelle Anspielung gehandelt hatte. Es stellte sich heraus, dass Nigel in einem efeubewachsenen mehrstöckigen Haus in einer Sackgasse in Chelsea wohnte.

»Rot oder weiß?«, fragte er auf dem Weg in die Küche, während er nebenbei mit der Fernbedienung den Kamin einschaltete.

Sein Wohnzimmer war ein minimalistisches Philippe-Starck-Paradies, deshalb entschied ich mich für Weißwein, falls ich etwas auf seinem jungfräulichen Sofa verschütten würde. Wir tranken Sauvignon Blanc und begannen zu knutschen. Dann entschuldigte ich mich, ich müsse aufs Klo, und nahm zwei Viagra. Ich wollte wissen, wie die Wirkung in einem Blindversuch wäre, deshalb beschloss ich, nichts zu verraten. Nigel hätte ja denken können, ich sei eine verrückte Nymphomanin und – nun, ja, am besten ließen wir diese Katze noch nicht aus dem Sack.

Ich weiß nicht, ob es Einbildung war, doch nach zehn Minuten begann meine Muschi zu kribbeln, und mein Atem wurde merklich flacher. Bei der nächsten Knutschrunde kletterte ich auf Nigels Schoß.

»Hast du Lust, mir dein Schlafzimmer zu zeigen?«, fragte ich schwer atmend.

»Warte, es gibt noch was anderes, das du bestimmt gerne sehen willst«, sagte er. »Weißt du, ich wollte schon immer Fotograf sein. Ich dachte, ich zeige dir ein paar Bilder von meinen Reisen durch Afrika.« Er schlug ein riesiges verstaubtes Album auf und wies stolz auf grobkörnige, verschwommene Fotos von armen Waisenkindern.

»Ähm, warum ist das Bild da so unscharf? Ist das ein künstlerischer Kniff?« Ich hörte tatsächlich mein Herz in den Ohren klopfen – und auch sonst überall. Als ich kurz die Augen schloss, sah ich Farbe: ein pulsierendes Aortarot. Scheiße. Die Pille schlug voll zu. Hatte ich zu viel genommen? Hatte David nicht gesagt, zwei Tabletten zu 25 Milligramm, also insgesamt 50, oder waren es zwei zu 50 Milligramm gewesen?

Nigel runzelte die Stirn. »Nun, ich fand die künstlerische Ausgestaltung der Aufnahmen nicht so wichtig wie ihre Aussage. Weißt du, ich unterstütze ein Projekt, das hungernde Kinder betreut und ihnen Einwegkameras gibt. Anschließend zeigen wir ihre Arbeiten in London.«

»Aber wenn sie hungern, wäre es denn dann nicht sinnvoller, ihnen einfach – keine Ahnung – einen Sack Reis zu geben?« Da dämmerte mir langsam der Verdacht, dass Nigel einen kleinen Tick haben könnte, schlimmer als Leute, die »implementieren« oder »committen« sagen: Er zeigte alle Symptome eines Gutmenschen.

»Nun, manche Menschen halten Kunst für eine Art von Nahrung«, sagte er und sah mir in die Augen, während ich seine verzweifelt nach einem ironischen Flackern belauerte. Es gab keines. »Auf jeden Fall berührt Kunst die Seele.«

Meine Seele wurde nicht berührt, daher nahm ich an, dass er meine Logik sowieso nicht begreifen würde. Ich nickte einfach und pflichtete ihm bei, egal, was er sagte. Vielleicht war ich auch ein wenig streng – Amy sagt immer, ich solle nicht so zynisch sein.

Ich holte tief Luft und fragte mich, wann er endlich zur Sache kommen und mich bumsen würde. Ich war wie ausgehungert.

Nachdem wir gemächlich das Album beiseitegelegt hatten, begaben wir uns endlich ins Schlafzimmer. Wir rissen uns die Klamotten vom Leib, und aus dem Nichts tauchte ein Kondom auf. Doch zehn ereignisreiche Minuten später war es für Nigel vorbei – zweimal –, noch bevor ich richtig losgelegt hatte.

»Wow!«, sagte er, verschränkte die Arme hinter dem Kopf und zündete sich eine Zigarette an, die er sich vorher gedreht hatte. »Das war Wahnsinn!«

Lieblich lächelnd und vollgepumpt mit Viagra, drückte ich mich an ihn und küsste seinen Hals. »Baby, ich bin noch nicht ganz so weit«, sagte ich. »Ich hoffe, es stört dich nicht, wenn ich weitermache.« Mein gesamter Körper pochte, mein Kopf fühlte sich an, als würde er explodieren, ich brauchte dringend Erleichterung. In dem Moment schwor ich mir, dass ich dieses Mittel nie wieder nehmen würde. Nicht mal zu Forschungszwecken. Ich wusste nicht, welcher Teufel mich geritten hatte. Denn ganz genau so fühlte ich mich: besessen.

Vor Entsetzen zuckte Nigel zurück. »So was tun anständige Mädchen nicht. Meine Einstellung zu Orgasmen ist: Sie kommen, wenn sie kommen. Vielleicht sollte es einfach nicht sein.«

Du hast gut reden, dachte ich. Ich kam mir vor, als hätte er mir ins Gesicht geschlagen. »Aber, ähm, willst du nicht, dass ich auch einen habe?«, fragte ich. Mittlerweile wusste ich, wie es sich anfühlte, ein sechzehnjähriger Junge mit harten, blauen Eiern zu sein. Mein Unterleib stand in Flammen.

Nigel nahm einen Zug von der Zigarette und blies den Rauch aus. »Ja, sicher, solange es nicht zu viel Arbeit ist«, sagte er lachend.

Ich verstand seinen Witz nicht und erklärte ihm stattdessen die potenziellen Fallstricke der Missionarsstellung, doch er unterbrach mich mit der Bemerkung, keine seiner bisherigen Freundinnen hätte je ein Problem damit gehabt (nicht dass er sie danach gefragt hätte), vielleicht sei ich ja ein bisschen »anormal«.

»Also, tu das, was du tun musst, Süße«, sagte er und tätschelte meinen Arm, »aber das machst du nicht in meinem Bett. Irgendeiner hat doch mal gesagt, es sei edler zu geben als zu nehmen, oder?«

Ich griff nach meinem T-Shirt. »Das war Jesus, und irgendwie glaube ich nicht, dass er dabei an diese Situation gedacht hat.« Ich war baff. Vor mir lag ein raffiniertes Kerlchen, das seine Internatsausbildung zur Schau stellte und sich die Mühe machte, mir jede Tür aufzuhalten – warum benahm er sich im Bett so unverschämt?

Ich ging in seine Küche, ganz aus Stahl und Glas, hüpfte auf die Theke und goss mir ein Glas Wasser ein. Sicher bin ich nicht der Knigge des Datings, doch halte ich es durchaus für angebracht, ein wenig gegenseitigen Respekt zu erwarten, selbst bei einem lockeren Flirt. Meiner Ansicht nach ist Egoismus im Bett dasselbe wie Egoismus im Leben – und damit ein absoluter Rücktrittsgrund. Aristoteles wäre ernsthaft sauer.

Nachdem ich meinen Entschluss gefasst hatte, ging ich wieder ins Schlafzimmer. »Hör mal«, sagte ich, warf die Bettdecke zur Seite und öffnete das Korsett, das ich nur wenige Stunden zuvor so optimistisch geschnürt hatte. »Ich lege mich in die Badewanne. Ich bin frustriert, und ich kann nicht schlafen.«

»Du musst ruhiger werden«, sagte Nigel und sah dabei ein wenig aus wie die Katze, die den Sahnetopf ausgeschleckt hatte. »Wie wäre es, wenn wir uns einfach nur in den Arm nehmen?«

Ich verzichtete. Wenn ich nur hätte kuscheln wollen, wäre ich zu Hause bei meinem Teddy geblieben. Ich wollte unter die Decke gehängt werden.

»Ich brauche nur ein paar Minuten Ruhe«, sagte ich mit meiner besten Imitation einer braven Mädchenstimme. Früher hatte ich mich immer gefragt, wie schlicht männliche Instinkte sein müssen, dass sie die Kerle verleiteten, sich nachts in einer dunklen Gasse von einer Nutte einen blasen zu lassen, die aussah wie eine weggeworfene Aktentasche. Doch in Nigels Bett wusste ich, dass mir nach der eingeworfenen Pille jeder Kerl recht gewesen wäre. Ich brauchte so dringend Erleichterung, dass ich wirklich fühlte, wie meine Klitoris durch den Slip pochte. Ich hatte einen Ständer. Aufgeputscht durch Viagra, geschah das Undenkbare: Ich wurde zum Freud-Fan.

Ich ließ das Badewasser laufen, um mein Stöhnen zu übertönen, richtete den Duschkopf auf meine Muschi und spürte, wie das Wasser auf meine Haut prasselte. Ich umklammerte die Wanneneinfassung und biss mir so heftig auf die Lippe, dass es blutete. Kaum verebbte der erste Orgasmus, kam der nächste, und eine Hitzewelle nach der anderen fuhr durch meinen drogengequälten Körper. Tief befriedigt trocknete ich mich schließlich ab und ging zurück ins Schlafzimmer.

»Siehst du, schon besser, oder? Hast du kalt geduscht?«

»Geht wieder«, sagte ich, zu müde, um mit ihm zu streiten. »Du hattest recht. Es war genau das, was ich brauchte.«

»Hör zu, Cat, ich weiß, dass ich im Bett ein strenger Presbyterianer bin«, sagte er und drehte sich um. »Aber du musst dich einfach daran gewöhnen.«

Ganz bestimmt, Junge.

Ich beschloss, mich zu verdrücken, jedoch nicht ohne vorher noch mal an seinen Designer-Kühlschrank gegangen zu sein und eine sehr schöne Flasche Champagner von Bollinger mitzunehmen. Ich halte Diebstahl für unverzeihlich, aber in dem Moment fand ich, Nigel sei mir etwas schuldig. Ganz zu schweigen von seinen armen Exfreundinnen, die zweifellos einen Oscar verdient hatten.

Bei Tagesanbruch wankte ich die Treppe hinunter, dann merkte ich, dass ich kein Geld bei mir hatte und mit zehn Zentimeter hohen Absätzen mehrere Häuserblocks bis zum nächsten Geldautomaten würde stolpern müssen. Nigel schlief noch.

Doch obwohl meine Füße bluteten, wusste ich, dass ich die richtige Entscheidung getroffen hatte. Ich war stolz, dass ich meinen Standpunkt verteidigt hatte, insbesondere, als er mir einige Stunden später eine SMS schickte. »Ist dir kalt? Trinke Tee am Kamin … willst du rüberkommen? xxx«

Grinsend tippte ich meine Antwort: »Sorry, will gleich Haare waschen. Zu deiner Info: Im Durchschnitt braucht eine Frau 15 Min. klitorale Stimulation für den Orgasmus. Deine Exen haben dir was vorgespielt. Alles Gute.«

8

An Liebe auf den ersten Blick habe ich noch nie geglaubt. An der Uni las ich André Bretons surrealistisches Werk *L'Amour fou* und fand, der Typ sei klinisch verrückt. Doch jetzt hätte auch ich ohne weiteres ein Hummertelefon oder einen gezwirbelten Schnauzbart getragen, denn die *Amour fou* war auch mir widerfahren.

Alles begann völlig harmlos an irgendeinem Mittwoch. Ich war mit Victoria, Mark (der ganz brav war, weil er gerade jemanden kennengelernt hatte) und einigen Kollegen von Mark unterwegs, um seine Beförderung zum Seniorpartner zu feiern. Auf dem Rückweg von einer Party in Pangea beschlossen wir, auf einen Schlummertrunk im Hempel Hotel einzukehren. Ich freute mich wirklich für Mark, denn er hatte immer Komplexe, weil er keine Uni besucht hatte – dabei ist er einer der klügsten Männer, die ich kenne, und praktisch eine wandelnde Enzyklopädie. Seine Beförderung erhob ihn über mehrere Oxford-Abgänger, und ich wusste, wie wichtig ihm das war.

Ohne dass Mark Bescheid wusste, feierten Victoria und ich gleichzeitig, dass ihre geheimnisvolle Infektion nichts Ernsteres als ein Pilz war, mit dem sie ihren Freund angesteckt hatte. Mike hatte Victoria mit Blumen überhäuft und sie zusammen mit seinen Eltern zum Essen eingeladen.

»Hat er also zugegeben, dass er sich total bescheuert angestellt hat?«, fragte ich.

»Ich habe gesagt, ich fände sein Verhalten widerlich, habe getobt und gewettert, und auf einmal hatte er Tränen in den Augen und meinte, er sei nur deshalb ausgeflippt, weil es ihm so ernst mit mir sei – dann hat er mich gefragt, ob ich bei ihm einziehen will«, platzte es aus ihr heraus.

Ich zog die Augenbraue hoch. »Und?«

»Und ich werde es ernsthaft in Erwägung ziehen«, sagte sie und überflog kühl die Karte.

Aber ich merkte, dass es Victoria sehr wichtig war. Ich freute mich aufrichtig für sie, weil ich wusste, dass Mike Victoria anbetete, auch wenn er sträflich ahnungslos war, was Geschlechtskrankheiten betraf.

Die Hotelbar war so gut wie leer. Ich war völlig vertieft in mein Gespräch mit Victoria, als ich am anderen Ende einen Mann erblickte: ungefähr so groß wie ich, breite Schultern, rötlichblondes Haar und stark ausgeprägte Wangenknochen. Er hatte etwas Rätselhaftes. Die meisten Typen, die ich anspreche, haben eine arrogante Ausstrahlung, doch dieser Mann wirkte zerbrechlich auf mich.

»Hey, Andrew!«, rief Mark auf dem Rückweg vom Klo und winkte dem Fremden zu.

»Wer ist das?«, zischte ich ihm zu.

»Ach, das ist Andrew. Er hat eine Firma, die macht total komplizierte, abgefahrene Audioanlagen für die Superreichen, so à la *Star Wars*. Er hat schon was im Oval Office eingebaut und in den Casinos in Las Vegas.«

»Der ist echt süß. Weißt du, ob er gebunden ist?« Ich hatte einen verstohlenen Blick auf Andrews linke Hand werfen können, aber bereits die bittere Erfahrung gemacht, dass ein fehlender Ehering in diesem Land gar nichts bedeutete. Obwohl ich nicht mal weiß, ob er wirklich abschreckend wirkt; einige meiner Freunde schwören, *mit* dem Ring erregten sie mehr Aufmerksamkeit. Wie Mark immer sagt: »Das Einzige, was noch besser funktioniert, ist ein Welpe!«

»Ich glaube, er ist geschieden«, sagte er. »Aber ich weiß nicht genau, was da ablief. Und ich glaube, er hat Kinder. Wenn du mich fragst: eindeutig zu viel Ballast.«

»Egal«, sagte ich. »Männer mit Bindungsangst können deutlich mehr Ballast haben als solche, die es wenigstens versucht haben. Nein, ich muss vorsichtig sein«, sagte ich abwehrend, als Mark ein Glas Schnaps vor mich hinstellte. »Wenn es irgendein Hinweis sein soll, dass ich nach meinem letzten Abend mit José Cuervo mit dem Kopf über der Kloschüssel hing, dann ist er kein Freund von mir.«

»Komm, zum Mutmachen«, sagte er, und wir stießen an.

Ich verzog das Gesicht, als der Feuerball in meinen Magen gelangte. Jetzt war ich bereit für den ersten Schritt. Ich glättete meinen Ballonrock und schlenderte durch die Bar auf den Fremden zu.

»Hi.« Ich gab ihm die Hand, kletterte auf den Barhocker neben ihm und schlug die Beine übereinander. »Ich bin Cat.«

»Andrew«, sagte er belustigt. Er lächelte, und die Falten in den Winkeln seiner blauen Augen sagten mir, dass er Mitte bis Ende dreißig sein musste. »Du bist mir sofort aufgefallen. Bist du mit Mark hier?« *Übersetzt: Schläfst du mit Mark?*

»Mark ist ein sehr guter Freund von mir«, sagte ich. »Aber wir sind nicht zusammen, nicht in dem Sinn.« *Zumindest nicht in letzter Zeit.*

Irgendwo habe ich gelesen, dass es keine neunzig Sekunden dauert, bis man festgestellt hat, ob die Chemie zwischen zwei Personen stimmt. Der Rest des Gesprächs ist reiner Füllstoff. Ich kann mich nicht wirklich an unsere erste Unterhaltung erinnern, bei der ich mich in Andrew verliebte – aber ich weiß noch, dass er mich voller Ehrfurcht ansah, mir viele Fragen stellte und seine Hand auf meine legte, wenn er etwas unterstreichen wollte.

Alles an Andrew war einfach so, nun ja, so ehrlich. Er war unglaublich erfolgreich und trotzdem selbstkritisch, was ich unwiderstehlich finde. Seinen multinationalen Konzern mit Niederlassungen auf vier Kontinenten nannte er sein »kleines Projekt«. Er war unfähig zu sarkastischer Frotzelei, hatte einen albernen, gutmütigen und sehr liebenswerten Humor.

Andrew erklärte, er übernachte normalerweise ein oder zwei Tage pro Woche im Hempel, den Rest der Zeit verbringe er in Dublin oder auf Geschäftsreise. Er habe drei Kinder und, wie ich mir zusammenreimte, sehr jung geheiratet, sei jetzt getrennt.

Er war katholisch erzogen, jedoch nach einer außerkörperlichen Erfahrung, als er vor sieben Jahren beinahe ertrunken war, eher ein unspezifischer, spiritueller Agnostiker geworden. Das alles erfuhr ich in der ersten halben Stunde.

»Ich hatte schon lange keine Freundin mehr«, gab er zu, als wir unseren vierten Cocktail tranken. »Vier Tage die Woche bin ich unterwegs, und von diesen vielen Verabredungen halte ich nichts. Ich spiele nicht gerne Spielchen. Ich trage mein Herz auf der Zunge.« Bei anderen hätte das aufgesetzt geklungen, doch mein Beziehungsradar sagte mir, dass Andrew es ehrlich meinte.

»Klingt nach dem perfekten Mann«, sagte ich. »Ich bin immer ziemlich schnell frustriert, weil ich in einer Beziehung Raum für mich selbst brauche. Psychisch und physisch.«

»Aber du schreibst eine Sex-Kolumne. Und da willst du behaupten, dass du nicht anspruchsvoll bist?«

»Ich bin emotional anspruchsvoll. Und brutal ehrlich. Als Haustier wäre ich, was die Pflege angeht, eine Wüstenrennmaus, kein Pony.«

Unsere Gruppe beschloss, die Party nach draußen in das Zelt zu verlegen, wo uns Kerzen und Gaslaternen die kühle Nacht vom Leib hielten. Victoria auf der anderen Seite des riesigen Seidensofas zwinkerte mir lächelnd zu. Das Zelt war marokkanisch gestaltet. Andrew und ich setzten uns auf goldrote Bodenkissen.

»Cat hat gerade einen Kommentar zum weiblichen Orgasmus geschrieben«, sagte Mark, wie aus dem Nichts.

»Ach ja?« Andrew wirkte belustigt. »Und wie lautet Ihre Expertenmeinung zu diesem Thema, Miss Townsend?«

Ich warf Mark einen bösen Blick zu. »Nun ja, es ging hauptsächlich darum, dass Freud einfach viele Fragen offen lässt. Er sagt, der klitorale Orgasmus sei ein Phänomen der Jugend, nach der Pubertät wechsle die ›reife‹ Frau zum vaginalen Orgasmus. Einen Beweis dafür hatte er nicht, aber das hielt ihn nicht davon ab, Generationen von Frauen sexuelle Unzulänglichkeitsgefühle einzuimpfen. Und da die Klitoris größtenteils im Körper versteckt und viel größer ist, als man von außen sehen kann, gibt es die Theorie, dass beide Orgasmen letztendlich am selben Ort entstehen …« Ich unterbrach mich, wollte auf keinen Fall die ganze Nacht über Sex reden. »Kurz und knapp: Freud ist ein Loser, und die Klitoris ist der Bringer.« Sosehr ich das Thema »Paarung« auch zu vermeiden versuche, ich komme immer wieder darauf zurück.

Es ist wohl aussichtslos, zu hoffen, dass ein Mann, der gerade von meinem Brotberuf erfahren hat, so wohlerzogen und zugeknöpft er auch sein mag, daraufhin sagt: »Ach, was halten Sie denn von der Flüchtlingskrise in Darfur?« Stattdessen heißt es immer nur: »Können Männer auch multiple Orgasmen haben?« (Können sie! Aber das ist eine andere Geschichte!)

Victoria trank noch einen Cuervo, und zwar direkt aus der Flasche. »Hat Freud nicht auch gesagt, alle Frauen wären schlecht drauf, weil sie keinen Penis hätten?«

»Ja, eine sehr phallozentristische Weltsicht.« Ich warf Andrew einen Seitenblick zu. »Nicht dass irgendetwas falsch wäre an Phalli. Ich möchte nur selbst keinen. Ich meine, ich will schon einen, aber nicht an mir dran. Ach, ihr wisst schon, was ich meine!«

Alle lachten, und ich errötete und bekam Angst, Andrew irritiert zu haben. Doch er schien es ganz locker zu nehmen.

Victoria stand auf. »Cat, wir gehen jetzt besser«, sagte sie vorsichtig. »Ich meine, bevor es draußen hell wird. Schließlich müssen wir morgen alle wieder zur Schule.«

Als Andrew sich aufrichtete, sah ich, wie sich seine Muskeln unter dem Baumwollhemd abzeichneten, und ich stellte mir vor, wie seine nackte Brust aussähe. Ich war ausgelassen, und die pochende Wärme in meinem Magen begann sich langsam gen Süden auszubreiten.

Alle verabschiedeten sich voneinander. Andrew erwähnte, er würde für zwei Wochen nach Moskau fliegen, wo er die Bude irgendeines Oligarchen-Milliardärs einrichten müsse. Er brachte Victoria und mich zum Taxi und sagte: »Ich rufe dich von Moskau aus an.« Seine Lippen streiften meine Wange.

Ich wollte ihn küssen, doch wir waren nicht allein. Als das Taxi losfuhr, bekam ich Panik. Plötzlich wurde der Gedanke, ihn wochenlang nicht mehr zu sehen, unerträglich. Die Kombination aus Tequila, unerklärlicher Sehnsucht und purer Lust ließ mich umkehren. Ich befahl dem Fahrer anzuhalten und sprang aus dem Wagen.

»Cat, was machst du da?«, rief Victoria.

»Kann ich nicht erklären, aber ich muss zurück«, sagte ich und schlug die Tür zu. »Komm gut nach Hause!« Bevor sie widersprechen konnte, war ich fort.

Es gab einen Graupelschauer, winzige Tröpfchen eisigen Regens, die an mir haften blieben. Wieder hatte ich meinen Regenschirm zu Hause vergessen. Frierend rannte ich über zwei begrünte Plätze – und wusste plötzlich nicht mehr, wo ich mich befand. Wie viele Plätze mit identischem Namen konnte es geben? Nachdem ich mit klappernden Zähnen eine Viertelstunde durch die Straßen gelaufen war, war ich kurz vorm Aufgeben – doch da entdeckte ich das unverkennbare Licht im obersten Fenster des Hotels.

Als ich in die Lobby trat, war ich nass bis auf die Knochen. Meine beigen High Heels von Christian Louboutin waren mit Schlamm bespritzt.

Dennoch marschierte ich erhobenen Hauptes zielstrebig durch die Lobby und kehrte zurück in die Bar im Keller. Sie war leer.

»Suchen Sie Mr Brennan?«, fragte der Barkeeper und polierte ein Brandyglas. War das Andrews Nachname?

»Andrew? Ja, ich glaube schon«, sagte ich einfältig.

»Er hat gerade ein Telefongespräch entgegengenommen«, erklärte der Barkeeper und lächelte leicht. »Aber ich weiß, dass er sich freut, wenn er sieht, dass Sie zurückgekommen sind. Kann ich Ihnen etwas zu trinken anbieten, Miss?«

Ich versuchte, mich auf den Beinen zu halten und wie eine Lady zu benehmen, obwohl ich nicht mehr klar sehen konnte und kurz davor war, mit einem Kerl aufs Hotelzimmer zu gehen, den ich nur vom Vornamen her kannte. »Ich nehme einen Southern Comfort auf Eis. Vielleicht wärmt der mich ein bisschen auf. Ach ja, wo sind die Toiletten?«

Der Barkeeper schickte mich quer durch die Lobby zu einer riesigen weiß lackierten Tür, die keine Scharniere zu haben schien. Es gab keine Klinke, die Tür verschwand nahtlos in der strahlend weißen Wand.

Es war offenbar eine Unisex-Toilette. Die Türen reichten bis auf den Boden. In jeder Kabine war ein Spülbecken mit Bewegungssensor. Das Wasser floss über glatte Steine. Die Toilette, ausgestattet mit Spiegeln von der Decke bis zum Boden, war so groß wie unser Wohnzimmer. Nüchtern hätte ich sie bestimmt eindrucksvoll gefunden. In betrunkenem Zustand wirkte sie eher einschüchternd auf mich. Andererseits ist es für mich schon eine Leistung, nach dem dritten Cocktail aus einer normalen Kabine herauszufinden.

Ich wusch mir die Hände, trat vor den großen Spiegel und versuchte, meine Waschbärenaugen zu säubern. »Du siehst wirklich stark aus«, sagte ich zu meinem Spiegelbild, sog die Wangen ein und schürzte die Lippen, bis ich laut loslachen musste. Mit meinen schlammbespritzten Beinen sah ich eher aus, als sei ich gerade einer Gruft entstiegen. Ich versuchte es mit Papierhandtüchern und warmem Wasser, aber sie lösten sich nur zu weißen Krümeln auf und machten alles noch schlimmer.

Ich drückte auf die rechte Seite der Tür – nichts geschah. Voller Panik versuchte ich es auf der linken Seite, stemmte mich mit aller Kraft dagegen, aber sie bewegte sich nicht. Ich kniff die Augen zu und wollte die Tür mit reiner Willenskraft öffnen, doch trotz bester Absichten blieb ich in der verfluchten Toilette eingesperrt.

In der Hoffnung, dass mich jemand hörte, trommelte ich gegen die Tür. Plötzlich flog sie auf und schlug mir gegen die Stirn. Es war Andrew, und er wirkte nicht im Geringsten überrascht. »Ich wollte dich direkt anrufen, als du weg warst«, sagte er, zog mich wieder zurück auf die Toilette und musterte mich besorgt. »Ist alles in Ordnung? Ich dachte schon, du hättest dich verlaufen.«

»Ich hab nicht – ich meine, ich dachte bloß auf einmal, dass ich dich vielleicht nicht wiedersehe und …«

Er küsste mich, heftig, und ehe ich mich versah, drückte er mich gegen die Wand. Seine Hand wanderte unter meinen Rock, ich schlang das linke Bein um ihn.

Was hatte ich sagen wollen? Dass ich nicht so eine war? Dass ich so was Verrücktes noch nie getan hatte? Damit hätte ich unser beider Intelligenz beleidigt.

Als ich in seiner Suite war, wurde ich etwas unruhig. Normalerweise mutiere ich zu einer Art Miss Marple, wenn ich meinen Rundgang durch die Wohnung eines Mannes mache, da ich dabei Anhaltspunkte zur Entschlüsselung seiner Persönlichkeit sammle. Doch alles, was ich in dieser nackten Suite fand, waren zwei Anzughemden, zwei Flaschen Wasser und ein Laptop. Andrew war ein unbeschriebenes Blatt. Mein Freund Charlie, ein Comedy-Autor, vertritt die Theorie, dass wir in der ersten Euphorie frischen Schwärmens eine *Matrix*-ähnliche Illusion unserer Wünsche auf den potenziellen Partner projizieren. Ich glaube, er hat recht.

»Möchtest du Wasser?«, fragte Andrew und warf sein Jackett über einen Stuhl.

»Nein«, sagte ich. »Ich habe jetzt Durst auf etwas ganz anderes.«

Ja, das sagte ich, obwohl ich schon damals wusste, wie abgeschmackt sich das anhörte. Und ich meinte es nicht mal ironisch.

Wir ließen uns auf das Bett fallen, Andrew knöpfte sein Hemd auf. »Warte«, sagte ich. »Ich mache das.« Ich streifte ihm das Hemd ab und verteilte Küsse auf seiner muskulösen Brust. Dann widmete ich mich seiner Brustwarze und saugte leicht daran, fuhr mit meinen Zähnen darüber. »Sind deine Nippel empfindlich?«, flüsterte ich.

Er hielt die Luft an. »Jetzt ja«, sagte er.

Wir legten uns nebeneinander und schälten uns langsam aus unseren Klamotten. Andrew schob seine Hand meinen Oberschenkel hinauf, in mein Höschen, und begann mich zu reiben. »Zeig mir, was ich tun soll«, murmelte er und legte meine Hand auf seine. »Ich möchte ganz genau wissen, wie ich dich berühren soll. Ich möchte dich zu beiden Orgasmen bringen.«

Kichernd führte ich seine Hand an meine Klitoris und bewegte seinen Zeigefinger, zuerst federleicht, dann immer schneller. Ich spürte, wie ich innerlich anschwoll, als er die ersten beiden Finger der anderen Hand in mich schob. So ging es fünf Minuten weiter, er wechselte die Hände, ließ sich Zeit, ich stöhnte und wand mich, bis ich spürte, wie sich meine Muskeln um seine Finger krampften. »Oh, Gott, ich komme«, sagte ich. Er schob seinen Mittelfinger noch tiefer in mich, und ich zog mich um ihn zusammen.

Als ich wieder zu Atem kam, küsste er sich über meinen Bauch nach unten, öffnete meine Schamlippen und küsste liebevoll meine Muschi, bevor er begann, mich zu lecken. Langsam steigerte er seinen Rhythmus, ohne meine hypersensible Klitoris zu überreizen, bis ich ein zweites Mal kam. Nach so viel Alkohol war ein Orgasmus durch Oralsex beim ersten Mal bei mir ungefähr so wahrscheinlich, wie ein Einhorn im Wandschrank zu finden. Diesen Kerl musste ich mir definitiv warm halten!

»Oh, mein Gott«, stöhnte ich, biss mir auf die Unterlippe und streckte den Arm aus. »Das war echt unglaublich. Meine Hände zittern.« Ich legte Andrew auf den Rücken und hockte mich auf ihn. »Jetzt bist du dran.«

Ich zog ihm die Unterhose aus und spielte mit der Zunge an seiner Eichel, dann nahm ich den ganzen Schwanz in den Mund.

»Stopp«, flüsterte er und zog meinen Kopf hoch.

»Was ist?«, fragte ich.

»Im Ernst«, sagte er. »Ich bin so aufgedreht nur von deinem Geschmack, dass ich sofort komme, wenn du so weitermachst – und du sollst nicht das Gefühl haben, zu kurz zu kommen.«

Ich finde es herrlich, wenn es einen Mann so anmacht, mich zu lecken. Allein bei dem Gedanken daran wurde ich wieder feucht.

»Keine Sorge«, sagte ich. »Wir haben beide eine Menge getrunken, und das hier mit uns ist einfach überwältigend. Warum vergessen wir für heute nicht einfach das Penetrieren und sorgen nur dafür, dass es dem anderen gut geht?«

Meine Mundwinkel hoben sich zu einem Lächeln. »Es geht darum, dass beide zufrieden sind, oder?«

»Oh, mein Schatz, du machst mich fertig«, stöhnte er, als ich mit der Zunge über seinen muskulösen Bauch fuhr.

Ich befeuchtete meine Lippen und schluckte seinen Schwanz, schob ihn bis ganz tief hinten in den Hals wie ein Pornostar, warf das Haar mit einer Hand über die Schultern zurück, sodass Andrew mir zusehen konnte. Mit der anderen Hand fuhr ich zwischen seine Beine und drückte sanft gegen seinen Anus. Er stöhnte und presste sich gegen mich, sodass ich vorsichtig und neckend einen Finger in ihn schob. Als er kam, warf er sich rücklings auf das Bett; es sah aus, als würde er sich in einem epileptischen Anfall winden. Ich habe schon viele Männer in den Fängen der Lust gesehen, doch die Szene kam mir vor wie aus dem *Exorzist*. Eine furchtbare Sekunde lang fürchtete ich, Andrew hätte einen Herzinfarkt.

Ich machte mir Sorgen um seine Gesundheit. Egoistischerweise hatte ich aber auch Angst um mich selbst. Scheiße, dachte ich, was soll ich seinen Kindern erzählen, wenn die mit ihren kleinen, tränenüberströmten Gesichtern zu mir aufschauen und wissen wollen, was die letzten Worte ihres Vaters waren, und ich ihnen sagen muss, sie lauteten: »Oh, Gott, ich komme!«?

»Andrew? Andrew? Alles in Ordnung?« Zehn furchtbare Sekunden lang blieb die Zeit stehen. Ich glaubte tatsächlich, ich hätte ihn umgebracht.

Kurz darauf kam er wieder zu sich. »Das war fraglos der intensivste Orgasmus, den ich je hatte«, sagte er. »Was machen Sie da mit mir, Miss Townsend?«

»Egal, was es ist, es beruht auf Gegenseitigkeit«, erwiderte ich. Dann fragte ich: »Hast du schon mal was vom männlichen G-Punkt gehört?«

Er schüttelte den Kopf, strich mir übers Haar und nahm meine Hand.

»Nun«, hauchte ich und küsste ihn sanft auf die Lippen. »Jetzt schon.« Dann stand ich auf und begann, mich anzuziehen.

»Was machst du da?«

»Hey, Süßer, ich muss in gut zwei Stunden wieder aufstehen, und wenn ich noch fünf Minuten länger bleibe, schlafe ich ein.«

»Bleib hier«, sagte er und setzte sich auf die Bettkante. »Bitte! Wir bestellen uns Frühstück aufs Zimmer. Ich möchte neben dir einschlafen.«

Ich schlief in seinen Armen ein, verdrückte mich aber, bevor er aufwachte. Ich wollte nicht, dass wir es »offiziell« zum ersten Mal morgens miteinander machten und dabei das Küssen wegen des schlechten Mundgeruchs mieden. Ich gab ihm einen Abschiedskuss und schrieb ihm einen Zettel. »War wunderbar mit dir heute Nacht. Keine Sorge: Ich habe meinen Respekt vor dir nicht verloren. xxx«

Vielleicht klappte es so gut mit Andrew, weil ich den Geist Patricks – zusammen mit den Geistern von vielen anderen Typen – bei einem Frühjahrsputz meines Liebeslebens endgültig zur Ruhe gebettet hatte. Zwei Tage vor meiner schicksalhaften Nacht mit Andrew räumte ich gerade meinen Schrank aus, als ich eine Nachricht von Martin bekam, einem sanftmütigen, attraktiven Balletttänzer, mit dem ich mich vor längerer Zeit zwei Mal getroffen hatte. Er war sehnig, geschmeidig und scharf – ungefähr George Clooney im Hungerstreik.

»Hey, Süße«, schrieb er. »Ist schon länger her, dass wir rumgemacht haben. Ich frage mich immer noch, warum wir es nicht länger versucht haben. Vielleicht denkst du ja dasselbe und hast Lust, ein bisschen nachzuholen. Das heißt, falls du dich noch an mich erinnern kannst …«

Normalerweise habe ich keine Lust, Exfreunde zu recyceln. Aber Martin war superhübsch, charmant und durchtrainiert – und außerdem hatte ich mich in den letzten zwei Wochen nur ein Mal schmutzig betätigt, nämlich als ich die Ringe von der Badewanne schrubbte. Ich beschloss, ihn anzurufen.

Nach zehn Minuten Unterhaltung dämmerte mir wieder, warum es zwischen uns schon beim ersten Mal nicht gefunkt hatte.

Er eröffnete das Gespräch mit einem Update über seine manisch gesunde Lebensweise. Mäklige Esser schrecken mich ein wenig ab, denn ein Mann, der sich in der Küche unglaublich diszipliniert benimmt, kann im Bett oft nicht richtig loslassen.

Ich weiß, dass es furchtbar schiefgehen kann, keine Trennlinie zwischen Essen und Sex zu ziehen. Einmal ließ ich Honig auf einen sehr behaarten Mann tropfen und musste am Ende alles herausschneiden; eine Freundin von mir kann immer noch nicht darüber sprechen, als sie einmal eine Banane »verlor«. Doch in keiner Weise war ich auf Martins Reaktion an jenem Abend vorbereitet, als ich Schlagsahne auf meinen nackten Körper sprühte. Alles war in Ordnung bis zu dem schicksalsträchtigen Moment, als er einen verstohlenen Blick auf die Dose warf.

»Du guckst, wie fett die Sahne ist, nicht?«, fragte ich. Martin machte ein dümmliches Gesicht und leckte zögerlich an mir, aber ich merkte, dass er nicht mit Leib und Seele bei der Sache war. Damals tat er mir leid, weil er nicht loslassen und den Moment genießen konnte. Denn ohne dieses oder jenes Laster wäre mein Leben langweilig und monoton – ungefähr wie unser Sex in jener Nacht.

In der Zwischenzeit erzählte er am Telefon weiter: »Deshalb mache ich jeden Morgen hundert Liegestützen und anschließend Klimmzüge, wenn mein Tennisellenbogen es zulässt«, fuhr er fort. »Natürlich muss ich mich an die Low-GI-Diät halten, die ist viel besser als die Low-Carb-Diät, weil man die Zufuhr von Eiweiß und komplexen Kohlenhydraten aufeinander abstimmen muss. Das verstehen die meisten Leute bloß nicht.«

Ich hatte keine Lust mehr auf das Gespräch, weshalb ich es mir nicht verkneifen konnte, ihn ein wenig aufzuziehen, indem ich mein schmutziges kleines »Single-Geheimnis« gestand: Manchmal würde ich spätabends betrunken durch die Gänge von Tesco schleichen wie ein Wesen aus *Die Nacht der lebenden Toten* und die Backmischung für Schokoladenkuchen suchen.

»Die Packung nehme ich mit nach Hause, mische Eier unter den Teig, dann lecke ich den Löffel ab … und kann einfach nicht mehr aufhören!«

»Das würde ich an deiner Stelle nicht tun, Cat«, sagte Martin. »Dein Stoffwechsel kann ja jetzt in Ordnung sein, aber in ein paar Jahren wirst du es bedauern.« Das Einzige, was ich in dem Moment bedauerte, war, dass ich nicht früher auf die Löschtaste am Telefon gedrückt hatte.

Und da dämmerte es mir: Es war jedes Jahr dasselbe. Gewissenhaft machte ich den Frühjahrsputz im Wandschrank, aber hätte ich nicht eigentlich die Spinnweben vom kleinen schwarzen Adressbuch pusten sollen? Einen Mann zu finden, der genauso langlebig war wie mein Kleiderschrank, war eine ernsthafte Herausforderung: Die Mehrzahl meiner Beziehungen war schneller aus der Mode als die aktuellen Plateauschuhe.

Deshalb beschloss ich, bei meinem Handy dieselbe erbarmungslose Logik anzuwenden, mit der ich meine mottenzerfressenen Klamotten aussortierte: Jeder, den ich im vergangenen Jahr nicht getroffen hatte oder nicht gerne getroffen hätte, wurde aus meinem Leben gelöscht. Als ich erst einmal begonnen hatte, meine überholten Beziehungen demselben Schicksal zu überantworten wie meine säuregebleichten Jeans, merkte ich, dass ich nicht mehr aufhören konnte. Innerhalb von zwei Minuten waren mein Urlaubsflirt, mein Surferbumskumpel und jemand, der einfach »Typ aus Amsterdam« hieß, aus dem Speicher gelöscht.

Es war unglaublich befreiend, den emotionalen Ballast über Bord zu werfen. Ich zweifelte an meiner Klugheit, weil ich immer der Meinung gewesen war, dass das Aufbewahren der Telefonnummern mir eine gewisse Sicherheit gebe. Mir war gar nicht klar gewesen, wie sehr sie mich fesselten.

Und wenn ich mich nicht überwinden konnte, Dinge rauszuwerfen, über die ich hinausgewachsen war, wie konnte ich da erwarten, Platz für etwas Neues zu haben? Ohne meine Notfallflirts fühlte ich mich vielleicht ein wenig nackt und verletzlich, doch der Frühling war eine willkommene Ausrede für eine Shoppingtour im Sexleben.

Kaum hatte ich den Frühjahrsputz hinter mich gebracht, lernte ich ironischerweise Andrew kennen. Und so gab es einen neuen Anrufer, auf den ich freudig wartete.

Nach zwei unendlich langen Tagen rief Andrew endlich an, um mir mitzuteilen, wann er wieder in London sein würde. Ich bemühte mich um eine heiße, raue Stimme, die klang, als würde ich mir während des Gesprächs die Fußnägel feilen. Tatsächlich saß ich mit wild klopfendem Herzen im Schneidersitz auf dem Sofa und kaute am Telefonkabel.

Von meinem Redakteur beim *Independent* hatte ich gerade den Auftrag bekommen, etwas über das männliche beziehungsweise das weibliche Kaufverhalten vor einem Date zu schreiben. Daher hatte ich die perfekte Ausrede, mir Gedanken über den bevorstehenden Abend mit Andrew zu machen.

Geschlagene sieben Tage vorher begann ich, mir mein Outfit zurechtzulegen. Mir wurde klar, dass ich keine angemessene Unterwäsche hatte. Bei Dessous habe ich eine Regel: Ich trage nie etwas zur ersten Verabredung mit einem neuen Mann, das ich schon bei einem anderen getragen habe. Ich will kein schlechtes Schlüpfer-Karma. Ich muss lachen, wenn meine männlichen Freunde sich beschweren, es koste sie eine dreistellige Summe, eine Frau zum Essen einzuladen, denn in der Zeit vor dem Date toppen Frauen das mit links. Ein Mann muss nichts weiter tun, als zu grinsen und in demselben Anzug aufzutauchen, den er zur Arbeit trug, eventuell noch duschen und ein bisschen Aftershave auflegen. Eine Frau investiert deutlich mehr, sowohl an Zeit wie an kaltem, hartem Bargeld.

Fünf Tage vor dem großen Abend trieb es mich zu Selfridges. Ich war auf der Suche nach Strapsen und mördermäßigen High Heels. Als Berater nahm ich Michael mit. Mein Blick fiel sofort auf Stilettos mit einer Strassschnalle von Gina, sehr dominamäßig. »Wie sehe ich aus? Scharf oder albern?«, fragte ich Michael, als ich sie ihm vorführte.

»Das hier ist albern«, erwiderte er und zeigte auf das Preisschild in Höhe von 365 Pfund. »Mein lieber Schwan! Das ist fast so viel wie deine Miete!«

Leicht hyperventilierend fragte ich ihn, ob er es für eine bessere Investition halte, das Geld für Unterwäsche aus dem Fenster zu werfen. Achtzig Pfund für einen BH – wäre das zu rechtfertigen?

»Soll das ein Witz sein? Wenn du deine Karten richtig ausspielst, kommt er nicht mal auf die Idee, deine Füße anzugucken. Nimm auf jeden Fall die Unterwäsche.«

Ich entschied mich für ein Set von Agent Provocateur aus rosa Satin und schwarzer Spitze, dazu Netzstrümpfe. Ich reichte meine Kreditkarte über den Tresen und bekam weiche Beine, als ich die Endsumme las: 203 Pfund.

»Das ist es wert«, sagte Michael. »Der bekommt mit Sicherheit einen Herzinfarkt.«

»Hm, darüber mache ich mir ja gewisse Sorgen.« Ich lachte. Vor mir selbst rechtfertigte ich die Ausgabe mit dem Argument, dass ich doppelt so viel bezahlt hätte, wenn ich die Schuhe von Gina gekauft hätte. In Wirklichkeit hatte ich 162 Pfund gespart.

In der Abteilung für Sexspielzeug wählte ich eine kleine Flasche Gleitmittel mit Minzgeschmack für 4,99 Pfund. Vernünftig, wie ich war, kaufte ich auch einen Dreierpack Kondome für 3,55 Pfund.

Stark schwitzend verabschiedete sich Michael. »Ich muss noch einen sehr harten Kabinettsminister in die Mangel nehmen«, sagte er. »Mal ehrlich, dem Typen ist es doch egal, was du anhast, solange ihm der Inhalt gefällt. Also, ich denke, das ist total verrückt. Aber viel Glück!«

Doch ich war bereits voll im Kaufrausch, und da ich mich

für den Look als Verführerin mit dunklen Augen entschieden hatte, kaufte ich noch schwarzen Eyeliner und glänzenden Körperpuder von Boots, den ich auf meinen hochgepushten Ausschnitt tupfen wollte. Gesamtsumme: 32 Pfund.

Zwei Tage vorher marschierte ich in den Salon, der den obligatorischen Brazilian Wax für 30 Pfund vornahm, da die vorausgegangenen Selbstversuche an meinem Unterleib lediglich zu Blut, Schweiß und vielen Tränen geführt hatten. Und dann waren da natürlich noch meine Füße, die sich durch meine High-Heels-Abhängigkeit so verändert hatten, dass sie zu einer Figur aus *Herr der Ringe* gepasst hätten. Ich entschied mich also für eine Pediküre (28 Pfund), kümmerte mich jedoch selbst um meine Fingernägel, wodurch ich 15 Pfund »sparte«. Ich war so nervös wegen unseres Treffens, dass ich sie sowieso alle abgenagt hatte.

Bevor ich das Haus verließ, rechnete ich alle Ausgaben für meinen Zeitungsartikel zusammen.

> KOSTEN: *Rock: 29 Pfund; BH, Slip, Strapse, Stilettos und Netzstrümpfe von Agent Provocateur: 203 Pfund; völlig unnötige Schminkutensilien: 32 Pfund; Schlafzimmerspielzeug: 8,54 Pfund; Pediküre/Brazilian Wax: 58 Pfund; Taxi: 15 Pfund; Regenschirm für den Notfall/Minzbonbons: 6 Pfund*

Die Gesamtsumme? Lockere 351,54 Pfund, und dabei hatte er mich noch nicht mal flachgelegt. Offenbar hielt ich sehr viel von dem Typen.

9

Ich zählte die Tage bis zu Andrews Rückkehr, und ich muss leider gestehen, dass ich sogar darauf achtete, wie viel Zeit zwischen seinen Anrufen verging. Zum Glück fiel der Abend, an dem ich zu Forschungszwecken Speed-Dating mit Sugardaddys machen wollte, ebenfalls in diese Woche. Das würde mich ein wenig ablenken. Mit dieser Einstellung und Bildern von Donald-Trump-ähnlichen Glatzenüberkämmern besuchte ich zum ersten und hoffentlich letzten Mal eine solche Veranstaltung.

Als ich den Auftrag bekommen hatte, versuchte ich, dem bevorstehenden Erlebnis eine positive Seite abzugewinnen. Da ich mich stark unter Druck setzte, finanziell und beruflich erfolgreich zu sein, sah ich kein Problem darin, dasselbe von einem Mann zu erwarten.

Offenbar suchen viele Karrierefrauen heutzutage einen betuchten Freier und empfinden das nicht als oberflächlich oder materialistisch, sondern einfach als zielstrebig. Diese Damen haben keine schlecht bezahlten, langweiligen Jobs, mit denen sie gerade so über die Runden kommen, nein, es sind gut ausgebildete, leistungsstarke Frauen, die wie ich durchaus in der Lage sind, ihr eigenes Auskommen zu bestreiten. Sie suchen Liebe – und eine dicke Brieftasche.

SpeedDater, die Website, die dem Nutzer zahllose Thementreffen wie Dinner im Dunkeln, SMS-Dating und Silence Dating anbot, war das erste Unternehmen, das den Trend aufgriff und Sugardaddy-Abende ins Leben rief.

Die Regeln sind ähnlich wie bei den übrigen Events der SpeedDater: Jede Frau hat drei Minuten pro Kandidat, dann kreuzt sie auf einem Blatt die Kästchen der Männer an, die sie gerne wiedersehen würde. Bei dieser speziellen Version wurde in einer Bar unweit von Piccadilly Circus eine Gruppe von Frauen zwischen dreiundzwanzig und fünfunddreißig mit Herren von fünfunddreißig bis fünfzig zusammengeführt, die mindestens fünfzigtausend Pfund pro Jahr verdienten.

Beim Begrüßungschampagner kam ich ins Gespräch mit Michelle, einer fünfunddreißigjährigen Reisebüroinhaberin, die schon eine Veteranin im Speeddaten war. Sie behauptete, jemanden zu suchen, der ihr zwar keine bodenlangen Pelzmäntel, dafür aber finanzielle Stabilität bieten könne. »Ich bin nicht auf der Suche nach einem Big Spender, aber London ist *so* teuer«, sagte sie. »Mein letzter Freund war arbeitslos und redete immer nur von dem großen ›Immobiliengeschäft‹, das ihn bis zum Ende seines Lebens sanieren würde. In Wirklichkeit habe ich ihn ein halbes Jahr lang durchgefüttert, weil es nie zu diesem Geschäft kam. Heutzutage würde ich mich wohl nicht mehr so schnell wie noch vor zehn Jahren auf eine Verabredung mit jemandem einlassen, der sich als Autor oder unabhängiger Filmemacher vorstellt.« Michelle lachte. »Ich weiß, das klingt furchtbar.«

Es war mir ein wenig unangenehm, in einem Raum zu sein, wo so offensichtlich Jugend gegen Geld getauscht wurde. Und fünfzig Riesen im Jahr sind nicht unbedingt Sugardaddy-Niveau. Wenn ich Barbara Amiel, eine bekannte Schriftstellerin und Gesellschaftskolumnistin wäre, könnte ich damit vielleicht so gerade das Benzin für meine Gulfstream bezahlen. Ich setzte mich an den mir zugewiesenen Tisch, zückte den Bleistift und wurde dem ersten Mann vorgestellt: Mike, ein vierzigjähriger IT-Berater mit feuchten Händen. »Ich hatte Angst, hier wären ganz viele lüsterne alte Männer, aber mir kommen eigentlich alle ganz normal vor«, sagte er und fügte hinzu, er habe seine letzte Freundin bei einer Veranstaltung von SpeedDater kennengelernt. Er behauptete, ein »Vermögen« zu verdienen (ohne dass ich danach gefragt hätte), sein Anzug sah allerdings eher nach Marks and Spencer als nach Mayfair aus.

Klingeling! Als Nächstes saß vor mir ein Mann mit zurückweichendem Haaransatz und Teddybär-Krawatte. Seine Stirn war so verschwitzt, dass sein nicht zu übersehendes Toupé Gefahr lief zu verrutschen. Es hatte eine beängstigend kastanienbraune Farbe, die in der Natur so nicht existierte. Es sah aus, als sei es aus roter Zuckerwatte.

»Ah, Sie sind eine sehr attraktive junge Dame«, sagte er und kratzte sich am Kopf, wobei sein Haaransatz einen halben Zentimeter nach links verrutschte. »Was führt Sie hierher?«

»Also, eigentlich schreibe ich einen Artikel für den *Independent*«, sagte ich lächelnd. »Aber keine Sorge, ich ändere die Namen und mache keine Fotos. Es geht nur darum, ein Gefühl dafür zu bekommen, wie diese Veranstaltungen so sind. Außerdem bin ich Single. Wenn ich Glück habe, lerne ich sogar jemanden kennen!«

Seine Augen überschatteten sich. »Über mich schreiben Sie nichts Persönliches! Ich bin Anwalt, und ich werde Sie verklagen, wenn Sie auch nur ein Wort unserer Unterhaltung drucken!«

Verheiratet, dachte ich und rutschte voller Unbehagen auf meinem Stuhl herum. »Hören Sie, ich will hier niemandem Ärger machen, es soll etwas Lustiges über die Suche nach der Liebe werden, wir können uns doch einfach nur ein paar Minuten unterhalten …«

»Von mir hören Sie kein einziges Wort. Die Gefahr ist viel zu groß, dass es gegen mich verwendet wird. So was machen Frauen ständig mit mir. Sie versuchen immer, mich übers Ohr zu hauen.« Kratz. Der Vorleger hing nun in einem bedenklichen Winkel auf seinem Kopf.

Mein Gott, war der Kerl verkniffen. Meine altbewährte Kombination aus entwaffnendem Lächeln und kurzem Rock verfing bei ihm nicht. Die folgenden zweieinhalb Minuten kamen mir wie eine Ewigkeit vor.

Meine nächsten Gesprächspartner waren Richard, ein charmanter, tadellos gekleideter Unternehmer, der angeblich Mitte vierzig war, und Jay, ein Fünfundfünfzigjähriger, der immer wieder betonte, dass ich ihn kennen müsste, weil er berühmt sei und Bücher übers Skifahren geschrieben habe.

Den ganzen Abend lang sprach niemand von Geld. Ein kurzer Blick später auf die Online-Profile der Männer ließ darauf schließen, dass viele in der Computerbranche, an der Börse oder auf dem Immobilienmarkt arbeiteten. Ihr Einkommen bewegte sich bei rund hunderttausend Pfund jährlich, aber das waren ja unverbindliche Angaben. Meiner Erfahrung nach gibt es zwei Gründe für Männer, die Höhe ihres Einkommens zu verheimlichen: Entweder ist es so viel, dass sie befürchten, die falsche Art von Frau auf sich aufmerksam zu machen, oder es ist deutlich weniger als behauptet. Der Gerechtigkeit halber muss ich sagen, dass die Männer höflich und gut gekleidet waren, es waren keine Goldkettchen oder Hugh-Hefner-Klone in Sicht.

Als Nächstes traf ich Jack, einen Bauträger und großen Charles-Darwin-Anhänger. »Ich gehe immer nur mit Frauen, die zehn bis zwanzig Jahre jünger sind als ich, weil ich glaube, dass die Natur es so vorgesehen hat«, sagte er. »Frauen sind biologisch darauf programmiert, jemanden zu suchen, der für sie sorgen kann. Es ist normal, dass sich Männer zu jüngeren, attraktiven Damen hingezogen fühlen. Ich suche eine junge Frau, so um Anfang zwanzig.« Seinen Biologievortrag richtete er an mein Dekolleté.

»Ich bin auch ein großer Anhänger von Darwin. Besonders spannend finde ich die Theorie der Spermienkonkurrenz, nach der Frauen mit mehreren Liebhabern einen evolutionären Vorteil haben; haben Sie davon gehört?« Ich grinste Jack breit an.

Klingeling! Die Glocke ertönte, und Jack verschwand im Dunkeln.

In der Pause unterhielt ich mich mit verschiedenen Frauen, um zu erfahren, warum sie auf der Suche nach einem Sugardaddy waren. Viele beschwerten sich, dass die Kandidaten eher auf die hundert als auf die fünfzig zugingen. »Einige Typen hier lügen schlicht und einfach«, sagte Anna, eine brünette PR-Beraterin und Kettenraucherin von Mitte dreißig. Verstohlen zog sie an einer Kräuterzigarette. Der widerlich süße Geruch erinnerte mich an ein Beerdigungsinstitut – ganz passend, wenn man bedachte, dass viele dieser Männer schon mit einem Fuß im Grab zu stehen schienen.

Bei meiner letzten Runde fand ich heraus, dass einige Typen Ansprüche hatten, die sicherlich nicht von ihrem Bankkonto gedeckt wurden. »Ich habe eine lächerlich lange

Liste von Anforderungen an meine Richtige, das gebe ich gerne zu«, sagte Neil, sechsundvierzig. »Ist komisch, oder? Ich bin rechtskonservativ, Mitte vierzig und ein unersättlicher Fleischesser, aber ich suche eine Frau, die deutlich jünger, politisch weit links und überzeugte Vegetarierin ist.« Und da sage man noch, Frauen hätten unrealistische Erwartungen!

Immerhin schien niemand zu erwarten, dass man Glück kaufen könne. Die Frauen betonten, dass sie einen netten, unterhaltsamen Kerl mit durchschnittlichem Einkommen nicht für einen reichen Mann sitzenlassen würden. Alle waren sich einig, dass kein Geld der Welt genug wäre, wenn die Chemie nicht stimmte. Aber ich nehme an, dass sie das sagen mussten.

Am nächsten Nachmittag bekam ich einen Anruf von Andrew. Er sagte, er wolle nicht noch einmal achtundvierzig Stunden bis zum Treffen mit mir warten, sondern auf dem Weg nach Moskau über London fliegen, denn er müsse »mit mir sprechen«. Ich verabredete mich mit ihm im Garten des Hempel Hotel, nachdem ich mit meinem Redakteur im Ivy zu Abend gegessen hätte.

Einer der Gründe, warum sich mein Freiberuflerdasein so surreal anfühlt, liegt daran, dass ich tagsüber fast immer allein bin und selten eine Rückmeldung bekomme. Doch an jenem Abend handelte ich bei einer mürben Brasse und einem Glas Sauvignon Blanc eine Honorarerhöhung für mich aus! Ich war unheimlich stolz, besonders da der Redakteur mir sagte, wie sehr er meinen Stil möge. Meine Kolumne sei vielleicht nicht investigativer Journalismus à la Woodward und Bernstein, aber sie sei unterhaltsam und helfe dem Leser, das zu analysieren, was für viele eine der wichtigsten Entscheidungen im Leben sei. So abgeschmackt er auch war: Ich konnte mir den Gedanken nicht verkneifen, dass die Einladung ins Ivy ein Zeichen dafür sei, dass ich nun endlich in der Medienwelt Londons angekommen war. Hast du das gehört, Patrick?

Andrew erhob sich, als ich auf seinen Tisch zusteuerte. Ich setzte mich, er nahm meine Hände. Sie waren eiskalt.

»Und?«, fragte ich, schlug die Beine übereinander und lehnte mich zurück. »Was hast du für schlechte Nachrichten?« Nur für den Fall, dass es gute Nachrichten waren, trug ich mein Ensemble von Agent Provocateur aus rosa Satin und schwarzer Spitze mit Netzstrümpfen und Strapsen.

»Wie kommst du darauf, dass es schlechte Nachrichten sind?«

In dem Moment tauchte der Kellner auf und servierte uns mit einer Verbeugung zwei Wodka Tonic.

»Aus zweierlei Gründen«, erklärte ich. »Zum einen habe ich gerade eine Honorarerhöhung bekommen, und das Universum gleicht ja gerne alles aus. Zweitens ist der Satz ›wir müssen reden‹ die typische Einleitung der Kriminalpolizei im Fernsehen. Und dann erzählen sie den Verwandten, wer gestorben ist.« Ich versuchte, im lockeren Tonfall zu sprechen, aber Andrew konnte sicherlich das Zittern in meiner Stimme hören.

»Ist nur, weil … wir kennen uns noch nicht lange, aber ich mag dich wirklich gern. Deshalb will ich dir gegenüber ehrlich sein, was meine Situation angeht.«

Mir wurde übel. »Du wohnst noch immer zu Hause bei deiner Frau, stimmt's?«

Dann sprach er die drei Worte aus, die das Herz jedes

weiblichen Wesens auf der Welt in Angst und Schrecken versetzen: »Es ist kompliziert.«

Ich entzog ihm die Hand und merkte, dass mir Tränen in die Augen stiegen. »Warte, lass mich raten: Ihr habt euch ›auseinandergelebt‹, und deine Frau versteht dich nicht, ja? Als Nächstes wirst du wahrscheinlich erzählen, dass ihr seit Jahren nicht mehr zusammen geschlafen habt.« Ich schüttelte den Kopf. »Hör zu, als du gesagt hast, du hättest dich getrennt, da bin ich davon ausgegangen, dass ihr auch getrennt lebt. Mir war nicht klar, dass du damit nur ›im Kopf getrennt‹ meintest.«

»Cat, lass mich das bitte erklären! Wenn du anschließend gehen willst, verstehe ich das voll und ganz. Aber hör mir wenigstens zu.«

Den folgenden zwanzig Minuten langen Bericht aus seinem Eheleben nahm ich nur wie durch Watte wahr.

»Ich wohnte ein halbes Jahr woanders, hatte mir eine Eigentumswohnung gekauft, aber das war schlimm für die Kinder«, sagte er. »Letztes Jahr hatte ich Schwierigkeiten in der Firma und musste die Wohnung wieder zu Geld machen, das ich in die Firma steckte. Jetzt wohne ich in einem Flügel des Hauses, wir sind sozusagen Co-Eltern. Ich bin ständig unterwegs, und bei meinen seltenen Aufenthalten in Dublin kann ich das bisschen Zeit mit meinen Kindern verbringen. Außerdem ist meine Noch-Frau oft mit ihrem Freund weg, in Spanien.«

»Moment mal«, sagte ich. In meinem Kopf drehte sich alles. »Sie hat einen Freund?«

»Ja«, sagte Andrew und sah mir in die Augen. »Wir haben getrennte Schlafzimmer. Da ich so oft unterwegs bin und mich auf die Kinder konzentriere, wenn ich mal zu Hause bin, war das machbar, bis ich eine kleinere Wohnung finde.« Er seufzte. »Und dann kamst du in mein Leben, und angesichts meiner Gefühle für dich …«

Unwillkürlich lächelte ich. »Was denn für welche?«

Ich sah mich im Hotelgarten um, registrierte den schönen Sonnentag und konnte mich des Gedankens nicht erwehren, dass jetzt der Moment wäre, wo das Mädchen in einem Horrorfilm ein seltsames Geräusch hört. Ruft sie die Bullen? Nein, sie geht nach unten in den Keller, da die Hoffnung, alles unter Kontrolle zu haben und auf ein Happy End zuzusteuern, zu dem Zeitpunkt noch stärker ist als die Angst. Als der schwarze Mann sich dann mit einem Messer auf das Mädchen stürzt, erschreckt sie sich, doch sie ist nicht völlig überrascht.

Das Leben wäre um ein Vielfaches einfacher, wenn es für Männer ein Bewertungssystem gäbe – wie für Filme. Die geheimnisvollen Anspielungen sollte man auch bei Beziehungen verwenden. Doch in der ersten Phase der Vernarrtheit ist es fast genauso sinnlos, jemanden vor seinem Geliebten zu warnen, wie im Kino der glücklosen Horrorfilmheldin zuzurufen: »Geh da nicht rein, er hat ein Messer!« Wenn's um Liebe geht, sind die Menschen Meister der Selbsttäuschung.

Wir gingen in Andrews Zimmer. Ich drückte ihn gegen die Wand und öffnete seine Hose, um seinen Schwanz in den Mund zu nehmen. Ich habe mal gelesen, dass es für einen Mann besonders intensiv ist, wenn er beim Blasen steht, weil das Blut dann nach unten strömt. Ich schob mein Haar zurück, damit er mein Gesicht in die Hand nehmen und mich an sich drücken konnte.

Nach einigen wilden Minuten stieß er mich von sich und

riss sich die Klamotten vom Leib. Das Hemd wollte nicht über seinen Kopf. Als er es endlich abgestreift hatte, saß ich bereits auf dem Bett und zupfte meine Strümpfe zurecht.

»Gefällt dir die Überraschung?«, fragte ich schüchtern, sah zu ihm auf und ließ das Haar dabei übers Auge fallen.

»Ich bin siebenunddreißig Jahre alt, und ich könnte auf der Stelle kommen, wenn ich dich nur ansehe«, sagte Andrew und kam auf das Bett zu. Ich streckte die Hand nach ihm aus, doch er wies mich zurück. »Noch nicht«, sagte er. »Erst will ich dich schmecken.«

Ich lehnte mich nach hinten und spürte, wie er mit der Zunge sanft über die Innenseite meiner Oberschenkel fuhr. Sein heißer Atem drang durch mein Höschen, da klingelte plötzlich mein Handy.

Rrrring! Es war eine der Mitarbeiterinnen aus der Features-Redaktion. Sie klang gestresst. »Cat«, sagte sie, »aus irgendeinem Grund haben wir deine Kolumne heute Morgen nicht durchbekommen. Ist nicht deine Schuld, unser E-Mail-Server ist im Eimer«, fügte sie schnell hinzu. »Könntest du sie uns vielleicht noch mal schicken?«

»Hm, na gut«, sagte ich, während ich langsam mein Höschen auszog. Die Strümpfe ließ ich an. »Ich denke schon, dass ich an einen Computer komme, aber ich bin gerade beschäftigt ...« Ich unterdrückte ein Stöhnen, als Andrew meine Beine spreizte und mir mit den Fingern über die Oberschenkel strich.

»Wir brauchen den Text in den nächsten zehn Minuten, sonst können wir ihn erst nächste Woche bringen. Es geht einfach nicht anders!«

Erschrocken setzte ich mich auf. »Okay, ich schick ihn euch. Keine Sorge. Melde mich in fünf Minuten!«

Ich legte auf und schaute Andrew an. »Süßer, das ist jetzt nicht gerade romantisch fürs erste Mal, aber kann ich mal kurz an deinen Laptop?«

»Den hab ich einem Kollegen ausgeliehen, weil ich mir den Nachmittag für dich frei genommen habe.«

»Scheiße!«, rief ich und bekam Panik. »Ich muss meine Kolumne noch mal schicken. Sonst bin ich verloren.«

»Keine Sorge«, sagte er verständnisvoll. »Hast du nicht gesagt, du hättest einen Ausdruck dabei?«

»Ja, ich hab immer einen dabei, wenn ich nicht zu Hause bin.«

»Dann nimm doch meinen BlackBerry«, bot er an und fischte das Gerät aus seiner Jacke. »Wie lange dauert es, sechshundert Wörter zu tippen?« Er lächelte schelmisch. »Ich verspreche dir, dass ich eine sehr langweilige Übung sehr interessant gestalten werde.«

In den folgenden zehn Minuten kniete er am Fußende des Bettes, leckte meine Schamlippen und schob vorsichtig seine Finger in mich.

Schwer atmend gelang es mir irgendwie, den Text mit nur zwei Fehlern abzutippen. Dann rief ich die Redakteurin zurück.

Als sie sich meldete, gab Andrew mir lautlos zu verstehen, ich solle mich auf sein Gesicht setzen. Er zog mich nach oben aufs Bett.

»So«, sagte ich, als ich mich auf seinen Mund hinabsenkte. »Ist jetzt alles angekommen?«

»Ja, ist es, tut mir leid wegen der Umstände, aber wir hätten die Kolumne nicht gerne um eine Woche verschoben. Bist du immer noch beschäftigt?«

Ich biss mir auf die Unterlippe, um nicht aufzuschreien,

als Andrew mich auf sich zog. Ich presste die Hüften auf sein Gesicht. »Ich arbeite noch dran«, erwiderte ich.

»Na, dann«, sagte sie fröhlich, »viel Spaß!«

Ich legte auf, gerade als er schneller zu lecken begann. Sein Daumen steckte in mir, und er zog mich auf seine unersättliche Zunge. Ich spürte, wie ich mich langsam dem Höhepunkt näherte. Andrew sagte: »Süße, ich will, dass du auf meinem Gesicht kommst!« Ich ließ mich völlig gehen, krallte die Finger ins Kopfende des Bettes und gab mich ganz dem Gefühl hin.

Dann zog er mich runter aufs Bett und begann mich zu ficken. Unsere Blicke versanken ineinander, und es kam mir vor, als schaute ich in meine eigene Seele. Mir kam der Gedanke, ich sollte mich besser vor diesem Ansturm der Gefühle wappnen. Bei Andrew öffnete ich Teile von mir, die ich bisher verborgen hatte, selbst vor Patrick. Andrew sah mein wahres Ich. Es war beängstigend.

Aber da war es längst um mich geschehen.

Nach unserem umwerfenden Sex starrte ich stundenlang auf die Digitaluhr an der Wand. Ich hatte noch nie Angst vor dem Dunkeln und kann eine Spinne in die Hand nehmen, ohne mit der Wimper zu zucken, aber ich habe eine irrationale Phobie: Nach dem Sex will ich nicht kuscheln, sondern reagiere eher mit Angriff oder Flucht, wenn ich über Nacht bei einem neuen Mann bleiben soll. Wenn die Sonne aufgeht, fühle ich mich wie ein Werwolf, der Angst vor dem kurz bevorstehenden Vollmond hat, obwohl ich mir in so einem Fall zweifelsohne die Beine rasiert hätte.

Es irritierte mich, dass ich mich auch bei Andrew so fühlte, obwohl ich ihn anbetete.

Mein Problem ist zum Teil praktischer Natur: Ich habe einen wirklich leichten Schlaf und ertrage einfach kein Schnarchen. Ich fand es immer schon etwas sonderbar, dass lockeres Flirten überall akzeptiert ist, aber Übernachten sozusagen als Pflicht angesehen wird.

Ich kann die Männer wirklich an einer Hand abzählen, neben denen ich gerne aufgewacht bin. Mit dem richtigen Menschen sind eine mutige postkoitale Plauderei und der folgende Sonntagsbraten herrlich, doch das ist bei jemandem, der seinen Freiraum braucht, nicht gerade selbstverständlich.

Deshalb habe ich mir angewöhnt, nie einen Mann mit zu mir nach Hause zu nehmen: Ich genieße die Freiheit eines jederzeit zugänglichen Schlupflochs – oder zumindest die, mir ein Taxi nehmen zu können, wann ich will. Wenn man bei sich zu Hause ist, ist es schon schwieriger, sich eine Ausrede einfallen zu lassen. »Ich habe morgen früh ein Meeting« klingt ein bisschen lahm, wenn der fragliche Typ weiß, dass a) der nächste Tag ein Sonntag ist und b) ich zu Hause arbeite. Ihm ein Taxi zu rufen kommt mir ein bisschen mies vor. Bei den seltenen Gelegenheiten bisher, wenn jemand bei mir bleiben durfte, habe ich die ganze Nacht darunter gelitten – und null geschlafen.

Aber vielleicht gibt es einen komplexeren Grund, weshalb der Satz »Gehen wir zu dir oder zu mir?« für mich eine rein rhetorische Frage geworden ist. Sich im Bett zu wälzen ist das eine, aber einem Mann mein nacktes Frühmorgengesicht vor dem ersten Kaffee zu zeigen? Das ist wahre Intimität.

Doch anstatt mich heimlich zu verdrücken, beschloss ich, Andrew gegenüber ehrlich zu sein, was meine sexuelle Schlafstörung angeht.

»Das verstehe ich vollkommen«, sagte er. »Andererseits, wenn du schon mal wach bist…«

Fünf Minuten später war ich nicht mehr die Einzige, die sich im Bett herumwarf.

Vielleicht ist doch was dran an dieser Intimitätsfrage. Aber andererseits, vielleicht musste ich nur erst einen Mann finden, der die ganze Nacht lang konnte!

Da ich in eine monogame Beziehung gerutscht war, beschloss ich, meine Erfahrungen mit Andrew in die wöchentliche Kolumne einzuarbeiten: »Der Reiz des Verbotenen«. Wie treffend!

Die meisten meiner Freundinnen hatten irgendwann in ihrem Leben schon mal mit einem Ehebrecher zu tun, und jedem ist klar, dass man dem Typ, der seine private Telefonnummer nicht herausrücken will, am Handy nur leise flüstert und Tampons für seine »Schwester« herumliegen hat, nicht über den Weg trauen sollte.

Ich wusste immer, dass meine erste große Liebe, ein süßer Franzose, sich als Albtraum entpuppen würde. Eines Nachts saßen wir mit Freunden in einem mexikanischen Restaurant, und ich merkte, dass eine Brünette ihm böse Blicke zuwarf. Ich bekam ein Brennen im Bauch, und das lag nicht an den Enchiladas. »Du hast die Nacht mit ihr verbracht, oder?«, fragte ich ihn später.

»Nein, nein«, sagte er, »das waren nur fünfzehn Minuten auf der Toilette.«

Er meinte das nicht mal ironisch.

Es könnte auch eine wissenschaftliche Erklärung für das geben, was Wissenschaftler »Mate-copying« nennen, den Nachahmungseffekt. Forscher haben herausgefunden, dass Wachtelweibchen Männchen bevorzugen, die sie gerade beim Kopulieren beobachtet haben. Weibliche Guppys lassen sich vom beliebtesten Männchen begatten, selbst wenn es ein kleiner Schwächling ist.

Sogar unbewusst unterliegt man schnell dem Herdentrieb. Es ist dieselbe Logik, die uns dazu treibt, eine Daunenweste zu kaufen, die wir hässlich fanden, bis wir sie an Kate Moss sahen. Das könnte auch erklären, warum Pete Doherty so viele Groupies hat, obwohl er seit ungefähr 1998 nicht mehr geduscht hat.

Aber manchmal, schrieb ich, *erkennt man einen Betrüger nicht auf den ersten Blick.*

Volle zehn Minuten starte ich auf den Leerraum hinter dem blinkenden Cursor, dann loggte ich mich aus und ging ins Bett. Sollte der schwarze Mann doch im Wandschrank lauern! Fürs Erste wollte ich die Illusion eines Happy Ends noch etwas länger aufrechterhalten.

10

Die erste große Hürde in einer Beziehung stellt für die meisten Menschen die Einführung des neuen Partners bei den Eltern dar. Da meine Großfamilie auf einem anderen Kontinent lebt, waren es meine Freundinnen, die Andrews Feuertaufe vornehmen mussten.

Die Aussicht, meine Gefährtinnen kennenzulernen, führte zu unserem ersten Wortgefecht, weil Andrew meinte, ich solle nicht erwähnen, dass er verheiratet sei.

»Hör mal«, sagte ich, »meine Freunde bedeuten mir sehr viel. Auch wenn ich deine Privatsphäre respektiere, kann ich ihnen etwas so Wichtiges nicht verschweigen. Es sähe aus, als hätten wir etwas zu verbergen, und das haben wir doch nicht, oder?«

Andrew nahm meine Hand. »Natürlich nicht. Also gut, erzähl ihnen, was du möchtest. Und von mir aus können sie mich alles fragen.«

Den Subtext überging ich geflissentlich; denn natürlich hätte ich es ihnen trotzdem gesagt, weil Frauen, wie Männer ganz korrekt vermuten, nämlich über alles reden. Jeder Mann, der mit einer Frau zusammen ist, die Freundinnen hat, kann davon ausgehen, dass die Damen, wenn er sie zum ersten Mal trifft, schon alles über seine erektile Dysfunktion, sein Intimitätsverhalten, über seltsame Muttermale und seine Angst vor Spinnen wissen. Den Mädels ist bekannt, dass er beim Tod seiner Oma weinte und einmal unwissentlich eine Tunte küsste. Zum Glück für die Kerle ist der einzig rettende Vorzug der Frauen, dass wir in Bezug auf Fehler toleranter sind.

Andrew und ich trafen uns zu einem späten Abendessen in der Lounge unten im Roka, und in den fünf Minuten vor der Ankunft meiner Freundinnen mutierten wir zu einem dieser grässlichen fummelnden Pärchen in der dunklen Ecke, die ich normalerweise hasse.

»Hey, ihr Turteltauben! Wir stören euch ja nur ungern!«, sagte Amy.

Andrew zog die Hand vom Saum meines Kleids und gab Amy einen Kuss auf die Wange. Ich stellte sie einander vor, dann quetschten sich die Mädels neben mich auf die Bank, während Andrew zur Bar eilte, um eine Runde Getränke zu holen.

»Süße, er ist genauso niedlich, wie ich ihn in Erinnerung habe. Gut, dass ich noch einen klaren Blick hatte!«, sagte Victoria und drückte meine Hand, als Andrew mit einem Silbertablett zurückkam, auf dem er vorsichtig drei Cocktails balancierte.

»Bitte sehr, die Damen«, sagte er mit einer Verbeugung. »Ich wollte verhindern, dass Sie weitere zehn Minuten auf das Trankopfer warten müssen.«

Amy und Victoria schienen völlig eingenommen zu sein von Andrew. Die Unterhaltung war entspannt, unterbrochen nur von seinen Ausflügen zur Theke, um uns neue Drinks zu holen. Ich spürte ein warmes, benommenes Gefühl, das nichts mit Alkohol zu tun hatte, und zum ersten Mal erschien mir alles ganz einfach und leicht. Sie mochten ihn!

Ich genoss den schönen Moment. Dann schaute ich an Andrew vorbei und sah mir gegenüber einen Typen sitzen, mit dem ich vor kurzem geschlafen hatte. Direkt neben unserem Tisch hockte Nigel, der furchtbare One-Night-Stand von vor ein paar Wochen. Er beobachtete uns. Noch immer hatte ich seine entsetzte Reaktion vor Augen, als ich ihm drohte zu masturbieren: Er hatte die Decke bis zum Hals hochgezogen, als hätte er Angst, aus dem Schrank würde ein Monster springen. Mein Gott, was hatte ich mir bloß dabei gedacht?

Ich schüttelte den Kopf und hoffte, er sei nur eine Halluzination. Aber normalerweise hatten die Männer, die mein Unterbewusstsein heraufbeschwor, einen besseren Modegeschmack. Nigel trug unerklärlicherweise eine wattierte Weste über einem kurzärmeligen Hemd, dazu blaue Converse-Turnschuhe. Ganz ehrlich, er sah aus wie ein Kind, das den Sonderbus nehmen musste, nicht wie ein über dreißigjähriger Selbständiger.

»Nun, Andrew, jetzt muss ich dich mal fragen: Was genau hast du mit meiner Freundin vor?«, witzelte Victoria. »Ich muss dir nämlich sagen, dass wir alle ein wenig misstrauisch sind, weil du noch bei deiner Frau wohnst.«

Amy sprang ihr bei. »Aber wir verstehen natürlich, dass es kompliziert werden kann, wenn Kinder im Spiel sind.« Amys Freund hatte einen Sohn aus einer früheren Beziehung, weshalb sie in dieser Hinsicht toleranter war als Victoria und ich.

Andrew blieb souverän und lächelte. »Das verstehe ich voll und ganz, und wenn mein Freund mit einer Frau in meiner Situation gehen würde, hätte ich dieselben Bedenken.« Er hielt inne, vermutlich, um das noch weiter auszuführen. Mir schoss durch den Kopf, dass ich nur zwei Möglichkeiten hatte: Durch Nigel hindurchzusehen und so zu tun, als sei er nicht da, oder Frau genug zu sein, um ihn anzusprechen – und Andrew kurz mit Victoria allein zu lassen, die auf dem Kriegspfad zu sein schien, wie ich nervös feststellte.

»Entschuldige mich mal kurz, Schatz«, sagte ich und drückte Andrews Hand. Da Nigel und ich uns gegenübersaßen, holte ich tief Luft und steuerte auf ihn zu, als er das nächste Mal zu mir herübersah.

»Hey, Cat, du siehst wieder richtig heiß aus«, lallte er. Er nahm einen langen Schluck aus der Bierflasche und griff nach meiner Hand. Als ich mich vorbeugte, murmelte er etwas von »geilen Titten«. Schnell war mir klar, dass er und seine kleidungsmäßig minderbemittelte Gang ziemlich blau waren. Zum Glück war er außer Hörweite von Andrew, da im Hintergrund irgendwelcher Hip-Hop lief.

»Hi, ich hab dich eben entdeckt, da dachte ich, ich sag mal kurz Hallo.« Ich blickte auf meine Hand, die Nigel noch immer festhielt. Er versuchte, mir in die Augen zu sehen. »Also: Hi!«

»Das is' ne schöne Bluse«, murmelte Nigel. Ich richtete mich auf und entzog ihm die Hand. »Als ich die das letzte Mal gesehen hab, lag sie, glaub ich, auf dem Boden bei mir im Schlafzimmer.« Er kicherte hysterisch, während seine Freunde ein betretenes Gesicht machten und mit den Schultern zuckten.

»Na, egal, ich muss wieder zurück. Will nicht unhöflich zu meinem Freund sein – also, viel Spaß noch!«, sagte ich fröhlich. Allmählich brach mir der Schweiß aus.

Ich würde gerne behaupten, es sei das erste Mal gewesen, dass ich eine unangenehme Begegnung mit einem ehemaligen One-Night-Stand hatte, den ich lieber vergessen hätte.

Doch als ich zu meinen Leuten zurückkehrte, dachte ich bereits an die nächste Kolumne. Die Wahrheit ist: In einer sexuellen Krise waren die Kerle, die mich am stärksten erregten, oft diejenigen, die ich niemals mit zu einer Cocktailparty genommen hätte. Zum Beispiel dieser langweilige Firmenanwalt, der erst nach vier Bieren interessant wurde, oder der Ex, den ich immer betrunken anrief und zum Sex zu überreden versuchte, selbst als er mir schon gesagt hatte, er wolle keine Freundin. Von dieser Art waren meine heimlichen, mitternächtlichen Begegnungen, die meine Freundinnen und ich »Happy-Hour-Stecher« nannten, weil sie erst nach mehreren Drinks zum halben Preis attraktiv wurden.

Wenn ich meine heimlichen Schlampengelüste vertusche, fühle ich mich manchmal wie nach dem Ausflug um drei Uhr morgens zum Kebab-Laden, wenn ich pappsatt und mit Fleischsaft beschmiert heimkehre – herrlich zufrieden, aber mit einem leichten Schuldgefühl und auf keinen Fall öffentlichkeitstauglich.

Als ich mich wieder an den Tisch setzte, prosteten sich die drei gerade zu, sodass ich annahm, sie hatten sich in der Zwischenzeit gut unterhalten.

Irgendwann entschuldigte sich Andrew und ging zur Toilette. Sofort wies ich meine Freundinnen auf Nigel hin und setzte sie über unsere missliche Vergangenheit ins Bild.

»Das ist so peinlich, weil der sich aufführt wie ein kleiner Junge«, sagte ich und versuchte verzweifelt, seinem Blick auszuweichen. Nigel winkte mir zu und warf eine zum Papierflugzeug gefaltete Speisekarte zu uns herüber. »Ich hoffe nur, dass er sich nicht noch von mir verabschiedet, ich habe nämlich echt keine Lust, dass Andrew diesen armseligen Spinner näher kennenlernt.«

»Keine Sorge, der da müsste sich schämen, nicht du«, sagte Amy. »Übrigens glaube ich, dass Andrew absolut ehrlich ist. Ein netter Kerl.«

»Aber sei vorsichtig!«, fügte Victoria hinzu. »Auch wenn sie es gut meinen, können Männer mit so einem Ballast dich am Ende doch fertigmachen. Achtung, Themenwechsel – wir haben alle schon mal ins Klo gegriffen«, gab Victoria zu. »Ich hab nach zwei Flaschen Wodka auf einer Weihnachtsfeier im Büro mal so einen Buchhalter mit nach Hause genommen. Hinterher hat er auf der Arbeit rumerzählt, er hätte mich geküsst, ich habe es abgestritten und darüber gelacht. Ich weiß, ich bin gemein«, sagte sie, schlug die Hände vor die Augen und spähte zwischen den Fingern hindurch. »Aber ich hatte keine Lust, Fragen zu etwas zu beantworten, das nie wieder passieren würde. Oh, leise, da kommt dein Freund!«

Andrew legte die Arme um mich. »Habe ich was verpasst?«

»Wir haben gerade über peinliche One-Night-Stands gesprochen«, sagte Amy. »Ist dir das auch schon mal passiert?«

»Ich kann mich nur an einen erinnern, der total abgedreht war«, erzählte Andrew mit schüchternem Lächeln. »Die Frau sah total super aus. Ich traf mich mit ihr, noch vor meiner Hochzeit, und sie sprach immer von ihrer Katze als von ihrem ›Baby‹.«

»Das ist doch nicht so schlimm«, warf Victoria ein. »Das macht Amy bei ihrer Katze auch ständig.«

Amy knuffte sie kichernd in den Arm.

»Es wird noch schlimmer.« Andrew grinste, stellte sein Glas ab und beugte sich vor, um es dramatischer zu machen.

»Kurz bevor der Aperitiv serviert wurde, fragte sie mich, ob ich ein Bild sehen wolle. Ich sagte, na klar, dachte an ein Foto von einer süßen kleinen Katze. Und da holte sie« – Andrew seufzte, schloss die Augen und drückte die Hände an die Schläfen – »einen Akkordeonordner hervor, der mit gut dreißig verschiedenen Fotos einer Katze in verschiedenen maßgeschneiderten Ensembles gefüllt war. Die Katze als Ballerina im Tutu, die Katze als Meisterkoch und – ich schwöre es – als Pirat, komplett mit Stiefeln. Sie hatte sogar eine Augenklappe!«

Wir bogen uns vor Lachen. Mir schoss der Martini in die Nase, ich musste eine Serviette dagegendrücken, damit er nicht heraustropfte.

»Es hängt alles an dem schmalen Grat zwischen heißem Sex und Sex mit Schuldgefühlen.« Ich nahm einen weiteren großen Schluck, obwohl meine Nase innen brannte. Meine Freundinnen behaupten, sie würden lieber den Mund halten, weil sie von anderen nicht verurteilt werden wollten, aber oft sind sie sich selbst gegenüber viel härter als unbeteiligte Dritte. Ich liebe biologische Eier-Benedikt, aber im Notfall würden sich meine Mädels nichts dabei denken, wenn ich bei McDonald's mal einen Egg McMuffin runterschlänge. Das gleiche Prinzip gilt, wenn ich sexuellen Heißhunger habe.

»Was ist eigentlich mit den Kerlen da hinten los?«, fragte Andrew und drehte sich um. Jemand hatte ein Papierflugzeug nach ihm geworfen, aber nicht getroffen.

»Könnt ihr euch an die Exfreundin von meinem Freund Charles erinnern? Die ihn mal mit einem Splitthammer angegriffen hat?«, versuchte Amy schnell das Thema zu wechseln.

»Sie war wohl etwas angenervt, weil er ihr Handy verloren hatte, als er auf Sauftour war«, erklärte ich Andrew. »Aber findest du nicht, dass Männer eine andere Einstellung zu peinlichem Sex haben? Sie haben kein schlechtes Gewissen, wenn sie sich zwischendurch mal eine fragwürdige Nummer leisten.«

»Das kann wohl sein«, sagte er. »Frauen meinen immer, sie müssten total ehrlich sein und alles erzählen. Ein Mann will gar nicht wissen, wenn ein anderer bei einer Frau zu Hause aufgewacht ist und ihr Freund aus dem Kleiderschrank sprang.«

Als Andrew und ich später zum Hotel gingen, kam ich noch einmal beiläufig auf den Nachbartisch zu sprechen. »Die Typen da haben sich übrigens so seltsam benommen, weil ich vor längerer Zeit mal mit einem von ihnen geschlafen habe.« So, jetzt war es heraus. Ich blieb stehen und schaute Andrew an. »Nicht gerade eine meiner Sternstunden – aber ich wollte es dir nicht verschweigen.«

Er nahm meine Hand und lachte. »Na, bei dem hast du ja offenbar einen bleibenden Eindruck hinterlassen«, sagte er. »Werde ich auch irgendwann mal so hinter dir herschmachten?«

Ich küsste ihn grinsend. »Sollen wir nach oben gehen und das herausfinden?«

11

Noch bevor ich am Morgen nach dem Marathondate mit Andrew zögernd ein Auge öffnete, wusste ich, dass ich einen Schritt zu weit gegangen war.

In der vergangenen Nacht waren wir nach einem Abendessen inklusive zwei Flaschen Wein und mehreren Gläschen unglaublich teuren Brandys im Bett gelandet, wo es ungewollt aus mir heraussprudelte: »Ich liebe dich.« Andrew erstarrte wie ein Reh im Scheinwerferlicht. Dann absolute Stille.

Okay, vielleicht war das die verbale Entsprechung zu vorzeitiger Ejakulation, aber er war schließlich derjenige, der mir nachlief und erzählte, was in seinem Kopf vorging. Warum also hatte ich solche Schuldgefühle?

Meine absolute Ehrlichkeit kann zu verbaler Diarrhöe führen, deshalb wunderte ich mich nicht, dass ich meine Gefühle so schnell gestand. Wahrscheinlich könnte man mich eine »emotionale Schlampe« nennen. Ich weiß, eigentlich hätte ich geheimnisvoller sein müssen, aber ich muss ehrlich sagen, dass ich keine Lust habe, meine Persönlichkeit zu verändern. Wenn ein Mann nicht mit einer forschen, direkten Frau umgehen kann, ist es wahrscheinlich am besten, man bekommt das möglichst schnell heraus. Letzten Endes ist meine Ehrlichkeit positiv, denn sie bewahrt mich davor, in schlechten Situationen stecken zu bleiben, und sie schenkt mir ein herrliches Gefühl von Freiheit. Als ich Andrew meine Gefühle gestand, war ich einfach euphorisch, so als würde ich aus einem Flugzeug springen. Viel zu schnell jedoch regte sich in mir der Verdacht, dass sich mein Fallschirm nicht öffnete und der Boden rasend schnell auf mich zukam. Ich schlafe nicht mit Männern, um Liebe zu finden. Wenn ich mit einem Typ ins Bett falle, suche ich Sex – schlicht und einfach. Emotionale Nähe und körperliche Intimität sind zwei völlig verschiedene Dinge.

Außerdem bekam ich Panik, weil irgendwo tief in mir Flashbacks aus meiner Zeit mit Patrick aufflackerten. Damals musste ich feststellen, dass »Freak out!« nicht nur der Refrain einer Disco-Hymne aus den Siebzigern war. Nach unserem verhängnisvollen Treffen im Bleeding Heart hörte ich nie wieder von ihm – obwohl er das L-Wort zahllose Male ausgesprochen und mir wiederholt beteuert hatte, er wolle mich heiraten.

Die meisten meiner Freundinnen waren schon öfter mit kleinen Dramatikern zusammengestoßen, und manche hatte das zynisch gemacht. Es ist nämlich ziemlich wahrscheinlich, dass der Typ, der beim zweiten Treffen spontan über zukünftige Auswanderungspläne spricht, niemals zu einem dritten Date erscheinen wird.

Deshalb traf ich mich auf ein Glas mit Michael und fragte ihn, was ich falsch gemacht hätte. Da er so viel Zeit damit verbrachte, das Liebesleben von den Hauptopfern der Regenbogenpresse zu sezieren (das Regierungsviertel Westminster nennt er Hollywood für Hässliche), ist er sehr gut darin, die Beweggründe fremder Menschen zu ergründen. Außerdem hatte er in letzter Zeit eine ernsthafte Beziehungsphobie, er würde also offen zu mir sein und es mir sagen, falls ich bei Andrew zu weit gegangen sein sollte.

»Was hätte ich denn bitte tun sollen?«, fragte ich und lutschte an einer honigüberzogenen Erdnuss von der Theke. »Hätte ich sagen sollen: ›War nur'n Witz‹ oder so tun, als wäre nichts passiert, so wie wenn einer in einer frischen Beziehung furzt?«

»Wahrscheinlich hast du ihm Angst gemacht«, entgegnete Michael. »Also wunder dich nicht, wenn er die Beine in die Hand nimmt.«

»Aber er war doch derjenige, der immer von Intimität geredet hat!«, beschwerte ich mich.

»Ja, aber dabei darfst du nicht vergessen, dass Männer das schwächere Geschlecht sind, selbst wenn sie so tun, als wären sie Kontroll-Freaks. Du musst jetzt ganz vorsichtig sein. Er ist in der Machtposition, es wird nicht leicht sein, das umzudrehen.«

Vielleicht bin ich ja hoffnungslos romantisch, aber ich ertrage die Vorstellung einfach nicht, dass Liebe ein Nullsummenspiel sein soll. Außerdem muss ich mit all meinen Neurosen nicht so tun, als sei ich schwer zu bekommen. Ich bin schwer zu bekommen. Michael ist ein berüchtigter Seriendater. Seine Reaktion bereitete mir ernsthaften Kummer.

Victoria hingegen riet mir, ruhig zu bleiben. »Du warst gerade mit ihm im Bett!«, rief sie ins Telefon, um die Gäste auf der Geburtstagsfeier ihres Chefs zu übertönen. »Das ist eine automatische Rücktrittsklausel! Tu einfach so, als wäre nichts passiert!«

Letztlich entschloss ich mich, mir den Rat meiner Mutter zu Herzen zu nehmen: »Sei einfach du selbst.« Ich sagte mir immer wieder: Wenn es so sein soll, dann wird es so sein.

Dann schrieb ich eine Kolumne über den Zwischenfall, was wahrscheinlich keine so gute Idee war. Jetzt wusste Andrew, wie sehr ich mich über meine Verletzlichkeit ärgerte. Es war, als würde er die schriftlichen Erläuterungen zu meinen Gedanken lesen.

Als wir uns später zu einem Cheeseburger bei PJ in South Kensington trafen, war ich deshalb entschlossen, mich nicht allzu gefühlsbetont zu geben und die Situation auf die leichte Schulter zu nehmen. Ich entdeckte Andrew in seinem blauen Sweatshirt, von dem er wusste, dass ich es liebte. Er hatte eine zusammengerollte Zeitung unter dem Arm. Mir schoss der Gedanke durch den Kopf: Dieser Mann gehört mir! Ich spürte eine Welle des Stolzes. Dann sah ich, was er gelesen hatte: meine Kolumne. Mein Herzschlag setzte kurz aus.

»Tut mir leid wegen kürzlich nachts«, sagte ich beiläufig, als er mich umständlich umarmte. »Das lag am Brandy. Und vergiss nicht, ich behalte mir das Recht dichterischer Freiheit vor.«

»Na, ich hoffe aber, dass das nicht erfunden war, was du gesagt hast«, entgegnete er, nahm meine Hand und hob mein Kinn an, damit er mir in die Augen schauen konnte. »Ich liebe dich nämlich auch, Catherine.«

Als wir schließlich zurück zum Hotel gingen, schafften wir es nicht mal bis ins Bett. Ich kann nur hoffen, dass die Nachbarn unten Verständnis hatten.

»Ich werde noch wahnsinnig!«, schrie ich meinen australischen Freund Mark an. Er bewunderte die nackte Hinterbacke einer wasserstoffblonden Asiatin namens Cristal – »wie der Champagner«, wie sie mehrmals betonte.

»Entschuldigung, ich bin gerade ein wenig abgelenkt, Süße«, sagte Mark und drehte sich zu mir um, während Cristal ihm einen Kuss zublies. »Was hast du gesagt?«

Wir befanden uns in einem Herrenclub der besseren Sorte. Eine aufgespritzte Brünette saß auf meinem Schoß und ließ zu den Klängen von »Hungry Like a Wolf« das Becken kreisen. Ihre Körbchen-D-Brüste schwebten nur Zentimeter vor meinem Gesicht, und ich fragte mich, wo ich mich nun schon wieder reingeritten hatte. Da ich wissen wollte, was Männer an Stripclubs so spannend fanden, hatte ich mich einverstanden erklärt, Mark bei einem seiner Herrenabende zu begleiten.

»Ich habe gesagt, es macht mich noch wahnsinnig, darauf zu warten, dass Andrew sein Leben auf die Reihe bekommt! Ich möchte wissen, wie ich bei ihm dran bin. Ich habe wirklich das Gefühl, ihn zu lieben, aber ich will es auch« – ich hob den Kopf über zwei gewaltige Silikonberge – »allen sagen können! Stattdessen mache ich mir die ganze Zeit Vorwürfe, wem wir alles wehtun. Wir machen keine Flitterwochen, weil er sich immer noch nicht mit den Folgen seiner letzten Flitterwochen auseinandergesetzt hat.«

»Schau«, meinte Mark und legte mir die Hand aufs Knie. »Wie schon gesagt, ich bin mir nicht sicher, ob das Ganze gut für dich ist. Der Kerl bekommt seinen Kuchen und kann ihn auch direkt essen, warum also sollte er irgendetwas an der Situation ändern?«

Ich wollte protestieren, doch Mark brachte mich mit einer Handbewegung zum Schweigen.

»Ich weiß, was du brauchst«, sagte er. »Einen Lapdance!« Er winkte die nächste Blondine herbei.

Er zahlte sie, und ich bekam Herzrasen, als die Tänzerin sich um meine Beine wand. Ich war emotional am Ende. Doch gleichzeitig war ich total angetörnt. Peinlich war es auch irgendwie, so wie im Fitnessstudio, wenn eine nackte Frau, ihr Geschlechtsteil bei mir auf Augenhöhe, vor meinem Spind steht. Ich wusste einfach nicht, wo ich hinschauen sollte – wegsehen konnte ich aber auch nicht. Lapdancing zählt bei mir definitiv nicht als Betrügen, denn in Stripclubs geht es nur um Phantasie, nicht um Realität. Ich bezweifle, dass ein Mann, der mit mir zusammen ist, mit so einer Bambi aus Litauen durchbrennen würde.

Mit meinen Freundinnen bin ich öfter mal zu einer Show der Chippendales gegangen. Doch nur weil ich es lustig finde, einem knackigen Kerl fünf Pfund in die Hose zu schieben, heißt das noch lange nicht, dass ich anschließend hinter der Bühne seinen Körper einölen möchte. Ich habe mehrere Freundinnen, die als Stripperinnen arbeiten. Sie alle sind geschickte Geschäftsfrauen, die mir versichern, dass der Mann im Club mit Geldscheinen gleichzusetzen ist. Weshalb ich auch die Behauptung lächerlich finde, Stripclubs beuteten Frauen aus – die Weiber verdienen massenhaft Knete. Solange die Männer ehrlich sind, was ihre nächtlichen Ausflüge angeht, habe ich kein Problem damit, wenn sie chirurgisch aufbereitete Mädels dafür bezahlen, sich auf ihren Schoß zu setzen.

Meine männlichen Kumpel sind derselben Ansicht. »Das ist eine alberne Sache, die Kerle halt zusammen machen müssen«, sagte Mark. »Ich glaube, gebundenen Männern tut es gut, weil sie nach Hause gehen und die sexuelle Erregung bei ihrer Partnerin abreagieren können. Hat man keine, kann es einem schon so vorkommen, als ginge man ins Restaurant, könne das Essen riechen und würde es unter der

Nase weggerissen bekommen, bevor man einen Bissen probieren kann.«

Doch die Damenwelt sieht das meistens anders. Und so gehörte ich an diesem Abend zu den Jungs. Wenn der Anblick nackter Frauen einem Mann Lust darauf macht, eine Nacht voller Leidenschaft mit mir zu verbringen, dann her damit.

Natürlich würde ich misstrauisch, wenn ein Kerl Unmengen von Geld in solchen Etablissements lassen oder von einer Tänzerin behaupten würde, sie liebe ihn, oder wenn er viermal pro Woche da wäre, so wie Victorias Ex. »Hin und wieder mal ein Besuch hätte mich ja überhaupt nicht gestört, aber er war ständig da«, sagte sie. »Wenn wir zusammen unterwegs waren, holte er seine Kundenkarte raus! Aber als er mir vorschlug, wir könnten doch zum warmen Bufett gehen, es würden jede Menge nackter Weiber rumlaufen, bin ich abgehauen.«

Was Mark und mich anging, verpuffte die voyeuristische Erregung ein wenig, nachdem er für einige verwässerte Getränke Unsummen berappen musste.

»Willst du meine Meinung wissen?«, fragte er. »Frauen analysieren alles zu Tode. Letzten Endes muss sich deine Entscheidung darauf gründen, was Andrew tut. Seine Beweggründe brauchen dich nicht zu interessieren. Was kümmert es dich? Wird er dich verlassen? Das musst du dich fragen, bevor du entscheidest, ob du bleibst oder gehst. Du musst die Vor- und Nachteile eurer Beziehung auflisten und sie sehr rational gegeneinander abwägen.«

Fünf Minuten später befand ich mich auf der Toilette und sprach mit einer Stripperin, einem Mädchen im Hasenkostüm, über mein Problem. Sie trocknete ihr flaumiges weißes schulterfreies Top unter dem Handtrockner, weil ein Mann darauf gewichst hatte.

Die Tänzerin hatte eine andere Meinung als Mark. »Ich finde, wenn du diesen Typen wirklich liebst, dann musst du auch ehrlich zu ihm sein können«, sagte sie, wuschelte sich durchs Haar und rieb mit einer wassergetränkten Serviette über den hellrosa Fleck. »Geh nach Hause und sprich mit deinem Freund. Das ist mein Rat.« Lächelnd klopfte sie mir auf die Schulter. »Allerdings ist mein letzter Macker gerade aus dem Knast gekommen. Ich bin wahrscheinlich nicht die Richtige für solche Fragen.«

»Danke, das hat mir trotzdem sehr geholfen«, sagte ich. »Wie sagt man so schön: Es ist leichter, selbst einen Rat zu geben, als ihn anzunehmen.«

Der Lapdance wirkte auf jeden Fall aphrodisierend. Denn als die Tänzerin mir wiederholt sagte, wie hübsch ich sei, begann der irrationale Teil meines Gehirns zu denken: Wow, denen geht's doch nicht nur ums Geld! Jetzt wusste ich wirklich, wie sich die Kerle fühlten.

Letztendlich beschloss ich, mir keine Meinung zu bilden. Vielleicht können Stripclubs eine Beziehung tatsächlich bereichern. Nur nicht gerade unbedingt beim Essen.

Ich ging zurück zu Andrews Hotelzimmer, weckte ihn und riss ihm die Sachen vom Leib. Nach einem Abend voller Vorfreude war der Sex eine Erfüllung.

Eine Woche nach meinem Ausflug in den Stripclub beschloss ich, auf meine Gefühle zu hören und die Situation offen mit Andrew zu besprechen. Wenn das bedeuten sollte, dass unsere Liebesgeschichte zu Ende ginge, dann würde es so sein. Ich hatte keine Lust mehr, mit einem Gefühl der Beklommenheit herumzulaufen. Am Morgen hatte ich auf dem Weg zu meiner Muffinrunde bei der Hummingbird Bakery, wo ich den Zuckerguss von drei rosa Muffins schälte, in aller Öffentlichkeit geweint, als ich vor mir in der Schlange ein verheiratetes Pärchen Händchen halten sah. Es war Zeit, dem Wahnsinn ein Ende zu machen.

Andrew versprach mir immer wieder, die Sache zu erledigen, doch bei mir schlich sich der leise Verdacht ein, dass es ein leeres Versprechen war, aus dem gemeinsamen Haus auszuziehen. So gerne ich ihm auch glauben wollte, der einzige »Ballast«, den ich ihn herumschleppen sah, war emotionaler Natur.

»Hör zu«, sagte ich zu ihm, als wir Hand in Hand im Regen zurück zum Hempel gingen. »Ich fühle mich wirklich unwohl in unserer Beziehung. Ich weiß, dass du dich momentan um eine Menge kümmern musst, aber ich habe dir von Anfang an gesagt, dass ich nicht mit jemandem zusammen sein möchte, der mit seiner Frau in einem Haus wohnt. Ich weiß, dass das Ende eurer Ehe nichts mit mir zu tun hat, aber ich muss einfach wissen, wie ich bei dir dran bin.«

Andrew seufzte und blieb stehen. »Aber du weißt doch, woran du bist. Ich liebe dich, und ich gehöre zu dir, wie ein Mann zu einer Frau gehören kann. Aber ich will meine Kinder nicht verlassen, es wird einfach seine Zeit dauern.«

Dann ließ ich die Bombe platzen. »Aber wie lange, Andrew? Ich habe einfach das Gefühl, dass immer der nächste Geburtstag oder das nächste große Geschäft kommt. Ich brauche eine Zusage von dir, dass ich in einem Jahr nicht wieder hier stehe und sich nichts geändert hat und dass ich mir nicht bescheuert vorkomme, weil ich dir vertraut habe.

Unsere Beziehung kann sich nicht vorwärtsbewegen, solange du in dieser Situation feststeckst.«

Er strich mir den Pony aus den Augen und schaute auf mich hinab. »Ich kümmere mich darum. Versprochen.« Schweigend schlenderten wir weiter. Nieselregen fiel auf uns.

Doch später, nachdem wir uns geliebt hatten und uns im Dunkeln in den Armen lagen, drehte er sich zu mir um und flüsterte: »Was ist, wenn ich nicht gehen kann?«

Ich rastete aus, lief in das Marmorbad und brach in Tränen aus; er versuchte, mich zu trösten – aber es war zu spät. In dem Moment verstand ich, dass nur die Lügen, die ich mir selbst erzählte, noch schlimmer waren als seine. Mein Magen drehte sich, ich stürzte zum Klo und erbrach einen Schwall von Wodka Tonic und Galle.

Danach weinten wir beide und hielten uns im Arm. Mir wurde klar, was ich aufgab: einen Mann, den ich mir wirklich als Partner wünschte, auf den ich stolz war, wenn er das Zimmer betrat, und mit dem ich alles teilen konnte – anders als bei allen anderen, die ich vorher gekannt hatte. Auch bei Patrick war es nicht so gewesen. Doch trotz Andrews zahlreicher Qualitäten hatte ich den offenkundigen Nachteil »besetzter« Männer entdeckt: Aufgrund ihrer komplizierten Lebenssituation und der stressigen Täuschungsmanöver bilden sie den Mittelpunkt der Partnerschaft. Alles richtet sich nach ihrem Zeitplan, und wenn man sich einmal entscheidet zu bleiben, kann man nichts mehr daran ändern. So was würde bei einem Kontroll-Freak wie mir niemals funktionieren. Ich habe zu viel dafür getan, mein eigenes Leben aufzubauen, um es mir von jemand anderem wieder zerstören zu lassen.

An den folgenden beiden Tagen weinte ich mir die Augen aus. Doch ich bilde mir ein, dass ich Andrew zwar verlor, aber etwas anderes dafür bekam. Ich lernte, dass ich stark genug sein musste, um jemanden verlassen zu können, den ich wirklich liebte, weil ich überzeugt war, etwas Besseres verdient zu haben: eine wahrhaft engagierte Beziehung. Jetzt wusste ich klarer als je zuvor, dass ich genau danach strebte.

In jener Nacht war etwas passiert. Ich hatte gelernt, wie ich mich der Selbsterhaltung zuliebe von meinen Gefühlen distanzieren musste. Über Andrew hatte ich keine Macht, über meine eigenen Entschlüsse schon. Ich wurde erwachsen.

12

»Und?«, fragte Victoria, »wie kommst du zurecht?«

Wir standen auf dem überfüllten Bahnsteig von King's Cross und warteten auf die Northern Line, wollten nach Camden und dort Schuhe mit Plateausohlen für Victoria und nuttige Unterwäsche für mich kaufen. Egal, wie beschissen mein Liebesleben ist, Dessous zu kaufen gibt mir immer ein wenig Hoffnung, dass mir irgendwann ein gut aussehender Mann die Wäsche mit den Zähnen ausziehen wird.

Ich grinste. »Ganz gut. Ich komme mir nur total blöd vor. Ich hätte es einfach besser wissen müssen. Nach der Trennung von Patrick herrschte absolute Funkstille. Aber jetzt bei Andrew …« Meine Stimme zitterte. »Das ist was anderes.«

»Schreibt er dir immer noch SMS?«

»Jeden Tag. Es ist schwer, ihn zu ignorieren, weil ich wirklich gerne mit ihm sprechen würde. Aber es würde nichts nützen. Ich habe ihm gesagt, dass er mich anrufen kann, wenn oder falls er seine persönliche Situation jemals klärt. Bis dahin können wir hoffentlich Freunde bleiben.«

»Ach, Süße«, sagte sie, »das ist wirklich edel von dir.«

»Ach, er ist ein netter Kerl. Deshalb fehlt er mir ja auch so.« Tränen traten mir in die Augen, ich versuchte, das

Thema zu wechseln. »Was meinst du, in welcher U-Bahn-Linie sitzen die besten Typen?«

Auf der Heimfahrt kamen wir zu diversen Schlüssen:

1. Die Piccadilly und die Circle/District Line sind wegen ihres hohen Anteils an Männern auf dem Weg in die City morgens und in der Stoßzeit am Abend am besten.
2. Die Hammersmith und City Line sollte man nachmittags meiden, denn durch die enormen Verspätungen ist jeder attraktive Mensch extrem genervt, falls man mal jemanden anspricht.
3. Die Northern Line ist zwielichtig und bar aller Aussichten. Zu jeder Uhrzeit. Es sei denn, man will Pot kaufen.

Meine Trennung von Andrew lag fast einen Monat zurück, doch abgesehen von einigen aufmunternden Einkaufstouren mit Victoria konnte ich offenbar nicht die Phase überwinden, in der ich Joy Division hörte und wie eine lebende Tote im Nachthemd durch die Wohnung geisterte. Deshalb beschloss ich, der Zeitpunkt sei gekommen, um den Staub von meiner Pornosammlung zu pusten. Ich brauchte Inspiration.

Da Pornographie in der Popkultur inzwischen allgegenwärtig ist, wundere ich mich oft, dass Männer schockiert sind, wenn ich von meiner privaten Pornosammlung spreche. Meine erste Begegnung mit »Filmen für Erwachsene« war auf einer Uniparty. Ich sah einen Streifen mit Ron Jeremy und dem zweiten Hauptdarsteller, seinem legendären Riesenrohr. Anschließend fand ich, man solle die werwolfähnliche Körperbehaarung des Protagonisten in Kampagnen zur Empfängnisverhütung einsetzen, denn die war gruseliger als jeder Horrorfilm. Jedenfalls hielt mich das Erlebnis jahrelang von Pornos fern.

Aber heutzutage ist man als Frau nicht mehr darauf angewiesen, unterwürfigen Weibern in geschmacklosen Outfits dabei zuzusehen, wie sie Goldkettchenträger mit kalkweißen Bierbäuchen bedienen. Regisseurinnen wie Candida Royalle oder Petra Joy haben mit Frauenpornos ein eigenes Genre erfunden, das Ansätze von Handlung aufweist und in dem es nicht immer nur um den Cum-shot geht. Andererseits kann zu viel Story auch ablenken. Ich will mich nicht fragen müssen, welche Beweggründe die Figuren haben, wenn ich mir eine Szene mit einem halbnackten Pizzaboten und einer geilen Hausfrau ansehe.

Auch logistische Probleme gilt es beim Pornogucken zu bewältigen: Bei unseren dünnen Wänden ist es nur schwer vorstellbar, dass ich den Kultklassiker *Edward Penishands* einlege, während meine Mitbewohnerin nebenan ist. Und als ich das letzte Mal mit Michael einen schäbigen Sexshop in Soho betrat, ergriffen wir fünf Minuten später die Flucht, weil wir von einem ekligen Kerl mit Pferdeschwanz verfolgt wurden.

Als ich meinen Freundinnen davon erzählte, wunderte ich mich zu hören, dass Pornos noch immer ein bisschen tabu waren. Amy zitiert gerne Naomi Wolf, die behauptet, Pornos würden Männern letztendlich die Lust auf richtige Frauen nehmen. Ich halte dieses Argument für stark vereinfacht: Ich habe noch nie einen Mann kennengelernt, für den das gepixelte Bild angesichts des einzig Wahren nicht zweitrangig gewesen wäre.

Außerdem versuche ich immer, Politik vom Schlafzimmer fernzuhalten.

Schließlich gab Amy nach ein paar Gläschen zu, auch schon mal einen Porno gekauft zu haben, beharrte aber darauf, nächtlicher Softporno im Kabelfernsehen sei ihr lieber. »Das ist nicht so peinlich. Der Nachteil ist allerdings, dass ich es nicht von Sky Plus aufnehmen kann, denn dann würde mich meine Mitbewohnerin mit Sicherheit rauswerfen.« Sie lachte. Ich war mit ihr einig, wie wichtig es sei, ein gutes Versteck zu haben. Deshalb verbarg ich meine letzte Porno-DVD in der Hülle von *Manhattan Love Story*, einem grausamen Jennifer-Lopez-Machwerk. Es bestand keine Gefahr, dass die Scheibe dort jemals entdeckt würde.

Die meisten Mädchen, die ich kenne, bestellen ihre Pornos im Internet. Angeblich stoßen einige bei e-bay auf gebrauchte DVDs, während sie gerade nach Vintage-Schuhen suchen. Theoretisch klang das gut, aber als ich es versuchte, fand ich dort nur Links zu »Porno-Star Penisvergrößerung« und ein paar T-Shirts mit dem Aufdruck »Hier hupen, wenn du heiß bist«.

Schließlich entdeckte ich einen Online-Shop und wählte *Sinful Rella*, eine Parodie auf das Märchen von Aschenputtel mit drei lüsternen Stiefschwestern, einem aufgetakelten schwulen Patenonkel und zwei ansehnlichen Typen, die als »Pferde« verkleidet waren. Ich sah mir den Film allein an und kam mir jämmerlich vor. Dann musste ich lachen. Doch irgendwann begann mich die Geschichte von dem Prinzen anzutörnen, der nach dem besten Blowjob in seinem Königreich sucht. Die einzige Beeinträchtigung war, dass ich nur eine Hand in meiner Jogginghose hatte, weil die andere über der Fernbedienung schwebte, falls ich Victorias Schlüssel in der Tür hörte.

Ich finde es gut, dass Pornos zu einem kleinen, aber unverzichtbaren Teil meines Sexlebens geworden sind, ob mit Partner oder dann, wenn ich die Zeit zwischen zwei Freunden allein totschlage. Die kommen und gehen schließlich, während *Deep Throat* immer da sein wird, um mich über Wasser zu halten. Das ist perfekt zur Erholung nach einer Trennung, wenn einem der heiße Sex fehlt, man jedoch nicht in der Verfassung ist, sich aufzuraffen und gefühlsmäßig zu engagieren. Das einzige Mittel, das besser hilft als *Ass Masters IV*, ist intensiv genutzte Zeit mit Mum.

Ich war gerade fünf Tage bei ihr in South Georgia gewesen und hatte eine Menge Umarmungen, Hühnersuppe und Beziehungstipps bekommen – auch wenn ich den Blick beschämt abwenden musste, als sie mich bat, ihr Kolumnen von mir vorzulesen. Wir fanden unseren eigenen Rhythmus: Jeden Morgen kochte sie mir einen Becher Kaffee, der stark genug war, um mir Haare auf der Brust wachsen zu lassen. Den tranken wir am Swimmingpool, wo wir heimlich unsere einzige Zigarette des Tages rauchten, während ihr Mops und ihr Chihuahua um unsere Füße tanzten (Mum hat fünf Hunde, bei ihr ist immer was los). Am dritten Tag hüpfte Sophie, die fünfundzwanzig Kilo schwere Bulldogge, in den Pool und versank wie eine Kanonenkugel. Ich musste in voller Montur hineinspringen und sie retten. Meine Bulldoggenrettungsaktion war bei weitem das aufregendste Abenteuer der ganzen Reise. Mum und ich sahen uns viele banale Danielle-Steele-Verfilmungen im Fernsehen an, die unter der Überschrift »TV für Frauen« liefen. Jede Nacht schlief ich zehn Stunden, was bei mir fast noch nie vorgekommen ist.

»Ich bin stolz auf dich«, sagte Mum, als sie mich am Flughafen absetzte. »Und du bist viel stärker, als du glaubst.«

Ich liebe meine Mutter, doch wenn mehrere Tage lang die Fahrt zum Wal-Mart den Höhepunkt des Tages darstellt, bin ich wieder voll und ganz bereit für London. Zurück ins Spiel!

Vor dem Flug Orlando – London hatte ich geplant, meine Vielfliegermeilen gegen einen besseren Platz einzutauschen. Dann sah ich, dass sich Nick neben mich setzte, ein großer, durchtrainierter australischer Versicherungsermittler, und fand, dass ich die Vielfliegermeilen auch für etwas anderes verwenden könnte. Ich habe im Flugzeug die Singleportionen Erdnüsse und Wodka bestellt, wieso also nicht auch eine Singleportion Sex?

Ich wurde schon vor einigen Jahren Mitglied im Mile High Club, als ich mit meinem französischen Freund nach Martinique flog. Eine jüngst erhobene Umfrage ergab, dass vier Prozent der Londoner auf mehr als eine Art hoch über den Wolken waren, aber ich hatte es noch nie mit einem Fremden probiert, weil ich normalerweise zwischen einen Dicken und ein schreiendes Kind gequetscht werde.

Nachdem Nick fragte: »Und, fliegst du oft rüber?«, unterhielten wir uns über Arbeit und Familie. Es dauerte nicht lange, und unser Flirt fühlte sich wie eine richtige Beziehung an: Nach neun Stunden wusste ich mehr über Nicks Leben, als ich über manche meiner Ex in sechs Monaten hatte herausfinden können.

Drei kleine Flaschen Champagner später überlegte ich mir gerade, wie ich wohl den ersten Schritt machen könnte, als wir in heftige Turbulenzen gerieten. Ich bin im Flugzeug immer sehr nervös. Während wir durch die Wolken ruckelten, krallte ich mich an der Armlehne fest. »Das hört sich jetzt bestimmt total albern an«, sagte ich, »aber ich habe wirklich Angst. Kann ich vielleicht deine Hand halten?«

»Na, klar!«, sagte Nick und drückte beruhigend meine Hand. »Das sind nur ein paar Schlaglöcher in der Straße, kein Grund zur Sorge.«

Als die Leute anfingen, sich zu bekreuzigen, war mir irgendwie übel, ich war wie versteinert, aber dabei spitz wie Nachbars Lumpi. Ich zog Nick an mich und küsste ihn. Geschlagene zehn Minuten knutschten wir herum, bis die Achterbahnfahrt zu einem sanften Schaukeln wurde.

Angst kann ein starkes Aphrodisiakum sein. Ihre Wirkung auf den Körper – Herzklopfen, schnellere Atmung und Adrenalinausstoß – ähnelt sexueller Erregung. Deshalb stellen verängstigte Menschen oft eine Steigerung sexueller Intensität fest. Und deshalb sind Horrorfilme bei der ersten Verabredung so beliebt. Wenn man im körperlich erregten Zustand jemanden kennenlernt, steigt die Wahrscheinlichkeit, zärtliche Gefühle füreinander zu entwickeln.

Im Brückenexperiment der Psychologen Arthur Aron und Don Duton aus den siebziger Jahren wurden Männer auf zwei verschiedenen Brücken von einer Frau angesprochen. Die Männer, deren Begegnung auf einer hohen, wackligen Brücke stattfand, beurteilten die Situation als erregender und romantischer als die Männer, die die Frau auf einer niedrigen, stabilen Brücke trafen. Doch die Psychologen warnten: In einer spannungsgeladenen Umgebung wird ein attraktiver Mensch zwar anziehender, aber der unattraktive wirkt noch abschreckender.

Die Turbulenzen hatten Nick und mich zusammengebracht, und irgendwo hinter Grönland beschlossen wir, es müsse jetzt oder nie sein. Er legte eine Decke über meinen Schoß, ich öffnete seine Hose, er schob die Hand unter mein Kleid – doch sobald wir etwas munterer werden wollten, kamen die Stewardessen auf Patrouille vorbei. Ich fühlte mich wie eine aufmüpfige Schülerin in 37000 Fuß Höhe.

Unsere Möglichkeiten, die Sache bis zum Ende durchzuziehen, waren recht begrenzt, da a) die »Bitte anschnallen«-Schilder leuchteten und b) die Crew vor den Toiletten herumhing. Also hielten wir Händchen, und ich schlief ein.

Über dem Atlantik hatten Nick und ich zusammen gegessen, Zahnpasta geteilt, eine Art Nahtoderfahrung gemacht und uns über Kindheitstraumata und das Leben nach dem Tode unterhalten. Nach so viel Vertraulichkeit bekam ich langsam das Gefühl, ich bräuchte mehr Freiheit.

Als wir in London landeten, gab er mir seine Nummer.

»Du bist wirklich süß, aber … tja, du lebst in Australien, und ich habe ja erzählt, dass ich gerade eine Beziehung hinter mir habe«, sagte ich. »Außerdem hätten wir wohl Schwierigkeiten, auf unsere dramatische erste Begegnung noch einen draufzusetzen.«

»Verstehe«, sagte er und half mir in den Mantel. »Egal, war ein supergeiler Flug. Du bist eine umwerfende Frau, Cat.«

»Danke«, sagte ich und spürte, wie mein Herzschmerz kurzfristig etwas schwächer wurde. »Und noch was, Nick!«

Erwartungsvoll drehte er sich um.

»Was auch passiert, wir haben immer noch Grönland.«

Er lief die Gangway hinunter und aus meinem Leben, auch wenn ich ihn im Auge behielt, bis wir uns wie Vieh vor der Passkontrolle anstellten; er war EU (sein Vater war wohl in England geboren), ich gehörte zu der gefürchteten Reihe vor »andere«.

Mir war noch nie in den Sinn gekommen, dass ich ernsthaft Gefahr lief, mein Touristenvisum zu überziehen, doch plötzlich stand ich Auge in Auge mit einer finster dreinblickenden, ungefähr sechzigjährigen Einwanderungsbeamtin. Ihre kalten, leblosen blauen Augen traten hinter der kleinen Goldbrille leicht hervor. Unterm Kinn hatte sie einen großen schwarzen Leberfleck, aus dem ein einziges Haar wuchs. Außerdem hatte sie mehrere lange Schnurrbarthaare. Ich konnte den Blick nicht davon abwenden.

»So, Sie sind also mit einem Touristenvisum hier? Seit wann sind Sie im Vereinten Königreich?«

Ich beantwortete ihre Fragen ehrlich, doch in mir kam Panik auf. Offiziell durfte ich in einem Zeitraum von zwölf Monaten nur sechs Monate im Land bleiben, und ich kam gefährlich nah an das Limit heran.

Die abgestandene Luft ließ mir den Schweiß aus den Poren fließen. Ich konzentrierte mich auf den Leberfleck und richtete meine Antworten an ihn. Sah diese Frau eigentlich morgens nicht in den Spiegel? Hatte sie noch nie was von einer Pinzette gehört?

»Miss Townsend? Ich habe Sie gefragt, ob Sie die Absicht haben, in Großbritannien dauerhaft Arbeit zu suchen?«

»Nein«, sagte ich, »ich bin nur auf Besuch.«

Sie kratzte sich am Kinn. Die Haare richteten sich auf. »Und was machen Sie beruflich?«

Eine Pinzette. Eine Rasierklinge, was auch immer, wollte ich ihr zurufen. So schwer kann das doch nicht sein. »Ich bin, ähm, Journalistin.«

»Für wen arbeiten Sie?«

»Also, Vollzeit für niemanden, ich bin momentan eher freiberuflich tätig.« Noch während mir die Worte über die Lippen kamen, war mir klar, wie schwach sich das anhörte.

Kurz musste ich an das furchtbare Gespräch mit Patrick denken und kam mir auf einmal wie ein Verbrecher vor. »Ich möchte irgendwann mal einen Roman schreiben.«

Die Frau funkelte mich wütend an. Und gerade als ich glaubte, man würde mich in einen Vernehmungsraum sperren und in jede Körperöffnung spähen, drückte sie ihren Stempel in meinen Pass.

»Ich werde Sie durchlassen, Miss Townsend«, sagte sie. »Aber bevor Sie weitergehen, möchte ich Ihnen noch mit auf den Weg geben, dass ein Einwanderungsbeamter wie ich beim nächsten Mal, wenn Sie hier durchkommen, einen triftigen Grund haben könnte, Ihre Motive für Ihren Aufenthalt in Großbritannien zu hinterfragen. Vergessen Sie das nicht.«

Mit klopfendem Herzen schluckte ich, nickte und flitzte durch den Zoll.

13

Obwohl es laut Kalender die erste offizielle Sommerwoche sein sollte, war London trüb, grau und hässlich.

Oder lag das vielleicht an mir?

Seit der Trennung von Andrew – der zweite schmerzhafte Bruch in weniger als einem Jahr – fühlte ich mich verdammt. Deshalb befolgte ich den Rat meiner Mutter und behandelte unser Zerwürfnis wie einen Trauerfall.

Angeblich musste ich die fünf Trauerphasen durchlaufen: Nicht-wahrhaben-wollen (*Er überlegt es sich noch anders!*), gefolgt von Wut (*Wie kann er mir so was nur antun! Das wird er noch bereuen!*), danach Betteln (*Ich würde alles tun, wenn er mich nur zurücknähme …*), gefolgt von Depression (in der Küche auf Pfannen und Töpfe schlagen zu Death-Metal-Musik – oder, schlimmer noch, zu Céline Dion!) und schließlich Akzeptanz.

Irgendwie erschien es mir allerdings einfacher und sauberer, den Tod zu akzeptieren, als mich mit den Folgen meiner gescheiterten Beziehung auseinanderzusetzen. Es klingt gemein, aber wenigstens müsste ich keine Angst haben, irgendwann eine Leiche zu treffen, die an einem Mojito nippt und ein Supermodel im Arm hat.

Ich schickte Mark eine Instant Message. Die acht Stunden

Zeitunterschied bedeuteten, dass er an der Börse in Hongkong an der Arbeit war.

Seine Antwort lautete: »Ihr Mädels glaubt immer, dass ihr aus allem was fürs Leben lernen müsst. Hör auf, dir den Kopf zu zerbrechen, warum es passiert ist, sondern schau nach vorn. Der Typ war ein Loser. Ende, aus.«

»Aber um nach vorn zu schauen, müssen wir unser Verhalten verstehen lernen«, mailte ich zurück. »Sonst kommen wir nie aus den alten Verhaltensmustern heraus.«

Da Mark auf der anderen Seite der Welt war, bestellte ich Michael und Victoria zu einem Gipfeltreffen. Doch falls ich geplant hatte, Mädchen zu spielen und meine gesamte Beziehung bei einer Miso-Suppe durchzukauen, machte Michael mir einen Strich durch die Rechnung, indem er eine erregende Diskussion über Sextechniken anzettelte.

Wir saßen in einem überfüllten Wagamama-Restaurant unweit der U-Bahn-Station Bank. Allmählich bekam ich trotz meiner unsicheren Visum-Situation eine positivere, hoffnungsvollere Einstellung zur Zukunft.

Ich wundere mich oft, wie wenig Männer über die Anatomie der Frau wissen. Meine Freundinnen und ich verbringen beachtlich viel Zeit unseres Lebens mit der Lektüre lächerlicher Artikel in Frauenzeitschriften wie beispielsweise »Die perfekte orale Technik« oder »Zehn Dinge, an die er im Bett denkt«. Wir zerbrechen uns tagelang den Kopf, ob wir bei Kerzenschein in einem Balkonette-BH oder einem Korsett besser aussehen. Wir analysieren unsere Blastechnik und diskutieren die Frage, ob Rimming regelmäßig im Angebot auf der Sex-Speisekarte stehen sollte oder eher eine Sonderleistung in einer ernsthaften Beziehung ist.

Männer hingegen meinen, es sei schon eine Leistung,

einfach nur aufzutauchen und einen Ständer zu präsentieren. Deshalb halte ich die allgegenwärtige Verfügbarkeit von Viagra für einen Schlag gegen die weibliche Sexualität, denn wie Victoria immer sagt: »Dass er hart wird, heißt noch lange nicht, dass der Typ auch weiß, was er damit anfangen soll!«

»Echt, ich versuch's ja«, sagte Michael, »aber es ist so verdammt kompliziert.« Er probierte seine Tofu-Chili-Nudelsuppe. »Und würde es die Weiber umbringen, uns ein bisschen Hilfestellung zu geben? Die Hälfte der Zeit fummel ich da unten rum und habe keine Ahnung, was ich eigentlich tue, aber sie stöhnt, also gehe ich davon aus, dass es ihr gefällt, aber jetzt mal ehrlich: Weiß man's? Vielleicht feilt sie sich gerade die Fingernägel.«

»Frauen sind auch selber schuld«, warf Victoria ein. »Einen Orgasmus vorzutäuschen, kann ich ja mal durchgehen lassen, wenn man müde ist oder so, aber wenn man so was ständig macht, glaubt der Typ, egal was für eine beschissene Technik er hat, es funktioniert.«

»Da stimme ich dir total zu«, sagte ich und leerte mein Bier. Ich lächelte einem Mann zu, der aus der Sitzecke nebenan herüberschaute. »Hey, Michael?«, fragte ich vorsichtig. »Hast du schon mal einen Orgasmus vorgetäuscht?«

Ich erzählte ihm von einer längst vergangenen Bekanntschaft mit einem Kerl, der mir zeigte, dass Frauen nicht die Einzigen waren, die es vorspielen können. Wir haben es wegen der fehlenden körperlichen Nachweise bloß leichter.

Mein damaliger Partner war Künstler, der sich auf Videoinstallationen spezialisiert hatte. Man konnte sich mit ihm hervorragend über jedes Thema unterhalten, vom spanischen

Kino bis zu theoretischer Physik. Bloß in dem Moment, wenn wir ins Bett stiegen, wurde er totenstill.

Ich versuchte es mit Verbalerotik und fragte ihn, was ihm gefalle, konnte aber als Antwort nur einsilbige Grunzer aus ihm hervorlocken. Nach anderthalb Stunden – im Kopf ging ich langsam die verschiedenen Marken von Sojamilch bei Tesco durch – rief er plötzlich laut: »Oh, ja!« Dann war Schluss.

Es ist schwer zu erklären, aber irgendwie schienen seine Reflexe ein wenig willkürlich zu sein. Anschließend sprang er auf und rannte zur Toilette, um das Kondom loszuwerden. An jenem Abend unterstellte ich ihm nur Gutes, aber beim nächsten Mal nahm ich an, dass er seinen Orgasmus mir zuliebe aufführte. Nur: warum?

»Das tun wir aus denselben Gründen wie Frauen: Meistens sind wir betrunken, zu gestresst, müde oder sonst was, oder man ist gerade wieder nüchtern geworden und merkt, dass man irgendwie doch nichts von der Frau will. Oder man befürchtet, dass sie bald wund ist und keine Lust mehr hat«, erklärte Michael.

Ich überlegte. »Ich nehme an, weil ich nur Männer kenne, die immer Angst haben, zu früh zu kommen, bin ich noch nie auf die Idee gekommen, dass es ebenso ein Problem sein kann, zu lange zu brauchen. Also, für mich hört sich das an wie ein Traum.«

»Aber logisch ist es schon«, sagte Victoria und trank einen Schluck Möhrensaft. Sie ignorierte die empörten Blicke der vierköpfigen Familie neben uns. »Manchmal will ein Typ es mir machen, und ich denke: ›Wirst du vielleicht langsam mal fertig? Da tut sich heute überhaupt nichts mehr, aber weil ich ihn nicht verletzen will, zucke ich ein paar Mal

›unwillkürlich‹ mit den Muskeln, und das war's dann. Er ist glücklich, alle sind glücklich.«

»Unwillkürlich?« Gebannt legte Michael seine Essstäbchen auf den Teller. »Können Frauen diese Kontraktionen wirklich vortäuschen?«

Ich verdrehte die Augen. »Na, klar. Wir machen doch alle unsere Beckenbodengymnastik.«

Ich erzählte den beiden, dass die Erfahrung mit dem Künstler mich an meine Zeit als gewissenhafte Schülerin erinnert hatte. Damals gab es für mich nichts Wichtigeres als den Augenblick, wenn ich die goldenen Sternchen für erbrachte Leistungen neben meinem Namen erblickte. Auf gewisse Weise hatte ich wohl das Gefühl, ohne positive Reaktion sei ich nicht »Frau genug«, um ihm zu einem Orgasmus zu verhelfen.

»Wahrscheinlich wollte der Typ dir einfach nur nicht wehtun. Das hatte ganz bestimmt nichts mit dir zu tun«, sagte Michael. »Ich weiß noch, bei einer Ex, die übrigens wirklich wunderschön und total umwerfend im Bett war, hatte ich mal eine halbe Flasche Scotch getrunken und wusste, dass es nicht mehr funktionieren würde. Es war einfacher, den Kopf in den Nacken zu legen, zu stöhnen und es hinter mich zu bringen, als es noch länger zu versuchen.«

»Aber merkt eine Frau das nicht?«

»Nicht mit Kondom«, versicherte Michael, »so lange man es abzieht, ohne dass sie es zu sehen bekommt. Oder man versucht es mit diesem Tantrakram, nach dem Motto: Ich bin gekommen, ohne zu spritzen, obwohl das bei einem One-Night-Stand mit Alkohol wahrscheinlich nicht funktionieren wird.«

»Ich finde, im Bett zu lügen ist so ähnlich wie beim Lebenslauf: Eine Zeit lang kommt man vielleicht damit durch, aber wenn man schließlich ertappt wird, ist es umso übler«, sagte ich.

»Also echt, ihr Weiber wisst wirklich nicht, was ihr wollt. Das letzte Mal hat eine Frau zu mir gesagt: ›Erzähl mir von deinen erotischen Phantasien!‹ Ich sagte, ich würde ihr gerne zusehen, wie sie es mit einer anderen Frau macht. Sie flippte aus, stand auf und verschwand. Inzwischen halte ich lieber den Mund.«

Ich lachte.

»Kein Wunder!«, sagte Victoria. »Wahrscheinlich hatte sie das Gefühl, dir nicht zu genügen. Mann, du kannst so gefühllos sein!«

»Um mal das Thema zu wechseln, Cat, erzähl doch mal von deinem Treffen mit dem S/M-Typen«, forderte Michael mich auf.

»Da gibt's nichts zu erzählen. Ich habe nur einen echt knackigen Kerl auf ein Glas getroffen – übrigens ein sehr prüder Banker –, und er redete ständig davon, dass ich ihn schlagen soll.«

»Ist das nicht ein bisschen pervers?«

»Kein Stück!«, sagte Michael und hustete in seine Serviette. »Es gibt keine geilere Vorstellung, als mir ein hübsches Mädchen übers Knie zu legen!«

»Nein, Michael, er will, dass ich *ihn* schlage.«

»Oh, ja, das kann auch geil sein. Obwohl ich gestehen muss, dass ich nicht ganz so heiß auf Schmerzen bin.«

Victoria bestellt die Rechnung. »Und, machst du's?«, fragte sie mich.

»Ich finde, die Machtfrage dabei könnte interessant sein.

Das einzige Problem ist, dass er das auf jeden Fall schon mal gemacht hat, wahrscheinlich mit Profis. Ich muss wirklich einiges organisieren. Heute Nachmittag muss ich Zubehör kaufen gehen. Was meint ihr: Rohrstock, Lineal oder Paddel?«

14

Einen Mann in einer Bar zu einem One-Night-Stand aufzugabeln war für mich früher dasselbe, wie nachts um vier eine halbe Packung Creme-Donuts hinunterzuschlingen: kurzfristig befriedigend, aber mit der Gefahr verbunden, dass mir anschließend leicht übel war und ich mich schuldig fühlte.

Heutzutage genieße ich jede Sekunde solcher Begegnungen: die Guten, die Schlechten und die Absonderlichen. Frauen, die solch beiläufige Kurzbeziehungen pflegen, wirft man oft vor, sie benähmen sich »wie Männer«. Aber wenn Männer sich die Haare auf der Brust entfernen und sich »ihrer weiblichen Seite öffnen«, sehe ich nichts Falsches daran, ihnen manchmal in dieser oder jener Hinsicht nachzueifern. Schließlich können meine männlichen Freunde beim ersten Treffen ohne Bedauern Sex haben – ach, sie werden sogar dafür gerühmt. Warum ich also nicht?

Aufgrund Davids schüchterner, zärtlicher Art hatte ich erwartet, dass normaler Blümchensex auf dem Programm stehen würde – und kein S/M. Doch schon als ich ihm bei unserem ersten Treffen beim Knutschen im Taxi neckend am Ohr knabberte, wurde mir sehr schnell klar, dass er desto erregter wurde, je fester ich zubiss. Als wir endlich vor meiner Wohnung waren, flehte er mich an, den Ochsenziemer rauszuholen. Schließlich musste ich allein nach oben gehen.

Ich bin von Natur aus total unterwürfig, weshalb es mir immer ein wenig schwerfällt, einen Partner zu dominieren. Einige Jahre zuvor hatte ich einen Freund, der wollte, dass ich ihm Nippelklemmen anlegte. Ich hatte solche Angst, ihm wehzutun, dass ich mich nicht entspannen konnte. Dann bat er mich, ihn zu schlagen. Aber wir waren schon ziemlich betrunken, sodass ich schließlich den einzigen Gegenstand nahm, der aufzutreiben war – einen Teigschaber. War nicht ganz so wie in *9½ Wochen*.

Doch das stärkste Aphrodisiakum ist für mich, die Phantasien meines Partners wahr werden zu lassen. Oft wollen die Männer mich versohlen, weshalb ich mehr als einen Abend im Outfit des »ungezogenen Schulmädchens« verbracht habe. Auch wenn es mir Spaß macht, würde ich doch eine Zungenschlacht einer Tracht Prügel mit der Gerte vorziehen.

Dennoch fand ich die Aussicht spannend, die schlafende Domina in mir zu wecken. Ich ging zu einem Underground-Laden in Covent Garden.

Die Verkäuferin zeigte mir eine troddelgeschmückte Gummipeitsche und ein Lineal aus Acryl, das »mehr Biss für brennende Schläge« versprach. Ein wenig eingeschüchtert beschloss ich, mich an das Holzpaddel aus einem unbenutzten »Knecht-Ruprecht-Set« zu halten, das mir jemand letztes Jahr zu Weihnachten geschenkt hatte. »Sie könnten vielleicht auch Aloe-Vera-Gel gebrauchen, falls es Verletzungen geben sollte«, riet die Verkäuferin mir.

Das Vorhaben lag so weit außerhalb des Bereichs, in dem ich mich wohlfühlte, dass ich mich entschloss, zur Erleichterung der Umstellung in eine andere Rolle zu schlüpfen. David ist im Internat großgeworden, deshalb wurde ich zu einer strengen Erzieherin, die den aufsässigen Schüler an die Kandare nimmt. Wir trafen uns im obersten Stockwerk einer Bar, die einen Panoramablick auf die City bot. Ich trug einen schwarzen Business-Anzug, nicht Jeans mit sexy Oberteil, wie sonst immer. David konnte kaum an sich halten, als er die Rechnung bezahlte, doch er durfte mich nicht berühren – noch nicht.

In seiner Wohnung verkniff ich mir das Lachen, als ich mir den achtunddreißigjährigen Finanzfachmann übers Knie legte. Ich begann vorsichtig und begann dann, Strafen zu verhängen. Anfangs fragte ich noch nervös: »Härter? Schneller?« Ich wiederholte das Prügel-Mantra mit der unbeirrbaren Hingabe eines Jedi-Ritters: »Am wichtigsten ist, sich langsam zu steigern. Wenn man zu heftig anfängt, hat man den Hintern schnell überreizt.«

David begann, sich zu winden, und seine Haut wurde rot. Ich erhöhte die Geschwindigkeit und griff zum Paddel. Es war unheimlich aufregend, den Schlüssel zu seiner Sexualität zu finden, der ihn alle Hemmungen verlieren ließ. Da er Geburtstag hatte, musste er von achtunddreißig rückwärts zählen. »Aber wenn du eine Zahl auslässt, muss ich noch mal von vorn anfangen!«, warnte ich ihn. Zweimal übersprang er eine Zahl – mit Absicht.

Am Schluss fand ich Gefallen an dem Gefühl, die totale Kontrolle zu haben. Als er mich fragte, ob ich ihn beim nächsten Mal mit dem Rohrstock schlagen würde, sagte ich zu. Tatsächlich genoss ich meinen Auftritt als Domina sogar. Vielleicht könnte ich ihm beim nächsten Mal befehlen, anschließend meine Wohnung zu putzen.

Als ich Victoria von der S/M-Stunde erzählte, meinte sie, ich bräuchte einen Mann, der eine Herausforderung für mich sei.

»Hey, David war eine Herausforderung. Weißt du, wie schwierig es ist, einen Fünfundneunzig-Kilo-Brocken auf den Knien zu balancieren?«

»Ich meine eine geistige Herausforderung, keine körperliche.«

»Hm, keine Ahnung, wo ich so jemanden finden soll. Ich habe gerade gelesen, dass dreißig Prozent der Menschen ihre Partner bei der Arbeit kennenlernen. Ich arbeite von zu Hause aus, ich müsste also eine heiße Affäre mit dem Pizzaboten anfangen. Oder ich gründe schnell ein paar Außenstellen.«

Als Antwort bat mich Victoria, sie zu einem vornehmen Dinner zu begleiten, das ein Freund ihres Geschäftsführers gab. Sie helfe bei der Zusammenstellung der Gästeliste und habe an ihrem Tisch einen Platz für mich erschlichen. Tatsächlich waren die Presseausweise wohl für Journalisten gedacht, die über die Finanzwelt schreiben, nicht über Fußfetischismus.

Auf dem Weg zum Park Lane Hotel holte ich Victoria in ihrem Büro in Knightsbridge ab.

»Wow!«, staunte sie, als sie mein Abendkleid sah – rosa und weiße Spitze im Stil der Fünfziger. Ich hatte es in einem billigen Fabrikverkauf in den Staaten erstanden. »Du siehst aus wie ein Engel.«

»Ja, nur wissen wir beide, dass es eine Täuschung ist! Du siehst total schick und elegant aus, ich eher wie die Figur auf der Hochzeitstorte.«

»Red keinen Blödsinn!«, sagte Victoria. »Ich habe übrigens eine Überraschung für dich.« Sie öffnete ihre goldene Abendtasche, um die Platzkarten hervorzuholen. Unsere Namen waren in einer kunstvollen silbernen Sans-Serif-Schrift darauf geprägt.

»Was hast du damit vor?«

»Ich tausche ein bisschen herum, damit wir neben Grant sitzen …«

Mein Herz machte einen Satz. Ich hatte großen Respekt vor Grant. Er hatte Medizin studiert und verwaltete einen Hedgefonds, mit dessen Erlös Ärzte in Afrika finanziell unterstützt wurden. Grant war ungefähr so groß wie ich, kräftig gebaut, hatte dunkles Haar und eine tadellose Frisur, die mir immer ein bisschen verdächtig vorkam.

Nichtsdestotrotz googele ich seit Monaten heimlich seinen Namen, seit ich einen Artikel über das Aufkommen des grünen Kapitalismus gelesen hatte. Darin wurde beschrieben, wie mit Geschäftsgewinnen Gesichtstransplantationen von Kindern bezahlt werden. Grant war mit einer »Stylistin« verlobt (er nutzte seine Beziehungen, damit seine prominenten Freunde sich von ihr beraten ließen!), die sich unentwegt mit Victoria wegen ihres Jobs als PR-Beraterin in der Modebranche anlegte.

»Das geht nicht!«, zischte ich Victoria zu. »Wenn wir erwischt werden!«

»Keine Sorge, Süße. Das ist genauso, als ob man in einen Nachtclub will: Die Gäste, die ganz selbstverständlich auftreten, kommen am Türsteher vorbei. Wir tun einfach so! Keiner wird was dazu sagen.«

»Was ist mit seiner Begleitung? Meinst du nicht, dass die Verdacht schöpfen wird?«

»Die ist furchtbar! Die Alte kommt ständig bei uns ins

Büro, leiht sich Klamotten und behandelt uns wie den letzten Dreck. Überall erzählt sie, sie hätte Größe sechsunddreißig, und ist total ausgeflippt, als wir mit achtunddreißig und vierzig ankamen. Dann meinte mein Chef, wir sollten hinten einfach die Etiketten rausschneiden. Ich kann sie nicht ausstehen. Ich möchte, dass du mit Grant flirtest, damit sie sich grün und blau ärgert. Wenn du ihn von ihr loseisen kannst, lässt sie mich vielleicht in Ruhe.«

Jetzt wusste ich, warum Victoria mich statt Michael als Begleitung haben wollte. Michael hätte die Flirterei nicht durchschaut, während ich Victorias Verbündete gegen die gemeinen Sprüche von Grants Freundin sein sollte. Frauen sind weitaus berechnender in ihrer Wortwahl und können in null Komma nichts ein vermeintliches Kompliment in ein verbales Säurebad für den Adressaten verwandeln. Ich hatte schon aus anderen Quellen gehört, dass diese Frau ein Albtraum sei, und fand, dass ein Mensch, der sich selbst als »prominent« bezeichnete, wahrscheinlich ziemlich unangenehm sein müsse. Trotzdem wollte ich versuchen, freundlich zu sein.

Ich spürte, dass meine Hände schwitzten, als wir uns am Champagnerempfang vorbei zum Tisch durchschlängelten. Victoria wischte »aus Versehen« eine Serviette zu Boden und tauschte schnell die Platzkarten aus, während sie sie wieder richtig hinlegte.

Ich hasse festliche Dinners, weil man nie genau weiß, wie lange das Essen schon herumsteht. Egal, wie schick meine Umgebung ist, ich muss immer an den Brunch nach dem Kirchenbesuch in Florida denken, wo sich unglaublich fette Frauen ungezählte, mit klebrigem Erdbeersirup überzogene Waffeln in der Größe von Fußmatten auf ihre Teller luden.

Außerdem esse ich gerne rohes Fleisch. Das ist kein Euphemismus; ich bin eine Frau, die Tartar liebt. In der Küche bin ich ebenso ein Raubtier wie im Bett. Das Essen bei solchen Anlässen ist immer lauwarm, ein wenig zu lange gegart und hat dem wagemutigeren Gaumen nichts zu bieten.

Wir nahmen Platz und unterhielten uns mit den drei Pärchen am Tisch, unter anderem Grant und sein Geschäftspartner, ein Deutscher, der statt eines Smokings einen teuer wirkenden, grauen Anzug aus Seide trug.

Beim Aperitif begann ich ein Gespräch mit Grant und war begeistert zu hören, dass ihm meine Kolumne gefiel. »Ich lese den *Indy* immer wegen der umweltpolitischen Berichterstattung, und Ihre Kolumne finde ich sehr amüsant«, sagte er und schenkte mir ein Glas Sauvignon Blanc ein. »Aber was passiert, wenn Sie den Richtigen kennenlernen und häuslich werden? Hören Sie dann mit dem Schreiben auf?«

Ich versuchte, mein Steak zu schneiden, doch das Messer kam nicht voran. »Ich glaube, es wäre eine andere Art von Abenteuer, jemanden zu finden, nach dem ich so verrückt wäre«, sagte ich lächelnd.

»Haben Sie vor, Ihre schriftstellerischen Ambitionen noch auszuweiten?«, fragte seine Verlobte. Ihr Gesicht war trotz der Adlernase und der perfekten blonden Hochfrisur irgendwie hart. Sie zog die Augenbraue hoch, zumindest versuchte sie es, doch ihre fehlende Gesichtsmimik sagte mir, dass sie sich Botox in die Stirn hatte spritzen lassen. »Ich meine, freche Frauenliteratur verkauft sich bestimmt gut, aber es ist nicht gerade Hemingway, oder?«

Ich merkte, dass ich wütend wurde und errötete. »Ich

habe nie behauptet, eine literarische Größe zu sein«, sagte ich, »aber es ist ganz schön ärgerlich, dass es automatisch total tiefgründig und als Metapher zu verstehen ist, wenn ein Mann ein Buch über sein Gefühl der Entfremdung oder über seine Unsicherheit in der Beziehung und über seinen Platz in der Welt schreibt. Wenn eine Frau über Depressionen schreibt, hört man sofort: ›Soll sie sich doch Prozac holen! Wahrscheinlich bekommt sie ihre Tage!‹ Ich hoffe, dass die Leute über meine Texte zumindest lachen können.«

Grant lachte. »Ich werde jetzt ganz böse sein und eine Zigarette rauchen gehen«, sagte er, als die Kellner das Hauptgericht abräumten. »Sonst noch jemand?«

»Ja, ich«, sagte ich und zog die Augenbraue hoch.

»Nein, danke! Die Sorte ist ekelig, außerdem will ich keine Falten bekommen.« Seine Verlobte verschränkte die Arme vor der Brust.

»Da besteht ja wohl keine große Gefahr«, flüsterte Victoria mir zu. »Ihr Gesicht ist so vollgespritzt mit Gift, sie sieht aus, als hätte sie einen Schlaganfall gehabt!«

Ich musste lachen, tarnte es mit einem Husten und folgte Grant und dem Deutschen nach draußen.

»Ich muss Ihnen etwas gestehen«, sagte ich zu Grant, als wir zur Außenbar gingen, wo man rauchen durfte. »Das Meer als Metapher für das Leben in *Der alte Mann und das Meer* hat mir sehr gefallen. Ich wollte es einfach mögen, weil ich finde, dass Hemingway ein ganz großer Autor ist. Deshalb habe ich das allen erzählt. Aber insgeheim? Insgeheim dachte ich: Mann, ist das langweilig, wann steigt der Typ endlich aus diesem bescheuerten Boot?«

»Das ist wahrscheinlich der Unterschied zwischen Frauen und Männern«, erwiderte Grant. »Uns geht's um den Weg, nicht um das Ziel. Es geht darum, Risiken einzugehen und außerhalb unserer eigenen vier Wände zu bestehen.«

»Also, Hemingway und ich sind da definitiv auf einem Nenner«, sagte ich und nahm mir eine von Grants Marlboro Lights. »In letzter Zeit komme ich mir vor, als wäre ich ohne Rettungsweste in einem Kanu auf dem Meer unterwegs.«

»Moment, probieren Sie doch mal einen von diesen.« Der Deutsche bot mir einen Zigarillo an.

»Nein, danke«, sagte ich. »Ich mag den Geschmack von Zigarren nicht.«

»Nein, wirklich, die sind anders, sie schmecken wie Kräuterzigaretten«, sagte er und gab mir einen. »Zünden Sie ihn doch einfach an, und wenn er Ihnen nicht schmeckt, geben Sie ihn mir zurück.«

»Na, gut«, sagte ich. Grant sprach eine Frau an, ich glaube, sie schrieb für die *Daily Mail*.

Die beiden drehten mir den Rücken zu. Ich senkte den Kopf in Richtung einer Kerze. Plötzlich hörte ich etwas knistern und sah etwas Oranges vor meinen Augen.

»Brennt hier etwas?«, fragte die Frau neben mir an der Bar ihren Begleiter. In dem Moment stieg eine dünne Rauchfahne aus meinem angesengten Haar auf. Ich drückte die brennende Strähne mit der Hand gegen die Stirn, rannte an Grant und dem Deutschen vorbei, der sich gerade mit einer großen Blondine unterhielt, und verkündete schnell: »Ich muss zur Toilette!«

Voller Panik presste ich die Hand auf mein Haar. Erst als ich vor den Spiegeln stand, merkte ich, dass der vordere Teil meines Haars schwarz und kraus war. In dem Moment kam Victoria von hinten auf mich zu. Ich sah sie in dem raumhohen Spiegel.

»Ach, du liebe Güte!«, sagte sie und legte die Hand auf den Mund. »Was hast du denn gemacht?«

»Sieht es schlimm aus?«, fragte ich. Meine Stimme versagte. Ich versuchte, die Haare zu glätten, doch die versengten Spitzen brachen einfach ab.

»Immer mit der Ruhe, mein Schatz. Pass auf, wir verlegen den Scheitel etwas zur Seite …« Sie fuhr mir mit den Händen durchs Haar, das inzwischen senkrecht nach oben abstand.

»Das ist doch nicht zu glauben! Und wir waren so gut dabei! Jetzt muss ich mich durch die Hintertür verdrücken«, klagte ich.

»Nichts da! Pass auf, wir reparieren das«, sagte Victoria und zauberte eine Fingernagelschere aus ihrer Handtasche. »Gut, wir müssen nur den verbrannten Teil herausschneiden«, diagnostizierte sie und schnippelte vorsichtig an den ausgefransten Spitzen herum. »Dann brauchen wir etwas, um das Haar zu glätten …« Sie pumpte sich Flüssigseife aus dem Spender in die Hand und verwendete sie als Gel. »Und wir müssen improvisieren. *Voilà*!«

Ich betrachtete mich, betrachtete den Klumpen klebrigen, verbrannten Haares, den sie irgendwie dazu gebracht hatte, hinter meinem Ohr zu verharren. Ich sah aus wie ein Stachelschwein im Abendkleid.

»So«, sagte sie, »jetzt gehen wir wieder rein. Du musst dich mit Grant unterhalten.«

»Ich will keinen gebundenen Mann.« Selbst wenn er auf dem Papier perfekt war.

»Aber sie hat dein Buch beleidigt!«

»Trotzdem ist er gebunden. Ich habe meine Lektion gelernt«, sagte ich und plusterte das Haar am Hinterkopf auf.

Hoffentlich roch ich nicht wie verbranntes Gummi. »Außerdem halte ich nichts von Zickenkriegen, höchstens wenn sie in Wackelpudding und/oder Schlamm und mit Schiedsrichter stattfinden. Wenn er so eine wie die mag, ist er eh nicht der Richtige für mich.«

15

»Schneiden bitte!«, sagte ich lachend und sank auf den Stuhl meines trendigen Frisörs in East London. »Aber nicht zu viel – wenn ich hinterher eine Vokuhila habe, bin ich wirklich am Ende.«

Nachdem ich mich zwei Tage unter einem Kopftuch versteckt hatte, sah mein gegeltes Haar aus wie die Plastikmähne einer Barbiepuppe, an der jemand mit einer Säge herumgewerkelt hatte. Meine versengten Fransen waren jedenfalls die beste Ausrede: Nach der zerrupften Beziehung war es nun Zeit für eine zerrupfte Frisur!

Frischgebackener Single zu sein gehört zu der seltenen Situation im Leben, in der totale Selbstbezogenheit gesellschaftlich akzeptiert ist. In erster Linie brauchte ich eine Aufmunterung, da ich als Antwort auf meine aktuelle Kolumne über die Trennung von einem Frisör haufenweise Schmähbriefe erhalten hatte. Insbesondere ein Schreiben traf mich sehr. Der Verfasser war mit Sicherheit jemand, der a) keinen Sinn für Ironie besaß und b) der Meinung war, dass Beiträge über Genozid und Glitzernagellack nicht in derselben Zeitung erscheinen können. Doch diesmal war es persönlich.

> Du grüne Neune! Gerade habe ich Ihren Artikel im *Independent* vom Donnerstag gelesen.

Ich hoffe bei Gott, dass wir uns nie begegnen werden! Wie kann man mehr als fünfhundert Wörter über das eigene HAAR verlieren, während Millionen Menschen an HUNGER, VÖLKERMORD und leicht zu behandelnden KRANKHEITEN sterben? Sie sind OBERFLÄCHLICH, EITEL, MATERIALISTISCH, ABSCHRECKEND und DUMM. Wenn ich etwas über die sexuellen Eroberungen einer dreckigen Gassenhure lesen wollte, würde ich in eine Seitenstraße in Soho gehen. Sie haben offensichtlich keinerlei Moral.

Ich finde es unglaublich, dass Sie auch noch die Unverfrorenheit besitzen, Ihren Namen, ein FOTO von sich und eine Adresse unter ein derart abstoßendes Machwerk zu setzen. Ich bin überzeugt, dass jeder Mensch mit einer Spur Anstand im Leib gleichermaßen entsetzt sein wird.

Hoffentlich ist Ihre Mutter stolz auf Sie!

Und welcher Artikel hatte diese Empörung hervorgerufen?

Nachdem ich monatelang insgeheim unzufrieden mit meinem Frisör Sam war, habe ich jetzt einen anderen gefunden, der genau weiß, wie man mich anfassen muss. Aber wenn ich bei der neuen Frisöse sitze, habe ich das Gefühl, als würde ich meinen Partner betrügen.

Sam hat mir über viele Schlamassel hinweggeholfen. Mein Haar war in einem prekären Zustand, als ich das erste Mal mit einer Strickmütze auf dem Kopf zu ihm ging. Nach einer katastrophalen Färbeaktion unter Alkoholeinfluss hatte mein Haar einen grünschwarzen Ton angenommen. Ich war den Tränen nahe.

»Keine Sorge«, sagte er mit Bestimmtheit. »Das bekommen wir wieder hin, und wenn es den ganzen Abend dauert.« Ich ließ mich in den Stuhl fallen und legte meine Haare, das Symbol meiner Weiblichkeit, in seine Hände. Vier Stunden und einige hundert Pfund später spazierte ich mit meinem auf Hochglanz geföhnten Naturton Mittelbraun aus dem Salon.

Seitdem ist Sam mein Freund und Vertrauter. Und da ich die Haarfarbe fast so oft wechsele wie die Männer, hat unsere Beziehung mehrere Partner von mir überlebt.

Doch eines Abends landeten wir nach einer Menge roter Farbe (ich wollte einen auf Rita Hayworth machen) und noch mehr rotem Wein zusammen im Bett. Es stellte sich heraus, dass die Chemie zwischen uns am Waschbecken deutlich besser war als im Schlafzimmer. Und obwohl unsere Freundschaft unbeschadet daraus hervorging, wirkte Sam irgendwie in Eile, als ich das nächste Mal zum Nachschneiden kam. Er behandelte meine störrischen Wirbel nicht mit der üblichen Sorgfalt und Aufmerksamkeit. Beim nächsten Besuch schnitt er das Haar am Hinterkopf so stufig, dass ich praktisch eine Vokuhila hatte. Und so begann ich fremdzugehen.

Ob es sich gelohnt hat? Als ich das erste Mal den kühlen Scherendruck meiner neuen Stylistin im Nacken spürte, war ich hin und weg. Am Ende hatte ich langes, stufig geschnittenes Haar, einen perfekten Pony und fühlte mich so attraktiv wie lange nicht mehr.

Angesichts all der Krisen heutzutage erscheint es verrückt, dass ein paar hundert Gramm Keratin solche Macht auf mich ausüben. Doch mit Ausnahme des Moschusochsen sind Menschen die einzigen Säugetiere, deren Behaa-

rung ununterbrochen wächst (Wissenschaftler verweisen auf Pflegerituale bei den Primaten als Beweis dafür, dass uns unsere Gene zur Schönheitspflege zwingen). Vielleicht also verständlich, dass ich so ein Aufhebens um meine Locken mache.

Ich hatte nicht den Mut, Sam zu sagen, dass ich jemand Neues gefunden hatte. Zwei Monate konnte ich ihn hinhalten. Wenn er mich anrief, wich ich auf die altbekannten Sätze aus wie »Du hattest Urlaub« oder »Es waren nur ein paar Strähnchen«. Aber in dieser Woche war es dann so weit. In einer Bar unweit seines Salons in Soho lief ich in ihn hinein.

»Du gehst mir aus dem Weg«, sagte er sanft. Ich machte reinen Tisch. »Ich fand es immer toll, wie du mir das Haar gemacht hast, aber irgendwie war es Zeit für eine Veränderung«, sagte ich und sah ihm dabei in die Augen. »Ich hatte ein komisches Gefühl deshalb, aber ich hoffe, dass wir trotzdem Freunde bleiben können.« Er lachte und gab mir einen aus. »Der neue Schnitt steht dir wirklich gut, Cat«, sagte er. »Aber irgendwann kommst du wieder zu mir zurück. Mit Sicherheit.« Er könnte recht haben. Aber im Moment will das Haar es nicht anders.

Abgesehen von meinem neckischen Pony, der nun über das Auge fiel, beinhaltete meine neue Selbstbezogenheit ein Brazilian Wax, Maniküre, Pediküre, einen Körperwickel aus Aluminium im Schönheitsinstitut Bliss, in dem ich mich wie ein Weihnachtsputer fühlte, und ein goldenes Korsett, das teurer war als meine Miete. Alles ohne Schuldgefühle.

Der nächste Schritt auf dem Genesungsweg war eine Männerentgiftungskur. Ich musste den Turkey vermeiden, deshalb löschte ich Andrews Handynummer, seine E-Mail-Adresse und Fotos aus meinem Eingangsordner, löschte all meine Hoffnungen auf eine Zukunft an seiner Seite. Ich wollte mit ihm befreundet bleiben, war aber noch nicht so weit. Außerdem hatte ich beschlossen, dass alle Männer fürs Erste Decknamen bekamen, ich wollte mir die Verpflichtung ersparen, Nachnamen und Hintergrundgeschichten zu erfahren. Ich wollte einfach nur ein bisschen Spaß.

»Bleib für alles offen und schließ nichts aus«, sagte Victoria. »Wenn eine Tür zufällt, öffnet sich woanders eine neue.«

Im Verlauf meiner Entgiftungskur und auf der Suche nach Vergnügen saß ich mit Amy und Victoria im Soho House, und irgendwie kam das Thema auf den schlimmsten Sex, den wir je hatten. Normalerweise halte ich es dabei mit Woody Allen, der sagte: »Sex ohne Liebe ist eine leere Erfahrung, aber als leere Erfahrung eine der Besten.« Außerdem sind Geschichten über schlechten Sex großartiges Futter für meine Kolumne. Die gruseligsten Begegnungen ergeben oft die besten Geschichten. Ich hatte viele Bewerber um diesen Titel (da fällt mir beispielsweise der Typ ein, der mir bei einem durch die Fellatio hervorgerufenen Krampf ein blaues Auge verpasste), doch der Preis für den allerschlechtesten Sex aller Zeiten geht an einen Mann, den ich kürzlich online kennengelernt hatte.

Wir trafen uns zweimal. Er war zwar süß und umgänglich, doch irgendwie sah ich kein Potenzial für etwas Längerfristiges. Dennoch landeten wir nach zu viel Jack Daniels schließlich im Bett. Zuerst war alles noch ganz in Ordnung – die fließbandartige, vorfabrizierte McDonalds-Version eines One-Night-Stand.

Aber dann … Die akustische Seite von Sex hat mich immer schon extrem angemacht, vom anfänglichen Stöhnen beim Rummachen bis zum lautstarken Finale mit gegen die Wand hämmerndem Kopfteil. Doch bevor ich einen Liebhaber das nächste Mal zu erotischem Bettgeflüster auffordere, werde ich mir ganz genau überlegen, was ich überhaupt will. Denn tagsüber war Jonathan geistreich und wortgewandt, im Bett hingegen ein ausgemachter Schweiger. Er war so still, dass ich draußen den Verkehr hören konnte. Beim Anlauf zum Orgasmus erinnerte er mich an einen Löwen, der sich in der afrikanischen Ebene an eine Antilope heranschleicht. Seine Vorstellung von »Dirty Talk« war die Aussage, er habe einen Penis.

Um unserem nächsten Stelldichein also ein wenig Würze zu verleihen, beschrieb ich ihm bis ins kleinste Detail, was ich mit ihm vorhatte. Zur Inspiration schickte ich ihm sogar den Download eines Podcasts für Erwachsene auf seinen iPod – die anrüchige Version einer albernen Telefonsexnummer aus den Achtzigern. Unsere zweite Verabredung in einem französischen Restaurant bei Kerzenschein und einer Flasche Bordeaux war ungeheuer sexuell aufgeladen. Als er mir während des Essens erzählte, was er später mit mir anstellen würde, wurde ich so heiß, dass ich meinen Slip auszog und ihn Jonathan unter dem Tisch zusteckte.

Mein Plan funktionierte perfekt – vielleicht sogar ein bisschen zu gut. Jonathan wurde vom unheimlichen Schweiger zum Plappermaul. Seine monotone schrittweise Schilderung unserer sexuellen Begegnung wurde so detailliert, dass ich das Gefühl hatte, einem Fußballkommentator zuzuhören. »Jetzt streichle ich deine rechte Brust, ich berühre deinen rechten Nippel … noch eine Minute, dann spritze ich, Baby!«

»Ist das furchtbar!«, rief Victoria und bog sich vor Lachen.

»Das war es allerdings«, sagte ich errötend und versteckte mich hinter meiner Serviette. »Aber dann wurde es noch schlimmer!«

Ich bin zwar ein großer Fan von schmutzigem Wortgeplänkel, doch Jonathans in Worte gefasster Bewusstseinsstrom wuchs sich zu einem ernsthaften Liebestöter aus. Er strengte sich jedoch so an, dass ich es nicht übers Herz brachte, ihn zu verletzen. Der gesittete Jonathan brachte das Fass letztlich zum Überlaufen, als er mittendrin rief: »Ich zeig's dir, du Luder!« Die einzigen unwillkürlichen Muskelzuckungen, die ich daraufhin hatte, kamen vom Lachen.

»Das Schlimmste war aber, als er mich von hinten nahm. Er bumste mich, und dann...« Ich wand mich bei der Erinnerung. »Du weißt doch, dass er ein bisschen sauer war, weil ich fließend Französisch spreche und er nicht, obwohl er dort, keine Ahnung, drei Jahre gewohnt hat, oder?«

»Ja?«, sagte Victoria mit hochgezogenen Augenbrauen.

»Also, deshalb fing er an, mit schwerem Akzent superschlecht Französisch zu reden, ungelogen! Immer wieder sagte er: ›J'aime votre chat.‹«

Amy hielt sich die Hand vor den Mund. »Ach, du meine Güte! Das ist ja die Höchststrafe! Wie hast du darauf reagiert, Cat?«

»Also, ich hab versucht, nicht hinzuhören, aber er hat einfach nicht aufgehört. Irgendwann habe ich mich dann umgedreht, mich hingesetzt und gesagt: ›Hör mal, Junge, wenn du in der Kiste unbedingt Französisch reden willst, gibt es ein paar Sachen, die du wissen musst. Zuerst mal: Da du mich hier immerhin bumst, kannst du mich vermutlich duzen und *tu* sagen. Zweitens sagst du die ganze Zeit ›Ich liebe deine Katze‹ statt ›Ich liebe deine Muschi‹.«

Amy und Victoria schrien vor Lachen. »Und dann?«

»Dann brach er eine ewig lange Diskussion vom Baum, ich hätte Probleme mit Intimität. Na, kann schon sein. Danach haben wir uns nicht mehr gesehen.«

Amy nahm meine Hand. »Du hast keine Probleme mit Intimität. Du hattest ja auch kein Problem, eine feste Beziehung einzugehen, als du jemanden getroffen hast, den du mochtest. Und wir drei stehen uns doch auch ganz nahe!« Sie streckte die Arme aus und legte sie um mich.

»Ich würde einfach so gerne jemanden kennenlernen, den ich wirklich mag und der keine Probleme hat«, ergänzte ich schnell.

»Jemanden kennenzulernen und eine Beziehung mit ihm einzugehen wird deine Probleme nicht lösen, Cat«, sagte Amy sanft. »Mein Freund hat eine Exfrau und ein sechsjähriges Kind, das wisst ihr ja, deshalb gibt es immer mal gute und schlechte Zeiten, obwohl wir total verliebt sind. Man glaubt gerne, sobald man einen Seelenverwandten gefunden hätte, gäbe es keine Probleme mehr, aber das stimmt nicht!«

Ich wusste, dass sie recht hatte – Amy war schon immer die vernünftigste von meinen Freundinnen, sie hat einen gesunden Menschenverstand. Sie sagt gerne, dass es keinen Gewinner oder Verlierer in einer bestimmten Situation gibt. Victoria ist da viel konkurrenzbewusster.

»Ja«, murrte Victoria. »Letztes Jahr um diese Zeit hätte ich nie gedacht, dass ich jetzt ernsthaft darüber nachdenke, zu meinem Freund zu ziehen – immerhin in ein Haus auf dem Land, mit Katzen!«

»Du ziehst in ein Haus auf dem Land?«, fragte Amy.

»Du bekommst Katzen?«, kreischte ich. Ich freute mich für sie und wunderte mich nicht, dass sie nach sorgfältiger Überlegung beschlossen hatte, in ihrer Beziehung mit Mike den nächsten Schritt zu tun. Doch ich konnte das Gefühl nicht abschütteln, dass sich überall um mich herum Pärchen bildeten und Häuslichkeit die natürliche Folge war. Mir kam es vor wie das Ende einer Ära. Trotz unserer Nagetierprobleme hatte ich mich sehr daran gewöhnt, eine Spießgesellin zu haben.

Ich musste an meine New Yorker Mitbewohner denken und bekam Panik, wieder mit Fremden zusammenleben zu müssen. In Amerika hatte es fast nie funktioniert. An der Uni teilte ich mir das Zimmer mit einer Koreanerin, die nach einem Monat ihre nicht Englisch sprechende Mutter zu sich holte. Sie kochte von morgens bis abends Koreanisch, sodass alle meine Klamotten nach Kim Chi stanken. Ein Freund brachte es auf den Punkt: »Kohlgeruch ist nicht sexy.« Dann hatte ich eine Mitbewohnerin, die zu Gott fand und Bibelstudienkreise abhielt, wenn ich samstagnachts von einer Verabredung zurückkam. Und ich wohnte mal mit einem Mann zusammen, dessen »Freundinnen« samt und sonders Nutten waren. Ich fürchtete neue Experimente.

Als Victoria am Ende des Abends zu Mike fuhr und Amy nach Hause zu ihrem Mann zurückkehrte, spielte ich mit dem Gedanken, Jonathan anzurufen. Ich hatte spätabendliches Verlangen und überlegte, was besser sei: eine Nacht im Bett mit ihm oder ein halbes Glas Nutella zu alten Folgen der *Simpsons*. Die Simpsons gewannen. Sie haben bei weitem die besseren Sprüche drauf.

16

Zwanzig Minuten nachdem ich ein mit Glitzerlidschatten verschmiertes Auge aufgeschlagen hatte, wartete ich in der Schlange bei Starbucks und musterte sehnsuchtsvoll den Classic Coffee Cake mit seinen 630 Kalorien und zehn Gramm gesättigten Fettsäuren.

Ich kenne diese Angaben, seit ich den makrobiotischen Ernährungsberater von Gwyneth Paltrow interviewt habe. Für die Hintergrundrecherche gab er mir ein Informationsblatt mit der Kalorienangabe jeglichen Desserts, das Zucker enthält. Damit zerstörte er jedes noch so kleine Gramm Vergnügen, das ich jemals beim Verzehr hätte empfinden können.

Mein Starbucks-Besuch steht symbolisch für mein Leben: Wenn ich in einem Jahr massenweise Geld sparen wollte, wäre der richtige Ansatz, auf meine tägliche Soja-Latte zu verzichten und stattdessen löslichen Kaffee aus der Thermoskanne zu trinken. Nach einem Jahr Selbstaufopferung hätte ich über einen Tausender gespart.

Und dennoch bin ich verrückt nach augenblicklicher Befriedigung. So wie Parfümeure ihren olfaktorischen Gaumen zwischen zwei Düften durch das Riechen an Kaffeebohnen reinigen, setzt jeder neue Besuch bei Starbucks einen Schlusspunkt unter die katastrophale vergangene Nacht: Ein Neuanfang ist möglich.

Es gibt noch einen zweiten Grund, warum Starbucks mich nostalgisch macht: Alle großen Momente in meinem Leben ereigneten sich, als ich gerade eine Tasse Kaffee trank. Das fing schon an mit meiner allerersten Tasse bei meiner Tante. Es war in dem Herbst, als meine Familie implodierte.

Meine Tante und meine Mutter stehen sich unheimlich nahe, deshalb waren unsere Familien an den Feiertagen immer zusammen, eine große, ausgelassene Truppe.

Bis Onkel Will eines Tages nicht zum Thanksgiving-Essen auftauchte. Ich weiß noch, dass meine Mutter die Augenbrauen hochzog, als er von unterwegs aus anrief, wo er angeblich »über die Landstraße irrte, verloren im Wald«. Natürlich befand sich das einzige Strauchwerk, auf das er an jenem Tag traf, auf dem Schambein von May – der blondesten (und chirurgisch am stärksten aufbereiteten) Aerobic-Lehrerin der Stadt.

Drei Tage später teilte er meiner Tante mit, er würde sie verlassen. Und sie drehte durch. Nachdem sie seine Sachen zur Belustigung der Nachbarn aus dem Fenster geworfen hatte, verfiel sie in eine Starre. Sie verbrachte die Tage im Jogginganzug zu Hause und sah sich alte Videos von Familienurlauben oder von ihrer Hochzeit an. Es war gruseliger als der schlimmste Horrorfilm.

Wenn das Video zu Ende war, schleppte sie am liebsten jedes erdenkliche Familienmitglied ins Wohnzimmer, wo sie darauf bestand, »einen Kaffee zu trinken und zu reden«. Als selbst meine achtjährige Schwester Caroline tobend und schreiend davonlief, nachdem meine Tante sie gebeten hatte, ihre Brüste zu begutachten, sie zu befühlen und mit denen von May zu vergleichen, wurde meiner Tante klar, dass sie ein anderes unschuldiges Opfer für ihre keifenden

Hasstiraden finden musste. In dem Fall die Verkäuferin hinter dem Verkaufstresen im Kaufhaus Macy's.

Wir waren in der Mall in Atlanta, und meine Tante wollte – zum vierten Mal in jenem Monat – ein Kleid umtauschen, komplett mit Etikett, das sie bereits einmal getragen hatte. Sie brauche es nicht, sagte sie mir, sie habe schon in jeder Farbe eins.

Die meisten Menschen holen sich professionelle Hilfe, meine Tante verließ sich auf die Kauftherapie.

Meistens suchte sie sich eine kaugummikauende Verkäuferin von Mitte zwanzig aus, die sich als leichtes Opfer erwies. Doch an jenem Tag war nur die Abteilungsleiterin hinter dem Tresen. Ihr schwarzes Haar war zu einem strengen Knoten zurückgekämmt, sodass ihre Augen leicht hervortraten. »Es tut mir leid, Miss«, sagte die Brünette mit dem Bienenkorb zu meiner Tante, »aber nach sieben Tagen tauschen wir nicht mehr um. So sind hier die Vorschriften.«

»Ich glaube, Sie haben mich nicht ganz verstanden«, sagte meine Tante. Speichel flog ihr aus dem Mund, ihre Stimme brach. »Ich habe das Kleid gekauft, um eine *Feier* zu besuchen. Der Anlass dieser *Feier*« – jedes Mal, wenn sie das Wort aussprach, schlug sie mit ihrer tadellos manikürten Hand auf den Tresen, was ich mit Schrecken beobachtete – »war mein zwanzigster Hochzeitstag, an dem ich mit Verwandten und Freunden unseren *schönen, heiligen* Ehebund feiern wollte.«

Andere Kunden, die gerade Ware aus dem Regal zogen, zögerten ein wenig und beobachteten uns unauffällig, während sie so taten, als begutachteten sie einige Reihen weiter Duftkerzen.

»Miss, es tut mir wirklich leid, aber ich habe keine …«

»Aber ich werde zu überhaupt keiner Feier gehen, weil mein Drecksack von Ehemann mit dieser Silikontitte durchgebrannt ist!«

Die Duftkerze fiel zu Boden. Ich wandte mich von meiner Tante ab.

Zehn Minuten später verließen wir das Geschäft mit Bargeld in der Hand. Meine Tante grinste und summte Melodien von Neil Diamond.

»Hast du Lust auf ein Eis?«, fragte sie fröhlich, als wir zu ihr nach Hause gingen. Sie hatte zwar einen kleidungstechnischen Sieg errungen, doch hatte Onkel Will sie ohne Arbeit und ohne Geld mit drei Kindern sitzen lassen, die sie nun allein großziehen musste. Er war zum Klischee des Mannes »in den besten Jahren« verkommen, kurvte in einem roten Sportwagen durch die Gegend, trug aufdringlich enge Tanktops und gab Sätze von sich wie: »Ihr wisst doch, Kinder, dass ihr für mich das Allerwichtigste seid, oder?« Dabei kreischten seine Reifen in dem verzweifelten Versuch, die Sprösslinge so schnell wie möglich zu ihrer Mutter zurückzubringen.

Ich weiß noch, dass ich die Fotos der glücklichen Familie im Regal betrachtete und dachte, wie ungerecht das Leben sei. All die Schwüre, die sie sich gegeben hatten, und alle Zugeständnisse, die meine Tante der Familie zuliebe gemacht hatte, hätten ihre Stellung als Frau im Haus eigentlich festigen müssen, doch in Wirklichkeit waren Kinder und Haushalt die offenen Flanken, an denen sie verletzlich war. Sie hatte einem anderen Menschen zu sehr vertraut und bekam nun die Quittung dafür.

Als ich nach Hause kam, schenkte ich mir ein Glas Milch ein und fragte meine Mutter, ob uns dasselbe Schicksal ereilen könne wie meine Tante und Onkel Will.

»Nein, mein Schatz«, sagte sie und nahm mich in den Arm. »Wir sind eine Familie, wir machen alles gemeinsam durch.«

Nicht ganz zwei Monate später verließ uns mein Vater. Er kam nie wieder zurück.

Ich hatte meine Mutter und glückliche Familien im Kopf, als ich mich mit Victoria auf einer Abschiedsfeier für eine Kollegin aus dem Büro traf, was sich – wir waren schließlich in London – übersetzen ließ mit »sich hemmungslos besaufen und dann dem Typen von der Buchhaltung die Zunge in den Hals stecken«.

Ich will mich gar nicht beschweren. Ich habe unter dem masochistischen Austausch von Lebensläufen gelitten, der in Manhattan als Date gilt. Deshalb fühle ich mich bei Verabredungen in London wie ein Kind in einem Süßwarenladen. Auf gewisse Weise kommen mir selbst die Pannen wie ewiger Urlaub vor.

»Bella will aufhören, um nur noch Bücher zu schreiben«, erklärte Victoria mir und zog die Olive von dem Zahnstocher im Martini. »Hast du ihr Buch gesehen?« Sie reichte mir ein Taschenbuch. Auf dem Umschlag waren eine Frau in einem Laborkittel und ein Typ mit Hut und Tropenanzug abgebildet, eine Indiana-Jones-Karikatur.

Auf der Suche nach den verdorbenen Stellen blätterte ich zu einer zentralen Szene gegen Ende des Buches.

Seit zwei Monaten, seit der beinharte Vermittler Brad Stone Angelas Büro im Gorillahaus von Chicago betreten hatte, wartete sie nun auf diesen Moment. Trotz seines straffen Körpers und seines filmstarreifen Aussehens hatte Brad alle im Büro mit seiner schroffen Art verprellt. Aber es war seine Idee gewesen, den Dokumentarfilm der TV-Produktionsfirma anzubieten, was so viel Geld einbringen würde – das musste selbst Angela zugeben –, dass es bis ins nächste Jahrzehnt reichen würde. Jetzt konnten die beiden schwarzen Gorillas Coco und Harold im Urwald von Kenia ausgewildert werden. Brad hatte den Gorillaschutz gerettet.

Als Angela im Bademantel dastand und in seine grauen Augen schaute, spürte sie, dass auch ihr eigenes Herz in Freiheit entlassen wurde. Denn der harte Geschäftsmann, der eine Reihe gebrochener Herzen zurückließ, hatte den Gorillas die Zeichensprache beigebracht. Angela schmolz dahin.

»Harold hat mir heute Morgen ›Ich liebe dich‹ gesagt«, flüsterte sie.

»Da ist er nicht der Einzige«, brummte Brad, als Angelas Handtuch zu Boden sank.

Ich musste laut lachen.

»Und, was hältst du von unserer Nachwuchsautorin? Nicht schlecht, was?«

»Super, ich freue mich wirklich für sie«, sagte ich ehrlich.

Victoria und ich kämpften uns zur Theke durch. Ich leerte mehrere Love Bird Specials (ein rosa Drink mit sehr viel Cointreau) und unterhielt mich mit ihr darüber, wie die emotionalen Erwartungen von Frauen durch die Lektüre von Liebesromanen in unrealistische Höhen geschraubt werden.

»Weißt du, was ich glaube?«, nuschelte ich. Victoria machte mit der Hand wilde Bewegungen. »Ich finde, Angela könnte sich eine Menge Zeit sparen. Ich kann ihr genau sagen, wie das Ganze« – ich bekam einen Schluckauf –, »wie das Ganze ausgeht. Angela wird ihre vielversprechende Karriere in der Forschung aufgeben, bleibt auf Brads Wunsch zu Hause, schenkt ihm viele Kinder, und dann: Wumm! Das Ende von Brad und Angela.« Ich hatte übersehen, dass Bella, die Autorin, direkt neben uns stand.

Victoria nahm mich am Arm. »Haha, du bist so witzig! Sie meint das nicht ernst«, sagte sie zu Bella und führte mich nach draußen.

»Gib den beiden fünf Jahre!«, rief ich. »Ich wette, er zahlt nicht mal den Unterhalt für die Kinder!«

Als ich nach Hause kam, schimpfte ich immer noch über Bellas Helden.

»Ich verrat dir mal was, Angela«, lallte ich, goss mir einen Wodka ein und sank aufs Sofa. »Brad war heiß auf dich, weil du ihm nicht sofort nachgegeben hast. Aber in ein paar Jahren, mit ein paar Kindern, sieht er in dir nicht mehr die ehrgeizige Karrierefrau, die du warst, bevor du ihm die Kinder schenktest und die Verantwortung für das Haus übernahmst. Er wird dir sagen, dass du dich verändert hast, ihr zwei hättet euch ›auseinandergelebt‹. Ungefähr zur gleichen Zeit wird er anfangen, die dreiundzwanzigjährige Biologin aus dem Labor zu vögeln – denn sie erinnert ihn daran, wie du früher warst. Aber das ist nicht seine Schuld, die wird er dir geben! Warum sparst du dir nicht das Ganze und machst Schluss, solange es noch geht, Angela?«

Als Victoria uns eine Tasse Tee kochte, wurde mir klar, dass ich in letzter Zeit mehr mit Romanfiguren gesprochen hatte als mit richtigen Menschen.

»Du musst aufhören, dir so viele Gedanken über die Zukunft zu machen. Damit zerstörst du nur die Gegenwart«, sagte Victoria. »Du musst dir selbst vertrauen.

»Mir selbst vertraue ich absolut«, erwiderte ich. »Nur bei Männern bin ich mir nicht so sicher.«

17

Einige Tage später hatte ich in unserer Wohnung einen Notfall-Umtrunk mit Victoria und Mark, meinem netten australischen Ex. Als ich nach London zog, war meine übereilte Beziehung zu Patrick offenbar nicht das Einzige gewesen, das ich nicht ganz bis zum Ende durchdacht hatte. Da war noch die verflixte Sache mit der Arbeitserlaubnis. Die war, wie sich herausstellte, außerordentlich schwierig für jemanden zu bekommen, der als Freiberufler tätig war.

»Gut. Wir müssen mal unkonventionell denken und uns eine Strategie überlegen«, sagte Victoria. Sie schenkte mir ein Glas Wodka ein und reichte mir eine in Zucker gewälzte Zitronenspalte für meinen Lieblingsdrink, einen Lemon Drop Shot. »Die meisten, die hierhergezogen sind, hatten entweder Eltern oder Großeltern, die hier geboren wurden, oder sie hatten schon eine Stelle, als sie herkamen«, sagte sie und tätschelte meine Hand. »Ich habe mich umgehört.«

Mark hatte nicht so viel Verständnis. »Hast du nicht darüber nachgedacht, bevor du hierhergezogen bist?«, fragte er und barg den Kopf in den Händen. »Es ist unfassbar, dass du so gedankenlos handelst.«

Ich sah ihn an und sagte nichts.

»Na gut, ich weiß, dass du gedankenlos handelst«, sagte er. »Zähle deine Möglichkeiten noch einmal auf.«

Ich seufzte und berichtete von meinen Recherchen. Ich hatte keinen Arbeitsvertrag, und die freiberufliche Tätigkeit gab mir nicht das Recht, im Land zu bleiben. Wenn eine Firma in Großbritannien einen Ausländer einstellen will, erledigt sie den gesamten Papierkram, und man bekommt eine vierjährige Arbeitserlaubnis. Aber viele Firmen wollen sich die Mühe und die Kosten für einen Ausländer am liebsten sparen, weil sie dafür so viele Auflagen erfüllen müssen.

Es gibt etwas, das heißt »Highly Skilled Migrant Programme« – »Programm für hochqualifizierte Immigranten«, bei dem man nach einem bestimmten System Punkte sammeln kann. Ein Wirtschaftsstudium oder ein sehr hohes Einkommen waren hilfreich. Beides traf auf mich nicht zu. Auch kam ich nicht aus einem Commonwealth-Mitgliedsstaat, konnte mich also nicht für das Working-Holidaymaker-Visum bewerben.

Zwischen den Drinks googelten Victoria und ich die Liste erforderlicher Qualifikationen, und mein Mut sank. Wäre ich Krankenschwester oder IT-Spezialistin gewesen, hätte ich kein Problem gehabt. Aber Journalisten gab's im Dutzend billiger. »Mal sehen, ob du zu einem dieser Anforderungsprofile passt«, nuschelte Victoria und scrollte nach unten. »Hm, Brückeningenieur? Geowissenschaftler? Ich sehe keine freie Stelle für Sexschriftsteller. Kannst du nicht vielleicht so tun, als wärst du Oralchirurg?«

»Seien wir ehrlich«, sagte ich zu ihr. »Ich bin am Arsch.«

»Das heißt, du hast bis jetzt alles in der falschen Reihenfolge gemacht«, sagte Mark und goss mir noch einen Wodka ein, jetzt in ein Wasserglas. »Weißt du, Cat, es gibt noch eine andere Möglichkeit.«

»Was meinst du?«

»Na ja, wir haben eine Beziehung, sozusagen. Meine Mutter kommt aus England, deshalb habe ich sowohl einen britischen wie einen australischen Pass, das weißt du ja…«

»Oh, nein«, sagte ich und schüttelte den Kopf, denn ich wusste, was er als Nächstes sagen würde.

»Ich heirate dich.«

Ohne es zu wollen, war ich gerührt und spürte, wie mir Tränen in die Augen stiegen. »Das ist doch nicht dein Ernst.« Ich sah ihn an, unsere Blicke trafen sich. »Das würdest du für mich tun?«

Mark zuckte mit den Schultern. »Warum nicht? Du gehörst zu meinen besten Freunden, und du brauchst Hilfe. Du würdest das bestimmt auch für mich tun.«

Ich begann zu weinen. »Aber was ist, wenn du eine Frau kennenlernst, die du heiraten willst?«

»Also, ich würde mal sagen, bei meinem derzeitigen Verschleiß ist alles ein Segen, was mich in den nächsten Jahren vor der Ehefalle bewahrt.«

Ich griff über den Tisch und nahm seine Hand. »Aber das ist keine Kleinigkeit – und du hättest überhaupt nichts davon«, sagte ich.

»Ich finde, das ist eine Superidee!«, rief Victoria und gab mir ein Taschentuch. »So, wie ich es sehe, lebt ihr beiden meistens auf verschiedenen Kontinenten, habt selten Sex und streitet wie Hund und Katze. Was für ein himmlisches Paar!«

»Jetzt mal im Ernst, Mark«, sagte ich zu ihm. »Es würde bedeuten, dass du in den nächsten Jahren niemand anders heiraten könntest. Und wie soll ich das dem nächsten Kerl erklären, mit dem ich gehe? ›Hey, Süßer, ich würde mich gerne mit dir treffen. Ach, ich habe übrigens einen Mann.‹ So etwa? Die flippen doch aus!«

»Denk darüber nach!«, sagte Mark und nahm sich ein Brötchen. »Wenn du einverstanden bist, es durchzuziehen, bin ich für dich da. Ganz im Ernst. Entweder ich oder der Fußfetischist, ja?«

»Wir sind nur zwei Mal unterwegs gewesen, und ehrlich gesagt, geht er mir jetzt schon auf den Geist«, sagte ich. »Nicht weil es mich stören würde, mal eine Zeit lang auf einen Fetischisten einzugehen, aber der Kerl ist ja besessen von meinen Füßen. Gestern Abend haben wir einen Film geguckt, und er fragte, ob er sie massieren könnte. Das ist mir ja recht, aber am Ende hat er an meinen Zehen gelutscht.«

»Wie ekelig!«, sagte Victoria. »Obwohl, ein klein wenig Pflege würde mich nicht stören. Macht er Pediküre?«

Wir brachen in Lachen aus. Die ernste Stimmung verflog, und ich bekam eine Verschnaufpause, um nicht mehr über Marks Angebot nachdenken zu müssen. Ich war noch immer durcheinander, ganz gerührt und durch den Alkohol ein wenig von der Rolle.

»Also gut, Leute, ich leg mich aufs Ohr«, verkündete ich.

Ich schlief nicht viel, wälzte mich die ganze Nacht im Bett herum. Einerseits würde der Bund fürs Leben all meine Visumprobleme mit einem Streich lösen. Andererseits: Was war, wenn ich später noch einmal würde kirchlich heiraten wollen? Wenn ich den Richtigen traf, würde ich ihm sagen müssen, dass ich geschieden sei. Schon bei der Aussicht, die Feier mit Mark vorzubereiten und die Glückwünsche entgegenzunehmen, drehte sich mir der Magen um, weil ich mir so verlogen vorkäme.

Aber ich musste zugeben, dass Mark bei weitem der beste

Kandidat war. Er war mein Freund, es gab keine ungelöste sexuelle Spannung zwischen uns, und selbst wenn wir zusammenleben müssten, was nicht sehr wahrscheinlich war, würde ich ihn wenigstens nicht um zwei Uhr morgens dabei überraschen, wie er an meinen Einlegesohlen schnüffelte.

18

Ich überlegte, ob Mark und Victoria vielleicht recht hatten: An dem Abend, als wir über meine Arbeitserlaubnis sprachen, hatten beide behauptet, es sei schwierig, zu erkennen, wo mein Berufsleben ende und mein persönliches Leben beginne. Die Männer, mit denen ich mich traf, suchte ich nach ihrer relativen Absonderlichkeit aus, beispielsweise den Börsenmakler mit dem Fußfetischismus. Fühlte ich mich zu ihm hingezogen, oder war ich auf der Suche nach Anekdoten für meine Kolumne? Ich liebte meine Arbeit, aber die Grenzen verschwammen allmählich.

Der Börsenmakler und ich hatten uns vor unserem ersten Treffen wochenlang gemailt. Ich fragte ihn nach der Entstehungsgeschichte seiner besonderen Zwangsvorstellung. Er erklärte mir, dass seine Obsession im Alter von zehn Jahren begann, als er zusah, wie seine Babysitterin, eine fesche Jugendliche in einem Minirock, die Beine auf den Sofatisch legte und sich die Zehennägel lackierte.

»Ich finde, die Füße einer Frau sind das Geilste, was es gibt«, sagte er bei unserer Verabredung und massierte mir scheu die Wade. »Wie fändest du es, wenn ich an deinen Zehen lutsche?«

Später sah ich voller Faszination zu, wie er versuchte, meinen ganzen Fuß in den Mund zu nehmen. Da ich nie zu denen gehörte, die einem kleinen Abenteuer aus dem Weg gehen, ließ ich mir am folgenden Tag eine sehr kostspielige Pediküre machen. Ich war schon immer stolz auf meine Toleranz, wenn es um Sex geht: Mittlerweile habe ich gelernt, unbeabsichtigte Verbrennungen mit Kerzenwachs zu vermeiden, habe die Kunst perfektioniert, einen sich nicht von selbst lösenden Knoten zu binden, und mich in eine wirklich unbequeme weiße PVC-Schwesternuniform zu quetschen.

Mit dem Börsenmakler machte ich mich auf zu Selfridges, wo er mir zusah, wie ich sieben verschiedene Schuhe anprobierte, ehe ich mich für rote Peeptoe-Glitzerstilettos von Gina entschied. Ich bekam feuchte Hände bei dem Gedanken, über zweihundert Pfund für Schuhe auszugeben, als ich meine Kreditkarte überreichte.

Zwei Wochen lang war ich im Himmel. Mir gefiel die Vorstellung, die abwegigsten Phantasien dieses Mannes zu erfüllen. Er schien mich anzubeten und konnte wirklich abartig gut Füße massieren. Doch es dauerte nicht lange, bis ich mich fragte, ob seine Besessenheit von meiner Größe 41 alles andere in unserer Beziehung ausblendete. Er wurde nur dann erregt, wenn er direkten Kontakt mit meinen Füßen hatte, und meine Lust auf Sex schrumpfte im selben Verhältnis, wie meine Schuhsammlung wuchs. Plötzlich wurde heißer Sex von einem heißen Bad in den Hintergrund gedrängt, wo er den Bimsstein schwang.

Unsere stürmische Beziehung endete – buchstäblich und im übertragenen Sinne – nach einem Streit in einer Bar, als er mir sagte, er hätte auf einer Fetischistenparty an den Zehen einer anderen Frau gelutscht. Ich warf die Riemchensandalen fort, pflegte meine Blasen und lief wochenlang in Flipflops umher. Wahrscheinlich war es besser so, da seine ständige Erwartungshaltung ziemlich anstrengend war und ich ungewollt Sätze von mir gab wie: »Hatte sie einen höheren Spann als ich?«

Ich weiß noch, dass ich nach unserem Streit nach draußen in den Regen lief, mit dem Stilettoabsatz meines Christian-Dior-Stiefels in einem Straßengitter hängen blieb und erkannte, dass nicht nur meine Beziehung, sondern auch meine Killer-Schuhsammlung kaputt war.

Ich bin mir sicher, es gibt für jeden Topf einen Deckel. Nach der Episode war ich auf der Suche nach einem Mann, dessen sexuelle Vorlieben meinen ein wenig mehr entsprachen. Doch ich hatte definitiv eine Menge gelernt – und ich werde dem Börsenmakler immer dankbar sein, weil ich meine Schuhkollektion seinetwegen vergrößern konnte.

Eine Weile nach dem Streit mit dem Börsenmakler rief mich Victoria an, um mir zu sagen, dass Grant bei ihr im Büro sei und mit der Chefin spreche. »Ich habe ihn gefragt, wann bei ihm der große Tag wäre, und er hat gesagt, sie hätten sich getrennt!«, kreischte sie. »Komm sofort her!«

Ich musste an die Highschool denken, als wir »ganz zufällig« am Haus des Objekts unserer Begierde vorbeifuhren und dabei behaupteten, wir seien einkaufen. Ich beschloss, »ganz zufällig« in der Lobby von Victorias Arbeitsplatz aufzutauchen. Ich kaufte mir eine Soja-Latte und hockte mich mit meinem Laptop draußen vor Starbucks zwischen Aufzug und Eingangstür.

Ich hatte die Sonnenbrille auf, den summenden Laptop vor mir und die Papiere kunstvoll durcheinandergebracht, dann schlug ich die Beine übereinander und wartete auf Grant. Victoria simste mir, er sei auf dem Weg nach unten.

Doch es vergingen fünf Minuten, dann zehn, ohne dass ich ihn erblickte. Gerade wollte ich meinen Laptop wegpacken, da entdeckte ich ihn – Grant war bereits draußen und wollte die Sloane Street überqueren. Die Ampel sprang um, ich rannte ihm nach.

Ich versuchte, über die Straße zu laufen und ihn unauffällig zu verfolgen, doch wegen meines neuen Haarschnitts konnte ich überhaupt nichts sehen. Am Ende lief ich in ihn hinein und kippte Kaffee auf seinen teuren Anzug.

Glücklicherweise lachte er darüber. Beiläufig erwähnte er, dass er sich nach unserer letzten Begegnung von seiner Freundin getrennt habe, was ich für ein gutes Zeichen hielt. Dann lud er mich zu einer zwei Wochen später stattfindenden schicken Sommerparty in der Orangerie ein.

Ich erzählte von meinem Liebeskummer und von den Spinnern, die ich seitdem kennengelernt hätte. Er trat näher und schaute mir in die Augen. »Wenn der Typ nicht gemerkt hat, dass man so was wie dich nur ein Mal im Leben trifft, dann würde ich ihn vergessen«, sagte er.

Meine Hände begannen zu zittern, und ich bekam nichts anderes heraus als: »Ja, ähm, bis zur Party dann!« Schnell sprang ich in ein Taxi – und fuhr in die falsche Richtung. Ich konnte nur hoffen, dass ich die Stoffgiraffe, mit der ich mir das Bett teilte, schon bald hinauswerfen würde.

In der Zwischenzeit hatte ich einen besonderen Auftrag für meine Kolumne bekommen: Ich sollte über einen sexfreien männlichen Begleitservice schreiben.

Als ich online ging und die Einträge ansah, blieb mein Blick an Adam hängen. Im Internet sah er umwerfend aus und behauptete, über eins achtzig groß zu sein. Es stellte sich heraus, dass die »sexfreie« Begleitagentur, bei der Adam gemeldet war, Tausende von Klienten hatte, die – keine Überraschung – zu rund neunzig Prozent Karrierefrauen waren. Der Inhaber versicherte mir, dass es für alle Begleiter eine strenge Sicherheitsüberprüfung inklusive Empfehlungsschreiben sowie Rückfrage am Arbeitsplatz gebe. »Es gibt in Großbritannien keine Regelung für Agenturen. Die meisten verkaufen Sex«, erklärte er mir. »Unsere Begleiter verwenden ihren richtigen Namen, geben ihre Handynummer weiter und treffen sich mit Ihnen an einem öffentlichen Ort.«

Ich recherchierte ein wenig im Netz und fand heraus, dass mein Begleiter seit einem Jahr Teilzeit für die Agentur arbeitete, aber noch einen normalen Beruf als Berater hatte. Er kam auf durchschnittlich zwei Einsätze pro Woche. Pro Stunde nahm er 65 Pfund, das Minimum waren drei Stunden.

Ich habe schon so viele Horrorgeschichten über Blind Dates gehört, dass ich bis zum Lebensende genug davon habe. Ich konnte das Bild eines goldkettenbehangenen Gigolos einfach nicht aus meinem Kopf vertreiben. Mit feuchten Händen betrat ich das Restaurant, wo ich mit Adam verabredet war. Ich hatte keine Zweifel, dass er mit offiziellen Anlässen zurechtkam, doch würde er auch meine engsten Freundinnen beim Mittagessen überzeugen können, dass wir ein verliebtes Pärchen seien? Ich bekam ein wenig Panik.

Als ich ihn erblickte, bekam ich einen Schreck, denn er war wunderschön. Adam war groß, hatte breite Schultern, weiße Zähne und dichtes blondes Haar, das ihm ins Gesicht fiel und bei mir den unerklärlichen Zwang auslöste, es nach hinten zu schieben. Sofort holte er mir etwas zu trinken (er sagte, er würde bezahlen, um die Illusion aufrechtzuerhalten, später würde er mir alles in Rechnung stellen). Gute

Manieren geben bei mir dicke Punkte. Andererseits sind sie das Mindeste, das ich von jemandem erwarte, den ich nach Stundensatz bezahle. Ich wollte professionell sein, doch nach zehn Minuten mit Adam wusste ich, dass ich ihm innerhalb von achtundvierzig Stunden die Klamotten vom Leib reißen würde – zumindest im Traum.

Bei Andrew war der Sex mit der Liebe verbunden gewesen, die ich für ihn empfand. Bei Mark war es die durch zahlreiche Begegnungen gereifte körperliche Kompatibilität. Das hier war etwas völlig anderes. Es war primitiv, unmittelbar und hatte nichts mit Liebe zu tun. Ich weiß nicht genau, ob es an der Symmetrie von Adams Gesichts lag oder weil ich gerade meinen Eisprung hatte, ob es biologischer Determinismus war oder an den Pheromonen lag, doch ich wusste, dass ich es bei ihm versuchen musste, egal wie ernst die beruflichen Folgen wären.

Ich hatte allen erzählt, ich würde einen Artikel über die Erfahrungen schreiben, wenn ich meinen neuen Freund am selben Tag verschiedenen Kollegen und Freundinnen vorstellen würde, um zu sehen, wie er damit zurechtkäme. Alle glaubten, Adam und ich hätten uns vor wenigen Wochen kennengelernt. Angesichts der Tatsache, dass meine längste Beziehung in den letzten drei Jahren sechs Monate gedauert hatte, war das schon eine große Neuigkeit. Meine Freundinnen waren ganz versessen darauf, Adam kennenzulernen – und ihn auszuquetschen.

Uns blieben fünf Minuten, um uns eine Geschichte zurechtzulegen. »Normalerweise sage ich immer, wir hätten uns in einer Bar kennengelernt«, sagte Adam.

Ich hatte Angst, dass er die Neugier meiner Freundinnen dramatisch unterschätzte. Amy würde wissen wollen, wie er mich umworben hätte, wann wir uns zum ersten Mal geküsst hätten und auf jeden Fall, wie ernst es ihm mit mir sei. Es werde keine leichte Vernehmung, warnte ich ihn.

Souverän erwiderte er nur: »Das wird bestimmt lustig.«

Seine unbekümmerte Art ließ mir einen nervösen Schauer den Rücken hinunterlaufen.

Es war Zeit für die erste Herausforderung.

Als Amy kam, sah ich sofort, wie beeindruckt sie war, als Adam sich erhob und ihr einen Stuhl hervorzog. Als Erstes bestellte er etwas zu trinken für sie. Überschwänglich lobte er ihre Wahl des Restaurants. Adam war der Charme in Person; Amy schmolz nur so dahin.

»Und«, sagte sie, als sie die Speisekarte überflog, »wie habt ihr euch kennengelernt?«

»Ich habe ihn sozusagen in einer Bar aufgegabelt, als ich Billard spielte«, sagte ich und trank einen Schluck, um Zeit zu gewinnen.

»Ja, sie ist unglaublich schlecht in Billard«, fügte Adam gewandt hinzu und berührte meinen Arm. Dieser Typ war wirklich überzeugend. Amy zog ihn auf, er stehe unter Druck, weil er so schnell die Freundinnen seiner neuen Partnerin kennenlernen müsse, und er warf mir einen scheuen Blick zu und sagte: »Sie bringt mich wirklich in seltsame Situationen, aber sie ist es auf jeden Fall wert.« Mein Gott, der Kerl war unglaublich!

Ich bekam Schweißausbrüche, als Amy sich nach seinem Beruf erkundigte, doch er parierte ihre Fragen wie ein richtiger Profi. Da er einen Brotberuf hatte, gab er einleuchtende Antworten. Immer wieder musste ich auf seine Hände schauen. Sie waren wunderschön manikürt, obwohl er behauptete, er hätte in Wirklichkeit Schwielen.

Der Wein floss in Strömen. Adam schob seine Hand in meine – sie war sehr verschwitzt und, wenn ich das sagen darf, auch sehr willkommen. Eine Stunde später war das Essen vorbei. Wenige Minuten nach unserem Abschied bekam ich eine SMS von Amy: »Er ist unglaublich!« Ich hatte ein so schlechtes Gewissen, dass ich ihr die Wahrheit beichtete, aber sie wollte nichts davon wissen. »Selbst wenn du ihn gemietet hast: So eine Chemie kann man nicht spielen. Er will auf jeden Fall mehr von dir.«

Als Nächstes war Mark an der Reihe, der für eine zweitägige Konferenz in der Stadt war. Er verstand sich sofort gut mit Adam und hatte großen Spaß daran, ein paar Geschichten zum Besten zu geben, die meinen Hang verdeutlichten, die Drama-Queen zu spielen. Adam tat sogar interessiert, als wir uns über alte Freunde unterhielten, von denen er natürlich noch nie gehört hatte. Außerdem bezahlte er alle Getränke. Ich konnte den Gedanken nicht unterdrücken, dass ich am Ende des Abends eine gewaltige Rechnung präsentiert bekommen würde.

Nachdem Adam und ich gegangen waren, rief ich Mark vom Taxi aus an und beichtete ihm unseren Trick. »Wirklich? Das hätte ich nie gedacht, insbesondere da ich gesehen habe, wie er dir in den Ausschnitt geschielt hat.« Dann wollte Mark von mir wissen, wie man denn zum Begleiter würde. »Darauf hätte ich echt Bock«, sagte er. »Nee, warte, frag ihn mal, ob ich dann mit fetten Weibern schlafen müsste!«

Ich legte auf, und Adam und ich begaben uns zum letzten Termin an diesem Abend, einer Parfümvorstellung von Paris Hilton. Nach dem größtenteils flüssigen Mittagessen wurde ich allmählich immer lustiger. Gegen Ende des Abends konnte ich die Vorteile eines Begleiters erkennen.

Es gab keine unangenehmen Lücken in der Unterhaltung, und es fehlte die Anspannung, die immer da ist, wenn man sein Gegenüber beeindrucken möchte.

Adam und ich beglückwünschten uns gegenseitig zu unserer guten Leistung. Ich war selbstsicher genug, ihn zu fragen, ob er gebunden sei – er zwinkerte mir nur zu. Oder hatte er vielleicht etwas im Auge?

»Nein, ich bin Single. Ich bin zur Agentur gegangen, weil ich dachte, es wäre aufregend«, sagte er, »aber wenn ich eine richtige Freundin hätte, wäre das ein neues aufregendes Kapitel in meinem Leben.«

Flirtete er etwa mit mir? Es sah so aus, und ich flirtete ungehemmt zurück. »Ich muss dir sagen, dass du eine total erotische Frau bist«, sagte er und lächelte mich an. Aber meinte er das auch ernst? Oder sah er nur das neue Mountainbike vor sich, das er von seinem Honorar kaufen würde? Eigentlich war es mir egal. Ich plante bereits vor.

»Los, komm schon«, sagte ich und trank einen Schluck Wodka Tonic. Adam blieb bei Mineralwasser. Wahrscheinlich hatte er Angst, dass ich ihn ausnutzen würde. Was zu jenem Zeitpunkt eine berechtigte Sorge war. »Die Mädels müssen doch alle auf dich fliegen. Willst du mir wirklich erzählen, dass du nie mit einer was anfängst?«

»Nein, tue ich nicht«, sagte er. »Aus zwei Gründen. Erstens: Das soll nicht arrogant klingen, aber ich habe keine Probleme, mich ›normal‹ mit einer Frau zu treffen. Zweitens: Diese Damen kennen meinen Nachnamen und wissen, wo ich arbeite. Was ist, wenn sich eine da reinsteigert und mich wiedersehen will? Letzten Endes ist das ein Job für mich; was wäre, wenn ich für etwas bezahlt würde, das ich vielleicht gar nicht liefern könnte?«

»Ich habe das Gefühl, dass du kein Problem mit jedweder Lieferung hättest«, konterte ich und leckte mir die Lippen.

Adam erzählte, dass über fünfzig Prozent seiner Klientinnen Stammkundinnen seien, darunter Lehrerinnen und sogar eine Polizistin. Im vergangenen Jahr habe er Frauen zu allen möglichen Anlässen begleitet, von Arbeitsessen über Theaterbesuche bis zur Chelsea Flower Show. »Und ich habe nie mehr als einen Kuss auf die Wange gegeben«, sagte er.

»Hast du denn eine Strategie, wie du mit ungewollten Annäherungsversuchen umgehst? Weil ich mir denken könnte, dass die Frauen versuchen, zum Schluss ein kleines ›Extra‹ zu bekommen.«

Adam lachte. »Nicht so oft, wie du vielleicht denkst. Normalerweise bringe ich sie zum Taxi, dann gebe ich ihnen sofort die Hand und wende gleichzeitig den Kopf ab, sodass es keine Möglichkeit gibt, mich auf den Mund zu küssen.«

»Und ich nehme an, die Angst vor einem Nein ist auch ein ziemlich gutes Abschreckungsmittel, oder?«

»Genau.«

»Wenn ich versuchen würde, dich zu küssen, würdest du mich dann wegschieben?«

Ich wusste, dass ich unprofessionell war, doch die Kombination aus Ananas-Mojitos, der letzten Trennung und riesengroßen Paris Hiltons als Pappfiguren führte bei mir zu Halluzinationen. Ich wusste, dass ich es darauf anlegte, denn Adam hätte mich abweisen und mich persönlich und beruflich gleichermaßen demütigen können. Aber unsere körperliche Anziehungskraft war zu groß, um sie zu überspielen. Ich musste es einfach versuchen.

Ich machte einen Schritt auf ihn zu. Er reagierte, küsste

mich zuerst sanft, dann legte er den Arm um mich. Unsere Zungen wurden drängender.

Wenn ich mich einmal wirklich so stark zu jemandem hingezogen fühle, was selten genug vorkommt, ist es so, als sei zwischen uns buchstäblich ein Kraftfeld, das uns zusammenführt. Dann ist es viel schwieriger, dem Drang zu widerstehen, wild mit ihm zu vögeln, als einfach nachzugeben.

»Nimm mich mit nach Hause!«, flüsterte ich eindringlich.

»Zu Befehl«, sagte er, nahm meine Hand und zog mich die dunkle Treppe hinunter.

Doch als wir nach draußen gingen und ein Taxi suchten, überlegte ich es mir plötzlich anders und löste mich von ihm. »Hör mal, ich möchte es wirklich mit dir machen«, sagte ich und legte seine Hand auf meinen Oberschenkel, »aber ich muss den Artikel wenigstens halbwegs objektiv schreiben. Deshalb ist es wohl besser, wenn ich allein heimgehe. Wäre schön, wenn wir uns bald wiedersehen würden.«

Ich kehrte nach Hause zurück und grub meinen treuen Rabbit aus, schob ihn in mich, stellte mir dazu Adams langen, schlanken, muskulösen Körper vor, wie er sich im Dunkeln über mir bewegte. Ich kam in Rekordzeit und biss ins Kopfkissen, um mein Stöhnen zu dämpfen.

Als ich am nächsten Morgen erwachte, hatte ich eine Nachricht von ihm, die er mir auf der Fahrt zur Arbeit auf die Mailbox gesprochen hatte: »Hey, Süße, hat mir Riesenspaß gemacht gestern Abend«, sagte er. »Wenn du mit deinem Artikel fertig bist, wollte ich dich fragen, ob ich vielleicht das Vergnügen haben dürfte, richtig mit dir auszugehen?«

19

Nach meiner zweiten Nacht mit Adam stolperte ich mit dicken Augen nach Hause. Als er über seine Familie und seine Hobbys gesprochen hatte, musste ich Interesse heucheln, doch die Anziehungskraft zwischen uns war so stark, dass ich ihn bei der Hälfte der zweiten Flasche Wein bat, mich mit zu sich nach Hause zu nehmen.

Er wohnte in einem Haus in North London mit drei Kumpels, die er schon seit der Uni kannte. »Aber die sind heute alle unterwegs«, sagte er mit einem schelmischen Grinsen. »Also, darf ich dich zu mir nach Hause kutschieren?«

Ich hockte lachend auf der Lenkstange seines Fahrrads und bangte um mein Leben, als wir durch den verregneten Park fuhren. Wir sangen Musicalmelodien, laut und schief. Aber ich war schon zu betrunken, und mir war viel zu kalt, um mir Sorgen darüber zu machen, dass ich fallen und mir den Hals brechen könnte.

Adam führte mich hoch zu seinem Zimmer, und kaum hatten wir die Tür geschlossen, waren seine Hände überall. Er zog mein Top aus, schob die Schalen meines BHs nach unten und saugte leicht an meinen Nippeln. Ich habe noch nie verstanden, warum so viele Männer unbedingt hineinbeißen wollen – wahrscheinlich auch so ein Effekt von Pornofilmen. Aber seine sanft leckende Zunge fühlte sich herrlich an.

»Zieh alles aus, nur den Slip und die Schuhe lässt du an«, flüsterte er und legte mir die Hände um die Taille. Sie waren so gewaltig, dass sie sie beinahe umspannten. »Und dann legst du die Hände an die Wand und lässt sie dort, egal, was passiert«, sagte er.

Feucht vor Erwartung, gehorchte ich seinen Anweisungen. Adam dimmte das Licht. Ich fragte mich, ob er die Szene aus dem Film *Melodie des Todes* mit Ellen Barkin und Al Pacino nachspielen wollte, die mich als Jugendliche so heiß gemacht hatte, als ich nachts heimlich vor dem Fernseher saß …

Adam küsste meine Fersen, fuhr mit seiner Zunge über meine Waden nach oben und spreizte meine Beine mit dem Handgelenk. Als ich stöhnend versuchte, mich zu ihm hinunterzubeugen, richtete er sich auf und warnte: »Nicht bewegen, sonst höre ich auf!«

Ich biss mir auf die Lippe, um nicht laut zu schreien. Seine Hände wanderten höher, umfassten meinen Hintern durch die dünne Seide des schwarzen Slips. Dann zog er den Slip langsam nach unten, biss mich dabei sanft in den Nacken, schob die Finger in mich und brachte mich zum Rasen, spreizte meine Oberschenkel immer weiter. Ich hörte, wie er den Reißverschluss seiner Jeans öffnete, spannte meine Pomuskeln an und drehte mich um, damit ich einen Blick auf seinen Schwanz werfen konnte. Er war durchschnittlich lang, aber unglaublich dick, und mein erster flüchtiger Gedanke war: Ob der wohl passt? Ich leckte über meine Hand, griff nach ihm und führte ihn in mich. »Leg – deine – Hände – an die Wand!«, befahl Adam mir.

Ich keuchte vor Lust. Ungefähr fünf Minuten lang vögelten wir wie von Sinnen, er stieß mich von hinten und reizte gleichzeitig meine Klitoris, bis ich mich gegen ihn stemmte und kam, heftig. Bei ihm war es kurz darauf so weit.

Dann zog er ihn vorsichtig heraus und führte mich zum Bett. Das zweite Mal war zärtlicher. Adam lag auf mir und schaute mich an, unsere Blicke waren ineinander versunken, es war so intensiv, dass seine wunderschönen grünen Augen zu einem einzigen großen grünen Zyklopenauge verschwammen.

Nach einer gewissen Zeit bekam ich einen trockenen Mund. Wir gingen in die Küche, um ein Glas Wasser zu holen. Ich entdeckte eine Wodkaflasche auf der Theke, goss den Wodka auf Eis und trank einen Schluck davon, den ich Adam gab – aus dem Mund. Seine Hände umspannten meinen nackten Arsch unter seinem riesigen babyblauen Baumwollhemd. Er hievte mich auf die Arbeitsfläche. Ich hielt die Luft an. »Das ist kalt«, sagte ich, legte die Hände in seinen Nacken und zog ihn an mich heran. Wir küssten uns gierig. Ich spürte seinen gewaltigen Ständer, als er mich nach vorn an die Kante zog. »Kann nichts passieren?«, fragte ich, als er mich auf sich setzte. Zu dem Zeitpunkt war das eine rein rhetorische Frage, da es mir sowieso egal gewesen wäre. Tatsächlich fand ich es sehr erotisch, mir vorzustellen, dass wir möglicherweise beobachtet wurden. Beim Vögeln male ich mir gerne aus, dass die Mitbewohner durch die Wände hören können, wie heftig ich gefickt werde, oder dass man uns durchs Gartenfenster sehen kann.

»Wow, du hast einen unglaublichen Body«, sagte Adam. »Ich würde dich jetzt so gerne in den Arsch ficken. Hast du das schon mal gemacht?«

Ich nahm seine Hand, biss leicht in die Kuppe seines Zeigefingers und schob Zeige- und Mittelfinger tief in meinen Hals, damit er sich schon auf spätere Varianten freuen konnte. »Nicht so richtig«, murmelte ich schüchtern und klimperte mit den Wimpern. »Ich meine, noch nicht so oft. Aber wenn ich mir vorstelle, dass du es bei mir machst, werde ich richtig heiß. Eine Sache bloß: Hast du vielleicht Gleitmittel?«

Er warf mir einen fragenden Blick zu, dem ich entnahm, dass Adam keine Ahnung hatte, wovon ich sprach. Wahrscheinlich hatte er noch nie darüber nachgedacht, dass der Anus, anders als die Scheide, kein eigenes Gleitmittel produziert. Irgendwie fand ich, der Begriff »Analriss« wäre ein kleiner Stimmungskiller, deshalb schob ich Adam zum Küchenschrank: »Pflanzenöl? Olivenöl? Egal, hauptsächlich es macht mich … flutschiger.«

Er ließ mich los und holte panisch Basmatireis, Pasta und unidentifizierte Gewürze aus dem Schrank. »Ich glaube, wir haben … nein, Moment, das ist Sirup. Hm, wie wär's hiermit?«, fragte er und förderte triumphierend eine Flasche hennaroter Flüssigkeit zutage.

»Sesamöl? Eigentlich möchte ich nicht anschließend wie Teriyaki-Huhn riechen. Vielleicht sparen wir uns diese kleine Sauerei lieber fürs nächste Mal auf, hm?« Mein Gott, können Männer dumm sein.

»Wie du willst, Süße«, sagte er, schlang meine Beine um seine Hüften und trug mich zum Küchentisch. Er schaute mich an und fragte: »Oder bevorzugt Madame den Billardtisch?«

Als wir später glückselig im Bett lagen, erzählte ich ihm von einer intriganten Kollegin mit machiavellistischen Anwandlungen, und er fragte sehr höflich: »Was ist das denn?«

Adam und ich hatten uns vier Mal getroffen, und ich bekam langsam das Gefühl, ihn im Bett für einen Rechtschreibwettbewerb zu trainieren. Seit unserer ersten richtigen Verabredung hatte ich die Wörter »marginal«, »weitschweifig«, »obszön« und »Cunnilingus« erklärt (auch wenn sein mangelhaftes Latein ihn im Bett glücklicherweise nicht behinderte). In den meisten meiner Beziehungen habe ich stundenlang über alles Mögliche diskutiert, von der englischen Übersetzung von *Der Liebhaber* bis zu Patrick Swayzes Vokuhila. Diesmal hatte ich mich schamlos für prickelnden Sex statt für sarkastische Neckereien entschieden.

Ich war schon immer der Meinung, dass der Kopf das erotischste Körperteil ist, deshalb kam ich mir bei der Einsicht ein bisschen oberflächlich vor, dass, zumindest fürs Erste, perfekte Bauchmuskeln auch zu reichen schienen. Ich wusste nicht, welche Filme Adam gerne sah, kannte nicht seine politischen Ansichten, nicht mal seinen zweiten Vornamen. Aber ich hätte dicke Bücher darüber schreiben können, wie er gerne am Hals geküsst wurde, und ich wusste, wie fest ich ihn am Kopfende des Bettes festbinden konnte, ohne dass die Haut an seinen Handgelenken abgeschürft wurde.

Vielleicht gehört eine Diskussion über Relativitätstheorie nicht unbedingt zum Bettgeflüster. Nachdem ich jahrelang mit egozentrischen »Künstlern« ausgegangen war, deren unendliche Phobien und Probleme beim Essen gründlich sondiert werden mussten, fühlte ich mich wie im Urlaub, mit einem Typen zusammen zu sein, für den das Wichtigste im Leben Football war.

»Wenn ein Mann so gut aussieht, muss man die Zeit nicht mit Reden vergeuden«, sagte Victoria, die bei vielen strapaziösen Autopsien neurotisch kreativer Typen ein offenes

Ohr für mich gehabt hatte. »Was du im Moment brauchst, ist eine analphabetische Fickmaschine.«

Es war ja nicht so, dass Adam dumm gewesen wäre: Er hatte einen Universitätsabschluss und leitete seine eigene Firma, war Experte für Autoteile und Holzarbeiten. Auch wenn er Nietzsche nicht von Nabokov unterscheiden konnte, war er charmant und hatte ein unglaublich gutes Herz.

Sah ich denn mehr in dieser Beziehung, als tatsächlich vorhanden war, weil es zwischen uns so gewaltig knisterte? Sex war für mich schon immer sehr wichtig, auf gewisse Weise war ich also Opfer meiner eigenen Wünsche. Ich fragte Adam, ob es ihn störe, dass er keine Ahnung habe, was in meinem Kopf vor sich gehe. »Das kommt mit der Zeit«, sagte er und zwinkerte mir zu.

Tatsächlich geben die meisten Freundinnen von mir zu, dass sie die unvergesslichste Liebesnacht nicht mit ihrem festen Freund erlebten. Unsterblich ist für sie die Nacht, als sie mit »diesem Griechen« abzogen, dessen Englisch auf Worte beschränkt war wie »Du Bett«, »Sachen aus«, wie es eine Freundin lakonisch ausdrückte. Leider war keine dieser sexuell hochaufgeladenen Affären von besonders langer Dauer.

Meine männlichen Freunde konnten darin kein Problem erkennen. »Entspann dich und genieß es einfach«, sagte Michael, nachdem ich ihm gestanden hatte, dass Adam und ich uns nicht richtig unterhalten konnten. »Wenn du über Literatur reden willst, besuche einen Lesekreis.«

Legten Adam und ich den Deckmantel einer Quasi-Beziehung als Entschuldigung über schamlose gegenseitige sexuelle Ausnutzung? Als ich mein Korsett für unser nächstes Treffen schnürte, beschloss ich, dass ich damit leben könnte.

Deshalb entschuldigte ich mich später im Bett bei Adam dafür, so disparat zu sein. Er sah mich an und zerzauste mein Haar. »Was heißt disparat, Schatz?« Bei jemandem, der so schön ist, ist das vielleicht gar nicht so wichtig.

Es ergab einfach keinen Sinn. Zum ersten Mal seit langer Zeit teilte ich mir das Bett mit einem schönen Mann, der mir selbst tagsüber einfach nicht aus dem Kopf gehen wollte. Und dennoch geriet mein Unterbewusstsein zunehmend außer Kontrolle.

Ich interessiere mich nicht besonders für Politik, deshalb war es ein kleiner Schock, als ich erstmals einen sehr anschaulichen Sextraum mit Gordon Brown hatte. Mir war ja an sich nicht unangenehm, von öffentlichen Personen zu träumen, ich erwartete von meinem Unterbewusstsein allerdings, sich jemanden wie Daniel Craig oder Clive Owen auszudenken – und nicht einen Schotten mit Hängebacken und Dreifachkinn.

Der Traum beginnt in einem Zug wie dem Orient Express. Ich bin auf Lesereise, trage Klamotten im Stil der zwanziger Jahre. Beim Essen treffen sich unsere Blicke, kurz darauf stolpern wir in meine Kabine, küssen uns leidenschaftlich. Am Ende des Traums kuscheln wir miteinander und sprechen über unsere Zukunft. Wenn ich aufwache, bin ich schweißgebadet.

Ich fühle mich absolut nicht zu Gordon Brown hingezogen. Bei Tony Blair wäre das vielleicht etwas anderes. Einige Monate zuvor lernte ich Blair bei einer Wohltätigkeitsveranstaltung in London kennen, und als ich ihm erzählte, dass ich über Sex und Beziehungen schriebe, knipste er seinen Charme an. »Das hört sich deutlich interessanter an als Politik«, sagte er lachend, dann legte er mir für ein Foto den Arm um die Taille.

Weil ich unbedingt Antworten bezüglich meiner Träume haben wollte, wandte ich mich an einen Fachmann. Ian Wallace ist Traumtherapeut aus Edinburgh. Er versicherte mir, dass Träume mit Politikern etwas ganz Geläufiges seien und nicht bedeuteten, dass ich früher oder später einen auf Monica Lewinsky machen würde. Viele seiner Klienten hätten lebhafte Sexträume mit Menschen, zu denen sie sich im richtigen Leben nicht hingezogen fühlten. Er wies darauf hin, dass ich, genau wie Brown, gnadenlos ehrgeizig sei.

Aber warum hatte sich mein Unterbewusstsein nicht einen charismatischeren Mann ausgesucht wie Blair oder Bill Clinton?

»Da Gordon Brown der Regierungsvertreter ist, der von Amts wegen für die Wirtschaft des Landes verantwortlich ist, lässt Ihr Traum darauf schließen, dass Sie allmählich Ihren eigenen Wert und die Einzigartigkeit Ihres journalistischen Spezialgebiets erkennen«, sagte Ian Wallace. »Dieser Traum ist eine Botschaft von Ihrem Unbewussten. Es will Ihnen klarmachen, sich im Alltag Ihrer Unvergleichbarkeit bewusster zu sein und sich Ihrer Kreativität zu erfreuen.«

Angeblich sei der Zug eine Art »Metapher für eine intellektuelle Reise« im Beruf des Träumers.

Andererseits ist Gordon ein dunkler, grüblerischer Mann – Eigenschaften, die ich seit der Lektüre von *Stürmische Höhen* in der Grundschule unwiderstehlich finde. Und der schottische Akzent ist wirklich total sexy.

Das alles war ein wenig sonderbar; zur Sicherheit ließ ich lieber die Nachttischlampe an. Doch da mir Gordon half, mich mit ungelösten Problemen meiner Psyche auseinanderzusetzen, war ich noch nicht so weit, ihn vollständig aus meinem Bett zu verbannen.

Da die Beziehung zu Adam alle möglichen Fragen aufwarf, rief ich ihn an, um seine Erlaubnis einzuholen, über die Sache mit ihm und mir zu schreiben.

»Worüber willst du denn schreiben?«, fragte er.

»Na ja, dass wir uns nicht groß unterhalten, aber großartigen Sex haben, dass wir unterschiedliche ... ähm ... Einstellungen zu Literatur und so haben ...« Ich schnitt mir selbst vor dem Spiegel eine Grimasse, weil ich wusste, wie lahm sich das anhörte.

»Im Grunde genommen also, dass ich ein hirnloser Analphabet bin?« Adam lachte.

Ich hörte mich bestimmt wie die letzte verlogene Schlampe an. »Nein, eigentlich soll es witzig und frech sein! Aber wenn du nicht willst, dass ich das schreibe, oder wenn du dich dabei nicht wohlfühlst, dann lasse ich es sein, ehrlich.«

Adam überlegte. »Aber du sagst, dass ich gut im Bett bin, ja?«

»Und wie!« Ich schloss die Augen und stellte mir vor, wie seine Hände meine nackten Beine hinaufglitten.

»Dann ist es kein Problem, Süße. Ich bin stolz auf das, was du schreibst.«

»Na ja, ich dachte, es wäre wichtig, weil ich denke, dass wir beide wissen, so toll wir auch miteinander auskommen, aus der Beziehung wird nicht viel werden.«

»Willst du rüberkommen, damit wir darüber reden? Ich wollte dich zum Essen einladen, weil ich gerne was mit dir ausprobieren würde, was ich mir schon lange wünsche. Aber es ist ein bisschen verdorben.«

»Ja?« Obwohl es in meiner Küche warm war, wurden meine Brustwarzen hart. »Und was wäre das?«

»Wassersport«, platzte es aus ihm heraus.

Ich erschrak, ohne es zu wollen. »Du meinst, dass ich auf dich pinkeln soll, oder willst du auf mich pinkeln?«

»Ähm, keine Ahnung … beides, denke ich.«

Ich dachte kurz darüber nach. »Gut, aber damit das klar ist: Wir sprechen hier nur von Urin, ja? Du willst doch keine Windel anziehen oder so? Denn das mache ich nicht mit.«

»Nein, nein! Das finde ich total ekelig!«

Erleichtert seufzte ich auf. »Gut, dann würde ich mal sagen, die entscheidende Frage lautet: Hast du ein sauberes Badezimmer? Denn als ich das letzte Mal die Kacheln gesehen habe, wirkte es so, als sei ich nicht der einzige lebende Organismus, der die Dusche benutzt. Und das Klo hat unter euch Jungs auch ganz schön zu leiden.«

Am Nachmittag vor der Verabredung zum Tabubruch recherchierte ich. Oft werde ich von Lesern gefragt, was man alles mitmachen solle, und darauf gebe ich immer dieselbe Antwort: Alles, was zwei erwachsene Menschen als angenehm empfinden, ist in Ordnung.

Doch es gibt ein paar Dinge, die bei mir persönlich nie zur Auswahl standen:

1. Windelfetischismus (Ich wechsle schon bei Kindern nicht gern die Windeln, bei Erwachsenen erst recht nicht!)
2. Körperpiercing. Wenn ich mir das Dschungelcamp ansehe, denke ich immer, dass ich lieber eine Kakerlake essen oder von einer Brücke geworfen werden würde, als es mit einem Nippelring zu tun zu haben. Ich finde zwar,

dass sie an anderen super aussehen, habe aber eine irrationale Angst davor, die meine Lust völlig erstickt.
3. Flotte Dreier (mit dem eigenen Freund). Wenn, dann habe ich die Gastrolle, nie den Hauptauftritt, lautet meine Devise.

Abgesehen davon bin ich ziemlich aufgeschlossen.

Im Allgemeinen würde ich sagen, dass der Reiz von Wassersport etwas mit der moralischen Anrüchigkeit von Sex zusammen mit der vermeintlichen Schmutzigkeit von Ausscheidungen zu tun hat. Doch entgegen der verbreiteten Auffassung, Urin sei eine eklige, giftige Körperflüssigkeit voller Bakterien, ist der menschliche Urin – wenn frisch – praktisch steril. Er ist so antiseptisch, dass man ihn zum Säubern von Wunden verwenden kann (in Ermangelung gängigerer Mittel).

Was die Toxizität angeht: Viele Menschen und bestimmte Tiere betrachten menschlichen Urin als völlig normales, sogar höchst begehrtes Getränk. Das ist gar nicht so überraschend, wenn man bedenkt, dass menschlicher Urin zu fünfundneunzig Prozent aus Wasser besteht.

Ich war auch noch aus einem anderen Grund neugierig: Obwohl die meisten Frauenzeitschriften uns raten, die Blase vor dem Sex zu entleeren, habe ich eine erhöhte sexuelle Sensibilität festgestellt, wenn ich eine Stunde vorher ein bisschen Wasser trinke, sodass ich ungefähr halb voll bin. Der leichte zusätzliche Druck fühlt sich herrlich an. Aber es ist ein empfindliches Gleichgewicht, weil der Drang zu pinkeln manchmal die Fähigkeit zum Orgasmus einschränkt.

Ich wollte herausfinden, ob ich beides gleichzeitig könnte. Deshalb mied ich bei unserem Treffen Kaffee und trank stattdessen Martini mit Passionsfruchtsaft, weil ich gelesen hatte, der Saft würde den Geschmack des Urins verdünnen. Außerdem eignete ich mir ein paar passende Sprüche an wie: »Nie in einem Fahrstuhl in Singapur pinkeln, da gibt es nämlich Sensoren, die das merken!«

Die Planung einer näheren Begegnung mit Urin ist tatsächlich eine reichlich nervenaufreibende Erfahrung. Mit dem Fußrist streichelte ich unter dem Tisch Adams Knöchel, zerbrach mir dabei jedoch den Kopf über meine Menüwahl. Der gedämpfte Spargel ging gar nicht, ebenso wenig Caesar's Salad mit Shrimps (Sardellen wollte ich lieber nicht riskieren!), deshalb entschied ich mich für die frischen Austern, die ja sowieso aphrodisierend wirken sollen.

Außerdem trank ich viel Wasser, weil ich einen klaren Urin haben wollte, jedoch nicht zu viel: Ich wollte Adam keinen Golden Shower bescheren, bevor ich selbst nicht so weit war.

Als wir zu Adam gingen und uns gegenseitig in der Küche entkleideten, war ich unglaublich angetörnt. Der Druck auf meiner Blase verstärkte jede Empfindung, wurde aber leicht unangenehm.

Adam führte mich ins Bad, wo er sich breitbeinig auf die Toilette setzte. Ich hockte mich auf ihn, saß auf seinem Steifen. »Tut das weh?«, flüsterte ich. »Vielleicht gehen wir besser in die Badewanne.«

»Nein, das fühlt sich super an«, sagte er und küsste mich leidenschaftlich. »Ich freue mich schon, wenn ich dein ganzes Wasser auf mir spüre.«

Ich hielt die Luft an, spannte die Muskeln an und – nichts passierte. Wie sehr ich mich auch bemühte, nicht ein einziger Tropfen wollte kommen. Nun wusste ich, wie sich Männer mit einem Ständer fühlen, denn meine geschwollenen, erregten Organe weigerten sich schlichtweg zu kooperieren.

Wir gingen zusammen in die Badewanne. Am nächsten Morgen verabschiedeten wir uns. Wir hatten unsere erotische Geschichte erlebt und mit einem großen Finale abgeschlossen. Jetzt war ich bereit für den Abspann.

20

Ich hatte mein lange ersehntes erstes Date mit Grant, der mehrmals betont hatte, er könne sich mit mir nur »nicht-exklusiv« treffen, da er gerade eine Beziehung hinter sich habe. Das passte mir sehr gut. Ich war so gestresst wegen meiner Visumsache, dass ein wenig Eskapismus mir gerade recht kam.

Anders als bei meinen bisherigen Affären hatte sich die Vorfreude auf die Verabredung über Monate gesteigert. Als ich mich für die Party in der Orangerie anzog, war ich bereit zum Angriff.

»Wow!«, sagte Grant, als er mich in dem hautengen, halb durchsichtigen, schillernd goldenen Abendkleid erblickte, das ich mir aus Victorias Firma geliehen hatte (mit nach innen gehängten Etiketten, weil ich es am nächsten Tag zurückgeben musste). »Du siehst wunderschön aus.«

Grant achtete darauf, dass mein Champagnerglas ständig nachgefüllt wurde, und führte mich, seine Hand auf meinem Rücken, durch den Raum und stellte mich den Gästen vor. Als wir schließlich gingen, legte er seine Jacke über meine Schulter. Vor Erwartung seiner Berührung kribbelte mein ganzer Körper.

Mein Kleid verfehlte nicht seine Wirkung. In Grants Haus in Knightsbridge trug er mich die Treppe hinauf. Wir zogen uns gegenseitig aus. In seinem Eifer, mich zu vernaschen, riss er leider den Träger des Kleides ab. Ich spürte einen fast körperlichen Schmerz, als ich das Geräusch hörte – das Kleid kostete mehr als meine Miete.

Am nächsten Tag versuchte ich bei einem Kaffee, Grant meinen Kleiderfimmel zu erklären. Meine besondere Schwäche sind Dessous. Ich erzählte ihm, der Kauf meines ersten BHs von La Perla sei ein bisschen wie der Verlust meiner Jungfräulichkeit gewesen. Ich kann mich noch an meine Beklommenheit erinnern, als ich ihn anprobierte, und wie heiß ich in der Ankleidekabine wurde, als ich sah, wie die Seide meine Haut umschmeichelte. Auch weiß ich noch, was für einen Schauder ich bekam, als ich der Verkäuferin meine Kreditkarte reichte. Der gesamte Kaufvorgang dauerte nach all der Vorfreude lediglich zwei Minuten.

Inzwischen habe ich vier riesige Schubladen voll Unterwäsche. In einer sind die »hübschen« Sachen, hochwertige französische Balkonette-BHs aus Spitze und seitlich gebundene seidene Höschen. In der »unanständigen« Schublade sind Korsetts und Strapse, und in der »gemischten« Abteilung bewahre ich thematische Wäsche auf wie beispielsweise das »strenge Kindermädchen«, das »französische Hausmädchen« sowie meinen treuen strassbesetzten Ochsenziemer. Die unterste Schublade ist die schnell schrumpfende »normale« Abteilung.

Meine Bekannten halten mich für verrückt, weil der Großteil meiner Errungenschaften niemals das Tageslicht erblickt, gut aussehende Fremde kommen noch viel seltener in den Genuss. Aber Dessous vermitteln mir das Gefühl, dass die Möglichkeiten, Männer aufzugabeln, grenzenlos sind, selbst wenn ich nur zu Tesco zum Einkaufen gehe. Vielleicht kaufe ich lediglich Klopapier ein, aber dass ich dabei ein Korsett trage, ist mein kleines erotisches Geheimnis.

Ich war nicht immer so. Mit achtzehn, neunzehn Jahren, als ich nach außen hin immer noch das brave Mädchen spielte, trug ich bei Verabredungen grässliche Unterwäsche als Abschreckung, damit ich mit niemandem vögeln würde. Es funktionierte nicht. Ich ging trotzdem mit dem betreffenden Jungen ins Bett, musste mich aber für mein verschlissenes Höschen entschuldigen, bevor es zur Sache ging.

Heutzutage würde es mir nichts ausmachen, in einer schäbigen Jeans erwischt zu werden, doch die Vorstellung, dass mir ein Notarzt nach einem Autounfall die Klamotten vom Leib schneidet und darunter eine dicke graue Unterhose vorfindet, ist mir unerträglich. Wobei, ich habe auch schon so einige kleidungstechnische Katastrophen im Zusammenhang mit Sex erlebt. Einmal trug ich einen hautengen Overall aus PVC, von dem ich am ganzen Körper Ausschlag bekam. Ein andermal hatte ich zu enge halterlose Strümpfe angezogen, und meine Oberschenkel sahen wie zwei Portionen Brokkoli aus.

Nachdem wir Kaffee getrunken hatten, ging Grant mit mir zu Coco de Mer. Als ich einen schwarz-rosa Push-up-BH und Strapse mit Strümpfen anprobierte, schlich er sich in die Umkleidekabine. »Mann, siehst du heiß aus«, sagte er. Wir wurden beide so geil, dass ich mich auf seinen Schoß setzte, während er mir »half«, den BH wieder auszuziehen.

Grant fuhr mit den Händen über die Halbschalen und sagte: »Egal, was der kostet, er ist sein Geld auf jeden Fall wert.«

Wir gingen zu ihm, wo ich das Paket auspackte. Dann durfte Grant mich auspacken.

»Also, er hat sich seit zwei Tagen nicht mehr gemeldet«, sagte ich zu Victoria, als wir uns bei Starbucks im Einkaufszentrum Whiteleys trafen. »Aber innerlich verfolgt er mich! Ich weiß genau, dass das vierte X unter meiner letzten SMS zu viel des Guten war!«

Victoria lächelte wissend. »Der ruft schon an. Darauf wette ich.«

»Ich muss doch bescheuert gewesen sein, diesen Blödsinn mit ›Ich spiele keine Spielchen‹ zu glauben! Das sind jetzt geschlagene zweiundsiebzig Stunden her, seit wir eine innige sexuelle Verbindung eingingen …«

»Das glaube ich.« Victoria lachte. »Hör zu, wahrscheinlich hält er sich nur an die Regel, drei Tage zu warten, und versucht, cool zu bleiben. Er spielt sein Spielchen, du musst ihm immer einen Schritt voraus sein. Du meldest dich auf gar keinen Fall bei ihm!«, befahl sie mir.

»Die Regel mit den drei Tagen gilt nicht, wenn man mit demjenigen gepennt hat! Dann verkürzt sich der Zeitraum auf vierundzwanzig Stunden. Mein Gott, ich dachte, so was wüsste jeder!«

»Cat …«, sagte Victoria.

Doch ich steigerte mich hinein. »Weißt du, was mich so richtig ärgert? Wir sitzen hier und bilden uns ein, Männer würden sich mit dem Gedanken quälen, ob sie uns anrufen sollen. Wir ersinnen Ausreden wie: ›Vielleicht lag es an seiner Kindheit, oder sein Hund starb, als er zehn war, und deshalb hat er Angst vor zu großer Nähe.‹ In Wahrheit will er einfach nur nichts von mir. Oder bumst eine andere«, sagte ich jammernd.

»Ich hab gemerkt, wie er dich angeguckt hat«, erwiderte Victoria, während sie ihr Scone mit Ahorn und Nüssen zerzupfte und kleine Stückchen davon aß. »Glaub mir, der ruft an. Aber du meldest dich nicht bei ihm«, wiederholte sie streng. »Apropos Beziehung, hast du schon mit deinem potenziellen Verlobten gesprochen?«

Ich seufzte. »Noch nicht. Aber ich muss mir bald eine Antwort überlegen. Bis dahin mache ich noch ein bisschen Shopping-Therapie. Über mein Schicksal habe ich vielleicht keine Macht, aber was auch passiert: Wenn sich meine Zukunft vor mir ausbreitet, werde ich heiße Dessous tragen.«

Auf dem Heimweg ging ich bei Boots und Agent Provocateur auf der Kensington Park Road vorbei, wo ich verschiedene BHs anprobierte. Durch die Kälte in der Umkleidekabine wurden meine prämenstruellen Nippel hart. Als ich sah, wie sie über die seidenen Körbchen herausquollen, überlegte ich, es mir an Ort und Stelle zu machen. Nur das Fehlen einer abschließbaren Tür und die Anwesenheit einer überaufmerksamen Verkäuferin hielten mich zurück.

Mitten am Tag scharf zu werden, bringt Frauen in die Klemme: Schmutzige öffentliche Toiletten bieten sich nicht gerade zum Phantasieren an, und vor den meisten Umkleidekabinen wartet eine lange Reihe, und/oder es sind keine Schlösser an den Türen. Wenn ich es mir unbedingt in einer Umkleide machen wollte, würde ich wohl die bei Gap auswählen. Dort gibt es entspannte Angestellte, eine dimmbare Beleuchtung und angenehm große Kabinen.

Am Abend war ich auf der Suche nach einem Ventil. Ich brach meine eigene Regel und rief Andrew an. Ich hatte seine Nummern zwar gelöscht, doch sie waren in mein Gehirn eingebrannt. Nach dem dritten Klingeln und meinem vierten Dirty Martini nahm er ab. »Ich bin's, Andrew«, sagte ich. »Hör mal, Süßer, wir haben uns ja schon seit ein paar Wochen nicht mehr gesprochen, deshalb sage ich es jetzt geradeheraus«, lallte ich. »Ich finde, wir haben immer noch eine sehr intensive Bindung, das spürst du doch auch, oder?«

»Ehrlich gesagt, nein«, sagte er. »Ich würde sagen, Sie haben sich verwählt. Ich heiße Tom.«

Das ist mein schmutziges kleines Geheimnis: Wenn ich betrunken bin, rufe ich Männer an. Tagsüber bin ich klug und vernünftig, aber nach einem Glas Alkohol (oder zehn) verwandle ich mich in eine Frau, die einmal um zwei Uhr morgens einen Ex weckte, um ihm eine Liebesballade aus den Achtzigern vorzusingen. Ich dachte, es wäre niedlich und ironisch, war es aber nicht.

Nach einem durchfeierten Abend lautet meine betrunkene Logik wie folgt: Wenn ich nicht in der Lage war, bei einem Gespräch unter Erwachsenen die Differenzen mit dem Typen zu beseitigen, der mich abserviert hat, so ist mir nach dieser Inspiration in flüssiger Form alles glasklar. Warum also sollte ich ihn nicht anrufen, um ihm zu sagen, was er verpasst?

Die üblen Folgen eines solchen Anrufs stürzen erst am nächsten Morgen auf mich ein. Ich greife unter das Kopfkissen und suche mein Handy, um herauszufinden, wen ich belästigt habe, noch bevor ich mir Schmerztabletten einwerfe.

Ich habe schon alles gemacht: den lächerlichen nostalgischen Anruf, meistens nach einer Überdosis Liebesgedichte auf einer Hochzeit, den »zufälligen« Anruf mit dem Telefon in der Handtasche, damit der Typ hören konnte, wie sehr ich mich gerade amüsierte, und ja, sogar erotisches Geflüster.

Immerhin bin ich nicht die Einzige. Sich betrunken irgendwo zu melden ist mittlerweile zu einem sozialen Phänomen geworden. Damals, in der Ära vor dem Handy, war der Wunsch meist verflogen, bis man ein öffentliches Telefon oder einen Festnetzanschluss aufgetrieben hatte. Doch genau wie SMS und Anrufererkennung spielen betrunkene Anrufe in der modernen Anmachkultur eine zentrale Rolle.

Die Mobilfunkanbieter haben so ihre Mühe, sich Abschreckungsmittel einfallen zu lassen. Virgin Mobile hat seinen australischen Kunden angeboten, bestimmte Nummern bis sechs Uhr morgens zu sperren. Eine andere Firma hat ein »Alkotest-Handy« auf den Markt gebracht, das gewisse Zahlen blockiert, wenn der Alkoholspiegel einen bestimmten Wert überschreitet. In Korea hat es sich bereits zweihunderttausend Mal verkauft.

Meine Freundinnen und ich haben unsere eigenen Strategien entwickelt. In der Zeit nach einer Trennung gilt die Regel, dass keine von uns betrunken telefonieren darf. Zu dem Zweck tauschen wir unsere Handys mit der voraussichtlichen Anruferin. Die Auswirkungen eines zweiminütigen »kathartischen« Gesprächs können kränkend sein, beispielsweise als psychisch kranke Stalkerin beschimpft zu werden. Schlimmer noch, das Objekt unserer trunkenen Begierde könnte uns sogar ernst nehmen!

Eine Freundin von mir in New York war eines Nachts allein und fragte sich plötzlich, was wohl aus ihrem ehemaligen Freund geworden sei, einem Postboten, mit dem sie an der Uni zwei Wochen lang gegangen war. Nach mehreren Schnäpsen wählten ihre Finger ganz von allein. Am nächsten Morgen stand er bei ihr auf der Matte. »Er sagte, er habe immer davon geträumt, mich zu heiraten, und ich hatte keine Ahnung, wovon er überhaupt redete«, erzählte sie.

Was mein verhängnisvolles Telefonat mit Andrew anging: Ich erreichte ihn schließlich, nur um laut zu deklamieren: »Ich bin über dich hinweg!«, gefolgt von: »Kann ich rüberkommen?«

Zum Glück schaffte ich es allein nach Hause und schlief tief und fest, wie der Speichel auf meinem Kopfkissen bewies. Igitt. Vielleicht ist doch was dran an dem Alkotest-Gerät. Wenn sich jetzt bloß noch jemand einen Alkohol-Anmach-Verbieter ausdenken würde …

Es war nicht das erste Mal, dass ich Männer und Technik als ungute Kombination empfand. Obwohl ich finde, dass ich bei beiden relativ gewieft bin, sprang ich einfach nicht auf die SMS-Besessenheit an. In Amerika sieht man die Textnachricht lediglich als Rastplatz auf dem Highway der Liebe – ein Meldeschalter zwischen zwei Anrufen. Doch in England habe ich Freunde, deren Beziehungen über das kleine Display begannen, erblühten und schließlich erloschen.

Ein Beispiel: Meine erste Verabredung mit Edward, einem kleinen, aber berückend attraktiven Schriftsteller mit durchdringenden grünen Augen, fiel in die Kategorie von Treffen, nach denen ich bedauerte, allein heimgekehrt zu sein.

Später schickte er mir eine SMS, um sich zu vergewissern, dass ich heil und gesund zu Hause angekommen war, was ich wirklich niedlich fand. Am nächsten Tag schrieb er mir wieder, dann im Laufe der Woche: »Wamaduheu? Wollen wir uns treffen?«

In dieser Woche mitternächtlicher Sendbriefe rief er mich nicht ein Mal an. Wir hatten unglaubliche persönliche Gespräche, wenn wir uns gegenüberstanden, doch anstatt abends die Stimmbänder zu benutzen, verließ er sich lieber auf seine Daumen.

Zuerst tippte ich ihm höfliche, oberflächliche Antworten. Doch als ich die nächste Nachricht bekam, in der er nach einem »neuen D8« fragte, muss ich gestehen, drückte ich auf die Löschtaste.

Ich habe so einige Internet-Affären gehabt und akzeptiere im Großen und Ganzen, welche Rolle E-Mails in der heutigen Zeit spielen. Lange E-Mails können den Charakter und Humor des anderen in feinen Nuancen offenbaren. Doch ich war immer der Ansicht, dass ein Mann, der mich anfassen will, vorher zum Hörer greifen muss.

Okay, vielleicht ist meine Einstellung ja unzeitgemäß.

Es sind übrigens meine männlichen Freunde – noch nie bekannt für ihre kommunikativen Fähigkeiten –, die am meisten angetan sind von der verführerischen Macht der SMS. Michael schwört aufs Simsen, weil er meint, es mindere die Wucht der Ablehnung, wenn seine Avancen ignoriert würden. »Edward ist wahrscheinlich nur schüchtern«, sagte er, als ich mit ihm Indisch essen ging. »Ich mache das auch oft so, denn eine SMS zu verschicken ist weniger riskant, als sich mit einem Anruf auf dünnes Eis zu wagen.«

Ich verstehe seine Logik, aber wenn er nichts riskiert, muss er sich auch nicht wundern, wenn die daraus entstehende Beziehung denselben Charakter hat wie eine Textnachricht: kurz, freundlich und unverbindlich.

Nicht dass ich was gegen das Simsen hätte – es ist super bei der Arbeit, an lauten Orten und zur Bestätigung von Adressen. Ich schicke auch gerne verliebte Botschaften (nur nicht, wenn ich auf einer Party drei Tequila getrunken habe und dann einen sehr anzüglichen Text an Mum statt an Mark sende!).

Doch im breiten Nahrungsangebot der Kommunikationsmöglichkeiten sollten SMS höchstens ein Naan-Brot sein, niemals der Hauptgang. Und sie sollten nie als Ersatz für ein Gespräch missbraucht werden. Sonst riskiert man, die wichtigen Momente zu entpersonalisieren, die von Angesicht zu Angesicht erlebt werden sollten, beispielsweise erste Verabredungen, die erste Liebeserklärung oder die Trennung.

Deshalb beschloss ich, Edward anzurufen. Ich sprach ihm aufs Band, dass es mir super mit ihm gefallen habe, ich aber keine Verabredungen über SMS treffen würde. Er rief nicht zurück und erzählte später einem gemeinsamen Freund, er hätte Angst gehabt, ich sei zu anspruchsvoll.

Vielleicht fiel unser angehendes Verhältnis einem schlichten Missverständnis zum Opfer. Andererseits: Vielleicht war er ein Serien-Simser wie ein anderer Typ, den ich mal kennenlernte. Er warf sein Netz weit aus, indem er seine Nachrichten spätnachts betrunken an unzählige Frauen schickte, in der Hoffnung auf elektronischen Telefonsex.

Ich werde es nie erfahren. So oder so erwarte ich, dass ein Mann, dem etwas an mir liegt, sich mehr einfallen lässt, als einige bescheuerte Textfetzen in grässlicher Abkürzungssprache mit schlechter Interpunktion zu versenden. Immerhin sitze ich nicht dumm herum und warte, dass meine Handtasche vibriert.

Technik mag sich weiterentwickeln, doch Rücksichtnahme wird niemals aus der Mode kommen. In anderen Worten, Edward: »cu, wenn Schw1e fliegen können!«

21

Das Erste, was ich am Morgen erblickte, als ich die Augen aufschlug, war ein nagelneuer Fünfzig-Pfund-Schein auf dem Nachttisch. Nach einer durchvögelten Nacht hatte Grant mal wieder einen frühen Flug zu einer Geschäftsreise nach Johannesburg nehmen müssen.

Unsere dritte offizielle Verabredung am Abend vorher war umwerfend gewesen. Sein Fahrer holte mich zu Hause ab, dann aßen wir in einem intimen italienischen Restaurant, anschließend gab es jede Menge Cocktails und Champagner. Irgendwann hatte ich ihm erzählt, dass der Geldautomat einige Stunden zuvor meine Karte eingezogen und man mir in der Zweigstelle gesagt habe, es dauere fünf Tage, mir eine neue auszustellen. »Der Witz ist, ich trage ein Höschen für hundertzwanzig Pfund und habe nur noch sieben Pfund auf dem Konto«, hatte ich lachend gesagt.

Das war nicht als Anmache gemeint gewesen, aber es funktionierte. Wir fuhren zu Grant nach Hause und trieben es überall – im Bett, auf dem Sofa, auf dem Boden, sogar in der Dusche. Da Grant ständig geschäftlich unterwegs war, wusste ich nie, wann ich ihn das nächste Mal sehen würde. Sollte der Geldschein etwa die Bezahlung für geleistete Dienste sein? Benommen zog ich mich an, steckte das Geld ein und ging durch den Hyde Park zur New Bond Street.

Ich hatte das Gefühl, mich in einer moralischen Grauzone zu befinden. Obwohl ich wusste, dass es falsch war, bekam ich wacklige Knie. Ich spürte eine Welle von Verlangen, als ich in die Boutique von Christian Louboutin ging und die schwarzen Lederstilettos anprobierte. Ich war verliebt – in die Schuhe.

Ich rief Victoria an, die es als ihr gutes Recht ansah, stundenlang auf Kosten von Personen mit Y-Chromosom zu trinken. Ich wollte wissen, ob ich eine Nutte wäre, wenn ich das Geld nähme.

»Wenn du das Geld nimmst, ändert das die gesamte Dynamik eurer Beziehung«, sagte sie. »Und ja, das ist Prostitution.«

In Geldfragen habe ich mit Männern schon alles erlebt, habe jegliche Transportmethode mitgemacht, vom Privatjet bis zur Fahrt auf dem Fahrradlenker, weil wir nicht genug Kleingeld für die U-Bahn hatten… Fast konnte ich den Teufel auf meiner Schulter sitzen sehen, der mich zum Shoppen drängte. Aber wenn Geld Macht ist, dann würde es Grant mir gegenüber einen Vorteil verschaffen, wenn ich in dieser frühen Phase Knete einsteckte. Ich hatte zu lange gut auf mich aufgepasst, um jetzt so zu handeln. Mit Bedauern stellte ich die Schuhe zurück ins Regal.

Als Grant am nächsten Tag anrief, sagte ich ihm, ich hätte seine Geste sehr nett gefunden, würde ihm aber das Geld zurückgeben. Er lachte, als ich erzählte, wie viele Gedanken ich mir darüber gemacht hätte.

»Das ist doch kein Problem. Ich meinte das nicht irgendwie böse. Ich wollte bloß sicher sein, dass du über die nächste Woche kommst.«

Er bat mich erneut um ein Treffen, und ich schlug vor,

wir sollten ein paar Bier trinken gehen, wenn er aus Hongkong zurück sei. Und dann gingen die Getränke auf meine Rechnung.

In der Zwischenzeit dräute die Angelegenheit mit meinem potenziellen Verlobten. Nach mehreren schlaflosen Nächten war ich mir noch immer nicht sicher, ob ich Marks unter Alkoholeinfluss gemachtes Angebot annehmen sollte.

Bei einer Tasse ekeligen löslichen Kaffees in unserer Küche gingen Victoria und ich meine Möglichkeiten durch. Als Tourist konnte ich bis in alle Ewigkeiten bleiben, doch wenn ich die Insel jemals verließe, liefe ich Gefahr, nicht wieder ins Land gelassen zu werden. Und ich liebte meine Familie zu sehr, um das aufs Spiel zu setzen.

Ich zahlte Steuern, ich wollte mich gar nicht in die soziale Hängematte legen. Ich beherrschte die Sprache und wollte wirklich eine gute Bürgerin sein. Eigentlich doch nicht schwierig, oder?

»Hör mal, Cat, du musst das nicht unbedingt tun«, sagte Victoria, nachdem ich das Standesamt von Kensington und Chelsea angerufen hatte, um mich nach einem Termin zu erkundigen. »Wir können ja auch behaupten, wir wären lesbisch, dann müsstest du nicht den Bund fürs Leben eingehen.«

»Aber dafür muss man zwei Jahre zusammengelebt haben, und ich will dich nicht in so eine Situation bringen«, erwiderte ich und verzog das Gesicht, als ich einen Schluck Kaffee trank. »Mark und ich haben gemäß gesetzlicher Definition zumindest theoretisch eine existierende Beziehung, wenn auch in diesem Fall eine rein horizontale.«

Ich hatte Geschichten über Leute gehört, die illegal in

Cafés arbeiteten und die Identität eines Bekannten annahmen, damit sie über die Sozialversicherungsnummer dieses Freundes bezahlt wurden und sich das Geld anschließend auszahlen lassen konnten. Aber da ich eine Zeitungskolumne unter meinem vollen, richtigen Namen schreibe, wäre es ganz schön schwierig, so zu tun, als sei ich jemand anderes als Catherine Townsend.

»Die Sache entbehrt nicht einer gewissen Komik, wenn man bedenkt, dass mein ganzes Leben darauf basiert, dass ich Single bin«, sagte ich.

»Aber du bleibst ja Single! Wenn überhaupt, bekommst du durch eine Spontanheirat ein besseres Image. Britney hat das schließlich auch gemacht!«

»Na, super!« Ich musste lachen. »Jetzt imitiere ich also schon geisteskranke Prominente. So habe ich mir meinen Hochzeitstag einfach nicht vorgestellt!«

»Vielleicht soll es so sein«, sagte Victoria. »Denk einfach an das Ergebnis und wofür du es tust.«

»Ich weiß ja, dass ich nicht gerade ein moralisches Vorbild bin, aber ich habe wirklich immer gedacht, dass meine Hochzeit etwas Heiliges wäre. Selbst wenn alle in sich hineinlachen würden, weil ich Weiß trüge.« Plötzlich fühlte ich mich eingeengt in der Küche. Ich öffnete die Balkontüren. »Wenn es doch einen anderen Ausweg gäbe, einen legaleren!«

»Warum fragst du nicht Grant, ob er dir helfen kann? Er hat doch politische Beziehungen«, sagte Victoria. »Meinst du, so was macht er? Würdest du ihm von deinem Problem erzählen?«

»Ich weiß nicht, ob ich noch an Seelenverwandtschaft glaube«, erwiderte ich. »Ich meine, klar, du und Mike, ihr seid glücklich, und ich hoffe, dass ich auch irgendwann so jemanden finde. Aber im Moment habe ich wirklich nicht das Gefühl, mich um jemand anders kümmern zu können, ich habe schon mit mir selbst genug zu tun.« Ich grinste. »Grant ist Mr Sorbet-Sex. Auf jeden Fall kein Material fürs ganze Leben.«

Mr Sorbet-Sex, eng verwandt mit dem Trostspender, neutralisiert die Geschmacksknospen zwischen zwei Beziehungen. Doch während der Hinwegtröster einem wieder zu neuem Selbstbewusstsein an der Beziehungsfront verhilft, macht es mir Mr Sorbet-Sex möglich, mich sexuell zu lösen und den Akt nicht mehr mit dem Ex zu assoziieren.

Außerdem hilft mir Sorbet-Sex, wenn ich jemand Neues kennenlerne, den ich mag, weil ich dann neben meinem Ex einen zweiten Vergleichswert habe und er mir nicht mehr ständig durch den Kopf geistert. Selbst wenn diese Art von Sex praktisch nicht so umwerfend ist, hilft sie mir, nach vorn zu blicken.

Ebenso bewahrt Sorbet-Sex mich vor dem Fallstrick, einen anderen Ex zu recyceln. Es war immer schon am schwersten, sich vom Sex mit dem Ex zu verabschieden, von jenem überwältigenden Gefühl, wenn man sich gegenseitig in- und auswendig kennt. Doch solch emotionale Beziehungen kommen nur selten vor. Es ist ja schon schwierig genug, jemanden zu finden, den ich überhaupt mit nach Hause nehmen, geschweige denn mit meinem Super-Ego bekannt machen würde.

Plato ist schuld daran. Er infiltrierte die moderne Kultur mit der Vorstellung von Seelenverwandtschaft, indem er behauptete, am Anfang habe es nur Wesen gegeben, die beides waren, Mann und Frau zugleich. Dieser perfekte Mensch sei dann auf tragische Weise gespalten worden, und der Legende nach suchen Männer und Frauen seitdem nach ihrer »besseren Hälfte«.

Das mag eine nette Idee zu Zeiten gewesen sein, als man komische Togas trug und schon glücklich war, wenn man dreißig Jahre alt wurde. Aber bei mir funktioniert es nicht so richtig.

»Ich verstehe dich voll und ganz«, sagte Victoria. »Märchen fand ich schon immer ätzend. Sie sind so masochistisch gegenüber den Frauen! Aschenbrödel war eine Sklavin, Schneewittchen wurde vergiftet, und Dornröschen lag im Koma. Und alle warteten nur darauf, dass ihr Traumprinz des Weges kam. Und was ist mit Rapunzel? Sie war in einem Turm gefangen, bis der Typ an ihrem Haar nach oben kletterte. Wenn ich das gewesen wäre, hätte ich mir einen fetten Kerl gesucht, der mir das Haar abreißt!«

»Heutzutage ist es auch nicht besser. Der erste Liebesfilm, den ich gesehen habe, war *Eine Jungfrau am Haken*, in dem Daryl Hannah eine Meerjungfrau ist und Beine bekommt. Sie spielt eine stumme Nymphomanin, in die sich Tom Hanks verliebt. Und dann *Pretty Woman*! Irgendwo habe ich gelesen, es ist immer noch die am häufigsten ausgeliehene DVD in der Altersgruppe der Elf- bis Fünfzehnjährigen. Kein Wunder, dass wir immer noch auf Richard Gere in seiner Limousine warten!«

»Ich weiß. Wir haben uns gestern *Tatsächlich … Liebe* ausgeliehen, das war so witzig! Der Premierminister mit der Hausangestellten, und Colin Firth mit diesem Mädel, das kein Englisch kann.«

Ich seufzte theatralisch. »Manchmal glaube ich wirklich, es wäre besser, wenn ich unsere Sprache nicht könnte. Zumindest einfacher. Dann könnte man sich den Dialog selbst zusammenstellen und einfach erfinden, was der Mann sagt. Nämlich das, was man sich wünscht.«

»Wenn du damit Andrew meinst, dann weiß ich nicht, ob das irgendwas geändert hätte«, sagte Victoria. »Ich hab dir vorher gesagt – auf Englisch –, dass er verheiratet ist, aber du warst schon so verknallt in ihn, dass du es nicht hören wolltest.«

»Ich hatte einfach eine Pechsträhne. Ich werde schon den Richtigen finden.«

»Meinst du denn, du bist schon so weit?«

»Was soll das heißen? Ich war auch ›so weit‹, als ich Andrew kennenlernte.«

»Ja, aber es war doch von Anfang an klar, dass er sich emotional nicht voll auf dich einlassen konnte. Ich glaube, wenn er alle Brücken hinter sich abgebrochen und gesagt hätte: ›Gut, Cat, wir bleiben für immer zusammen‹, hättest du ihn spätestens nach einem halben Jahr abgeschossen.« Victoria hielt inne. »Vielleicht solltest du dir weniger Gedanken darüber machen, ob du die Richtige für jemanden bist, sondern dich fragen, ob er der Richtige für dich ist«, sagte sie liebevoll.

Ich dachte über ihre Worte nach. Auf gewisse Weise haben mich Herausforderungen schon immer gereizt. Darin lag auch teilweise die Anziehungskraft von Grant. Ich wollte nicht unbedingt den Rest meines Lebens mit ihm verbringen, ich wollte nur, dass er mich heiraten wollte. Einfach ausgedrückt: Ich wollte gewinnen. Ich lehnte mich zurück und schloss die Augen.

»Ich, ähm, ich wollte dich nach deiner Meinung fragen. Ich liebe Mike wirklich, aber ich habe in den letzten zwei

Monaten zwei andere Männer geküsst«, sagte Victoria zögernd.

Ich riss die Augen auf. »An interessanten Stellen?«

»Nein, im Ernst, Cat. Mike macht mir wirklich Druck, dass wir uns zusammen ein Haus kaufen, vielleicht habe ich nur Schiss. Die Männer haben mir nichts bedeutet, es war nur ein bisschen Spaß, aber Mike wäre nicht gerade begeistert, wenn er das herausbekäme. Meinst du, ich bin schrecklich?«

Ich legte meine Hand auf ihre und drückte sie. »Nein, ich denke, das ist völlig normal. Es ist so, wie du gesagt hast: In Beziehungen wie zwischen mir und Andrew ist alles immer so unsicher, dass man nicht mal Zeit hat, ans Fremdgehen zu denken. Aber wenn ich es mir mit jemandem einrichte und mich entspanne, fange ich meistens schnell wieder an, nach rechts und links zu gucken.«

»Aber ich habe mit Alan rumgeknutscht!« Alan arbeitete in der IT-Abteilung, und wir hatten vor kurzem darüber gesprochen, ob die ziemlich deutlichen Hügel unter seinem Hemd Männertitten waren.

»Ja, aber vielleicht hast du Angst, dir selbst die ganzen Möglichkeiten zu nehmen, die du noch hattest, als du völlig unabhängig warst. Für mich war das gefürchtete Z-Wort nie ›Zusammensein‹, sondern ›Zugeständnisse‹.«

»Also meinst du wirklich, es liegt an dem Haus?«

»Das, oder du fühlst dich heimlich zu Alan hingezogen und willst Kinder von ihm; vielleicht könnte er sie sogar stillen!« Ich duckte mich weg, als Victoria lachend ein Kissen nach mir warf.

»'tschuldigung, das war gemein. Nein, Alan ist echt süß. Aber ihn zu küssen, das ist ein lauter Hilfeschrei. Du brauchst keine Panik zu haben. Mike ist ein super Typ.« Ich umarmte Victoria, nahm meine Tasche und ging nach draußen.

Später dachte ich lange über Untreue nach. Männer erzählen immer von Charles Darwin und dass sie ihren Samen so breit wie möglich streuen müssten, um ihre Art zu erhalten.

Aber sind Frauen so anders? Sobald ich mich in einer Beziehung einrichte und mich wohlfühle – auch wenn diese Momente immer seltener werden –, macht mich mein Selbstvertrauen mutig. Ich könnte zusammen mit meinem Partner essen gehen – insgeheim würde ich mir einen Dreier mit dem scharfen blonden Kellner und dem Typ am Nachbartisch vorstellen. Vielleicht ist es für Frauen wie Victoria und mich nach so vielen Jahren sexueller Begegnungen *à la menu* eine beängstigende Vorstellung, den Rest des Lebens einem strengen Ernährungsplan zu folgen. Vielleicht liegt es nicht daran, dass wir den Männern nicht trauen. Wir trauen uns selbst nicht genug, uns an die vorgeschriebene Kost zu halten.

22

»Das reicht!«, sagte ich, griff nach meinen Klamotten und wischte mir den Schweiß von der Brust. »Ich muss hier raus!« Kurz nach zwei Uhr in der fünften Nacht, die ich in Grants Haus verbrachte, merkte ich, dass die Wärme mich wahnsinnig machte.

Grant hatte eine enorme Körperbehaarung. Normalerweise mag ich behaarte Männerbrüste, aber in einem schwülen dunklen Zimmer kommt es einem vor, als läge man unter der Heizdecke. Allmählich hatte ich das Gefühl, von einem Mann in einem Gorillakostüm geknuddelt zu werden.

Der Sommer ist normalerweise eine Zeit des ungezügelten Hedonismus: Sonnenlicht stimuliert den Körper, sodass er mehr Serotonin produziert, was unsere Stimmung hebt. Doch in diesem Jahr schien meine Libido bei steigender Quecksilbersäule abzunehmen. Ich würde zu keinem Mann ins Haus gehen, ohne mir Gedanken über die Größe seines Apparates zu machen – seiner Klimaanlage, meine ich. Wenn die Temperamente so hitzig sind wie die Temperaturen, werden alle ein wenig kratzbürstig, und selbst eine so schlichte Angelegenheit wie ein Gang zum Laden an der Ecke kann zum völligen Zusammenbruch führen.

Aber die Hitze hatte auch ihre Vorteile. »Ganz schön heiß, was?« ist der gebrauchsfertige Einleitungsspruch für den notorisch verklemmten Briten, auch wenn er in einem sonnigen Park besser klingt als in der kochenden U-Bahn, wenn einem der Schweiß am Körper hinabläuft. Wenn es so weit ist, bin ich bereit zu morden, aber nicht zu bumsen. Deshalb zog es mich am Nachmittag in den Holland Park, um hektarweise straffe, gebräunte Haut zu begaffen.

Leider entdeckte ich nur Männer mit milchweißen Bierbäuchen und zahllosen Tätowierungen, die sich neben einem Typen in kurzer Hose sonnten, der wie Frodo aus *Herr der Ringe* in dick aussah.

Ich kenne keine Frau, die sich trauen würde, öffentlich im Park blankzuziehen, ohne sich den Kopf über ihre wabbeligen Stellen zu zerbrechen und ohne sicherzustellen, dass sie perfekt vorgebräunt/gewachst/gekleidet ist. Die Bauarbeiter in der Nähe des Parks wenden auf sich selbst offensichtlich nicht denselben prüfenden Blick an (viele aus der barbusigen Horde haben eine größere Brust als ich!). Sie rufen mir zu: »Willst du mal probieren?«, und zeigen auf ihr Geschlechtsteil.

Doch nicht nur die Alleinstehenden hatten ihre liebe Mühe – auch Pärchen griffen auf verzweifelte Maßnahmen gegen die Hitze zurück. »Gestern Nacht haben Mike und ich halbnackt ein Eis gegessen, um uns abzukühlen«, erzählte Victoria. »Aber es war nicht erotisch, wir haben uns sogar um die letzte Kugel gestritten.«

Trotzdem ging es aufwärts, denn Grant hatte gerade angerufen, um mir mitzuteilen, dass er für uns ein Zimmer in einem Design-Hotel gebucht hätte. »Ich dachte, wir machen uns ein schmutziges Wochenende in der Stadt«, sagte er und fügte hinzu: »Das Hotel hat eine erstklassige Klimaanlage.«

Ich sagte ihm, er könne auf mich zählen.

Aber zuerst hatte ich noch eine nachmittägliche Verabredung mit einem Mann, der exakt das hatte, wonach ich mich sehnte, und der genau wusste, wie er mich befriedigen konnte: Er fuhr einen Eiswagen.

»Du solltest die Euphorie genießen und nicht alles so ernst nehmen«, sagte mir Mark am Handy über eine knisternde Mobilfunkverbindung. »Glaub mir. Wenn du erst mal jahrelang mit einem Typen zusammen bist und ihm auf dem Sofa die Zehennägel schneidest, wirst du an diese Zeit zurückdenken und dich nach dem Nervenkitzel sehnen.«

Jahrelang? Die meisten meiner Freundschaften haben bereits einen Totalschaden, bevor die Milch im Kühlschrank abgelaufen ist. Ich gebe es zu: Ich bin dem ersten Hochgefühl einer Liebesbeziehung verfallen und neige zum Abspringen, bevor der heiße Sex ins Sockensortieren übergeht. Wie konnte ich mich entspannen, wenn ich innerlich aufgewühlt war und dabei Gleichgültigkeit vorspielen sollte, sobald er anrief? Nur damit er nicht glaubte, ich hätte es nötig. Es war sehr anstrengend.

»Übrigens«, sagte Mark, »hast du über mein Angebot nachgedacht?«

»Ja«, antwortete ich, »und wenn du immer noch willst, würde ich es gerne annehmen.«

»Na, klar, Süße. Wollen wir uns trotzdem zum Mittagessen treffen?«

War da ein Zögern in seiner Stimme gewesen, oder bildete ich mir das nur ein? »Ja, wenn du Lust hast, gerne. Dann können wir über die Vorbereitungen sprechen. Du weißt ja, dass du das nicht tun *musst*, ja? Ich würde es absolut verstehen, wenn du einen Rückzieher machst.«

»Nicht im Traum, Süße. Für jedes Problem gibt es eine Lösung. Klären wir also die Formalien ab, ja? Um eins vor meinem Büro?«

»Ja, super. Wenn es dich nicht stört, will ich vorher noch kurz beim Agent-Provocateur-Shop in Selfridges vorbei.«

»Bist du wieder mit Grant verabredet?«

Ich hörte die Missbilligung in Marks Stimme. Ich wusste, dass er Grant als ernsthaften Konkurrenten abgeschrieben hatte. Mark fand, Grant solle auf mich zugehen und mir seine Hilfe bei der Lösung des Visumproblems anbieten. Er konnte nicht verstehen, dass ich für Grant immer noch unbedingt die Frau seiner Träume spielen wollte. Grant löste Probleme, indem er einen großen Batzen Geld zurückließ – genau wie mein Vater. Vielleicht lag es daran, dass mir die Vorstellung zuwider war, ihm etwas zu schulden.

»Ja, ich muss echt damit aufhören, mich vor jedem Treffen in den Bankrott zu stürzen.«

Mark lachte. »Hast du schon gemerkt, wie abstrus das ist? Du gehst mit deinem Verlobten Unterwäsche kaufen, die du bei deinem Geliebten tragen willst? Sehr modern.«

Unfähig, mich auf irgendetwas zu konzentrieren, auch nicht auf meinen schnell näherrückenden Abgabetermin, rief ich eine medizinische Website auf und fand Folgendes: »Der Zustand des Verliebtseins ist oft gekennzeichnet durch ein Gefühl der Hochstimmung sowie durch intensive, zwanghafte Gedanken an das Objekt der Begierde.« Offenbar haben Wissenschaftler herausgefunden, dass das Gehirn eines Verliebten dem von Menschen ähnelt, die Kokain schnupfen.

Ich war zugedröhnt mit Dopaminen, ausgelöst von umwerfendem Sex. Das könnte meine widerstreitenden Gefühle für Grant erklären.

Irgendwo habe ich gelesen, dass Frauen das sogenannte »Kuschelhormon« Oxytocin produzieren. Es sorgt dafür, dass wir unsere Babys lieben und uns nach dem Sex nach dem Partner sehnen, weil das Hormon unser Hirn chemisch beeinflusst.

Ich wusste, dass Grant und ich letztendlich nicht kompatibel waren. Doch ich kam mir vor wie die Laborratte in dem Experiment, wo bei Betätigung eines Hebels Drogen ausgegeben werden. Studien haben gezeigt, dass die Tiere sich selbst immer stärkere Dosen verabreichen, bis sie sterben. Lust macht süchtig.

Früh am nächsten Morgen traf ich Victoria in unserem Fitnessstudio in der Nähe von Ladbroke Grove. Ich verbrachte fast eine Stunde auf dem Laufband, um einen klaren Kopf zu bekommen. Anschließend cremte ich mich mit Körperlotion ein und schilderte ihr die blutrünstigen Details meiner Begegnungen mit Grant. Der Endorphinflash war super, reichte Victoria aber offensichtlich nicht. Sie warf noch drei Ibuprophen ein.

»Das Problem ist, dass ich einfach nicht weiß, ob das verliebte Kribbeln ein Vorbote von noch größeren Gefühlen ist oder einfach nur eine chemische Reaktion«, erklärte ich ihr.

»Das Gefühl kenne ich«, erwiderte sie. »Der beste Sex, den ich je hatte, war im Urlaub mit einem Griechen. Ich lernte ihn kennen, und die nächsten zehn Tage fuhren wir auf seinem Motorrad durch die Gegend. Es war so romantisch!« Sie warf das Haar auf die andere Seite. »Da hatte ich natürlich noch nicht gemerkt, dass wir bei unseren romantischen Fahrten an den Strand in Wirklichkeit auf der Flucht vor den Bullen waren.«

Ich hatte gerade einen Schluck aus meiner Wasserflasche getrunken und musste so heftig lachen, dass ich fast erstickt wäre. »Weißt du, Cat, mit mir und Mike funktioniert es deshalb, weil wir schon vorher Freunde waren«, sagte sie und schlug mir auf den Rücken. »Versuch einfach, dich nicht zu sehr in die Sache mit Grant hineinzusteigern, ja? Ich habe euch verkuppelt, damit ihr Spaß habt, du kennst ihn doch kaum. Und mit dieser anderen armen Frau ist er seit Jahren mal zusammen und dann wieder nicht. Ich sage das zwar nicht gerne, aber kann es sein, dass du dir immer Männer aussuchst, die emotional oder physisch nicht verfügbar sind? Ist das vielleicht ein Muster bei dir?«

Ich schlug mit dem Handtuch nach ihr und lachte.

In dem Augenblick bekam ich eine SMS. Grant lud mich in seine Wohnung ein, mitten am Tag. Wenn jemand eine langfristige Beziehung sucht, würde er so was wohl nicht tun.

Ich hätte mir wirklich eine Ausrede einfallen lassen – keine Zeit – oder nicht so schnell zusagen sollen. Aber es war ein herrlicher Tag, die Sonne schien, und ich beschloss, für den Augenblick zu leben. Ich zog los, zu meinem nächsten Schuss. Zumindest für die nächste Zeit war ich süchtig – nach Sex.

23

Als ich in dem edlen Herrensalon saß, hätte ich schwören können, einen tiefen Bariton über Sades Säuseln zu hören. Ich fragte mich, ob Grant den Tag verdammte, als er die schicksalhaften Worte von sich gab: »Ist doch nur Wachs, was soll da schon groß dran sein?« Es begann mit einer Wette. Grant war ein großer Fan des Hollywood-Wax, nach dem man völlig kahl ist (vielleicht weil er selbst follikular großzügig bedacht war). Mir gefielen ebenfalls der Anblick und die erhöhte Empfindlichkeit nackter Haut.

Nach einem langen Gespräch hatten wir beschlossen, unsere Beziehung locker zu nehmen. Er flog ständig nach Afrika, und wenn ich ehrlich bin, fand ich es zu früh nach Andrew, um mit jemandem etwas Ernstes anzufangen. Aber Grant hatte seine Rolle als Sparringspartner und Trostspender dankbar angenommen, was unseren Sex nur noch schärfer machte.

Da er im Ausland lebte und wir uns nur gelegentlich sahen, fand ich es irgendwie unfair von ihm, zu erwarten, dass ich mich unten herum für ihn picobello halten sollte. Besonders, da er so behaart war, dass ich praktisch Haarknäuel auswürgte. Also trafen Grant und ich eine Verabredung: Ich würde das masochistische Ritual nur dann beibehalten, wenn er sich zu einer einmaligen Haarentfernung an Rücken, Sack und Backen einverstanden erklärte.

Bisher beschränkte sich seine kosmetische Behandlung darauf, gelegentlich mit dem Rasiermesser vertikal durch seine Augenbraue zu fahren. Das ist deutlich einfacher, als den Fuß auf die Schultern einer Fremden zu legen, die ein Stück Gewebe aus einem Bereich reißt, den eigentlich nur mein Gynäkologe einer genaueren Betrachtung unterziehen sollte.

Ich kann Grants Abneigung gegen Schamhaare jedoch verstehen, weil ich ebenso zwanghaft alle Männer von ihrer Gesichtsbehaarung befreien möchte (außer Dreitagebärte, die finde ich geil). Das Einzige, was bei einem Typ noch schlimmer ist als ein Siebziger-Jahre-Retro-Schnäuzer (übrigens der Stoff, aus dem die Horrorfilme sind: Er ähnelt einer in Motoröl getunkten Raupe), ist ein Ziegenbärtchen, denn wenn ein Kerl sich nicht einmal zu einem Vollbart bekennen kann, ist das kein gutes Zeichen. Jedes Mal, wenn ich mit einem Mann mit diesem Gesichtsschmuck spreche, stelle ich mir vor, wie ich ihn fessele und ihm die Barthaare einzeln ausrupfe. (Ich könnte ihn natürlich auch rasieren, aber ich bin wohl ein wenig sadistisch veranlagt.)

Seit die Metrosexuellen die weibliche Fixierung auf Körperbehaarung zur Norm erhoben haben, geben die meisten meiner männlichen Freunde zu, gelegentlich ihre genitalen Hecken zu stutzen. Grund dafür ist der Verlängerungseffekt sowie der Wunsch der Partnerin. »Ich hab mit dem Rasieren angefangen, nachdem ich gelesen hatte, dass Pornodarsteller das auch machen«, gestand Mark mir einmal nach mehreren Coronas. »Das ist wie ein Zerrspiegel – alles wirkt größer, als es in Wirklichkeit ist.«

Genau wie diese unheimlichen Frauen, die sich so viele Augenbrauenhaare auszupfen, dass sie sie anschließend nachmalen müssen, können es auch Männer übertreiben. In einem Sommer traf ich mich mehrmals mit einem Radrennfahrer, dessen Brust so glatt war wie ein Mexikanischer Nackthund. Er gab zu, auch seine Beine zu rasieren, es mache sie windschnittiger. Und als wir mit Freunden ein Open-Air-Konzert besuchten, flippte er aus, weil er seinen Rasierer vergessen hatte.

Nach vierundzwanzig Stunden verstand ich langsam den Grund: Der Haarschatten auf seiner Brust war extrem stachelig, und bei Vollmond wuchs seine Körperbehaarung schneller als bei einem Werwolf. Als er sich am nächsten Nachmittag beschwerte, seine künstliche Bräune würde fleckig werden, und unsere Bumsparty sich zu einer ausführlichen Vorlesung zum Thema Enthaarung auswuchs, reichte es mir.

Eine Dreiviertelstunde später musste ich an eben diesen Radfahrer denken, als Grant schwitzend aus der Kabine kam und sich die Augenwinkel trocken tupfte. »Du lieber Himmel!«, sagte er und erschauderte, »Keiner hat mir gesagt, dass sie nach dem Wachs mit der Pinzette kommen!«

Bei ihm zu Hause pflegte ich die zarte Haut auf mehr als eine Weise, indem ich Aloe-Vera-Gel sehr kreativ einsetzte. Irgendwann werde ich ihm sagen, dass ich in Wirklichkeit den natürlichen Look bei Männern bevorzuge. Aber im Moment besser noch nicht.

Endlich gab es in unserer Wohnung einen männlichen Mitbewohner. Leider handelte es sich nur um ein pelztragendes Säugetier, eine Maus, der ich den Namen Ralph gegeben hatte.

»Ich weiß, dass ich ihn rauswerfen muss«, sagte ich zu Grant, »aber ich kann mich nicht überwinden, eine Falle aufzustellen.«

»Warum legst du nicht einfach Gift aus? Oder holst einen Kammerjäger? Schließlich hast du den Killerinstinkt.« Spielerisch schlug er mir auf den Hintern. »Mensch, du hast einen geilen Arsch! Wirklich, der ist perfekt.«

Ich zuckte zusammen. »Ich will die Maus ja gar nicht umbringen, ich will nur, dass sie abhaut«, sagte ich. »Ich habe es ihr schon vernünftig erklärt. Zweimal habe ich sie in einem Glas gefangen und nach draußen gebracht, aber sie scheint immer wieder einen Weg herein zu finden.«

»Eure Wohnung ist eine Bruchbude«, sagte Grant und zündete sich eine Zigarette an. »Ich könnte euch doch helfen, was Neues zu finden!« Er grinste. »Es sei denn, du hast vor, mit deinem Mann zusammenzuziehen!« Als ich Grant von meiner Zwangslage erzählt hatte, war er erstaunlich verständnisvoll gewesen, eigentlich sogar etwas zu verständnisvoll. Ich hatte gehofft, er würde ein wenig eifersüchtig sein. Stattdessen fand er die Angelegenheit eher lustig.

»Wie? Du willst meine Miete zahlen? Das geht nicht«, sagte ich und verschränkte die Arme vor der Brust. »Wenn mir ein Mann bei der Miete aushilft, dann nur, weil ich mit ihm zusammenwohne oder verheiratet bin. Punkt. Und die einzige männliche Kreatur, mit der ich im Moment zusammenlebe, hat vier Beine.«

Grant spreizte meine Schenkel und betrachtete meine absolut glatt rasierte Muschi.

»Und wo bist du dieses Wochenende?«, fragte ich ihn.

»Ich fliege in mein Haus am Comer See.«

»Wie, Party machen mit George Clooney?«, neckte ich ihn.

Er seufzte. »Nee, ich fliege mit S. hin. Wir haben beschlossen, doch zu heiraten.«

»Was? Aber du liebst sie doch gar nicht! Hast du mir jedenfalls gesagt!«

»Ja, aber das ist nicht so einfach. Wir kommen super miteinander aus, haben dieselben Interessen. Ich glaube, wir passen gut zusammen.«

Ich sprang auf. Grant legte mir den Arm um die Taille und wollte mich zurück aufs Bett ziehen.

»Ach, komm, stell dich nicht so an! Deswegen ändert sich doch nichts zwischen uns!«

»Was soll das heißen, es ändert sich nichts zwischen uns? Du willst heiraten! Das ändert alles.«

»Hör mal, ich dachte, du würdest zuallererst verstehen, dass man manche Sachen einfach machen muss, um jemandem Sicherheit zu vermitteln«, sagte er. »Es wird langsam Zeit für mich, sesshaft zu werden und ernst zu machen. Nach all der Zeit bin ich ihr das schuldig.«

»Bei Mark und mir ist das was anderes – wenigstens lüge ich ihn nicht an!«, fauchte ich und schlüpfte in meine Unterwäsche. »Meinst du nicht, du bist ihr jemanden ›schuldig‹, der sie wirklich liebt?« Ich sammelte meine übrigen Klamotten ein.

»Liebling, sei nicht so naiv. Das Verrückte, das Verliebtsein, verschwindet nach ein paar Monaten. Sie hat so gut wie keinen Geschlechtstrieb und daher kein Problem damit, wenn ich mir das woanders hole. Ich dachte, du würdest das verstehen. Was ist mit deinen Wühlmäusen?«

Er spielte auf einen Artikel von mir über die Polygamie

der meisten Säugetiere an. Wühlmäuse sind die seltene Ausnahme; die meisten Wissenschaftler glauben, es liege an einem Stoff namens Vasopressin. Männchen, die große Mengen davon im Körper haben, gehen eher eine Beziehung auf Lebenszeit ein. Menschen besitzen diesen Stoff nicht, was manche Männer als Ausrede zum Fremdgehen benutzen.

»Wage es bloß nicht, die Wühlmäuse da reinzuziehen! Menschen haben einen freien Willen, Einfühlungsvermögen und Selbstkontrolle, zumindest sollten sie das!«

»Na, du hast gut reden! Wenn ich mich recht erinnere, war dein letzter Freund verheiratet.«

Das saß. Ich trat einen Schritt vor. »Hör mal, Grant, ich weiß, dass ich nicht perfekt bin. Ich habe Fehler gemacht, aber ich werde keine ehebrecherische Affäre mit dir anfangen. Ich werde niemanden betrügen. So was mache ich nicht mit.«

»Aber ich dachte, dass du genau so was wolltest. Befreundet sein, keine Komplikationen, du bist umwerfend im Bett …«

»Willst du wissen, was ich denke?«

Grant lachte. »Als ob ich dir den Mund verbieten könnte. Was?«

»Ich glaube, dass du, wenn es um Frauen geht, einen ausgeprägten Heilige-Hure-Komplex hast. Du glaubst, du bräuchtest eine Frau als Kumpel, für die Öffentlichkeit eine eiskalte Schneekönigin, und für alles andere eine bunt gemischte Truppe. Und weißt du, was? Du irrst dich. Irgendwann werde ich dich eines Besseren belehren. Dann werde ich jemanden kennenlernen, mit dem ich beim Essen wunderbar streiten kann und anschließend im Schlafzimmer bis zum Umfallen ficken.«

»Hey, ich glaube dir, dass du es so meinst. Aber gegen die Natur des Mannes bist du machtlos. Männer wollen Abwechslung.« Grant setzte sich auf und zog seine Socken an.

Ich legte den Schlüssel zu seiner Wohnung auf den Tisch, umarmte ihn und nahm meine Handtasche. Die Hand auf dem Türknauf, blieb ich stehen. »Es geht nicht um die Natur des Mannes, Grant, es geht um Respekt. Hast du schon mal den lateinischen Ausspruch gehört: Quod me nutrit me destruit? Man muss sich dafür entscheiden, die Beziehung zum Partner lebendig zu halten. Es geht um Opfer, und davon verstehst du nichts.« Ich öffnete die Tür und trat in den Flur. »Aber ich gebe die Hoffnung nicht auf, dass ich jemanden finde, den ich wie von Sinnen liebe und der mir treu ist.«

»Vielleicht eine Zeit lang, Süße. Aber langfristig funktioniert das nicht.«

»Dann bleibe ich lieber allein. Dann kann ich wenigstens sicher sein, viel Zeit für meine Seelenverwandte zu haben. Nämlich immer dann, wenn ich in den Spiegel schaue.«

Ich stolperte in die Nacht, nahm mir ein Taxi. Es war einer der wenigen Momente, wo ich dankbar war, narzisstisch zu sein.

24

Die Trennung von Grant brach mir nicht das Herz. Doch obwohl ich wusste, dass er nicht der Richtige für mich war, hinterließ der Bruch mit ihm eine Lücke in meinem Leben, weil er auf dem Papier einfach perfekt war. Es ist schwer, den Mann für den Lebenslauf ziehen zu lassen, den vermeintlich idealen Partner, der all unsere Anforderungen erfüllt. Ich konnte nicht anders, als »Wenn-Sätze« zu formulieren: »Wenn ich ihn doch nur früher kennengelernt hätte« oder »Wenn das Timing doch nur besser gewesen wäre«.

Victoria holte mich in die Realität zurück. »Was du damit eigentlich sagen willst, ist: ›Wäre er bloß ein völlig anderer Mensch gewesen, dann hätte es geklappt‹, nicht?«

Ich musste lachen.

»Ich glaube, es ging schon tiefer«, erwiderte ich. »Diesen Typen haben immer alle für den vollendeten Spieler gehalten. Ich wollte einfach gegen ihn gewinnen. Ich weiß, dass ich seine Anerkennung gesucht habe, deshalb habe ich ihn auch nie um Hilfe gebeten.«

»Na, das ist aber eine Scheißgrundlage für eine Beziehung. Wenn man bei seinem Partner nicht jammern und stöhnen darf, dann hat man verloren. Das ist nicht das wahre Leben.«

»Ich weiß, dass Grant sich nicht mit dem wahren Leben abgeben wollte«, sagte ich.

Oberflächlich gesehen, werden Grant und seine Frau das perfekte, erfolgreiche Paar abgeben: Sie gehören zu der Art von Menschen, die von der Gesellschaft beneidet werden, wenn sie auf Maskenbällen für den *Tatler* fotografiert werden. Aber moralisch ist dieser Mann total verkommen.

Mir wurde klar, dass es für mich eine Herausforderung war, Männer auf mich aufmerksam zu machen, die mich nicht liebten. In der Schule sagte man mir, ich solle mich anstrengen, um gute Noten zu bekommen. In New York erhalten die Leute, die am härtesten kämpfen, die besten Praktika und die einflussreichsten Stellen. Warum sollte ich daher einen Mann wollen, der mir ohne Anstrengung meinerseits einfach so in den Schoß fiel, lautete meine Logik.

Um über Grant hinwegzukommen, organisierte ich einen Ausflug mit Victoria und Amy.

Wir buchten ein Wochenende in einer wahnsinnig tollen Wohnung in Venedig. In meinem Kopf tanzten Visionen von einer etwas schmutzigeren Version von *Ein Herz und eine Krone*.

Während des Fluges erzählte Amy non-stop, was für feurige, leidenschaftliche Liebhaber die Italiener wären.

»Mein erster Freund war Italiener«, sagte sie. »Ich mag sie, sie spielen keine Spielchen und haben keine Angst vor großen Gesten.« Amy ging nie mit Engländern aus, weil sie sie unterkühlt und verklemmt fand. Meiner Meinung nach war sie ein wenig streng. Ihr momentaner Liebhaber war Amerikaner und redete gerne über seine Gefühle, was ihr ungemein gefiel.

Es ist toll, dass sie einen Mann mit emotionaler Intelligenz gefunden hat. Leider bin ich das genaue Gegenteil. Ich brauche nur ein Glas Wein und ein bisschen Platz für mich, wenn ich nach Hause komme; mindestens eine Stunde lang möchte ich mit niemandem etwas zu tun haben.

»Ja, nur sind die großen Gesten wahrscheinlich an zwanzig Frauen gleichzeitig gerichtet«, warf Victoria ein. »Wenn ich jemanden kennenlerne, möchte ich nicht, dass er gleich so dick aufträgt, denn ich vertraue ihm noch nicht richtig. Ich möchte einfach nur nach der Arbeit was trinken.«

»Das sehe ich genau wie Victoria. Mir sind ehrliche Männer lieber – auch wenn sie ein bisschen tollpatschig sind«, sagte ich zu Amy. »Wenn mich einer fragt, was ich gerne unternehmen würde, schlage ich immer vor, zusammen etwas trinken zu gehen und dann weiterzusehen. ›Weitersehen‹ heißt, dass ich erst mal wissen muss, ob ich ihn mag, bevor ich mich auf mehr einlasse.«

Unser erster Abend war wie ein frischer Lufthauch. Wir aßen in einem hübschen Restaurant in der Nähe der Piazza San Marco und machten dann einen Schaufensterbummel durch die kopfsteingepflasterten Straßen. Massen makellos frisierter Frauen mit strassbesetzten Jeans schlenderten an uns vorbei, laut in ihre Handys redend.

Doch meine Suche nach *amore* stieß auf einige Schwierigkeiten, als ich Antonio kennenlernte, einen süßen Italiener, der mir ins Auge fiel, als ich um drei Uhr morgens auf einer Sitzbank tanzte. Victoria neben mir unterhielt sich mit einem von Antonios Freunden, während sich Amy auf der Tanzfläche vor uns vergnügte. Ich wankte auf der Bank, versuchte krampfhaft, das Gleichgewicht zu halten. Meine Absätze gruben sich in das dicke Leder. Irgendwann musste ich mich hinsetzen, und Antonio sah seine Chance gekommen.

Wir schwankten nach draußen, er murmelte etwas, er würde Flugkörper für die Nato bauen. »Ich finde es schön, wie dein Haar im Wind weht« war tatsächlich der einzig zusammenhängende englische Satz, den er den ganzen Abend über von sich gab. Aber er war süß, und ich hatte drei Limoncello getrunken. Deshalb wehrte ich mich nicht, als er mich nach Hause brachte, mit in die Lobby trat und mich küsste.

Die Sprachbarriere schien bedeutungslos zu sein, sobald wir in Zungen sprachen, aber mir fehlte das Vokabular, um auf Italienisch unanständige Sachen zu sagen, und ich fand, in diesem Fall sei die Phantasie besser als die Wirklichkeit. Als ich ihm höflich mitteilte, ich würde allein nach oben gehen, wirkte er ein wenig beleidigt.

Später wurde mir klar, dass seine süßen Säuseleien sich übersetzen ließen mit: »In meiner Hose geht die Post ab – mach mit!« Dadurch bekam der Ausdruck »Liebesgeflüster« eine neue Bedeutung. Ich finde es seltsam, dass in keinem meiner Sprachführer erklärt wird, wie ich mich bei einem Rendezvous zu verhalten habe. Was soll ich mit der Frage nach dem Weg zum Museum? Ich muss wissen, wie man um ein Kondom bittet.

Das Missverständnis mit Antonio erinnerte mich an damals, als ich versuchte, mich von meinem französischen Freund zu trennen. Mit dem englisch-französischen Wörterbuch in der Hand versuchte ich zu übersetzen: »Wir haben uns auseinandergelebt.«

Anstatt weinend zu gehen, wollte er mich verführen. Erschöpft teilte ich ihm mit, ich hätte meine Tage. Er ging und kam mit einem Stapel Briefumschläge in der Hand zurück –

dadurch begriff ich, dass das Wort »tampon« im Französischen etwas mit Briefmarken zu tun hat. Jedenfalls schickte mir Antonio am nächsten Morgen um sieben Uhr eine SMS, in der er sich mit mir verabreden wollte. Ich bedankte mich bei ihm für den herrlichen Abend und erklärte ihm, dass ich vor meinem Rückflug früh ins Bett gehen wolle. In der nächsten Stunde bekam ich vier weitere Nachrichten und sechs Anrufe in Abwesenheit. »Du kannst meine Nummer löschen, es war unhöflich von dir, meine Einladung nicht anzunehmen«, schrieb er. »Wenn ich jünger wäre, hätte ich Raum für leere Freundlichkeit, aber ich finde deine Heuchelei eher traurig.«

Ich denke, Antonios aggressive Reaktion sollte mich nicht überraschen. Schließlich hat der Oberste Gerichtshof in Italien noch 2001 festgestellt, es sei keine sexuelle Belästigung, wenn ein Mann einer Frau über den Po streichle, solange diese Geste nicht »vorsätzlich« gewesen sei.

Angeblich ist Venedig eine der romantischsten Städte der Welt, aber ich glaube, dass es die Männer dort in mehr als einer Hinsicht hemmt, noch als Erwachsene bei *mamma* zu leben. Da sind mir die betrunkenen Annäherungsversuche im Pub und die Schüchternheit der Britenboys allemal lieber: Zumindest sind sie ehrlich.

Als ich ins Flugzeug stieg, schickte ich Antonio eine kurze Antwort, die hoffentlich in jeder Sprache eindeutig war: »Finito.«

Als ich meiner Mutter von Grant erzählte, redete sie mir wie immer unheimlich gut zu und versicherte mir, ich hätte richtig gehandelt. Dann schrie sie auf, weil ihr Mops am Teppich nagte, und gab den Hörer ihrer Nachbarin Nancy.

Nancy bekam den Mund nicht mehr zu: Ihre drei Mädchen seien alle verheiratet und würden bald Mutter. Dann fragte sie, was ich denn so triebe. Fünf Minuten sprachen wir über meinen Umzug von New York nach London und meine Kolumne in einer landesweiten Zeitung. »Das ist schön«, sagte sie. »Aber ist bei dir schon etwas Ernstes in Sicht? Du hast schließlich nicht ewig Zeit, um eine Familie zu gründen.«

Eine gesunde Gebärmutter und ein Hochzeitskleid werden für mich niemals die wichtigsten Trophäen sein, aber Nancys Haltung war wohl keine große Überraschung. Ihre Logik erklärt, warum Männer wie Jack Nicholson und George Clooney (geiler Typ, hat aber eine Schwäche für Schweinehaltung in der Wohnung) immer noch als tolle Hechte gelten, während eine alleinstehende Frau von Ende zwanzig oder dreißig argwöhnisch betrachtet wird. Ich möchte jemanden kennenlernen, mit dem ich mein Leben teilen kann. Aber ich halte nichts von der Vorstellung, dass sich Schicksal planen lässt.

Ich schaffte es einfach nicht, zu Mutters Nachbarin zu sagen: »Nein, Mrs Carter, ich habe diesen besonderen Menschen noch nicht gefunden, aber vor ein paar Monaten hätte ich meinen Begleiter fast von oben bis unten angepinkelt!« Ich verabschiedete mich höflich und ließ ihr ihre Illusionen über die Welt.

Natürlich kommt es vor, dass jemand seine große Liebe schon früh kennenlernt. Andere Frauen wiederum bleiben mit einem Mann zusammen, weil die Beziehung ihre Daseinsberechtigung ist. Doch es sind zunehmend Frauen und nicht Männer, die Angst vor einer Bindung haben. Ich musste mir eingestehen, dass auch ich zu diesem Typus gehörte.

Auch wenn ich liebend gerne jemand Nettes gefunden hätte, zog ich im Großen und Ganzen kurze Affären der Monogamie vor. Ich bin süchtig nach der Euphorie der ersten drei Monate.

Bis ich den perfekten Mann fand, entschied ich mich absichtlich für dramatische Beziehungen, weil ein Teil von mir noch nicht bereit war, sich für alle Zeit festzulegen. Und so schlug meine innere Nadel eher bei Männern aus, die völlig unpassend waren. Entweder lebten sie auf einem anderen Kontinent, waren älter, hatten noch jemand anders oder keine feste Arbeit.

Auf meine erste Liebe traf all das zu. Ich lernte Jean-Claude, einen hübschen Franzosen mit durchdringenden grünen Augen, in Paris kennen, als ich dort mit siebzehn Jahren ein Jahr lang zur Schule ging. Er erzählte, er würde für die Regierung arbeiten, das sei das Einzige, was ihn nach dem Tod seiner Frau noch am Leben halte. Achtzehn Monate gingen wir miteinander, bis ich herausbekam, dass er seine gesamte Geschichte inklusive Ehe erfunden hatte. Er brach mir das Herz. Doch trotz des Schmerzes und seiner Falschheit lernte ich sehr viel durch ihn. Heute bin ich dankbar, dass ich nicht in einer Vorstadt sitze, *boudin blanc* zubereite und warte, dass er nach Hause kommt.

Bei einem Bier in der Nähe der Liverpool Street erklärte Michael seine Theorie, Männer hätten eine realistischere Vorstellung von Partnerschaft als Frauen. »Ich habe das Gefühl, Frauen erwarten von Männern, ihnen ständig Blumen zu schenken und aus dem Leben ein Abenteuer zu machen. Männer wollen einfach nur ein nettes Mädchen, das sich freut, wenn sie nach Hause kommen.«

Michael könnte recht haben. Vielleicht lerne ich eines

Tages jemanden kennen, an den ich mich enger binden möchte als an einen Bettpfosten. Aber bis es so weit ist, will ich meinen Spaß haben.

25

Meiner Meinung nach hat Oscar Wilde recht gehabt, als er sagte: »Ein wenig Aufrichtigkeit ist eine gefährliche Sache, und viel davon ist tödlich.«

Für mich gleicht der Beginn einer Beziehung einem Autorennen in Richtung eines Abgrunds. Mit Höchstgeschwindigkeit rase ich auf den neuen Mann zu, probiere aus, was ich mir bei ihm leisten kann, und lege alle Karten auf den Tisch. Dann fange ich an, nach Hinweisen zu suchen, dass es irgendwie schiefgehen wird.

Ich glaube, seit der Zeit von Sherlock Dog, einem Plastikbasset mit Rollen unter den Füßen, den ich durchs ganze Haus schieben konnte, bin ich fasziniert von der Unwahrhaftigkeit der Männer.

Jeden Tag nach der Schule ging ich zu meiner Großmutter, um die Folgen von *Mord ist ihr Hobby* zu schauen, einer Detektivserie mit Angela Lansbury in der Rolle der zur Amateurdetektivin mutierten Schriftstellerin Jessica Fletcher. Trotz Ruhm und Vermögen blieb Jessica in einer kleinen Küstenstadt in Maine wohnen und pflegte ihre Freundschaften mit unzähligen Bekannten auf der ganzen Welt. Der Erfolg ihrer Bücher stieg ihr nie zu Kopfe.

Jessicas große Schwäche war ihre unersättliche Neugier, besonders wenn das Böse sein hässliches Haupt hob – was praktisch überall passierte, wo sie auftauchte. Die normale Polizei legte fast immer vorschnell dem augenscheinlichsten Verdächtigen Handschellen an, doch Jessica war unweigerlich der Ansicht, der angeblich Schuldige werde zu Unrecht bezichtigt. Sorgfältig und systematisch fügte sie die Anhaltspunkte zusammen, stellte sanft, aber entschlossen Fragen, die niemand zuvor gestellt hatte. Mit ihrer Beharrlichkeit löste sie jedes Problem. (Das einzige Geheimnis, das nie gelöst wurde, war, warum man Jessica überhaupt noch einlud, da man doch wusste, dass Menschen in ihrer Gegenwart gerne mal tot umfielen ...)

Fasziniert sah ich zu, wie sie diese Geheimnisse aufklärte, auch wenn die Handlung immer ziemlich vorhersagbar war. Rund zwölf Minuten vor Ende der Sendung hatte Jessica immer eine überraschende Erkenntnis in Bezug auf eine augenscheinlich unwichtige Tatsache. Ziemlich schnell gestand der wahre Mörder in einem ermüdenden Monolog bis in alle Einzelheiten, wie er es getan hatte. Dabei hielt er seine Pistole auf Jessica gerichtet. Dann eilte ihr die Polizei zur Hilfe. Die Beamten staunten ehrfurchtsvoll über die Winzigkeit, die ihr aufgefallen war und mit der sie den Fall geknackt hatte. Jessica war so scharfsinnig, dass sie immer den entscheidenden Fehler des Mörders fand und ihm seine Schuld nachweisen konnte.

Das Beste an den Folgen war jedoch, dass der entscheidende Hinweis am Anfang zu sehen war. Zuschauer mit Argusaugen konnten den Fall theoretisch ebenfalls lösen. Man musste jede Geste hinterfragen und eine mögliche zweite Bedeutung hinter allem suchen, was gesagt wurde. Den Fall zu lösen erforderte höchste Konzentration – mir gelang es nur wenige Male.

Ich glaube, meine Oma machte sich ein bisschen Sorgen, dass ich zahllose Stunden vor der Mattscheibe saß und eine Sendung schaute, deren Zielgruppe Über-Fünfzigjährige waren. Deshalb kaufte sie Sherlock und schenkte ihn mir mit den Worten, er könne mir helfen, meine »eigenen Fälle zu lösen«.

Ich lief nur noch mit einer ramponierten Ledertasche herum, malte in endlosen Stunden Bilder von »Verdächtigen« und veranstaltete Gegenüberstellungen mit Kuscheltieren. Anschließend verhörte ich sie im Arbeitszimmer meiner Oma, richtete die Halogenlampe auf Kermit den Frosch und schrie ihn an: »Sie behaupten, zum Zeitpunkt des Keksdiebstahls nicht in der Nähe der Caféteria gewesen zu sein, aber wir haben Spuren von rohem Keksteig an Ihren Händen gefunden! Es wird Zeit, dass Sie den Mund aufmachen!«

Je älter ich wurde, desto schlimmer wurden die Verbrechen, sie reichten von Ladendiebstahl bis zu bewaffnetem Überfall. Eine meiner Lieblingsbeschäftigungen war das Beschatten. Dabei verfolgten Sherlock Dog und ich einen berüchtigten Schwerverbrecher durch das Wohnzimmer meiner Großmutter, linsten hin und wieder durch das Fenster auf die Nachbarhäuser und tranken unzählige Thermoskannen Orangensprudel, mit der Vorstellung, es sei Kaffee. Wenn nebenan jemand Rosen pflanzte, vermutete ich, er würde Körperteile verbuddeln.

Doch in der Nacht, als mein Vater verschwand, wurden meine Spürhundqualitäten einem sinnvollen Zweck zugeführt. Ich kann mich noch erinnern, dass er vorsichtig an meine Tür klopfte und flüsterte, er müsse mit mir reden. Ich nahm eine Abwehrhaltung ein, weil ich dachte, er hätte herausbekommen, dass meine beste Freundin und ich ein halbes Bier aus dem Kühlschrank geklaut hatten. Deswegen weigerte sich mein Hirn, die Information zu verarbeiten, als er sagte: »Ehrlich gesagt haben deine Mutter und ich Schwierigkeiten, wahrscheinlich lassen wir uns scheiden.« Unsere Familie war so perfekt gewesen. Ich zog meinen rosa Frotteebademantel enger um mich und bat ihn, den Satz zu wiederholen.

»Du weißt doch, deine Schwester und du, ihr seid für mich die wichtigsten Menschen auf der Welt«, sagte er, und seine Augen schossen von links nach rechts. »Ich werde euch immer lieben. Aber ich bin jetzt auf der Suche nach dem Glück, und ich glaube, es ist für alle am besten, wenn ich gehe und ausziehe, damit wir alle noch mal von vorn anfangen können. Die Zeit ist reif.« Er machte eine gelassene, gleichgültige Miene, doch es sah aus, als würde er jeden Moment in Tränen ausbrechen.

»Aber Dad!«, flehte ich ihn an, »wo willst du denn hin? Es ist Sylvester!«

»Nach Memphis«, sagte er. Ich folgte ihm in sein Zimmer, wo er mehrere Oberhemden und akkurat gefaltete Freizeithosen neben seinem Koffer aufs Bett gelegt hatte.

»Aber wo willst du da wohnen? Die Hotels sind doch schon seit Monaten ausgebucht...« In dem Moment verstand ich es. Ich machte mir Sorgen, dass er mit seinem Kummer allein durch die Gegend fahren und im Auto würde schlafen müssen. Aber dann entdeckte ich es: das zerdrückte Zettelchen von der Reinigung. Mir wurde klar, dass er das Datum nicht aus einem symbolischen Grund ausgesucht hatte, nicht weil ein neues Jahr auf dem Kalender begann. Er wollte mit einer anderen zu der beschissenen Sylvesterparty gehen. Das war glasklar. Offenbar hatte er das Ganze schon lange geplant.

Als ich zusah, wie er seinen Koffer in den Cadillac lud, und Schneeflocken mir den Blick verschleierten, wünschte ich mir, die Welt zu der Zeit zurückdrehen zu können, als mich Sherlock Dog und *Mord ist ihr Hobby* noch nicht die Kunst der Täuschung gelehrt hatten.

Eine Woche später kam meine Mutter abends um halb elf in mein Zimmer und flüsterte etwas von einer »Beschattung«. »Ich will dich nicht allein zu Hause lassen«, sagte sie – meine Schwester war bei meinen Großeltern. »Ich weiß, wahrscheinlich ist es verrückt, dich mitzunehmen, aber ich will nicht, dass du aufwachst und allein zu Hause bist. Zieh dir eine Hose an, wir wollen herausbekommen, wo dein Vater seine Nächte verbringt!«

»Das kannst du doch nicht tun«, sagte ich, rieb mir die Augen und schleppte mich aus dem Bett. »Er kennt unser Auto. Der sieht dich doch sofort!«

»Nein, deshalb fahren wir ja mit Jake und Mary. Sie warten schon draußen.«

Mum war Mitinhaberin eines Antiquitätengeschäfts, und Jake war einer ihrer treuesten Kunden. Freundlich ausgedrückt, könnte man ihn als »Hamsterkäufer« bezeichnen, doch ein schonungsloserer Mensch würde ihn total übergeschnappt nennen, denn jeder Winkel seines einstöckigen Hauses war mit fragwürdigen Antiquitäten zugestellt. Wenn ich bei ihm zur Toilette wollte, musste ich mir einen schmalen Weg zwischen Stapeln alter Zeitungen hindurch, vorbei an Eichenstühlen, ausgestopften Eichhörnchen und schmutzigem Geschirr bahnen, das bedenklich unsicher auf dem gelben Teppich neben überquellenden Aschenbechern wankte.

Jakes Erscheinung war ebenso unorthodox wie sein Wohnzimmer: Er hatte einen Vollbart wie Grizzly Adams, der Mann aus den Bergen, und buschige Augenbrauen, die gemeinsam einen fließenden Bogen bildeten. Heimlich war er in meine Mutter verliebt, weshalb seine Frau immer darauf bestand, ihn zu begleiten, wenn er meiner Mutter zur Hilfe eilte.

»Fahren wir mit dem Serienmörder-Transporter? Ich hasse das Teil!«

Meine Mutter blieb im Flur stehen. Ihre Augen waren geschwollen, ich sah, dass sie geweint hatte. »Wenn ich's mir recht überlege, mein Schatz, bleibst du doch besser hier. Irgendwie ist es nicht richtig, wenn du dabei bist, und es dauert nur eine gute Stunde.«

Doch ich war erfüllt von rechtschaffener Empörung und Wut. »Nein«, sagte ich und öffnete die Haustür. »Ich werde diesen Schweinehund überführen!« Ich legte die Hand auf Mums Schulter. »Aber es wäre wirklich besser, wenn wir alle Schwarz tragen würden wie die Ninja-Kämpfer im Kino.«

Und so lief ich noch einmal hinauf zu meinem Kleiderschrank und holte eine schwarze Skimaske hervor, die zu meinem Trainingsanzug passte. Wir gingen nach draußen zum Transporter, wo Jake mit einer Thermoskanne Kaffee wartete.

»Das ist genau wie bei einem Krimi im Fernsehen«, sagte er.

»Woher wisst ihr, wo er ist?«, fragte ich, und das Adrenalin rauschte durch meinen Körper.

»Er ist noch bei der Arbeit, wir warten vor dem Krankenhaus, bis er rauskommt. Ich glaube, er ist mit D. verabredet.«

D. war eine zierliche, aber ziemlich plumpe Krankenschwester, die Nachtschichten machte.

Ich weiß noch, wie der Transporter zwischen die Bäume vor dem Krankenhaus fuhr und wir warteten, bis wir meinen Vater zu seinem Auto gehen sahen. Ich wurde von meiner Liebe zu ihm überwältigt, und mir wurde klar, wie sehr er mir fehlte. Schnell verdrängte ich meine Gefühle, denn damit wäre ich eine Verräterin gewesen. Mit dreizehn ist man noch in einer Phase, in der man die Eltern abgöttisch liebt. Erst später merkt man, dass auch sie nur Menschen sind, und rebelliert gegen sie. Alles ist schwarz oder weiß. Meine Mutter war ein Jedi-Ritter, mein Vater auf der dunklen Seite der Macht. (Ich war damals ein totaler Science-Fiction-Fan!)

Zwanzig Minuten lang verfolgten wir Dad im dichten Verkehr, hielten drei Autos Abstand zu seinem schwarzen Cadillac. »Nicht zu nah ran!«, mahnte meine Mutter immer wieder. »Sonst entdeckt er uns!«

Schließlich bog der Wagen in eine ruhige, baumgesäumte Nebenstraße ein. Wir mussten gute dreißig Sekunden an einer Ampel warten, ehe wir die Verfolgung wieder aufnehmen konnten. »Die Scheinwerfer aus!«, zischte ich Jake zu, als wir sahen, wie das andere Auto in eine Einfahrt bog.

»Wir müssen auf der anderen Straßenseite bleiben«, sagte er. »So, und jetzt warten.«

»Na, super«, sagte ich, kletterte nach hinten und redete leise vor mich hin: »Ich habe eine bessere Idee.« Durch die verschmutzte Heckscheibe blickte ich auf das vornehme Haus, in das mein Vater geschritten war – akkurat gestutzter Rasen und weiße Lampen entlang der Büsche. Ich fragte mich, ob die Frau verheiratet war oder jemals darüber nachgedacht hatte, was sie zerstört hatte.

Jake wirbelte herum. »Was machst du da hinten?«, wollte er wissen. Er war sonderbar empfindlich, was seine Sammlung von Schrott anging.

»Nichts, guck mich nur um.« Ich musterte einen gläsernen Couchtisch, stapelweise Seidenpapier und Kaugummipapier und fand einen Bolzenschneider.

»Scheiß aufs Warten«, sagte ich und entriegelte die Hecktür.

»Catherine! Was machst du da? Komm zurück!«

»Die Alte hat mir die Ferien versaut«, sagte ich. »Jetzt zahle ich es ihr heim!« Ich lief durch den Schnee, nahm den Bolzenschneider und durchtrennte sauber den grünen Draht – und plötzlich wurde es im gesamten Haus dunkel. Gleichzeitig hörte ich misstönendes Hundegebell – zwei riesige Rottweiler warfen sich gegen den Maschendrahtzaun, der den Vorgarten vom Hof trennte.

Ich lief um mein Leben, stolperte, und der Bolzenschneider rutschte mir aus der Hand.

»Lauf!«, hörte ich Jakes Frau rufen. »Das Licht im Haus geht wieder an!«

Ich machte kehrt, um mir den Bolzenschneider zu schnappen, und als ich an dem Wagen vorbeikam, sah ich etwas, das mein Herz aussetzen ließ: ein Kennzeichen aus Texas. Aber wir lebten in Arkansas. Demnach war das gar nicht Dads Auto, wahrscheinlich waren wir nach der Ampel dem falschen Typ gefolgt.

Ich verfluchte Jake für seine Dummheit und sprang wieder hinten in den Transporter.

»Catherine, das kann doch nicht sein, was du da getan

hast«, sagte Mum, das Gesicht gerötet. »Aber ich muss zugeben, es war lustig.«

Erst einen guten Monat später fand ich den Mut, ihr zu sagen, dass wir den Falschen im Visier gehabt hatten. So viel zum Thema Spürnase.

Nachträglich wurde mir natürlich irgendwann klar, dass meine »perfekte Familie« gar nicht so perfekt gewesen war. Dad kam selten zum Essen heim und arbeitete bis spät in die Nacht, und wenn er zu Hause war, zog er sich in sein Arbeitszimmer zurück. Durch seinen emotionalen Rückzug von uns war er nur noch körperlich anwesend, nicht geistig. Letzten Endes war er »das Phantom«.

Deshalb finde ich es so schwierig, wenn sich eine Beziehung von der gegenseitigen Anbetung der ersten euphorischen Wochen zu einer normaleren, ausgeglicheneren Form entwickelt: Ich will immer gehen, bevor der Mann anfängt, sich zurückzuziehen und mich zu verlassen. Wie die Stone Roses singen: *I want to be adored.*

26

»Wie kommt es, dass Frauen mir ständig den Finger in den Hintern stecken?«

Ich stand mit Michael auf einer Cocktailparty. Er hatte versucht, mir meine verrückten Hochzeitspläne auszureden.

Aber nach ungefähr vier Bier bewegte sich unsere Unterhaltung flugs in Richtung Gosse. »Seit fast fünfundzwanzig Jahren gehe ich jetzt mit Mädels aus, und seit den letzten fünf versucht es jede, mit der ich mich treffe. Ich meine, manchmal finde ich es gut – aber irgendwie frage ich mich, seit wann es zum kulturellen Zeitgeist gehört, einem Mann den Finger in den Po zu schieben.«

»Seit Mitte der Neunziger, glaube ich«, sagte ich und trank einen Schluck Corona. »Ich nehme an, es ist aus der Pornoindustrie herübergeschwappt. Aus demselben Grund sind Brazilian Waxings inzwischen ja auch so weit verbreitet.« Ich drückte die Limettenspalte in die Flasche, sodass der Schaum am Hals herausquoll. »Bei dem Trend mit dem Finger im Po haben die Männer durch die Prostata-Stimulation wenigstens einen körperlichen Vorteil. Frauen sehen immer mehr wie Gummipuppen aus und passen sich zunehmend der männlichen Auffassung von Sexualität an.«

»Wie lässt du dich denn am liebsten wachsen?« Irgendwie wirken eigentlich anstößige Fragen durch Michaels unbeschwerte Art total unaufdringlich. Ich kann mir gut vorstellen, wie er unvorbereitete Politiker auf dem falschen Fuß erwischt.

»Ich persönlich mag keine Landebahnen«, sagte ich, »deshalb laufe ich völlig nackt herum.«

»Wenn das Wachsen deine feministischen Gefühle verletzt, warum lässt du dir dann keinen Siebziger-Jahre-Retro-Busch stehen?«, fragte er neckisch.

»Weil ich mit einer männlichen Vorstellung von Sexualität aufgewachsen bin. Das ist, glaube ich, auch der Grund, warum es so viele bisexuelle Frauen gibt; von klein auf wird uns beigebracht, die männliche Weltsicht attraktiv zu finden. Außerdem mag ich es, wie sich der Sex mit einem Hollywood-Wax anfühlt.«

»Was sind denn momentan die neusten Sex-Trends?«

»Heutzutage geht es fast nur noch um den A-Punkt. Der G-Punkt ist an der Vorderseite, wo die weiblichen paraurethralen Drüsen auf die Scheidenwand treffen. Der A-Punkt ist weiter oben. Letztes Jahr ging es immer um Analsex, vor zehn Jahren hat niemand über *a tergo* gesprochen. Das verändert sich ständig.«

»Und, was war für dich am besten?«

»Um ehrlich zu sein, ich glaube nicht, dass es ausschlaggebend ist, umwerfende anatomische Kenntnisse zu besitzen. Ausschlaggebend ist es, zu wissen, was einen anmacht. Ich hatte einen Freund, mit dem konnte ich stundenlang in der Missionarsstellung verharren, die Empfindungen waren unglaublich.«

»Wenn man in der Jugend oft Pornos guckt, ist es wohl nur normal, dass man versucht, die Szenen nachzustellen. Aber wichtig ist, dass man irgendwann herausbekommt, was man selbst geil findet. Andere nachahmen bringt es nicht. Man muss sich seinen eigenen Porno machen«, sagte Michael.

Ich musste zugeben, dass seine Logik einleuchtend war. »Eine super Denkweise«, sagte ich.

Michael schenkte mir nach. »Ich hab gesehen, dass Mark einen Hochzeitstisch eingerichtet hat. Muss ich jetzt tatsächlich ein Geschenk für euch besorgen?«

Es war noch nicht mal Mittag, und Mark und ich gingen uns schon gegenseitig an die Kehle. Wir saßen im Taxi und stritten.

»Warum redest du nicht mit mir?«, wollte er wissen. »Du bist sauer. Das merke ich.«

Ich holte tief Luft. »Ich bin nicht sauer. Ich versuche nur zu verstehen, warum du einen verdammten Hochzeitstisch für uns hast aufstellen lassen, obwohl wir uns geschworen haben, über das Ganze Stillschweigen zu bewahren.«

»Ach, komm, Süße! Das ist doch eine tolle Möglichkeit, massenweise Geschenke zu bekommen! Ich brauche unbedingt eine Webcam für meinen Computer, und der neue Sandwich-Maker ist total cool!«

»Mein Gott, bist du unreif! Du verdienst ein Vermögen und verkaufst mich für ein Waffeleisen?« Ich knirschte mit den Zähnen, dann schimpfte ich weiter. »Du hast nicht einen einzigen Handschlag für die Vorbereitung der Hochzeit getan. Ich musste den Floristen engagieren und Blumen für die Fotos aussuchen, und ich habe den Smoking für dich ausgeliehen und für hinterher den Tisch im Restaurant bestellt, für fünfzehn Personen, was nicht einfach ist an einem Samstagnachmittag in Notting Hill – hörst du mir überhaupt zu?«

Der Taxifahrer bog in die Kensington High Street und ließ mich heraus. »Sie wollen heiraten?«, fragte er.

Vorübergehend sprachlos, stammelte ich: »Ähm, ja. Ja, wollen wir.« Mir war nicht klar gewesen, wie laut und erhitzt unsere Auseinandersetzung gewesen war.

Ich überlegte, dem Taxi nachzulaufen und dem Fahrer zu erklären, dass es gar keine richtige Hochzeit und ich kein Brautmonster war. Aber er verschwand bereits im Verkehr.

Durch das Heckfenster streckte Mark mir die Zunge heraus und zog eine Grimasse. Ich zeigte ihm den Stinkefinger. So viel zum Thema Eheleben.

Meine Hände zitterten noch immer, als ich nach Hause kam. Ich kochte einen Tee und zündete mir eine Zigarette an. Obwohl die Leser ständig die Katastrophen in meinem Liebesleben verfolgen konnten, schickten sie mir manchmal E-Mails mit Fragen, wie sie ihr eigenes verbessern sollten.

Anderen zu helfen lenkte mich davon ab, dass ich langsam ernsthaft Schiss bekam, was meine bevorstehende Blender-Hochzeit anging. Obwohl ich wusste, warum wir diesen Schritt taten, ertappte ich mich dabei, wie ich im Supermarkt in Brautzeitschriften blätterte.

Natürlich gab es immer wieder die Feld-, Wald- und Wiesenspinner, die mir Fotos ihres erigierten Penis mit der Einladung mailten, sich »ihn mir reinzuschieben«, meistens in grottenschlechter SMS-Sprache formuliert. Aber es gab auch einen ziemlich belesenen anglikanischen Pfarrer, der mit mir in einem Hotel in Cambridge an einem bestimmten Nachmittag eine Szene aus *Der letzte Tango in Paris* nachspielen wollte – wahrscheinlich die, wo der vom Tod besessene Marlon Brando das französische Mädchen mit Butter einschmiert und von hinten besteigt. Die ekelerregende Szene hätte fast dazu geführt, dass ich meine Eier Benedikt auskotzte.

Interessanterweise fragte die große Mehrheit der Männer, wie sie ihre Freundin zu einem flotten Dreier überreden könnten, oder verlangte eine praktische Anleitung, um ihre Liebste zum Analsex zu verleiten. Frauen hingegen suchten Aufschluss über die Gedanken von Männern. Aber es gab eine Frage, bei der sich beide Geschlechter einig waren: Männlein wie Weiblein wollten zuverlässige Anhaltspunkte darüber, ob ein potenzieller Partner auch wirklich gut im Bett sei. Beispielsweise diese Leserin:

Liebe Catherine,

in bin eine bisexuelle Frau von Ende zwanzig. Meine Frage lautet: Woher weiß ich, ob ein potenzieller Sexpartner gut im Bett ist? Ich habe gehört, man solle auf die Größe der Hand achten usw., finde aber, das ist alles Blödsinn. Also: Gibt es einen verlässlichen Anzeiger für seine Fähigkeiten in der Falle?

Nach gründlicher Erwägung schrieb ich meine Antwort:

Liebe …,

geh mit dem Mann essen. Ich war schon immer der Meinung, dass man alles, was man über das sexuelle Können eines Mannes wissen muss, am Esstisch herausfinden kann.

Ist er abenteuerlustig, schlägt er dir vor, einfach mal den Kugelfisch zu versuchen? Oder hält er sich an Fleisch und Kartoffeln und verweigert sich allem Unkonventionellen?

Auch hier ist der Humor ausschlaggebend: Den Mann, der dir die Befangenheit nimmt, wenn du ein Glas Wein umkippst, hast du auch gerne neben dir, wenn dir versehentlich Luft aus der Scheide entfleucht.

Ist er großzügig oder geizig beim Trinkgeld? Unhöflich zur Bedienung? Dann wird er es dir übelnehmen, wenn du eine neue Technik oder ein Sexspielzeug vorschlägst, denn er hat große Probleme mit seinem Selbstbewusstsein.

Beobachte, wie er sich anzieht. Es ist in Ordnung, lässig gekleidet einkaufen zu gehen, aber man hüte sich vor einem Mann mit ungekämmtem langem Haar, der den ganzen Tag in einem schmutzigen Hemd herumläuft. Wahrscheinlich ist er in der Kiste genauso nachlässig wie im übrigen Leben.

Und an alle Männer da draußen: Sucht euch eine gepflegte Frau, die Wert auf Kleinigkeiten legt, aber keine makellos frisierte, bei der jedes einzelne Haar an seinem Platz liegt. Eine Frau, die bei Regen weint, weil sie keinen Schirm dabeihat, wird dir auch keinen blasen wollen, weil sie dann ihren Lippenstift verschmiert.

Lange, krallenartige Fingernägel sind ebenfalls ein Warnsignal. Wenn ich ein Mann wäre, würde ich mir eine Frau mit sauber manikürten, aber kurzen Nägeln suchen. Es gibt Stellen, da kommt ein langer Nagel einfach nicht dran.

Da Sex von Natur aus nicht klinisch rein, sondern mit dem Austausch von Körperflüssigkeiten verbunden ist, will man keinen zu mäklerischen Menschen, wenn es ums Bumsen geht.

Bei Männern wie bei Frauen ist Selbstvertrauen der Schlüssel zum Erfolg. Man suche sich jemanden, der einem beim Gespräch in die Augen sieht und der Manieren hat, einem die Tür aufhält und die kleinen Gesten nicht vergisst. Solche Menschen sind auch im Bett rücksichtsvoll.

Letztendlich passiert im Schlafzimmer nicht mehr als die Fortsetzung des Lebens in allen anderen Räumen.

Den Nachmittag verbrachte ich mit Victoria auf der King's Road auf der Suche nach einem Brautkleid. »Kann ich nicht einfach ein kleines Schwarzes anziehen?«, murmelte ich vor mich hin, während wir uns die Ständer mit *Denver*-ähnlichen Achtziger-Jahre-Kleidern von Steinberg & Tolkien ansahen.

»Süße, auch wenn es nicht so ganz gesetzlich ist, ist es immer noch eine Hochzeit«, sagte sie. »Außerdem machen wir jede Menge Fotos, die müssen überzeugend aussehen.«

Victoria griff zu einem Pillbox-Hut aus den Fünfzigern. »Was hältst du hiervon?«

»Ich hab dir schon gesagt, dass ich keinen Hut aufsetze. Ich bin zu groß dafür. Außerdem will ich schick und cool aussehen und nicht wie ein Zirkusclown.«

Ich probierte ein hübsches Chanel-Kleid im Fünfziger-Jahre-Stil, das zwar die richtige Größe hatte, aber für eine dreißig Zentimeter kleinere Frau gemacht war. Dann entdeckte ich etwas Tolles: ein glitzerndes, weißes, trägerloses Kleid. Es sah aus wie meine Crystal Barbie aus den Achtzigern. »Das da«, sagte ich. »Das ist kitschig, Achtziger-Jahre und einfach super.«

»Echt?«, fragte Victoria und rümpfte die Nase. »Das sieht wie ein Kostüm aus. Aber es passt zu dir.«

»Es hilft, wenn ich mir die Sache wie eine Rolle im Film vorstelle. Ich spiele die Braut. So kann ich das Ganze überhaupt nur durchziehen.« Mir stiegen Tränen in die Augen, während ich mich mit dem Reißverschluss abmühte.

Victoria nahm mich in den Arm. »Na, immerhin heiratest du einen tollen Typen. Ich weiß, dass es nicht genau das ist, was du dir gewünscht hast, aber die Leute heiraten aus allen möglichen verrückten Gründen. Wenigstens seid ihr beide eng befreundet.«

»Danke, Süße«, sagte ich und umklammerte ihre Hand noch fester beim Blick in den Spiegel. Ich drehte mich um. »Wenn man bedenkt, dass ich mit den meisten Männern geschlafen habe, die kommen, wird es hoffentlich kein großes Gelächter geben, wenn ich in Weiß auflaufe.«

Meine Mutter nahm die Nachricht von meiner bevorstehenden Eheschließung überraschend gut auf. Am Anfang war sie leicht erschrocken. Aber nachdem ich ihr meine unsichere Situation erklärt hatte, reagierte sie verständnisvoll. »Ach, mein Schatz, als ich auf dem College war, heiratete meine beste Freundin, deine Patentante, einen schwulen Flugbegleiter, nur damit sie in den Genuss von Vielfliegermeilen kam. Ich kann dir wohl keinen Vorwurf machen, wenn du das tust, was du tun musst.«

Ich kämpfte gegen die Tränen. »Du bist also nicht enttäuscht von mir?«

»Nichts, was du machst, kann mich je enttäuschen«, sagte sie zärtlich. »Ich bin so stolz auf dich und alles, was du tust. Und wenn dein Leben ungewöhnlich ist, dann können meine Freundinnen und ich das wenigstens durch dich miterleben. Du bist so begabt, mein Schatz«, sagte sie, und ihre Stimme brach. »Und ich weiß, dass dein Vater genauso denkt, auch wenn er das nicht so oft sagt.«

Erleichtert kicherte ich und wischte die Tränen ab. Mum hatte Mark schon immer gemocht, sie hatte ihn bei einem ihrer regelmäßigen Besuche in New York kennengelernt. Ich sah sie nicht mehr annähernd so oft, nun, da ich auf der anderen Seite des großen Teichs lebte. »Meinst du, ich soll Dad auch einladen?«, fragte ich, um ihre Stimmung zu heben.

»Nein, bloß nicht! Wir wollen es nicht übertreiben«, sagte sie. »Das wird unser kleines Familiengeheimnis sein.« Sie überlegte. »Und vergiss bitte nicht, meinen zukünftigen Schwiegersohn von mir zu grüßen!«

27

Ich unterschätze nie die Rolle, die Alkohol in der heutigen Anbahnungstechnik spielt, besonders in England, wo das Trinken eine nationale Freizeitbeschäftigung darstellt. Mein Markenzeichen, der Dirty Martini, kündigt oft Weiteres an, was »dirty« ist. Es gibt Männer, von denen ich weiß, dass sie für nichts Längerfristiges geeignet sind, aber Alkohol lockert die Hemmungen und hilft über die Holprigkeiten des Abends hinweg, sodass der unbeholfene erste Kuss nahtlos in die Übernachtung übergeht. Wie ein alter Freund, der einen nicht im Stich lässt.

Die Nacht begann als halber Mädelsabend. Victoria, Amy und ich killten Cocktails im Soho House. Ich war schon ziemlich angeheitert, als Michael mich voller Panik anrief und fragte, ob ich ihn zu einem Empfang von Gordon Brown in Downing Street 11 begleiten könnte.

»Ich weiß nicht, ob das gut ist«, flüsterte ich. »Ich bin schon ziemlich breit.«

»Das sind Politiker, meinst du, einer von denen erkennt da einen Unterschied?«, fragte er. »Los, komm! Dann muss ich da nicht allein rumstehen.«

Also stieg ich mit einem Schluckauf ins Taxi und fuhr nach Hause, um mich in ein schwarzes Cocktailkleid zu quetschen. Dann ging es zurück nach Westminster. Michael wartete vor dem Haus, nervös näherte ich mich dem Eisentor. Unsere Namen wurden auf einer Liste abgehakt.

»Alles in Ordnung?«, fragte Michael, als wir an den Türstehern mit dem starren Blick vorbeigingen.

»Eigentlich bin ich jetzt wieder ziemlich nüchtern«, erwiderte ich. Wir stiegen die Treppe hinauf. »Hier wohnt Gordon also? Das sieht so … so normal aus«, flüsterte ich. Am Ende der Treppe befand sich ein größerer Raum mit Holzdielen, einer improvisierten Theke und mehreren großen, grellbunten, ziemlich protzigen Gemälden an den Wänden. Das Essen wurde nicht auf Tabletts herumgereicht, sondern stand auf einem Tisch in der Ecke. Was den Frauen natürlich gewisse Probleme bereitete: Jede weibliche Person im Raum wäre lieber verhungert, als die Erste zu sein, die sich einen Teller mit indischem Essen vollhäuft. Es könnte ja sein, dass Gordon gerade in dem Moment mit einem sprechen wollte, wenn man sich Cräcker mit Käse reinstopfte. Ich stellte mich ans Fenster, das auf den Garten ging. Draußen lag Kinderspielzeug herum.

Ich war schon nervös genug, weil Michael Gordons Imageberater von meinem Artikel über erotische Träume erzählt hatte. Das würde jegliches Gespräch äußerst peinlich machen.

Doch nach einer halben Stunde wurde ich unruhig und begann mich zu langweilen. Die Gäste waren im Raum verteilt wie bei einem Abschlussball: Männer von verschiedenen Nachrichtenorganisationen umgaben Gordon Brown in konzentrischen, größer werdenden Kreisen und warteten auf ihre Chance, mit ihm zu sprechen. »Ich gehe zur Theke«, sagte ich zu Michael. »Willst du auch was?«

Als ich mit zwei vollen Gläsern Rotwein zurückkam, geschah das Undenkbare: Mein Stiletto blieb an etwas Weichem hängen. Ich drehte mich um und musste erkennen, dass sich mein Absatz in Gordon Browns Hose verfangen hatte. Warum musste mir das ausgerechnet bei ihm passieren? Am liebsten wäre ich im Erdboden versunken. Doch vorher brauchte ich meinen Fuß zurück. »Entschuldigung, das tut mir furchtbar leid«, brachte ich hervor. Panisch versuchte ich, meine Gliedmaßen zu entwirren. Brown zerrte an seiner Hose herum. Nach rund drei Minuten, die mir wie eine Ewigkeit vorkamen, war ich wieder frei. Browns Leute lachten. Ich entschuldigte mich noch einmal und ging zurück zu Michael.

Er schlug die Hände vors Gesicht. »Wie kommt es, dass von allen Leuten hier im Zimmer ausgerechnet du so ein Pech hast?«, fragte er lachend.

»Mensch, ich hab mich doch entschuldigt«, sagte ich kleinlaut. »Es tut mir so leid. Ich verdrücke mich besser, was?« Ich merkte, dass Sarah Brown und ihre Begleiter mich argwöhnisch beäugten.

»Keine Sorge, du warst super!«, sagte Michael. »Das war mit Abstand das Unterhaltsamste, was heute Abend passiert ist. Soll ich mitkommen und ein Taxi für dich rufen?«

»Nein, keine Sorge, das schaffe ich schon allein. Ich fahre zurück zu Victoria und Amy. Viel Glück für dein Interview!« Ich gab Michael einen Kuss auf die Wange und lief nach draußen. Kaum war ich durch das eiserne Tor getreten, ging ein Wolkenbruch nieder. Vergeblich suchte ich nach einem Unterstand, denn ausgerechnet an diesem Tag hatte ich den verdammten Regenschirm vergessen.

Auf der Flucht vor dem Regen lief ich Whitehall hinunter. Plötzlich hielt neben mir ein Taxi. Ich beugte mich vor, weil ich annahm, es würde ein Bekannter drinsitzen. Ein äußerst attraktiver Mann ließ die Scheibe hinunter.

»Miss?«, sagte er. »Ich kann mir nicht helfen, aber es sieht aus, als hätten Sie ein kleines Problem. Kann ich Sie vielleicht ein Stückchen mitnehmen?«

Ich ging meine Möglichkeiten durch. Der Mann saß in einem schwarzen Taxi und war gut angezogen, wahrscheinlich war er auf dem Weg zu irgendeiner Veranstaltung und wollte nicht nach Hause, um mich im Keller zu zersägen. Ich stieg in den Wagen und streifte den Regen von den Ärmeln, um ihm die Hand geben zu können. »Vielen Dank, dass Sie mich gerettet haben«, sagte ich. »Ich bin Cat.«

»Paul«, stellte er sich vor und löste seinen roten Schal. »Möchten Sie sich abtrocknen?«

»Danke.« Ich lächelte und betupfte meinen Ausschnitt. »Ich bin klatschnass, und zwar nicht im positiven Sinn.« Als mir klar wurde, wie anzüglich das geklungen haben musste, errötete ich. Aber ich konnte nicht anders, als diesen Mann plump anzuflirten, denn er sah heiß aus und war, nach seinen langen Beinen zu urteilen, sehr groß. »Ich will ins Soho House zu meinen Freundinnen, aber Sie können mich an der nächsten U-Bahn-Station rauslassen, dann komme ich schon zurecht …«

»Davon will ich nichts hören«, sagte er. »Ich bringe Sie bis vor die Tür.«

»Das ist wirklich lieb von Ihnen«, bedankte ich mich.

»Kein Problem«, sagte er grinsend.

Er hatte ein süßes Lächeln und wirkte aufrichtig. Ich entspannte mich. Doch ich rief mir mahnend in Erinnerung, dass ich angetrunken war und auf der Hut sein musste.

In den folgenden Minuten unterhielten wir uns über unsere Arbeit (Paul hatte eine Internet-Firma). Er zeigte sich nicht entsetzt, als ich ihm von meinem Job erzählte. An meiner beruflichen Tätigkeit scheiden sich bei den Männern die Geister: Manche kommen damit zurecht, andere nicht, weshalb ich es lieber früh in der Unterhaltung erwähne. »Das schockiert mich überhaupt nicht«, sagte er, zog sein Sakko aus und reichte es mir. »Das finde ich, ganz im Gegenteil, sogar äußerst spannend.«

»Und, sind Sie verheiratet?« Ich konnte nicht glauben, dass ich ihm so eine Frage stellte. Doch Paul ließ sich nicht aus dem Konzept bringen.

»Nein«, sagte er. »Ich bin Single.«

»Getrennt?«

»Nein, nicht getrennt. Ich war noch nicht verheiratet. Bis jetzt.« Ich wusste nicht, ob es am Alkohol oder an seinem schwach nach Zimt duftenden Aftershave lag, doch ich wurde allmählich heiß.

»Und wie alt sind Sie?«

»Neununddreißig.«

»Hm«, machte ich und grinste neckisch, »was stimmt denn nicht mit Ihnen?«

Er lachte. »Tja, manche sagen, ich wäre streitlustig.«

»Echt? Also, ich habe gerade mit Gordon Brown gekämpft.«

Ich erzählte ihm von meinem peinlichen Auftritt und freute mich, ihn zum Lachen bringen zu können. Er war absolut reizend, ein angenehmer Gesprächspartner. Irgendwo musste doch ein Haken sein.

Wir hielten vor Soho House, und ich bot ihm Geld an.

»Also, es tut mir leid, zu hören, dass Ihr Auftritt auf der Feier des Schatzkanzlers einen internationalen politischen

Zwischenfall ausgelöst hat. Aber ich freue mich, Sie kennengelernt zu haben.« Er sah mir in die Augen. »Würden Sie mal mit mir essen gehen?«

Unter dem Einfluss von billigem Rotwein und Pheromonen stürzte ich mich mitten im Taxi auf ihn. Wir küssten uns. Pauls Lippen waren heiß, und ich musste an etwas denken, was ich mal gelesen hatte: Man soll den Mittelteil der Zunge berühren, weil sich dort die meisten Nervenenden befinden. Was auch immer dieser Typ machte, es ging mir durch Mark und Bein. Ich wollte nackt mit ihm im Bett liegen, begehrte ihn mit jeder Faser meines Körpers.

Der Taxifahrer räusperte sich. Schwer atmend lösten wir uns voneinander. Ich gab Paul meine Nummer und ging mit klopfendem Herzen nach oben zu Victoria und Amy. In der Toilette entdeckte ich, dass mein Eyeliner völlig verschmiert war. Ich sah aus wie Bette Davis in *Was geschah wirklich mit Baby Jane?* Wenn Paul mich in diesem Zustand attraktiv fand, dann hatten wir beide die beste Ausgangsposition.

28

Einige Tage später lief ich ziellos durch die Gänge von Sainsbury's und dachte über die Ehe nach.

Ich habe Lebensmittelmärkte schon immer gehasst, weil meine Ahnungslosigkeit in Bezug aufs Kochen dazu führt, dass ich den Laden mit drei Zeitschriften und einer Dose Currysauce verlasse, aber Milch und Brot vergesse. Victoria wehrte sich erst, als ich unseren Backofen zur Aufbewahrung von Schuhen und Schmuck verwenden wollte. Gefangen in einer scheinbar endlos langen Schlange, blätterte ich im *Economist*.

Ich las einen spannenden Artikel, in dem die These vertreten wurde, die heutige Vorstellung von Ehe sei überholt, da die Generation meiner Großeltern eigentlich die erste war, die früh heiratete und gleichzeitig eine deutlich gestiegene Lebenserwartung hatte. Die Idealvorstellung der traditionellen Familie, die seit den Fünfzigern unsere Gedankenwelt beherrscht, ist in Wirklichkeit von gestern.

Inzwischen wird die Lebensform des selbstbewussten Singles als vertretbare Haltung akzeptiert. Doch das Überangebot an Möglichkeiten macht alles verwirrender denn je – so wie die Wahl der richtigen Nudelsauce.

Einerseits träumen wir vom Ideal der unabhängigen Frau, andererseits werden wir bis heute von Kindesbeinen an mit

Hilfe von Märchen, Abbildungen auf Umschlägen von Liebesromanen und Zeitschriftenberichten über Prominentenhochzeiten konditioniert, damit wir an den Spruch »Und sie lebten glücklich bis an ihr Lebensende« glauben.

In dem Zeitschriftenartikel stand, eine Untersuchung der Universität London von 2004 habe ergeben, dass Frauen, die den Großteil ihres Lebens allein sind, in einem gesünderen psychischen Zustand seien als verheiratete Frauen. Zwischen ledigen und verheirateten Männern fiel die Diskrepanz viel deutlicher zugunsten Letzterer aus. Männer profitierten also stärker von der Ehe als Frauen.

Frauen waren vom Anfang und vom Ende einer Beziehung stärker betroffen, was einige Wissenschaftler zu der Vermutung verleitete, Frauen seien am glücklichsten, wenn sie allein blieben, anstatt viele kurzfristige Partnerschaften einzugehen.

Na super, dachte ich und schaute auf. Da habe ich ja die Arschkarte gezogen.

Dann las ich weiter. Statistisch gesehen ist eine glückliche Beziehung das Beste, aber ein glückliches Singleleben kann ebenso erfüllend sein. Am drittbesten ist ein unglückliches Singleleben. Das Schlimmste jedoch ist offenbar eine unglückliche Partnerschaft.

Es war eine erfrischend neue Sicht der Dinge, da ich mich in letzter Zeit öfter gefragt hatte, ob die ganze feministische Bewegung doch nur ein Treppenwitz der Geschichte gewesen sei.

Mich ödete nämlich die weit verbreitete Vorstellung an, dass eine in ihrem Beruf engagierte Frau sich zu einer Zukunft verdammte, in der sie im Jogginganzug vor der Glotze saß, während zig miauende Katzen durch ihr Wohnzimmer spazierten.

Englische Männer wollen offensichtlich ihre Mutter heiraten. Wissenschaftler kamen kürzlich zu dem Schluss, dass kluge Männer mit anspruchsvollen Berufen am liebsten eine altmodische Gattin wie ihre Mutter statt einer gleichberechtigten Partnerin hätten. Ein hoher IQ vermindert die Chancen einer Frau auf eine Eheschließung.

Den nächsten Schlag mussten berufstätige Frauen einstecken, als der amerikanische Redakteur Michael Noer in *Forbes* schrieb, Männer seien in einer Ehe mit einer Karrierefrau, die mehr verdiene als sie selbst, grundsätzlich unglücklicher. Seine größte »Neuigkeit« war, dass Männer Angst hätten, ihre ehrgeizigen Frauen würden sie betrügen.

Es ist dasselbe Problem, mit dem sich seit Jahrzehnten die Frauen herumschlagen, die mit erfolgreichen Männern verheiratet sind. Aber uns rät man in sämtlichen Frauenzeitschriften, Pilates zu machen oder das Sexleben aufregender zu gestalten, damit der Mann nicht fremdgeht.

Anstatt sich also über den Erfolg der Partnerin zu beklagen, sollten Männer vielleicht selbst den Hintern hochbekommen. Schließlich erzählte mir Victorias Freund Mike ständig, wie stolz er auf ihre Karriere sei.

Außerdem war ich schon immer der Meinung, dass ein am Schreibtisch kreativer und zufriedener Mensch im Schlafzimmer dieselben Qualitäten aufweist. Je erfolgreicher ich in meinem Job bin, desto aufregender ist mein Liebesleben.

Als ich vom Einkaufen nach Hause kam, sagte ich zu Victoria: »Unglaublich, dass ich bald neunundzwanzig werde. Vor rund zehn Jahren gehörte ich nämlich zu den Damen, die im Brustton der Überzeugung behaupteten: Alle interessanten Frauen, die ich kenne, sind über dreißig.«

Doch jetzt fühlte ich mich wie im letzten Jahr auf der Highschool, als die Anmeldungen fürs College anstanden und jede Entscheidung schwierig und bedeutungsvoll war. Ich nahm sogar an einem Persönlichkeitstest teil und flippte aus, als ich erfuhr, der für mich perfekte Beruf sei Barkeeper!

Später erkannte ich natürlich, dass Menschen im Leben verschiedenen Berufen nachgehen können und dass ich mich für nichts und wieder nichts unheimlich unter Druck gesetzt hatte. Doch ebenso wenig konnte ich über die Briefumschläge der Eliteuniversitäten hinaussehen. Wenn ich die richtige Entscheidung träfe, könnte ich irgendwann mit Filmproduzenten ein Glas Champagner trinken. Bei der falschen hockte ich später in einem Wohnwagen auf der Couch und äße Käselocken.

Inzwischen waren zehn Jahre vergangen, und ich hatte genau dasselbe Gefühl in Bezug auf Beziehungen. Wollte ich einen strebsamen, adretten Geschäftsmann? Wenn ich mich für den *Guardian*-Leser mit gewelltem Haar und Halbgeschosshaus in Battersea entschied, konnte ich nicht mehr den Sänger einer Rockgruppe heiraten.

Victoria lachte. »Du bist doch noch jung. Ich bin immerhin fünf Jahre älter. Aber dreißig ist bereits das Alter, in dem man in seinem Leben traditionell Zwischenbilanz zieht.«

»Dreißig ist so ein willkürlicher Zeitpunkt, um etwas zu ändern«, erwiderte ich. »Warum können wir nicht in siebenjährigen Zyklen leben so wie unser Körper? Das würde bedeuten, dass ich eine große Veränderung erlebte, als ich nach London zog, und gäbe mir noch mal fünf Jahre Zeit, bis ich fünfunddreißig bin.«

»Apropos …«, sagte Victoria zögernd. »Es gibt was Neues, Cat. Mike und ich haben uns verlobt.«

Ich schrie auf und nahm sie in die Arme. »Oh, mein Gott! Herzlichen Glückwunsch! Moment mal«, sagte ich dann, als ich merkte, dass sich Victorias Gesicht verzog. »Warum guckst du denn so traurig? Ist alles in Ordnung?«

»Ach, die Kolleginnen im Büro. Eine von denen hat gesagt: ›Super! Dann bekommst du wenigstens auch noch einen ab‹, und ich habe geantwortet: ›Mein Leben hat mir bisher aber auch ganz gut gefallen.‹ Ich liebe Mike wirklich, und ich glaube, er ist der Richtige, aber irgendwie habe ich Angst, meine Unabhängigkeit zu verlieren.«

»Es ist völlig in Ordnung, von anderen abhängig zu sein«, sagte ich. »Du wirst trotzdem immer frei sein, und du bist mit Mike zusammen, weil du es willst, nicht, weil du musst«, erinnerte ich sie.

»Ich habe nur so große Angst, bei der hohen Scheidungsrate und mit meinem heimlichen Verdacht, dass mein Vater meine Mutter nur geheiratet hat, weil sie ihn dazu zwang. Ich finde es echt gruselig, von jemandem abhängig zu sein. Selbst wenn Mike mit meinen Bedingungen einverstanden ist.«

Ich umarmte Victoria. »Wie meine Mutter immer sagt: Das Leben ist kurz, und man weiß nie, was für ein Scheiß als Nächstes kommt«, sagte ich. »Aber ihr beide habt eine super Beziehung. Und wenn du immer nur Angst davor hast, eventuell verletzt zu werden, wird dich das dein Leben lang lähmen – und das ist nur eine andere Art von Schmerz.«

Ich schenkte Victoria ein Glas Wein ein und dachte über das nach, was ich gerade gesagt hatte. »Ich werde einen total verrückten Abschiedsabend für dich organisieren, und ich finde es super aufregend, eine Hochzeit zu planen!«

Sie warf mir einen vielsagenden Blick zu.

»Na, abgesehen von meiner natürlich«, fügte ich schnell hinzu.

Später im Bett dachte ich über das Leben nach, das ich mir in London aufgebaut hatte, und inwiefern ich bereit war, dafür zu kämpfen. Ich wusste, dass der Hochzeitsplan riskant war, aber ich musste diese Chance ergreifen.

Ich saß in Marks verdunkeltem Vorderzimmer und sah mir die Szene in *Das Omen* an, wo Liev Schreiber das Messer in seinen Sohn stoßen will – den wunderbaren Jungen, der sich als der Antichrist entpuppt. Meine Gedanken wanderten zu meinen Exfreunden.

Der Film war Szene für Szene letztendlich nichts anderes als eine Kopie des Originals, und dennoch klebte ich vor der Mattscheibe und hoffte verzweifelt auf ein besseres Ende. Ich zog die Bettdecke höher und fragte mich, ob Remakes von Beziehungen genauso funktionierten.

Als Mark mich zu sich nach Hause einlud, hatte ich geplant, vor der Hochzeit noch einige Regeln festzusetzen. Wir verstehen uns sexuell zwar ganz prima, aber sind uns vom Charakter her so ähnlich, dass wir am Ende immer riesigen Streit bekommen, der durchaus an die Offenbarungen des Johannes heranreicht.

»Ich weiß, dass du mein Mann sein wirst, aber dir sollte klar sein, dass wir das Ganze streng platonisch halten werden«, erklärte ich ihm. »Das meine ich ernst, Mark«, sagte ich, als er fragend die Augenbrauen hochzog. Ich kannte diesen Blick. Das Kribbeln zwischen meinen Beinen erinnerte mich daran, dass ich angesichts meiner jüngsten Dating-Katastrophen seit Ewigkeiten nicht mehr richtig gebumst worden war.

Wenn mein bevorstehendes Treffen mit Paul gut laufen würde, könnte das bedeuten, dass das Ende der Ära Mark nahte. Es fühlte sich ein wenig unwirklich an.

»Nach der Eheschließung können wir nicht mehr miteinander vögeln. Nie mehr. Das würde alles zu kompliziert machen.«

Doch eine halbe Flasche Wodka später drückte Mark mich gegen die Wand im Flur und strich mir mit den Händen über das Kleid. Ich schlang die Beine um ihn.

»So, meine Süße«, sagte er, schob mir die Hand zwischen die Beine und betastete mein bereits feuchtes Höschen, »da ich ja keine Stripperin oder Ähnliches zum Junggesellenabschied bekomme, haben wir nicht beide das Recht auf eine letzte Nummer?«

»Gut«, sagte ich und spürte bereits seinen großen Ständer an meinem Oberschenkel. »Aber wenn ich mit dir ficke, dann richtig. Und heute läuft es nach meinen Regeln.«

»Wie du willst«, sagte er, machte einen Schritt zurück und hob ergeben die Hände. »Ich wusste, dass du diese Netzstrümpfe nicht nur so zum Spaß angezogen hast. Du kannst mir nichts vormachen. Wir sind uns beide zu ähnlich.«

»Warte«, sagte ich, als er sein Hemd aufknöpfen wollte. »Zuerst möchte ich, dass du dich ausziehst, duschen gehst und dich überall blitzsauber machst. Dann treffen wir uns im Schlafzimmer.« Ich zog mein Kleid hoch, damit er den Rand der Strümpfe sehen konnte.

Als ich das Wasser laufen hörte, ging ich in Marks Schlafzimmer und holte den Karton mit Liebesspielzeug hervor, den ich vor einigen Monaten bei ihm deponiert hatte. Außerdem durchsuchte ich seine Pornosammlung und legte einen Film ein, in dem zwei Krankenschwestern sich hingebungsvoll küssten und mit Vibratoren und einem anderen Gerät traktierten, das wie ein kompliziertes rosa Rektalthermometer aussah. Schon betastete ich mich selbst vorsichtig durch mein Höschen, ohne groß auf die Handlung zu achten.

Es dauerte nicht lange, bis Mark sich zu mir gesellte, ein weißes Handtuch locker um die Taille geschlungen. Der Anblick seines muskulösen, behaarten Oberkörpers törnte mich an.

»Wow«, sagte er, als er das Arsenal von Sexspielzeug sah. »Was hast du mit mir vor?«

»Sei leise und komm her!«, befahl ich ihm. Ich bin nicht von Natur aus dominant, aber da ich wusste, dass dies unser letzter Abend war, wollte ich meine Rolle richtig auskosten. Ich war so geil auf ihn, dass mir das Wasser praktisch aus dem Mund lief.

Mark setzte sich auf die Bettkante, und ich rutschte auf Knien hinter ihn. »Und? Was für Überraschungen warten heute auf mich?«, fragte er.

»Psst«, flüsterte ich. »Du darfst nur sprechen, wenn ich es dir sage. Heute bestimme ich.«

Als ich Mark mit einem Seidentuch die Augen verband, stöhnte er vor Erregung. Ich fragte ihn, ob es zu fest sei, und er schüttelte den Kopf. Dann befahl ich ihm, sich mit dem Gesicht nach unten aufs Bett zu legen, und zurrte seine Handgelenke mit japanischen Seidenbändern an den Bettpfosten fest. Ich küsste mich vom Nacken den Rücken hinunter, zog mit der Zunge langsam die Kurve seines Rückens nach, schob die Hand zwischen Marks Beine und umfasste sanft seine Eier.

»Oh, Gott«, stöhnte er und wand sich auf dem Bett.

»Psst«, sagte ich und schmunzelte. »Heute bist du mein

kleines Luder, und ich mache mit dir, was ich will. Du bist ein böser Junge gewesen, nicht wahr?« Ich leckte mir über die Finger und schob Mark den Zeigefinger in den Arsch. Vorsichtig massierte ich seine Prostata. Mit der anderen Hand griff ich unter ihn und spürte, wie sein Schwanz durch meine Berührungen steinhart wurde.

»Gefällt dir das? Wie fühlt sich das an?« Ich frage immer gerne nach, wenn ich die Dominante spiele, auch wenn ich mir eigentlich sicher bin, dass die Frage rein rhetorisch ist.

»Dein Finger fühlt sich unglaublich an«, murmelte Mark in das große Federkissen. »Das ist herrlich.«

»Und es wird noch besser«, sagte ich und öffnete ein Fläschchen Gleitmittel, das ich neben eine Packung Taschentücher auf den Nachttisch gestellt hatte. Ich rutschte über seinen Körper und zog dabei mein Höschen aus, bewegte weiterhin meinen Finger in ihm. Dann löste ich ihn mit der Zunge ab und schob sie in seinen Anus hinein. Mark fand es toll, er zerrte an seinen Fesseln.

»Ich freue mich, dass es dir gefällt«, murmelte ich, »denn ich ficke dich gleich in den Arsch, so wie du es bei mir getan hast. Wie findest du das?«

Ich ließ oft Sexspielzeug, das ich testen wollte, an Marks Adresse schicken, da es bei ihm nur einen Briefkasten gab und nicht fünf wie bei mir. Damit geriet ich nicht in die peinliche Situation, den Nachbarn erklären zu müssen, dass das gerade angenommene Paket mit Analperlen in Wirklichkeit für mich bestimmt sei. Doch ohne Marks Wissen hatte ich bei meiner letzten Bestellung eine kleine Spezialität geordert: den Bend Over Boyfriend, einen gebogenen Vibrator zur Penetration des Mannes. Die Kommentare auf der Website behaupteten, das Gerät sei umwerfend, aber ich wusste, dass Mark mich niemals bitten würde, so etwas bei ihm zu benutzen. Er musste »gezwungen« werden, etwas Anrüchiges zu tun. Meine Klitoris pochte heftig, als ich das Gleitmittel auf die Spitze gab und mir den Gurt um die Taille schnürte. Ich positionierte den Vibrator so, dass er gegen meinen Kitzler drückte. Der Anblick von Mark vor mir, steinhart erigiert und meiner Gnade völlig ausgeliefert, war berauschend. Ich biss mir auf die Lippe und legte die Spitze meines »Schwanzes« auf ihn. »Sag mir, wenn du bereit bist«, befahl ich ihm sanft. »Wir machen das ganz, ganz langsam.« Mark drückte sich gegen mich, der Vibrator lag auf seinem Hintern.

Ich begann, von hinten mit ihm zu spielen.

»Soll ich dich ficken?«, flüsterte ich. Meine Stirn war nass vor Schweiß.

»Ja«, stöhnte er. Im Spiegel an der Wand neben dem Bett konnte ich sehen, dass er die Augen verdrehte.

Mit kreisenden Bewegungen bohrte ich mich in ihn, drückte den Vibrator immer tiefer und härter hinein, während ich mich dabei selbst befingerte. Dann hielt ich es nicht mehr aus. Meine Zuckungen waren so heftig, dass ich spürte, wie das Blut durch meinen Kopf rauschte. Für den Bruchteil einer Sekunde glaubte ich, ohnmächtig zu werden. Mark begann zu zittern, und als er kam, dachte ich, sein Orgasmus würde kein Ende nehmen. Schließlich ließ ich mich auf ihn fallen.

»Wow, das war einfach unglaublich!«, sagte er, küsste mich auf die Stirn und zerzauste mein Haar. »Wir haben wirklich den versautesten Sex.« Grinsend legten wir die Spielzeuge auf den Boden. Mit zitternden Händen zog ich mir die Bettdecke über die Brust. »Weißt du, Cat, der Mann, der dich wirklich mal heiratet, der Schweinehund hat richtig Glück gehabt.«

Als Mark selig neben mir schlief, betrachtete ich ihn und stellte mir kurz vor, wie das Leben wäre, wenn er tatsächlich mein Mann wäre: Wir waren uns sehr ähnlich, aber wäre das wirklich so schlecht?

Doch es dauerte nicht lange, bis die alten Muster zurückkehrten: Nachdem der orgasmische Rausch verklungen war, stritten wir uns wie die Kinder, wer den letzten Chicken Wing essen dürfe. Am Ende warf Mark ihn aus dem Küchenfenster. »Das hätten wir wirklich kommen sehen müssen.« Er lachte und schüttelte den Kopf. »Wir treiben uns gegenseitig in den Wahnsinn, im positiven wie im negativen Sinn.«

Wenn es um die Liebe geht, sind wir Meister der Selbsttäuschung. In meinem Fall ging ich zwar mit Männern aus, die oberflächlich betrachtet völlig anders zu sein schienen als ich, doch richtig verlieben tat ich mich in solche, die dieselben Charakterzüge hatten wie ich. Es waren sämtlich extrovertierte, leidenschaftliche Alphatiere, richtige Stimmungskanonen. Doch ihr zur Schau gestelltes Selbstvertrauen verbarg oft eine dunklere, unsichere Seite.

Da ich immer wieder auf denselben Typ abfuhr, hatte ich das Gefühl, jedes Mal auf denselben unvermeidlichen Schluss zuzurasen – und zwar auf keinen schönen. War ich dazu verdammt, mein Leben lang mit demselben Typ von Mann auszugehen?

Diesmal hatten Mark und ich beschlossen, realistisch zu bleiben, statt aus unserer intensiven sexuellen Beziehung eine richtige Beziehung zu machen.

Doch auch wenn Mark nicht die große Liebe meines Lebens war, war unsere Partnerschaft nicht weniger bedeutsam. Wie Victoria sagt: »Ihr beide habt offenbar eine Verbindung, sie soll nur einfach nicht von Dauer sein. Jedenfalls nicht in dem Sinne.«

Der Streit um den Chicken Wing bewies, dass wir nicht Hand in Hand in den Sonnenuntergang gehen würden. Doch unsere Freundschaft mit Extras hatte mich mehr über meine Bedürfnisse gelehrt als jeder One-Night-Stand. Und ich hatte verstanden, dass ich mich niemals mit einer sexuell mittelmäßigen Beziehung zufriedengeben würde.

29

Zur Feier meines selbst einberufenen »Abschiedsabends« ging ich zu meiner ersten offiziellen Swinger-Party. (Ich war schon öfter bei lockeren Zusammenkünften gewesen, die in Rudelbumsen ausarteten, aber immer mit einem Freund, nie als Single.) Obwohl ich unglaublich angetörnt war, muss ich im Nachhinein doch sagen, dass ich letztendlich eher ein wenig »unter-wältigt« war.

Schon Wochen im Voraus bereitete ich mich vor. Man bat mich, ein Foto von mir zu mailen, damit die Expertenriege der Party mich bewerten könne. Das Bild entsprach ihren Anforderungen, und als mir die Beschreibung der Anfahrt geschickt wurde, bekam ich es tatsächlich ein wenig mit der Angst zu tun.

Theoretisch bin ich immer ein großer Fan von Swinger-Partys gewesen. Ich finde es besser, wenn eine Frau ihre Wünsche, mit mehreren Männern gleichzeitig zu schlafen, in einer sicheren Umgebung mit Kondomen und Sicherheitspersonal auslebt, als wenn sie irgendwo in einer Kneipe oder auf einem Parkplatz fremde Männer aufgabelt.

Praktisch jedoch war mein Ausflug eine Kombination aus der Angst, zu einer Party zu gehen, wo ich niemanden kenne, und vor dem ersten Mal mit einem neuen Partner. Normalerweise fragt man sich: »Ob die anderen über meine

Witze lachen können?« Jetzt überlegte ich: »Ob die anderen meine Schamlippen mögen?«

Ich entschied mich für ein knieumspielendes schwarzes Seidenkleid mit tiefem Ausschnitt, unter dem ich meinen roten Balkonette-BH trug, dazu ein Höschen, passende Strapse und Netzstrümpfe.

Durch meine Stilettos war ich etwa eins fünfundachtzig groß, stieß also fast schon in den Bereich der Drag Queens vor. Aber meine Beine sind nicht so muskulös, als dass sie für die eines Transvestiten gehalten werden könnten.

Mein Herz pochte mir bis zum Hals, als ich an die große schwarze Tür klopfte. Mit feuchten Händen umklammerte ich eine Flasche Champagner. Ich wurde begrüßt von einer tüchtig wirkenden Blondine mit tadellosem Make-up und einer Frisur aus kunstvoll zerzausten, hochgesteckten Locken, als habe sie fünf Minuten zum Frisieren gebraucht, während sie es wahrscheinlich in einem Salon hatte machen lassen.

Die erste Stunde war eher ereignislos. Ich lernte, zwischen den wie angewachsen herumstehenden, nervös wirkenden Pärchen und den offensichtlichen »Stammkunden« zu unterscheiden, die sich wie selbstverständlich bewegten und jeden ansprachen. Ich hatte das Gefühl, als sei ich solo auf einem Tanzabend der Highschool, die coolen Schüler ständen alle mit dem Rücken zu mir und unterhielten sich. Ich fragte mich langsam, ob es ein Fehler gewesen war, herzukommen.

»Hallo!«, sagte eine große, schlanke Brünette in einem rückenfreien Kleid. Ein BH war nicht zu erkennen, aber ihre Brüste bewegten sich nicht. Ich fragte mich, ob sie echt waren. »Alle wollen immer wissen, ob ich meinen Busen habe machen lassen«, gestand sie, als könne sie Gedanken lesen. »Ich bin Taryn, und das ist mein Freund Dan«, stellte sie sich vor und wies auf einen hochaufgeschossenen, niedlichen Kerl, der aussah, als würde er am Wochenende zum Spaß in den Bergen klettern gehen. »Wir gehen oft zu solchen Sachen.«

Ich errötete. »Tut mir leid, dass ich so gucke.« Ich konnte es mir nicht verkneifen.

»Schon gut«, sagte sie. »Stört mich nicht, wenn du guckst. Ich finde dich hübsch. Mein Freund und ich haben uns sogar gerade gefragt, ob du vielleicht Lust hast, mit uns in den Spielraum zu gehen.«

»Würde ich gerne«, sagte ich und nahm ihre Hand. »Aber für mich ist es das erste Mal, deshalb weiß ich nicht, wie weit ich gehen werde ... Ich überlege es mir, wenn es so weit ist.«

»Keine Sorge, es gibt keinerlei Druck. Wenn du mit einem nichts machen willst, gibt es die Möglichkeit, höflich abzulehnen – du wirst die Zeichen ziemlich schnell kennen.«

Als sie mich in den Spielraum führten, war ich erstaunt, zu sehen, dass es durchaus kein für alle zugängliches Bacchanal war, sondern dass es tatsächlich verschiedene Regeln gab. Eine großbusige Brünette, eine elegante schlanke Blondine und ein Inder stiegen gemeinsam in ein Bett, wo schon mehrere andere Pärchen lagen und sich stöhnend wanden. Ihre Gliedmaßen waren wie in einem pornographischen Bild ineinander verschlungen, das aus *Caligula* hätte stammen können.

»Willst du mitmachen?«, fragte die Brünette und drehte sich zu mir um, während sie ihr Hemd aufknöpfte und sich bis zur Taille freimachte. Ihre braunen Brustwarzen quollen über die Viertelschalen ihres schwarzen Spitzen-BHs. Die

Frau hatte wunderschöne lange Beine und ein hübsches Gesicht. Es war verlockend. Aber ich fand ihren Mann nichtssagend und ging davon aus, dass diese Gruppe so etwas wie ein fertiges Sandwich war – ich konnte nicht nur einzelne Zutaten davon wählen. Es hieß: alles oder nichts. Deshalb blieb ich bei Dan und Taryn.

In den Spielzimmern standen große Schalen mit Kondomen. Die Vorschriften besagten, dass jeder Mann die Pflicht hat, einer Frau, die nicht seine feste Partnerin ist, zu zeigen, dass er eines trägt.

Taryn ging zu Dan, schob ihr rot-schwarzes Höschen zur Seite und setzte sich auf ihn. Zu sehen, wie sie sich stöhnend wand und an ihren Nippeln spielte, machte mich total feucht. Ich kam näher und begann, sie zu küssen. Dann spürte ich die Hand ihres Freundes in meiner Hose, während sie ihn ritt und an meinen Brustwarzen saugte. Die unterschiedlichen gleichzeitigen Empfindungen waren unglaublich.

Außerdem gefiel mir Dans Schwanz, obwohl er nicht beschnitten war. Ich hatte in meinem Leben bisher höchstens drei unbeschnittene Penisse gesehen, und der erste hatte mir wirklich Angst eingeflößt. Er sah aus wie ein Shar Pei. Aber Dans war schön. Ich schätze, er war mindestens zwanzig Zentimeter lang und leicht in Richtung des G-Punkts gebogen. Glückliche Taryn!

»Ich gucke gerne zu, wenn Dan auf andere Frauen heiß wird.« Taryn lächelte verrucht, während sie sich weiter langsam gegen ihn drückte.

Ich fand ihren Anblick unglaublich geil, zog mein Höschen aus und setzte mich auf Dans Mund, das Gesicht Taryn zugewandt. Normalerweise bin ich unglaublich befangen, wenn ein Mann sich bei mir oral betätigt, doch jetzt konzentrierte ich mich auf seine hungrige, tief in meiner Muschi versenkte Zunge, rieb meine Klitoris und sah zu, wie er seine Freundin fickte. Es war, als würde ich einen Porno live sehen. Ich kam fast auf der Stelle.

»Möchtest du tauschen?«, fragte Taryn kurz darauf.

Ich zögerte. »Nein, danke«, sagte ich. »Ich glaube nicht, dass ich heute schon richtigen Sex haben möchte. Vielleicht nächstes Mal.«

»Kein Problem, Süße«, sagte sie, drehte sich zu der Brünetten um und küsste sie.

Zuerst war ich verletzt – hatte sie mich abgelehnt? Aber ich wusste, die goldene Regel dieser Party lautete, nichts persönlich zu nehmen; die Leute waren hier, um ihre Gelüste zu befriedigen; vielleicht passte ich einfach nicht zu ihrer Erwartungshaltung. Wenn ich Intimität wollte, hätte ich zu Hause bei meinem Freund bleiben sollen.

Ich nahm mein Höschen mit und ging zu einem Sofa, wo ich mich mit einem Pärchen unterhielt, das zum ersten Mal hier war. Die beiden waren damit zufrieden, daneben zu sitzen und zuzusehen.

Später traf ich Taryn und Dan wieder, und wir gingen gemeinsam nach draußen zu einem Champagnerfrühstück. Ich wollte mich mit ihnen über ihr Hobby unterhalten.

»Ich bin ziemlich neugierig, was eure Einstellung zum Sex angeht«, sagte ich. »Ich habe nämlich Schwierigkeiten, einen Mann kennenzulernen, weil ich ein bisschen paradox bin: Ich suche jemanden, der einen gleichberechtigten Partner will und nichts gegen meine Erfahrung hat, der aber gleichzeitig für mich sorgt. Seid ihr beiden denn nie eifersüchtig?«

»Auch wenn man Swinger ist, geht es in der Beziehung um Kompromisse«, erklärte Taryn. »Ich wäre erschüttert, wenn ich herausfände, dass Dan hinter meinem Rücken eine Affäre hätte. Körperliche Beziehungen sind das eine, emotionale Untreue ist etwas ganz anderes.«

Ich hatte Achtung vor Taryn und Dan, weil sie so offen waren, mir von ihren festen Regeln zu erzählen, wenn sie Frauen mit nach Hause nahmen (kein Analsex mit anderen Frauen für Dan; Taryn oblag die endgültige Auswahl der Mädchen etc.), doch fand ich, dass ungezügelter Hedonismus ein wenig von seiner Anziehungskraft verliert, wenn man einschränkt, was jemand tun oder lassen muss.

Nach wie vor war ich der Meinung, dass die Intimität mit einem richtigen Partner zu sensibel ist, um sie wegen so etwas aufs Spiel zu setzen. Beziehungen sind zerbrechliche Ökosysteme, besonders in den ersten Monaten. Ein eifersüchtiger Moment oder »falscher Blick« im Bett mit einem Dritten kann alles kaputt machen. Dieses Risiko war ich nicht bereit einzugehen.

Ich nahm mir ein Taxi mit Taryn und Dan. Sie ließen mich einige Meter entfernt von meiner Wohnung heraus und gaben mir ihre Nummer, falls ich noch mal mit ihnen »spielen« wolle. Als ein unrasierter Obdachloser das Klackern meiner Stilettos hörte und einen Blick auf meine Dessous erhaschte, wühlte er sich aus seiner Decke und rief: »Mein Gott, ich habe einen Engel gesehen!«

Grinsend holte ich zwei Pfund hervor. Warum seine Illusion ruinieren?

Am nächsten Tag besprach ich meine bevorstehende Hochzeit mit Amy bei einem Kaffee. Seit die stürmische Planungsphase der Party begonnen hatte, waren wir eigentlich nicht mehr allein gewesen.

»Und, hältst du mich für völlig verrückt, oder was?«, fragte ich Amy.

»Nein, gar nicht«, sagte sie und rührte in ihrem Eiskaffee. »Ich bin der Meinung, dass wir aus jeder Beziehung etwas lernen. Selbst wenn es nicht die große Liebe ist«, fügte sie schnell hinzu.

»Also, von Grant habe ich aber nicht viel gelernt«, widersprach ich. »Ich muss sagen, dass mich das Selbsthilfebuch von dir auch nicht großartig getröstet hat. Das Einzige, was mir irgendwie einleuchtete, war eine Wiederholung von so einer Fernsehsendung mit einem Hundeflüsterer. Der Typ resozialisiert Problemhunde. Er erklärte, wie man sich gegenüber einem aggressiven Pudel dominant verhält. Man sollte wie ein Rudelführer auftreten. Vielleicht hätte ich ein Stachelhalsband für Grant kaufen sollen.«

»Das ist keine schlechte Idee«, sagte Amy. »Obwohl es vielleicht nicht gerade zukunftsweisend ist, eine Beziehung auf einen Problempudel zu gründen.«

Ich musste lachen. »Aber der Hundetrainer hatte wirklich eine Menge Ahnung. Wenn der Pudel knurrte und biss, sagte der Trainer immer, man solle negatives Verhalten nicht belohnen. Vielleicht funktioniert das auch bei Männern.«

Amy rieb mir die Schulter. »Ich weiß, dass du dich mit Hilfe von Humor mit deinen Problemen auseinandersetzt, aber ich kann total gut verstehen, warum du dich im Moment schlecht fühlst. Du hast ein hartes Jahr hinter dir, was Männer angeht.«

Mir gelang ein Lächeln. »Weißt du, was das Beschissenste

ist? Meine Scheinheirat könnte die einzige ehrliche Beziehung zu einem Mann sein, die ich in meinem Leben gehabt habe. Vielleicht ist es also zu unser aller Besten.«

»Und falls Mark dich nerven sollte – wie ich gehört habe, steht er auf Kettenhalsband«, sagte Amy.

Wir zahlten und gingen.

30

Ich hatte meine erste Verabredung mit Paul. Beim Essen piepste plötzlich sein Handy. Ich merkte, dass er zusammenzuckte. Dann geschah es erneut. Als wir fertig waren, hielt er mir sein Handy hin und zeigte mir zwölf vulgäre Nachrichten von seiner Exfreundin.

»Wir waren ein paar Wochen zusammen, aber seit ich Schluss gemacht habe, na ja, läuft sie mir ein bisschen nach«, gab er zu. Dann ging er ins Detail: Er war mit einem neunzehnjährigen Möchtegern-Supermodel gegangen und hatte ihr Geld geliehen, als sie in Osteuropa festsaß.

Ich hatte Verständnis, war aber gleichzeitig ziemlich argwöhnisch. Nie werde ich meine Begegnung mit einem notorischen Fremdgänger vergessen, der mir erzählte, seine Ex mache ihm das Leben zur Hölle. Eines Nachts lagen wir nackt auf der Couch in seiner Wohnung, als es an der Tür klingelte. Schließlich öffnete ich die Tür, nur um zu erfahren, dass sie mit ihm zusammenwohnte! Er hatte die Eingangstür zweifach verriegelt, alle Lichter gelöscht und so getan, als sei er nicht zu Hause. Im Übrigen werde ich auf der Stelle misstrauisch, wenn ein Mann sämtliche Ehemalige als »Psychos« bezeichnet – wahrscheinlich sind es nicht die Frauen, die das Problem haben.

Aber mal ehrlich: Auf dem Weg zum einzig wahren Partner haben wir alle mal die eine oder andere zwielichtige Ausfahrt genommen. Wenn all meine Exfreunde mich gemeinsam verfolgen würden, hätte ich es mit einer Situation aus der *Nacht der lebenden Toten* zu tun.

Dennoch, wenn es um das Ende einer Affäre geht, gibt es einen feinen Unterschied zwischen Verführer und Verfolger. Mir hat sich noch nie die Logik von Menschen erschlossen, die der Ansicht sind: Sie hat zwar die ersten siebzehn Mal den Telefonhörer nicht abgenommen, aber beim achtzehnten Mal kann ich sie bestimmt überzeugen, zu mir zurückzukehren. Im Zeitalter der Anrufererkennung ist das schauderhaft zu beobachten.

Zum Abschluss des Abends erschien es ganz normal, zu Paul zu gehen. Die meisten Männer finden es etwas sonderbar, dass »Gehen wir zu mir oder zu dir?« bei mir nur eine rhetorische Frage ist, denn ich nehme nie einen Mann mit nach Hause.

Teilweise liegt es daran, dass ich mit meiner Mitbewohnerin auf engem Raum zusammenlebe und mir die Vorstellung, dass Victoria einen fremden halbnackten Mann auf unserer Toilette vorfindet, ein wenig unfair erscheint. Doch der andere Grund ist meine Erkenntnis, dass die Wohnung eines Mannes oft eine Metapher für seinen Charakter ist.

Ein paar herumfliegende Klamotten sind noch in Ordnung, aber wenn auf dem Boden knöchelhoch alte Zeitungen und volle Aschenbecher herumliegen, dann ist das ein wirklich schlechtes Zeichen. Dasselbe gilt für eine verdächtig spärlich eingerichtete Wohnung, denn die kann bedeuten, dass er verheiratet ist und eigentlich mit seiner Familie woanders lebt.

Den meisten Männern ist nicht klar, dass ein kurzer Ausflug aufs Klo für Frauen oft einer Erkundungsmission gleichkommt. Wir spielen Miss Marple für Arme, suchen Anhaltspunkte für seine Persönlichkeit, prüfen, ob in den Regalen Tampons und unausgepackte rosa Zahnbürsten liegen (Spielertyp), Peelings, Haargel und Kaltwachsstreifen (Metrosexueller) oder Schubladen voll abgelaufener Kondome (Traumtänzer).

Ein kurzer Blick in Pauls Medizinschrank offenbarte zahlreiche Herrenpflegeprodukte von Kiehl, was darauf schließen ließ, dass er Wert auf sein Aussehen legte, aber doch noch an anderes denken konnte.

Nie werde ich meine unglückselige Begegnung mit Chris vergessen, einem total heißen Tattoo-Künstler und Barkeeper, der mich nach einem Abend im Kino mit in seine Wohnung in Ostlondon nahm. Als ich zum Kühlschrank ging, um ein Bier zu holen, stellte ich fest, dass die Arbeitsfläche in der Küche über ein eigenes Ökosystem verfügte. Darauf standen unzählige aufgerissene Schalen vom Chinesen mit einer Matsche, die schon vor zwei Monaten ungenießbar gewesen war. Ein abgetrennter Kopf wäre nicht viel abstoßender gewesen.

Doch als ich zur Toilette ging und dort ein Pentagramm über dem Klo hängen sah, direkt neben einem Stapel Bücher über Satanismus, war der Moment gekommen. »Wenn du eine Jungfrau suchst, die du opfern kannst, dann bist du bei mir an der falschen Adresse«, sagte ich mit sich überschlagender Stimme. Dann sah ich zu, dass ich fortkam.

Was mich auf einen anderen Nachteil bringt, wenn ich einen Mann mit nach Hause nehme: Ich kann ihn nicht sofort wieder loswerden, falls ich ihn ausprobiert und für schlecht befunden habe.

Das mit der Erkundungstour kann man auch übertreiben. Eine Freundin blieb einmal zu Hause, als ihr Freund Cricket spielen war, und stellte seine gesamte Wohnung auf den Kopf. Sie flippte aus, als sie in einer Kiste unter dem Bett Fotos von seiner Exfreundin fand. Sie sprach ihn darauf an, und er warf sie raus, weil sie seine Privatsphäre verletzt hatte. Das kann ich ihm nicht verübeln.

Ich habe es mir zur Regel gemacht, dass ich mich an die Sachen halte, die für das bloße Auge sichtbar sind. Als Paul in die Küche ging, um etwas zu trinken zu holen, schaute ich mich im Zimmer um und stellte fest, dass im Bücherregal neben Familienfotos tatsächlich Literatur stand (und nicht nur Selbsthilfebücher!). Poster von barbusigen Frauen waren auch nicht auszumachen.

»Und, gefällt's dir?«, fragte er, als er mich zurück in sein komplett verspiegeltes Schlafzimmer führte. Ich riss ihm die Klamotten vom Leib, und wir beobachteten uns aus jedem vertikalen, horizontalen und diagonalen Blickwinkel. Paul hatte einen wunderbaren Körper, den ich toll sehen konnte, wenn er hinter mir war.

»Meinst du, wir sind schon so weit, dass wir den nächsten Schritt in unserer Beziehung machen können?«, fragte ich lakonisch, als ich meine Bluse vom Boden aufhob. »Ich meine, kann ich meine Feuchtigkeitscreme hier lassen?«

Er schaute mich an und malte träge Kreise auf meine Schulter. »Du kannst alles hier lassen, was du willst«, murmelte er. »Du sollst jeden Grund haben, so oft wie möglich bei mir zu übernachten. Ich finde dich hinreißend.«

Mein Herz setzte einen Schlag lang aus, weil mir noch niemand etwas so direkt gesagt und es auch so gemeint hatte. Nun ja, vielleicht schon, aber dann folgte darauf unweigerlich: »Aber ich bin ein schwerer Kokser« oder »Aber ich würde mir gerne welche von deinen Klamotten ausleihen« oder »Aber jetzt muss ich nach Hause zu meiner Frau«.

Bei Paul war das einfach so … nun ja … normal.

»Kann ich das nächste Mal mit zu dir kommen?«, fragte er, als ich mich verabschiedete.

Ich würde mir eine Ausrede einfallen lassen müssen, vielleicht war er ja entsetzt über das Nebeneinander von lavendelfarbener Bettwäsche und pelzbesetzten Handschellen. Und wenn er meine geheime Kiste mit dem total perversen Sexspielzeug entdecken würde, hielt er mich bestimmt für verrückt.

31

Ich war gerade von der Hochzeit des Grauens zurückgekehrt. Das einzig Positive daran: Es war nicht meine eigene gewesen.

Ich wusste, dass die Hochzeit meiner Freundin anstrengend werden würde. Sarah lebte die märchenhafte Liebe, von der so viele Frauen träumen: Drei Monate nach der ersten Begegnung mit ihrem Gatten, einem eins neunzig großen Banker, fiel er auf einer romantischen Reise zu den Jungferninseln auf die Knie und bat um ihre Hand. Wochen später richtete sie seine Eigentumswohnung in New York ein und plante ihre Hochzeit, die in der Nähe des Familienferienhauses in Devon stattfinden sollte, dem Schauplatz vieler glücklicher Kindheitserinnerungen. Victoria und ich fuhren gemeinsam hin. Mike musste am Vormittag noch arbeiten, er würde später zu uns stoßen.

»Du weißt doch, dass für dieses Wochenende superschlechtes Wetter vorhergesagt wurde, oder?«, meinte Victoria, als der Regen auf die Windschutzscheibe prasselte.

Ich lachte. »Na, prima! Und ich bin mit Sicherheit der einzige Single da – das perfekte Opfer für einen Serienmörder, der unsere tief im Wald liegenden Holzhütten belauert.«

»Wenn dir das irgendwie hilft: Mike und ich sind bestimmt die ersten, die dran glauben müssen. Das verliebte Pärchen, das gerade vögelt, ist immer das erste Opfer. Geh einfach nicht duschen!«

Es war eine Anspielung auf Horrorfilme aus den Achtzigern, deren mörderischer moralischer Grundsatz lautete: Wer sich in die Nähe eines nackten Körpers begibt, hat als Nächstes eine Axt im Kopf.

»Na ja, die vertrottelte Jungfrau ist immer als Letztes dran!«

»Süße, du bist alles andere als eine Jungfrau.« Victoria lachte, drückte den Zigarettenanzünder ein und öffnete das Fenster einen Spalt. Sofort regnete es in den Wagen. »Scheiße! Da kommt echt was runter.«

Wir krochen eine glatte, sich windende Straße entlang. Victoria schaltete in einen niedrigeren Gang. »Hör mal, erinnerst du dich an Alan, den heißen Mitbewohner des Bräutigams? Er ist Trauzeuge, und er ist Single!«

»Ich denke, ich sollte mich darauf konzentrieren, lebend wieder rauszukommen. Ich will nicht gefressen werden, zumindest nicht im negativen Sinne.« Ich grinste durchtrieben. »Es läuft übrigens sehr gut mit Paul. Ich will mir nichts vermasseln.«

Nachdem ich mein umwerfendes Ballkleid angezogen hatte, fand ich mich inmitten von Freaks am Singletisch wieder. Ich saß zusammen mit irgendeinem Kollegen, der Dudelsack spielte, einem schielenden Kerl und Onkel Roger, der sich als über fünfzigjähriger Fettkloß mit Glatze entpuppte und sich für einen kleinen Casanova hielt.

Damit mich keiner falsch versteht: Ich freue mich unheimlich, wenn meine Freundinnen eine glückselige Beziehung haben. Aber es kann eine erschreckende Aussicht sein, durch das Minenfeld einer Hochzeitsfeier steuern zu müssen.

Wenn ich selbst einen Begleiter hatte, war es immer so, dass man bei den öffentlichen Liebesbekundungen den Zustand der eigenen Beziehung hinterfragte, außerdem gab es neugierige Verwandte, die wissen wollten, wann denn bei einem selbst der »große Tag« sei.

Wenn ich solo auftauchte, erkundigten sich alle, wann ich endlich sesshaft werde, oder sie versuchten, mich mit jedem Kerl zu verkuppeln, der noch atmen konnte. Amerikanische Psychologen haben sogar die Theorie aufgestellt, dass sich verheiratete Menschen in der Nähe von Singles unwohl fühlen und sie schnell mit jemandem zusammenbringen wollen, weil sie sich sexuell von ihnen bedroht fühlen.

Ironischerweise halten meine männlichen Freunde die Hochzeitssaison für eine Jagdzeit. »Alle sind furchtbar sentimental, der Alkohol fließt in Strömen, und die Frauen fallen einem praktisch vor die Füße«, hatte Michael mir zuvor erzählt. »Allein zu dem Zweck habe ich Tanzen gelernt.«

Auch ich habe so manches heiße Mitglied einer Hochzeitsgesellschaft vernascht. Doch auf der Feier einer meiner Freundinnen in einem Ferienclub für Pärchen auf Jamaika lernte ich auch die Nachteile solchen Verhaltens kennen.

Ich musste mir das Zimmer mit einem Mann teilen, mit dem ich platonisch befreundet war. Doch nach einer Piña Colada zu viel landeten wir in der Kiste. Am nächsten Morgen kehrte ich mit einem grässlichen Kater in das Zimmer zurück und sah, dass er überall Rosenblätter verstreut und mir in einem Gedicht seine Liebe gestanden hatte. Am liebsten hätte ich den Kopf in die Toilette gesteckt.

Den Rest des Wochenendes verbrachte ich damit, mich

an der Poolbar zu verstecken. Ich musste sogar ins Wasser springen und die Luft anhalten, als er vorbeiging.

Auf Sarahs Hochzeit wollte ich nicht dasselbe Schicksal erleiden, schon gar nicht, als der Discjockey zum Mikrofon griff und alle alleinstehenden Frauen bat, für den Wurf des Brautstraußes nach vorn zu treten. Es waren drei elfjährige Mädchen und ich.

Ich ließ eines der Kinder gewinnen, woraufhin ein sichtlich in Schweiß gebadeter Onkel Roger sich bemüßigt sah, mir um die Taille zu greifen und zu sagen: »Keine Sorge, Schätzchen, du bekommst auch noch einen ab!« Mit gesenkter Stimme fügte er hinzu: »Ich habe Viagra auf meinem Zimmer.«

Nachdem ich ihn losgeworden war, stürmte ich auf die Tanzfläche und tanzte die ganze Nacht mit drei total süßen Typen zu Neunziger-Jahre-Musik – alle unter zwölf Jahren. Wir hatten einen Riesenspaß.

Später rauchte ich im Wald einen Joint mit dem attraktiven Trauzeugen und versuchte, einen Einblick in die männliche Psyche zu bekommen. »Ich will das genauso machen wie Tad«, sagte er und lockerte beim Ausatmen seine Krawatte. »Ich meine, ich bin jetzt an einem Punkt im Leben angekommen, wo ich bereit bin, sesshaft zu werden und eine Familie zu gründen.«

»Das klingt nicht gerade sehr romantisch«, sagte ich und hustete heftig. »Wieso nicht warten, bis die Richtige kommt? Ich werde notfalls warten, bis ich vierzig bin, wenn es denn so sein soll.« Tränen stiegen mir in die Augen. Ich blinzelte.

»Ja, aber das ist es ja«, sagte er, trank einen Schluck Bourbon und reichte mir die Flasche herüber. »Bei so vielen Dingen im Leben geht's um den richtigen Zeitpunkt. Ich bin mit Sicherheit mit einigen Frauen gegangen, die super ›Heiratsmaterial‹ abgegeben hätten« – er deutete die Anführungszeichen mit den Fingern an, wobei mir ein wenig Bourbon in den Ausschnitt lief –, »aber da musste ich mir noch die Hörner abstoßen. Damit will ich nicht sagen, dass ich die Frau, die ich heiraten werde, nicht liebe.«

»Okay«, sagte ich und wischte den Alkohol ab. »In Wirklichkeit willst du damit aber Folgendes sagen: Wenn du ein bestimmtes Alter erreicht hast, denkst du: So, die nächste Frau, die meinen Ansprüchen genügt, wird es sein. Eine sehr vernünftige Einstellung, ich will auch nicht sagen, dass das falsch ist. Ich will nur sagen: Auch wenn ich eigentlich der Meinung bin, dass ich in der richtigen Gemütsverfassung für eine Beziehung bin, werde ich warten, bis ich den Richtigen finde.« Ich merkte, dass ich mich wiederholte und er nicht richtig zuhörte. Ich war wohl ziemlich breit.

Eine Weile sah er mich an. »Wo ist der Unterschied? Frauen machen das doch genauso. Ihr seid alle so anspruchsvoll, was das Geld angeht. Würdest du einen Pförtner heiraten? Oder einen Drogenabhängigen?«

Ich dachte darüber nach und trank noch einen Schluck. »Ich bilde mir gerne ein, dass ich es tun würde, wenn es meine große Liebe wäre.«

»Frauen glauben immer, sie könnten den Mann irgendwie verändern. Guckt ihr denn niemals Fernsehen?«

»Das ist es ja gerade – ich würde ihn überhaupt nicht ändern wollen. Das kann funktionieren. Guck dir Ozzy und Sharon an!« Ich überlegte. »Obwohl, um ehrlich zu sein, hat er ein paar Mal versucht, sie umzubringen.«

Der Trauzeuge schnaubte ein wenig verächtlich, was mich

daran erinnerte, wie sehr ich Männer hasste, die mich sofort als verrückt abschrieben. Ich wusste, dass er am liebsten die Augen verdreht hätte, und verspürte das Bedürfnis, mich zu verteidigen. Ich verlor die Selbstkontrolle, obwohl ich wusste, dass dieser Typ keine Macht über mich hatte. Es war völlig unlogisch: Ich war emotional null an ihm interessiert, wieso also war ich so empfindlich?

»Wenn du dich also in mich verliebt hättest, aber der Meinung wärst, dass ich zu viel Ballast mit mir herumtrüge, würdest du mich abservieren. Wohingegen ich, wenn ich in dich verliebt wäre, wohl um dich kämpfen würde.«

Er drückte den Joint aus und verschränkte die Hände hinter dem Kopf. »Warum unbedingt den Weg des größten Widerstands gehen?«

»Hast du schon mal von dem weniger begangenen Weg gehört?«

»Wie, Robert Frost? Mann, ist das Kraut heftig! Ich habe das Gefühl, dass ich mich nicht mehr bewegen kann!«

»Kann ich nur bestätigen«, sagte ich. Superbreit wie ich war, wollte ich ihm erklären, dass die Hochzeit nicht das Ziel sei. Die Ehe, den Rest des Lebens mit einem einzigen Menschen zu verbringen, das war das Ziel.

Aber ich wusste bereits, dass es vergebene Liebesmüh wäre. Denn hier draußen unter den Sternen wurde plötzlich alles klar. Manche Männer wollten ganz offensichtlich keine langatmigen, bekifften Diskussionen mit ihrer Gattin. Sie wollten zu Hause von warmem Essen und einem warmen Körper empfangen werden, von der menschlichen Entsprechung eines schwierigen Kreuzworträtsels, damit sie sich schlau fühlten, wenn sie es knackten. Jeder hat das Gefühl, belohnt zu werden.

Erschöpft und mit dickem Kopf machten Amy und ich uns früh am nächsten Morgen auf den Heimweg.

»Du hast keine Brautjungfern auf deiner Hochzeit, oder?«, fragte Amy. »Die Aufmachung war wirklich affig.«

»Total. Die sahen aus, als hätte jemand rosa Pepto-Bismol, dieses Zeug gegen Sodbrennen, auf ihren Kopf gekotzt. Keine Sorge«, sagte ich, »du kannst davon ausgehen, dass meine Scheinhochzeit von vorn bis hinten erstklassig wird.«

»Du erzählst gar nichts von Paul«, sagte sie und warf mir einen Seitenblick zu. »Willst du ihm das mit der Hochzeit nicht sagen?«

Amy kennt mich lange genug, um zu wissen, dass es wirklich gut laufen muss, wenn ich nicht pausenlos lustige Anekdoten über die katastrophale letzte sexuelle Begegnung erzähle.

»Geht nicht«, sagte ich. »Zumindest noch nicht. Kann ich die Illusion nicht noch ein wenig länger aufrechterhalten?«

Ich wusste, dass ich mein Geheimnis nicht für mich behalten durfte. Ganz im Gegenteil, ich wollte es Paul wirklich unbedingt sagen. Andererseits wollte ich nicht, dass er es mir ausredete, denn es war meine einzige Chance auf eine Aufenthaltsgenehmigung. In London bleiben zu können, das war mir sehr wichtig geworden.

Ich würde es ihm sagen. Direkt nach der Hochzeit.

32

Als ich neben Paul erwachte und mich in seinen Armen verlor, vergaß ich für einen Moment alles. Ich kuschelte mich unter die Decke und streifte versehentlich seinen erigierten Penis. Es war die reine Wonne – bis mir einfiel, dass ich heute heiraten würde. Schlagartig sprang ich aus dem Bett und stellte mich unter die Dusche. Kreischend hüpfte ich unter dem tröpfelnden Brausekopf auf und ab, weil ich vergessen hatte, dass man ungefähr zehn Minuten warten musste, bis das verfluchte Teil richtig warm war. In der Zwischenzeit koche ich mir normalerweise Kaffee und lese Zeitung. Bei anderen Männern hatte ich vor Sonnenaufgang immer die Wohnung verlassen, doch bei Paul fühlte ich mich unheimlich wohl.

»Hey, Hübsche.«

Er steckte den Kopf ins Badezimmer und zog seinen Morgenmantel aus.

»O Mann, ist das herrlich, wenn ich aufstehe und dich in meiner Dusche sehe.« Er öffnete die Tür. »Kann ich reinkommen?«

Ich küsste ihn, und er legte eine Hand zwischen meine Beine. Normalerweise bin ich kein großer Fan von Sex in der Badewanne oder Dusche, weil das Wasser meine natürliche Feuchtigkeit fortwäscht. Aber er schob seine Finger in mich, und ich presste mich an ihn.

»Wenn du so weitermachst, lasse ich gleich die Seife fallen«, flüsterte ich und spreizte meine Beine etwas weiter. Dann fiel mir wieder meine bevorstehende Trauung ein. »Tut mir leid, mein Schatz, aber ich muss mich beeilen. Ich, ähm, bin mit ein paar Freunden zum Brunch verabredet, das steht schon seit Ewigkeiten fest. Ich kann nicht zu spät kommen.«

Da wir nach der Zeremonie essen gehen würden, war das nicht mal richtig gelogen. Doch als ich mich abtrocknete, kam ich mir total mies vor, weil ich Paul gegenüber nicht ehrlich war. Ich hatte einfach Angst, dass er versuchen würde, es mir auszureden, oder dass er mir anbieten würde, mich zu heiraten. Auf verquere Weise schützte ich ihn, indem ich ihm nichts sagte. Zumindest redete ich mir das ein.

»Liebling, soll ich dir einen Kaffee machen?«, fragte er und legte mir seinen Morgenmantel um die Schultern.

Ich schüttelte den Kopf. »Nein«, sagte ich. »Ich muss mich echt beeilen. Was glaubst du, wie lange dauert es, ein Taxi zu finden?«

»Warte, ich rufe dir eins.« Glücklicherweise kannte Paul bereits meine Nervosität, wenn es um Abgabetermine ging, deshalb kam ihm meine dringliche Bitte nicht ungewöhnlich vor. Als ich mir den Pulli über den Kopf zog, verkündete er: »Taxi kommt in einer halben Stunde.«

»Eine halbe Stunde! Scheiße! Dann komme ich zu spät!« Ich bekam Panik und versuchte, mich zu beruhigen. Mein Handy war ausgestellt, deshalb hatte ich den Wecker wohl nicht gehört. Ich schaltete es ein. Es waren bereits mehrere Nachrichten von Victoria darauf, die wissen wollte, wo ich sei.

»Keine Sorge, ich bringe dich nach Hause«, sagte Paul leichthin.

»Meinst du, das ist nicht zu viel Aufhebens?«, fragte ich kleinlaut.

»Natürlich nicht. Hab ich dir doch gesagt«, erwiderte er, legte die Hand unter mein Kinn und sah mir in die Augen. »Ich will sicher sein, dass du gut versorgt bist.«

»Danke schön. Ich würde dich ja mitnehmen, aber (leider heirate ich heute) da sind nur Mädels. Du weißt schon, damit wir auch mal über dich reden können, wenn du nicht dabei bist.«

»Hoffentlich nur Gutes«, sagte er, doch am Ende hob sich seine Stimme zu einer Frage.

»Wo bist du?«, lautete Victorias SMS von 9:02 Uhr. »Wir müssen in vierzig Minuten los!«

Ich rief sie an. »Ich bin's«, sagte ich leise.

»Cat, wo bist du?«, rief sie. »Um halb zehn steht die Limousine vor der Tür!«

»Ihr habt eine Limousine gemietet?«, fragte ich, ohne nachzudenken.

Paul sah mich fragend an.

»Zur Hochzeit ihrer Cousine«, erklärte ich ihm. Mann, klang das lahm. Aber Paul war zu sehr in meinen Anblick versunken, um etwas zu merken. Er lächelte nur höflich. Ich fand, in diesem Fall war Unwissenheit wirklich das Beste.

Wie sollte ich ihm das hinterher bloß erklären?

Ich begann zu schwitzen. Nicht der gesunde Trainingsschweiß, sondern Wasserperlen, die aus meinen Adrenalindrüsen sickern, wenn es stressig wird. Kein angenehmer Geruch. Ich spürte, wie mein Herz klopfte, und bekam das grässliche Gefühl, das ich immer auf der Highschool hatte, wenn ich zu spät nach Hause kam, aus dem Mund nach Alkohol und ansonsten nach Sex roch. In einfachen Worten: Ich war kurz davor aufzufliegen.

»Mach dir keine Sorgen, dass ich zu spät zum Brunch komme«, sagte ich fröhlich zu Victoria. »Ich habe ja schon geduscht, muss mich nur noch schnell umziehen.«

»Am besten machst du jetzt einen auf Superman und kommst rübergeflogen, wir müssen nämlich bis zehn Uhr da sein, sonst verpassen wir den Termin.«

O Gott. Man könnte meinen, dass Victoria diejenige mit der Scheinhochzeit war. »Beruhige dich, Süße«, sagte ich. »Ich verspreche dir, dass wir rechtzeitig kommen. In zehn Minuten bin ich da.«

»Wow«, sagte Paul, als er um den Kreisverkehr an der Old Street in unsere kleine Nebenstraße fuhr. »Die muss aber wirklich Hunger haben.«

»Ja, du weißt ja, wie Frauen sind. Besonders morgens. Vor dem ersten Kaffee.« Plötzlich wusste ich nicht mehr, was ich sagen sollte. Ich streichelte Pauls Knie und spürte, wie er den Atem anhielt.

»Oh, mein Schatz, du siehst so heiß aus«, sagte er. »Kann ich dich ganz bestimmt nicht überreden, den Quatsch mit dem Brunch sein zu lassen, damit ich dich stattdessen den ganzen Tag lecken kann?«

»Tut mir leid«, sagte ich, als wir vor meiner Wohnung hielten. Zu meinem Erschrecken entdeckte ich Mark, der in seinem Smoking aus der Richtung von Starbucks herüberkam. »Alles klar, bis später, Schatz!«

Ich flitzte zur Tür, winkte Paul fröhlich nach und gab den Code ein. »Cat!«, rief Mark von der anderen Straßenseite. Ich überhörte ihn, drückte die Tür auf und schlug sie hinter mir wieder zu. Dann beobachtete ich durch das Flurfenster, wie Mark vor Paul die Straße überquerte, der angehalten hatte, um ihn vorbeizulassen. Gott sei Dank hatten die beiden sich noch nicht kennengelernt, dachte ich, als Mark sich bedankte und Paul weiterfuhr.

Mark klopfte an die Tür, ich öffnete ihm. »Komm mit nach oben«, sagte ich. »Ziehen wir die Sache durch!«

Zwanzig Minuten später holte ein Mercedes Mark, Amy, Victoria und mich ab.

»Wow!«, staunte Mark und hielt mir die Wagentür auf. »Ich muss sagen, Cat, du siehst umwerfend aus.«

»Danke«, sagte ich lächelnd. Es war ein Tag, an dem ich aufrichtig behaupten konnte, wunderschön zu sein. Victoria hatte mit meinem Haar gezaubert, das, wie sie behauptete, »wie ein Aschenbecher roch«. Sie hatte es zu einer Hochsteckfrisur aufgedreht (Victoria hat die mühelose Anmut mit Tüchern und schicken Frisuren von ihrer französischen Mutter geerbt). Das Kleid sah prächtig aus zusammen mit meinen Strassstilettos von Gina.

»Die Schuhe sind der Wahnsinn«, sagte Mark.

»Freut mich, dass sie dir gefallen«, sagte Victoria, »denn das ist dein Hochzeitsgeschenk für Cat. Ich habe deine Kreditkarte benutzt.«

»Wie bitte?«, rief er und lockerte seine Fliege. »Das soll wohl ein Witz sein!«

»Hör mal, du hast nichts zur Planung der Hochzeit beigetragen, deshalb hat sich Cat entschlossen, lieber passiv aggressiv zu sein und haufenweise Geld auszugeben, ohne dir etwas davon zu sagen. Dann musste sie keinen Riesenkrach mit dir anfangen, da ihr ja keinen Versöhnungssex mehr haben könnt. Jetzt geht's ihr besser.«

Mark lachte. »Na, jetzt fühle ich mich wenigstens wie ein richtiger Eheidiot.«

Ich starrte aus dem Fenster.

»Cat? Alles in Ordnung?«

Nein, ich flippte innerlich aus. Alles schien wie in Zeitlupe abzulaufen. Plötzlich bekam ich keine Luft mehr.

Amy nahm meine Hand und fragte mich, ob es mir gut gehe, sagte mir, ich solle tief durchatmen. »Mach einfach die Augen zu und geh an einen glücklichen Ort.«

»Ich bin gerade von einem glücklichen Ort gekommen, nämlich aus dem Schlafzimmer meines Freundes«, murmelte ich und zog mein Korsett hoch, da meine linke Brustwarze mit Rebellion drohte. »Aber ich weiß nicht, wie lange es dort noch glücklich sein wird, wenn er merkt, was hier abgelaufen ist.«

Der Wagen kroch an der U-Bahn-Haltestelle South Kensington vorbei, dann fuhren wir die Sydney Street hinunter, um vor dem Standesamt zu halten. Victoria rückte mein Kleid zurecht, und David Parkside begrüßte mich draußen mit einer Umarmung.

»Schätzchen«, sagte er und öffnete eine Flasche Schampus. »Du siehst toll aus!«

Ich hatte ihn eingeladen, weil Mark, in der Hoffnung auf Geschenke und Alkohol, ebenfalls ein paar Freunden Bescheid gesagt hatte. Ich wollte ein wenig Unterstützung. Davids fortgeschrittenes Alter war letztlich ein Vorteil: Schließlich hatte er schon zweimal in eben diesem Standesamt geheiratet, deshalb versicherte er mir, dass »alle berühmten Pärchen herkommen, sogar die großen Stars«. Das alles war kein großer Trost in meiner Situation, aber trotzdem.

Als ich auf den Stufen vor dem Standesamt stand, dachte ich über Wahrnehmung und Realität nach. Jeder, der Mark und mich dort sehen würde, nähme an, dass wir glücklich verliebt seien und ein gemeinsames Leben begännen.

Victoria machte Fotos mit ihrer Digitalkamera, Mark und ich hakten uns unter und versuchten, entspannt auszusehen.

»Wie geht es dir?«, flüsterte ich ihm aus dem Mundwinkel zu, weiterhin für die Aufnahmen lächelnd.

»Um ehrlich zu sein«, sagte Mark, »habe ich Riesenschiss.« Er legte die Hände auf meine Schultern. »Aber wir können nicht zulassen, dass eine große Schriftstellerin wie du aus dem Land geworfen wird.« Er lächelte mich an. »Also, jetzt hol tief Luft und mach dich bereit.«

Wir betraten den Raum als erste. Er war in einem beruhigenden Blassgelb dekoriert und mit Topfblumen geschmückt. Wir bekamen eine Liste mit den zehn beliebtesten Liedern des Standesamts, von denen wir uns etwas aussuchen konnten. Zwischen den klassischen Hochzeitsmärschen fanden sich einige nur schwer erklärliche Stücke. »*True*? Was hältst du davon?«, fragte ich Mark mit nervösem Kichern.

»Auf gar keinen Fall werde ich zu Spandau Ballet den Gang hinuntergehen, das kannst du vergessen«, zischte er. Ich merkte, dass er genauso schwitzte wie ich.

»Was ist das denn? *Everybody Hurts* von REM? *I'm Not In Love*? Wer sucht sich denn so was aus? Von wegen schlechtes Omen?«

»Wir nehmen einfach Pachelbels Kanon, bitte«, sagte Mark und reichte dem Standesbeamten den Zettel zurück.

Ich umklammerte meinen Blumenstrauß, trat in den Gang und wartete auf mein Stichwort.

Victoria steckte den Kopf zur Tür herein. »Cat«, sagte sie, »bist du immer noch dabei? Wenn du nicht willst, können wir das Ganze auch absagen, ja?«

Ich dachte an London, an mein Schicksal. Ich dachte an meine Freunde und daran, dass unsere Freundschaften die meisten meiner Partnerschaften mit Männern überdauert hatten. Vielleicht ist es also nicht das Schlimmste auf der Welt, einen dauerhaften Bund mit einem guten Kumpel zu schließen.

In den letzten Monaten hatte ich Menschen gefunden, die mir emotionale Unterstützung, multiple Orgasmen, eine Schulter zum Ausweinen und körperliche Wonnen schenkten. Was, wenn ich das alles von einem Mann bekäme?

Auf dem Tisch hinter mir vibrierte mein Handy, verstohlen schaute ich aufs Display: »Du bist wunderschön. Kann ich dich überreden, nach dem Brunch vorbeizukommen? Sag mir bitte, wenn ich dir irgendwie helfen kann bei deiner stressigen Arbeit. Ich bin verrückt nach dir. xx Paul«.

Ich überlegte, ob ich mich heimlich verdrücken und meine Phantasie ausleben sollte, im Hochzeitskleid gevögelt zu werden, doch schnell wurde ich aus meinen Gedanken gerissen.

Als ich in den Raum spähte, traf mich das Surreale der Situation. David Parkside schenkte Champagner in Plastiksektflöten aus und prostete Michael zu, ebenfalls ein Ex von mir. Victoria und Mike hielten Händchen, bestimmt dachten sie an ihren eigenen großen Tag. Amy sah aus, als würde sie jeden Moment in ihre Handtasche kotzen.

Aber es waren meine Freunde, und sie waren alle hier, weil sie mich lieb hatten. Bis jetzt hatte ich mehrere unkonventionelle Seelenverwandte gefunden. Wenn ich den Richtigen kennenlernen werde, wird er der Zuckerguss auf dem

Kuchen sein. Ich sah mich zu dem offenen Fenster im Flur um, die weiße Netzgardine wehte leicht im Wind, und überlegte, ob ich fortlaufen sollte.

Doch als ich die ersten Takte der Musik hörte, öffnete ich die Tür, atmete tief durch und ging hinein. Mein Herz flatterte, Adrenalin rauschte mir durch den Körper. Es war ein großes Abenteuer. Ich brauche nicht das vorhersagbare Happy End aus dem Märchen. Es ist viel aufregender, mir selbst eines zu schreiben.